Für Antonia

Später

»Das Leben geht weiter«, sagte mein Großvater und rieb sich die Hände, auf die er stolz war. Lange, schmale Finger mit elegant gewölbten Nägeln. Hände, wie sie alle Männer in seiner Familie hatten.

Ich war zwölf Jahre alt, er saß in seinem Sessel und sah aus dem Fenster. Dann sagte er: »In Mathematik war ich immer gut, Zahlen sind wichtig. Am 26. März 1943 haben sie meinen Vater, deinen Urgroßvater, abgeholt. Und fast auf den Tag genau dreißig Jahre später bist du zur Welt gekommen. Das Leben geht weiter.«

Er war in Gedanken weit weg, und ich konnte ihm nicht folgen, konnte nicht nach dem fragen, was die Zahlen verbargen. Das Gespräch hatte sich zufällig ergeben. Er hatte das Buch gesehen, das ich gerade las: *Als Hitler das rosa Kaninchen stahl* von Judith Kerr. Darin wird die Geschichte des Mädchens erzählt, das Judith Kerr einmal war. Es floh mit seiner Familie vor den Nationalsozialisten erst in die Schweiz, dann nach Frankreich und später nach England.

»Judith«, sagte er unvermittelt und blätterte in dem Buch, »die Tochter meiner Cousine Julia.« Ich schaute ihn erstaunt an. Mein Großvater hatte keine Geschwister, Onkel, Tanten, Cousinen oder Cousins. Die Männer aus seiner Familie mit den schönen Händen hatte ich nie kennengelernt.

Dann stand er auf und ging aus dem Zimmer, schwankend wie immer, er zog die Füße auf eine seltsame, mir vertraute Art nach. »Er hat damals seinen Gleichgewichtssinn verloren«, sagten meine Mutter und Großmutter manchmal,

»als sie ihn zusammengeschlagen haben, auf dem Heimweg aus dem Lager.« Es waren jedes Mal dieselben Worte, es gab sie schon immer, sie waren Teil meiner Welt wie die Zahlen meines Großvaters.

Später begegneten mir im Studium die Schriften Alfred Kerrs, des Vaters jener Judith, über die wir damals sprachen, und mir fiel die Cousine meines Großvaters wieder ein, Julia Weismann, Alfred Kerrs zweite Ehefrau. Inzwischen wusste ich, dass mein Großvater aus einer großen Familie stammte und dass alle Onkel und Tanten, alle Cousins und Cousinen Deutschland verlassen hatten. Sie waren nicht zurückgekehrt, ihr Leben ging anderswo weiter. Geblieben waren ein paar Gräber auf deutschen Friedhöfen und Dokumente, die ich im Internet fand – Geburtsurkunden, Heiratsurkunden und Passagierlisten von Schiffen nach Großbritannien, in die USA, nach Brasilien, Indien und Afrika. Ihre Spuren hatten sich verloren, und ich wusste wenig von ihnen.

Auch von Heinrich Reichenheim, meinem Urgroßvater, der Deutschland nicht verlassen hatte, wusste ich wenig.

Dann kam eine Zeit, in der mein Großvater mir manchmal von seiner Kindheit und seiner Familie erzählte. Es waren Bruchstücke, die aus der Vergangenheit auftauchten, Erinnerungen an Kinderjahre in Dresden, die glücklich gewesen waren, bis sich Schatten über sie legten. Er erzählte von seiner Mutter, die die Familie seines Vaters nicht akzeptieren wollte, weil sie nicht in ihre Welt passte. Von dem einzigen Besuch bei seiner Großmutter, der Mutter seines Vaters, die ihn nicht hatte sehen wollen. Von einer Cousine, die nach Brasilien emigriert war und ihn nach dem Krieg hatte nachholen wollen.

Als mein Großvater starb, kamen ein paar Dinge zu den Erinnerungen: Ein silberner Kaffeelöffel, auf dem die Initialen seines Großvaters eingraviert waren. Das Foto eines Ölgemäldes von 1881, das die Großmutter, die ihn nicht hatte sehen wollen, als junge Frau im weißen Ballkleid zeigt.

Ein Foto seines Vaters mit seinem geliebten Dackel, aufgenommen in einer Zeit, in der er mit dem Hund schon nicht mehr auf die Straße gehen durfte.

Die Kopie einer Familienchronik von 1936, aufgeschrieben gegen die drohende Auslöschung.

All diese Dinge lagen vor mir und wollten sich nicht zusammenfügen, sie erzählten mir die Geschichte nicht, nach der ich suchte. Immer wieder las ich in der Familienchronik von Fabriken in Schlesien und England, von Stoffhandlungen in Leipzig und Berlin, von Bankiers, Politikern und Kunstsammlern. Welche Schicksale verbargen sich hinter den Fakten?

Es waren Zahlen und Daten, so wie die, an denen sich mein Großvater sein Leben lang festgehalten hatte.

Aber ich hatte weder seine Hände noch seine Begabung für Mathematik geerbt. Die Zahlen sprachen nicht zu mir, ich brauchte Geschichten, auch dort, wo es keine mehr gab.

Teil I

ANNA

1864–1905

I

»Es war einmal ein armes Waisenmädchen, das lebte am Rande eines großen Waldes bei einem Köhler und seiner Frau. Sie waren hartherzig zu ihm, und es musste den ganzen Tag für sie arbeiten. Einmal schalt es die Köhlersfrau, als sie in der Küche Spinnweben entdeckte. Sie wollte die Spinne, die darin saß, mit dem Schuh totschlagen, aber das Mädchen trug sie schnell nach draußen.

Eines Tages zerbrach ihm ein Krug, und die Köhlerfrau jagte es aus dem Haus. Das Mädchen lief weinend in den Wald, durch Dickicht, über Stock und Stein, dorthin, wo er dunkel und undurchdringlich wurde.

Am Abend gelangte das Mädchen auf eine kleine moosbedeckte Lichtung und sank erschöpft zu Boden. Es dämmerte schon, und das Moos war dunkelgrün und so weich, dass es sofort einschlief. Als es erwachte, schien der Mond hell auf die Lichtung, und das Mädchen sah einen silbernen Faden, an dem eine Spinne hing.

›Greif zu und klettere in den Himmel, kleines Mädchen‹, sagte die Spinne.

Und das Waisenmädchen nahm den Faden, der weich und fest war wie feinstes Garn. Es kletterte schnell hinauf, bis es zu den Himmelswiesen kam. Als es sich umsah, entdeckte es die Spinne, die sprach: ›So wie du mir geholfen hast, helfe ich dir. Du hast ein gütiges Herz und sollst dir einen Bräutigam aussuchen. Aber wähle mit Bedacht zwischen zwei Brüdern: dem Sonnen- und dem Mondjüngling.‹

Da traten zwei junge Männer vor das Mädchen. Es musste

die Augen abwenden von dem Sonnenjüngling, so blendete sein strahlender Blick. Der Mondjüngling war blass und freundlich, und ohne Furcht konnte das Mädchen in sein liebes Antlitz sehen.

Da sprach das Mädchen zu der Spinne: ›Mit dem Sonnenjüngling kann ich nicht gehen – zu viel Glut liegt in seinem Blick. Ich gehe mit dem Mondjüngling.‹

Kaum hatte es diese Worte ausgesprochen, trat der Mondjüngling zu ihm und trug es hoch empor in den Himmel. Bis heute wandert das Waisenmädchen mit seinem Bräutigam, dem Mond, über den Himmel.«

»Und was ist aus dem Sonnenjüngling geworden, Vater?«
»Glänzte er nicht wie Gold? War er nicht wunderschön?«
»Sind die Sterne die Kinder des Waisenmädchens?«
»Hast du es gesehen, sag schon, hast du es je gesehen?«

Anna schmiegte sich an ihren Vater und schaute zu ihm hoch, während Margarethe und Marie, ihre beiden jüngeren Schwestern, nicht aufhörten zu fragen.

Anna hätte keinen der Brüder genommen, weder den Mond- noch den Sonnenjüngling, sie wollte den Vater heiraten. Im Januar war sie acht Jahre alt geworden, und ihr Entschluss stand fest: Es konnte keinen schöneren und klügeren Mann geben als ihren Vater.

»Isidor, bitte, seid ein wenig leiser! Das Kindermädchen hat Henriette gerade zu Bett gebracht, sie braucht Ruhe. Und setz den Kleinen keine Flausen in den Kopf, diese seltsame Geschichte von der Spinne, von Sonne und Mond! Gott der Herr stiftet Ehen, keine silbernen Spinnen! So war es bei uns, und so sagt es auch der Rabbi.«

Ihre Mutter regte sich immer auf, wenn der Vater das Märchen erzählte, das sie und ihre Schwestern so liebten. Er hatte ihnen nie verraten, wo er es gehört oder wer es ihm erzählt hatte. Auch die Mutter wusste es nicht. Sie widersprach dem Vater selten, aber wenn er diese Geschichte erzählte, bekam sie rote Flecken im Gesicht und am Hals, ein untrügliches Zeichen, dass sie sich ärgerte. Zwar blieb ihre Stimme leise, und wie so oft hielt sie den Blick gesenkt, aber immer beendete sie unter diesem oder jenem Vorwand die Erzählstunde. Und der Vater brauste dann nicht auf, obwohl er Widerworte nicht mochte und schnell zornig wurde. Er lächelte nur, und sein Blick war irgendwo in die Ferne gerichtet. Ob er von all den Orten träumte, an denen er gewesen war? Die Namen klangen exotisch und großartig in Annas Ohren: Berlin, London, Bradford, sogar in Paris war er gewesen.

Ob es ihm jemand in Paris oder London erzählt hatte? Oder ein Seemann in London, der um die Welt gesegelt war und das Märchen in irgendeinem Hafen gehört hatte, auf einer Insel voller exotischer Pflanzen und Bäume? Nein, der Wald war der Wald seiner schlesischen Heimat, manchmal schmückte er das Märchen aus und erzählte von Nadelbäumen und Eichen, von Farnen, Pilzen und Beeren. Und während die Mutter sich nach dem Dorf, wie der Vater es nannte, sehnte, sprach er nur verächtlich von engen Gassen, Gestank, neugierigen Nachbarn und dem schmutzigen Klassenzimmer, in dem er als Junge zur Schule gegangen war.

Aber der Wald und die sanften Hügel seiner Heimat, das helle Grün im Frühling, davon sprach er voller Sehnsucht, auch mit dem Großvater, wenn der aus Schlesien zu Besuch kam.

»Wenn du noch ins Kontor fahren willst, dann beeil dich, der Sabbat beginnt bald!«

Da war er, der Vorwand. Anna schaute zu ihrem Vater hoch, der den Arm um ihre Schulter gelegt hatte und sie an sich drückte.

»Ja, schon gut, ich fahre los, die Kutsche wartet. Und du kommst mit, Anna.«

Anna sah der Mutter an, dass sie etwas erwidern wollte, sich aber zurückhielt. Sie hatte bereits die Märchenstunde unterbrochen, jetzt nicht auch noch diesen Ausflug untersagen und sich damit nicht nur den Zorn des Vaters, sondern auch den der Tochter zuziehen. Was hat ein Mädchen im Kontor zu suchen, murmelte sie oft, wagte aber nicht, es offen auszusprechen. Anna liebte diese Fahrten, sie liebte die Lagerhalle mit den Stoffballen, all die Farben und wie unterschiedlich sich die Stoffe anfühlten. Sie liebte auch die großen Bücher der Handelsdiener, in denen alle Warenein- und -ausgänge verzeichnet waren. Sie wusste, wo die Stoffe herkamen und wo sie hingingen, in Gedanken sagte sie Städte und Länder auf, die dort erwähnt wurden. Der Vater nahm sich Zeit und erklärte ihr alles, er freute sich, wenn sie erriet, um welchen Stoff es sich handelte und wohin er ihn verkaufte. Hugo und Georg, ihre älteren Brüder, mussten sich zusammen mit dem Vater über die Geschäftsbücher beugen, und sie stöhnten oft, vor allem Georg. Sie interessierten sich nicht für die Stoffe und die Bücher, in die die Geschäftsdiener Tag für Tag Zahlenkolonnen eintrugen. Der Vater nahm sie trotzdem mit und wollte Hugo bereits nach Berlin schicken, in die Firma, in der auch er gelernt hatte. Nur mit viel Mühe hatte die Mutter Aufschub erwirkt, und der Vater war zornig geworden.

»Was für Söhne habe ich nur! Wozu die Mühe und all die Arbeit! Dann muss dein Mann das Geschäft weiterführen, Anna, du bist die Einzige, die mich versteht!«

Nach diesem Streit hatten Vater und Mutter nicht miteinander gesprochen, und der Vater war abends nicht mehr zu Hause gewesen. Anna hatte gehört, wie eins der Dienstmädchen etwas vom Italien-Keller geflüstert hatte, und die Mutter hatte ihm eine Ohrfeige gegeben. In den Italien-Keller gingen keine anständigen Männer, und man durfte nicht einmal den Namen dieses Ortes aussprechen.

Sara, die alte Köchin, die mitgekommen war aus Gleiwitz, der Heimat der Mutter, hatte sie in der Küche getröstet. Chanele, wie die Mutter sie nannte, wenn der Vater es nicht hörte, war ihre Vertraute, mit ihr sprach die Mutter Jiddisch, was Anna kaum verstand und der Vater ablehnte.

»Das sind wir nicht«, hatte er einmal gebrüllt, als die Mutter schüchtern eingewandt hatte, es sei die Sprache ihrer Heimat.

»Vergiss Gleiwitz, vergiss Schlesien! Dafür habe ich nicht gekämpft, dafür reise ich nicht durch ganz Europa, dafür habe ich nicht das Niederlassungsgesuch gestellt und gekämpft, um hier in Leipzig sein zu können mit meiner Familie und meinem Geschäft. Wir können alles erreichen, wenn wir mit der neuen Zeit gehen. Und da hat diese Sprache aus dem Osten nichts zu suchen.« In seiner Stimme hatte eine Verachtung mitgeschwungen, die die Mutter verletzt hatte, das hatte Anna deutlich sehen können.

»*Gadles ligt ojfn mist*«, hatte die Mutter leise gesagt, sodass es der Vater nicht hören konnte. Anna hatte es aber gehört und abends Henriette gefragt, als sie bei ihr am Bett saß, um ihr vorzulesen.

»*Gadles ligt ojfn mist* – was heißt das, Hennilein?«

Die dunklen Augen der Schwester in dem zu schmalen, blassen Gesicht hatten geblitzt, sie hatte gelacht.

»*Gadles* heißt Hochmut. Hochmut liegt auf dem Mist.« Sie hatte gekichert. »Wo hast du das aufgeschnappt, Annele?«

»In der Küche, ach, ich weiß nicht.« Sie hatte versucht, sich wieder auf den Roman zu konzentrieren, aus dem sie der Schwester langsam und mit Mühe vorlas.

Jetzt holte Anna schnell ihren Umhang und zog die neuen Stiefel aus glattem, weichem Leder an, bevor die Mutter es sich doch noch überlegte und die Fahrt verbot.

»Aber kommt nicht zu spät ...«, sagte diese nur leise. Wenig später saßen sie in der Kutsche, die über die Pflastersteine holperte.

»Und der Faden, Vater, der Wollfaden, an dem das Mädchen in den Himmel geklettert ist?«

»Feinstes Kammgarn ...«, sagte der Vater, in Gedanken versunken. »Wir müssen schauen, ob die Lieferung aus England eingetroffen ist. In der kommenden Woche beginnt bereits die Messe. Halbwollenes Jacquardgewebe in Rot, Blau und Gelb wollen alle, Anna, und nirgendwo weben sie so wie in Bradford.«

Seine Finger trommelten nervös auf die Bank, und Anna folgte seinem Blick aus dem Fenster. Die Kutsche fuhr über den Brühl, sie sah die Magazine der Pelzhändler, das geschäftige Treiben. Ware kam nun täglich an und wurde ausgeladen. Die Ersten hatten bereits ihre Pelze über die Fensterbänke gelegt als Zeichen, dass die Messe bald beginnen würde. Anna liebte die Messetage, sie liebte die Geschäftigkeit in Vaters Kontor, all die Fremden, die kamen, die Gäste, die bei ihnen wohnten: Geschäftsleute, mit denen der Vater enge Verbindungen pflegte, die Geschenke mitbrachten und Geschichten erzählten. Und sie liebte die Gaukler und Jahrmärkte und den Großboseschen Garten vor dem Grimmaischen Tor, der zur Messe geöffnet wurde. Sie dachte an die Kräppel und Spritzkuchen, die an den Buden verkauft wurden, an Feuerspeier und Schwertschlucker.

Als die Kutsche vor dem Kontor hielt, riss der Vater die Tür auf, stieg aus – nicht ohne darauf zu achten, sich die polierten Schuhe nicht schmutzig zu machen – und hob sie aus der Kutsche.

Callmann & Eisner, englische Manufakturwaren, stand auf dem Messingschild an dem Haus in der Katharinenstraße, und sie sah, dass der Vater wie jedes Mal den Blick für den Bruchteil einer Sekunde darauf ruhen ließ.

Im Kontor herrschte reges Treiben, die Kommis und die Bureaudiener liefen durcheinander, das Stimmengewirr war so laut, dass einer der Diener, der an einem Stehpult stand und ein Schriftstück verfasste, alle zur Ruhe rief, weil er sich nicht konzentrieren konnte.

»Keine Lieferung heute«, und sie folgte dem Vater in die Lagerhalle, wo hohe Ballen der unterschiedlichsten Stoffe lagerten, in allen Farben, dickere und feinere, Panama, Alpaka und Orleans. Bei einem grauen Wollstoff mit dünnen hellen Streifen blieb der Vater stehen.

»Baumwollene Kette, wollener Schuss ... Und für den Schuss englisches Kammgarn aus Yorkshire, Mohair ... schön fest und mit Glanz, daraus kann alles geschneidert werden, Schürzen- und Futterstoffe, Staubmäntel, Oberröcke ... Komm her, Anna, fühl nur. So einen festen halbwollenen Stoff findest du nirgends in der Stadt. Gewebt in England, dort können sie fester und feiner weben als die Schlesier. Dieser Stoff nutzt sich nicht ab, er reißt nicht und bleibt dir ein Leben lang.«

Vorsichtig strich Anna darüber.

»Mohair, Crossbred, Cheviot«, murmelte sie – wie schön das klang. Sie erinnerte sich an die Namen der anderen Kammgarne und sah, dass der Vater zufrieden lächelte. Wann immer sie konnte, versuchte sie, mehr darüber zu erfahren. Wenn sie Glück hatte, begann der Vater zu erzählen. Bis ihn jemand unterbrach, der fand, dass er nur seine Zeit verschwendete.

»Vater, erzähl mir von Bradford«, bettelte sie.

»Jetzt nicht, Anna, keine Zeit. Übermorgen treffen die Reichenheims ein; der Geheime Kommerzienrat hat telegrafiert, er bringt Julius mit. Und Adolph, seinen jüngsten Sohn, er ist nicht viel älter als du. Julius war gerade in Bradford und weiß besser davon zu berichten als ich ...«

Anna freute sich über die Gäste, gleichzeitig fürchtete sie sich ein wenig vor dem strengen Louis Reichenheim, den der Vater immer noch mit »Herr Kommerzienrat« ansprach, obwohl er als junger Mann in der Firma Reichenheim in Berlin gelernt hatte und ihn und seine Brüder lange kannte.

Die Reichenheims waren dem Vater Vorbild, und ihre Firma beschrieb er in leuchtenden Farben. »Große Werke in Bradford und Schlesien«, sagte er, »ganz modern.« Ihre Stoffe »beste Ware«. Ihnen eiferte er nach, und ihre Messebesuche bei ihm, dem ehemaligen Handelsdiener, machten ihn stolz.

Der Herr Kommerzienrat kam allein oder mit seinen Brüdern, und solange sie sich erinnern konnte, war immer sein ältester Sohn Julius dabei. Dünn war er und »schwach«, das hörte sie den Vater manchmal der Mutter erzählen, der Herr Julius sei krank und besuche immer wieder ein Sanatorium. Ein Brustleiden habe er, deshalb könne er wohl nicht heiraten, obwohl er bald dreißig Jahre alt sei.

»Anna, kommst du?«, rief der Vater, und während sie noch einmal gedankenverloren über den Stoffballen strich, sah sie Julius aufrecht an Bord eines Schiffes nach England stehen. Ihn umwehte ein dunkler Staubmantel, den er bei seinem letzten Besuch in Leipzig getragen hatte, sein Gesichtsausdruck war ernst, und er schaute aus hellen blauen Augen auf die weite See.

2

Die letzte Woche vor der Messe war wie im Flug vergangen. Es war keine Zeit mehr geblieben, den Vater ins Kontor zu begleiten, denn Anna musste der Mutter helfen, das Haus herzurichten und alles für den Besuch vorzubereiten.

Margarethe mit ihren sieben Jahren spielte lieber mit der kleinen Marie. Und Henriette musste sich so oft ausruhen, dass sie ihr keine Konkurrenz machen konnte, obwohl sie schon dreizehn war.

Nur wenn der Vater die großen Brüder mit in die Firma nahm, versetzte es Anna einen Stich. Denn noch lieber als bei den Vorbereitungen zu helfen, wäre sie mit in die Katharinenstraße gefahren und hätte dort an den Messevorbereitungen teilgenommen. Gestern waren die ersten Kaufleute eingetroffen, und der Vater hatte zwei von ihnen gemeinsam mit Georg und Hugo in der Sanderschen Wirtschaft getroffen. Aufgeräumt waren die drei abends wiedergekommen, und sogar Georg hatte gute Laune gehabt. Später hatte er Anna und Margarethe erzählt, dass ein Kaufmann aus Galizien ihm einen Gebetsschal gezeigt hatte, wie er ihn noch nie gesehen hatte – aufwendig bestickt, in leuchtenden Farben. Anna hatte sich ausgeschlossen gefühlt, enttäuscht hatte sie zugehört und die Stickarbeit beiseitegelegt, die ihr sonst Freude machte. Dann war der Vater zu ihr gekommen, hatte den Stickrahmen genommen und die Blumen gelobt, die sie gestickt hatte.

»Stickst du mir eine Spinne neben die Blüte?«, hatte er ihr ins Ohr geflüstert, und die trüben Gedanken waren wie weggeblasen.

Wie immer waren die letzten Tage schnell vergangen, und kaum war alles bereit, trafen die Gäste ein: Louis Reichenheim, der schweigsame Julius und der dreizehnjährige Adolph. Julius kümmerte sich um den lebhaften Jungen, der seinem strengen Vater überhaupt nicht ähnlich sah. Er hatte dunkelbraune Locken, die nicht zu bändigen waren, dunkle Augen unter dunklen, geraden Augenbrauen, ein schmales Gesicht und auf der Nase ein paar Sommersprossen.

Durch die offene Tür des Gästezimmers beobachtete Anna, wie Julius einen der schweren Koffer auspackte und alle seine Sachen und die des Bruders in den Schrank hängte. Adolph schoss derweil am geöffneten Fenster mit einer kleinen Zwille Steinchen auf die Straße, bis Julius ihn ermahnte, es zu unterlassen.

Dann holte Julius aus den Tiefen des großen Schrankkoffers eine große Puppe hervor, die er Anna, Margarethe und Marie später beim gemeinsamen Abendessen überreichte.

»Aus Frankreich«, sagte er, sie sei mechanisch und könne sprechen und laufen. Der Vater zog sie vorsichtig auf, sie sang ein Lied, klappte mit den blauen Augen und lief ein paar Schritte im Kreis. Anna wollte sie in den Arm nehmen und über das seidig glänzende blonde Haar streichen, aber die Mutter nahm ihr die Puppe weg, sie solle vorsichtig sein, die Mechanik sei empfindlich, und schloss sie in den Schrank.

Dann wurden die Speisen aufgetragen, und Louis Reichenheim ermahnte seinen jüngeren Sohn, nicht zu schnell zu essen. Er nahm Adolph das Messer aus der Hand, das dieser wie einen Säbel in den Himmel richtete, legte es auf den Tisch und stand auf. »Nun ist es genug, wir sind satt. Kommt, wir haben viel zu bereden.«

Julius nahm den kleinen Bruder, der protestieren wollte, an der Hand und ging mit ihm in die Küche.

»Der Herr Julius weiß besser als sein Vater, dass Jungen in diesem Alter immer Hunger haben«, sagte die Mutter später.

»Hugo und Georg essen auch nicht so viel und so hastig«, wandte Anna ein. Ihre Brüder hatten mit großen Augen das Schauspiel verfolgt, das Adolph bei Tisch geboten hatte.

»Darauf habe ich ein Auge«, sagte die Mutter. »Der Herr Reichenheim und seine Frau sind in einem Alter, in dem man sich über Enkel freut. Herr Julius sollte besser selber heiraten, als sich um seinen Bruder zu kümmern.«

Die Messetage waren lang und aufregend, auch für Anna und ihre Schwestern, die daheimblieben und auf die Rückkehr der Männer warteten, auf Berichte oder wenigstens Gesprächsfetzen, hier und da aufgeschnappt, über den Fortgang der Geschäfte, über Merkwürdigkeiten und Sensationen. Denn es wurde nicht nur gehandelt: mit den Kaufleuten trafen Nachrichten aus allen Ecken der Welt in Leipzig ein. Die Zeit verging wie im Flug, und Anna fieberte dem letzten Tag entgegen, dem Ausflug am letzten Messenachmittag in die Großboseschen Gärten.

Anna hatte befürchtet, dass sie diesmal bei Henriette bleiben müsste, weil es der Schwester nicht gut ging. Sie hatte sich geschämt, dass sie an diesem Nachmittag nicht an ihrem Bett sitzen und ihr vorlesen wollte, und ängstlich gewartet, ob die Mutter sie bat, auf die Fahrt zu verzichten.

Aber die Mutter hatte das Dienstmädchen angewiesen, bei Henriette zu bleiben, und nun saß Anna in ihrem schönsten Kleid – hellgrüner Taft, Spitzenkragen, dazu hellgrüne Schleifen im dunklen Haar – neben Margarethe und Marie in der Kutsche. Der Vater saß in der zweiten Kutsche mit den Reichenheim-Söhnen. Der Herr Kommerzienrat hatte nicht mitkommen wollen, es gab noch Geschäfte, denen er sich widmen musste.

Es war ein strahlender Septembertag, die Luft war klar und warm, der Geruch des Herbstes lag darin, von Laub und Pilzen, würzig und schwer. Der Himmel war tiefblau und das Laub bereits gelb und rot verfärbt.

Je näher sie den Großboseschen Gärten kamen, desto langsamer kamen sie voran. Kutschen, »weiße Elefanten« – Wagen mit weißen Planen, auf denen Messeware geladen war – und Scharen von Menschen zu Fuß strömten ihnen entgegen, dichter und dichter wurden das Gedränge und das Stimmengewirr. Anna hörte fremde Sprachen, Lachen und Schreien und schaute sehnsüchtig in Richtung der Gärten. Die Kutschen hielten vor dem schmiedeeisernen Gitter, schnell sprang sie heraus, gefolgt von den kleinen Schwestern.

»Bleibt hier«, rief die Mutter ihnen nach, und sie warteten brav am weit geöffneten Tor, bis auch der Vater und die beiden Reichenheim-Söhne bei ihnen waren.

»Die Kräppel, wo gibt es die?« Adolph war ungeduldig, und seine Augen blitzten fröhlich. »Alle schwärmen von den Kräppeln, die es bei uns in Berlin nicht gibt!«

Anna tat Adolph leid, der in einer Stadt leben musste, wo es so etwas nicht gab. Sie könnten ab und zu welche schicken, überlegte sie, während der Junge gierig das klebrige Gebäck verschlang. Nur der Vater aß nichts davon. »Er sorgt sich, dass Zucker auf seinem Gehrock klebt«, lachte Georg, und der Vater lächelte auf eine Art, der Anna ansah, dass das genau der Grund war, er aber nicht darüber sprechen oder gar scherzen wollte. Der Vater hasste nichts mehr als Flecken auf der Kleidung oder Schmutz an den Schuhen. Alles musste ordentlich und sauber sein und der neusten Mode entsprechen. Und das Schlimmste waren billige, schlechte Stoffe, die rau wurden oder aus der Form gerieten.

Sie bestaunten einen Schwertschlucker und eine Dame, deren Glieder aus Gummi zu sein schienen. Anna war mit offenem Mund vor der Frau stehen geblieben, die Arme und Beine so um den Körper geschlungen hatte, als hätte sie keine festen Knochen im Leib. Als sie aus ihrer Trance erwachte und sich umsah, waren die anderen im Gedränge verschwunden. Sie meinte, den Hut des Vaters zu erkennen, und lief hinterher, aber die Menge war wie ein großer Körper, es wurde geschoben und gedrückt, und sie hatte schon bald den Hut des Vaters aus den Augen verloren.

Immer dichter schien die Menge zu werden, und plötzlich sah sie die Rauchschwaden. Der Duft von gerösteten Maronen und gebrannten Mandeln hatte über dem Garten gehangen, jetzt wurde er beißend und schwer, und sie begann zu husten. Das waren nicht mehr die Rauchwolken der Maroniröster, diese waren dichter und dunkler. Die ersten Schreie ertönten, Feuer, Feuer!

Plötzlich war überall Rauch, und Anna konnte kaum noch ein paar Meter weit sehen. Wo war der Eingang, hinter ihr oder schräg vor ihr? Es gab ein einziges Tor in dem hohen schmiedeeisernen Zaun um die Großboseschen Gärten, das Tor, das nur zur Messe geöffnet wurde und sonst verschlossen blieb. Während sie noch überlegte, wurde sie fortgerissen von der Menge, die drängte und stieß. Frauen schrien und weinten, Hunde bellten, in der Ferne hörte sie Pferde wiehern. Panik brach aus. Der Rauch stach in der Kehle, Anna sah neben sich die Frau mit den Gummiknochen, die ebenso schob und schrie wie die anderen, dann loderten ganz in der Nähe Flammen: Eine der hölzernen Buden, vor denen ein Maronenverkäufer gestanden hatte, musste Feuer gefangen haben.

Sie kam kaum voran, sie hustete und würgte, ihre Augen tränten, dann wurde ihr schwindelig. Plötzlich spürte sie, wie eine Hand nach ihr griff.

Ihr Vater stieß die Menschen beiseite, er legte die Arme

um sie und schob sich gemeinsam mit ihr durch die Menge. Inzwischen war die Hitze unerträglich, und sie konnte nicht mehr die Hand vor Augen sehen, so dicht war der Rauch geworden. Der Vater schrie, sie verstand nicht, was er sagte, aber sie kamen vorwärts und hatten schließlich das Tor erreicht. In ihrem Kopf drehte es sich, und als sie endlich stehen bleiben konnten, um Luft zu holen, wurde Anna ohnmächtig.

Als sie zu sich kam, hatte man sie in die Kutsche gelegt, und die Mutter tupfte ihr mit einem feuchten Taschentuch die Stirn ab.

»*Ajele poppejele*«, sang sie leise, und das alte Lied beruhigte Anna. Gierig sog sie die frische Luft ein.

»Du hast mir einen Schreck eingejagt«, schimpfte die Mutter, »wo warst du denn?«

Ihr Vater gab ihr einen Kuss auf die Stirn. Sein Mantel war staubig und am Saum zerrissen, und sein Gesicht war rußverschmiert.

Auch Julius und Adolph sahen nicht viel besser aus. Adolphs Jacke war am Ärmel zerrissen, und Julius' Kragen hatte sich gelöst. Noch ganz benommen hielt Anna sich den Kopf. Da trat Julius zu ihr an die Kutsche. Erst erkannte sie nicht, was er in der Hand hielt.

»Ihre Schleifen, Fräulein Anna«, sagte er. Sein Gesicht sah wie eine schwarze Maske aus, in der hell die Augen standen.

Sie fragte sich, wo er sie in dem Gedränge gefunden hatte.

»Danke«, sagte sie schüchtern und griff nach den schmutzigen grünen Bändern.

Der Ausflug hatte die euphorische Messestimmung jäh beendet. Überrascht schaute der Geheime Kommerzienrat auf Adolphs zerrissene Jacke und die rußverschmierten Gesichter.

Anna merkte ihrem Vater an, dass er sich am meisten über den zerrissenen Saum seines eleganten Jacketts ärgerte, aber auch darüber, dass der von ihm lange und sorgfältig geplante Ablauf gestört war: Sie mussten sich waschen und umziehen, unaufhörlich schleppte das Mädchen Schüsseln und Krüge voller Wasser in die Zimmer, damit sie sich den Ruß aus dem Gesicht und von den Händen waschen konnten. Als Anna ihr Kleid auszog, sah sie, dass auch die Unterkleider bräunlich verfärbt waren, und sie nahm den beißenden Geruch wahr, der nicht nur aus den Kleidern, sondern auch aus ihrer Haut und ihren Haaren aufzusteigen schien. Sie schrubbte lange, bis ihr die Hände wehtaten, hatte aber nicht das Gefühl, sauber zu sein.

Das große, für den Abend geplante Essen konnte erst viel später beginnen, der Vater war nervös, und Anna – die wie ihre Mutter nicht dabei war und nur ab und zu einen Blick durch die Tür in das Esszimmer werfen konnte – sah den Geheimen Kommerzienrat sowie Julius und Adolph mit ernsten Gesichtern am prächtig gedeckten Tisch sitzen. Obwohl Chanele und die Mutter ihr mehrmals befahlen, in die Küche zu kommen, blieb sie neben der Tür stehen und versuchte der Unterhaltung zu folgen, von der sie nur Bruchstücke hörte: der Geheime Kommerzienrat sprach über das Werk in Wüstegiersdorf und die Faulheit der Arbeiter in Bradford, über einen großen Verkauf von dunkler Tuche an einen Kaufmann aus Odessa, von dem er noch nie gehört hatte, und von den Baumwollpreisen, die langsam wieder sanken nach der Krise der vergangenen Jahre in den USA. Anna beugte sich vor, um besser zu verstehen.

Sie sah, dass Adolph sich langweilte und aus dem Fenster schaute. Er spielte mit einem kleinen silbernen Löffel, er drehte ihn schnell zwischen Daumen und Zeigefinger. Die Erwachsenen beachteten ihn nicht, sie waren in ihre Diskussion vertieft, die immer lauter wurde. Dann fiel Adolphs Blick auf den Türspalt, sie trat einen Schritt zurück, aber er hatte sie schon gesehen, und der Löffel glitt ihm aus der Hand und fiel klirrend zu Boden.

3

Die Messen gaben den Jahren ihren Rhythmus, sie teilten das Jahr in drei Teile und waren wichtiger als Geburtstage oder Feiertage.

Mit den Messen kamen die Reichenheims, dreimal im Jahr. Manchmal kamen sie zu fünft oder sechst, immer war Julius dabei und immer öfter auch Adolph.

Beide Söhne »kränkelten«, wie der Vater sagte, er erzählte von Sanatorien und Kurorten, die Julius und sein Bruder besuchen mussten. Wenn sie in Leipzig waren, schienen sie gesund zu sein, sie waren nicht so blass wie Henriette oder mussten sich nachmittags hinlegen.

Anna lebte von Messe zu Messe. Der Vater nahm sie immer seltener mit ins Kontor, und der Besuch aus Berlin, die lauten Tischgespräche, der Austausch über gute oder schlechte Geschäfte unterbrachen die Eintönigkeit des Alltags. Immer öfter sagte der Vater ihr nun, dass sie sich zu Henriette ans Bett setzen oder wie Margarethe sticken und Klavier üben oder der Mutter helfen solle.

Er engagierte ein neues Kindermädchen aus Paris, das mit den Schwestern nur Französisch sprechen durfte. Chanele, der alten Köchin, verbat er, ein Wort Jiddisch zu sprechen, und schwor, sie zurück nach Gleiwitz zu schicken, wenn er es noch ein einziges Mal höre.

Jiddisch durfte nur gesprochen werden, wenn der Großvater aus Gleiwitz zu Besuch kam.

»*As men hot chaßene mitn schwer, schloft man mit dem ber*«, hörte Anna Chanele einmal in der Küche sagen. Später versuchte sie, den Spruch Henriette aufzusagen, aber sie brachte ihn nicht mehr zusammen.

»*Chaßene mitn schwer*«, sagte sie der Schwester, »an mehr erinnere ich mich nicht«

»Den Schwiegervater heiraten. Hm ...« Sie überlegte und runzelte die hohe blasse Stirn.

»Das wäre, wenn Vater den Großvater heiratet«, sagte Henriette.

»Hat er aber nicht«, sagte Anna empört. Sie war neun Jahre alt und wusste, dass sie den Vater nicht heiraten konnte, er war mit der Mutter verheiratet. Sie würde einen anderen Mann heiraten, den die Eltern aussuchten, so wie der Großvater ihren Vater für die Mutter ausgewählt hatte.

»Wer heiratet den Schwiegervater?«

Anna und Henriette hatten nicht bemerkt, dass die Mutter ins Zimmer getreten war.

»*As men hot chaßene mitn schwer* ... hat sie das gesagt? Das Chanele kann es sich einfach nicht verkneifen!«

Die Mutter war wütend geworden, und Anna hatte bemerkt, dass sie zwei Tage lang nicht mit der Köchin sprach.

Henriette sagte Anna den Spruch ein paar Tage später auf: »*As men hot chaßene mitn schwer schloft man mit dem ber.*« Abends saß Chanele oft bei ihr und redete mit ihr in jener Sprache, die fremd klang und heimelig – dunkle, weiche Laute, in denen man sich verkriechen konnte. Henriette hatte Chanele leicht dazu bringen können, ihr den Spruch zu verraten.

»Heiratet man den Schwiegervater, schläft man mit dem Bären«, übersetzte ihr Henriette. Dann setzte sie sich in ihrem Bett auf und erklärte Anna, dass die Menschen so etwas sagten, wenn man den Großvater so lieb hatte wie sie den ihren. Und dass das dann kein böser Bär war, sondern ein lieber. Wie bei *Schneeweißchen und Rosenrot*.

»Aber warum war die Mutter dann so böse?«

Das wusste Henriette nicht, wechselte das Thema und erzählte Anna eine ihrer Geschichten – Märchen, die sie von den Hausmädchen gehört hatte, von der Wasserlisse, der Spilahulla oder der Mohra, Hexen und Zauberern, die den Menschen halfen oder sie erschreckten, verzauberten oder in ihre Welt entführten.

Der Großvater war klein und hatte einen runden Bauch, er aß und trank gern und verbrachte viel Zeit mit Anna und ihren Schwestern. Henriette brachte er immer besonders viele Geschenke mit, Ketten und Armbänder, ein Stickkissen und bunte Garne. Nachmittags fuhr er mit dem Vater und den Brüdern ins Kontor, und Anna setzte sich schweigend aufs Sofa, um zu sticken. In Gedanken war sie nicht bei der Sache, oft stach sie sich, oder die Blütenblätter wurden schief.

Der Großvater blieb zwei Wochen, dann fuhr er wieder. Zurück nach Hause, sagte er, und die Mutter hatte zwei Tage lang verweinte Augen. Der Vater wurde wütend, die Ader an seinem Hals schwoll an, ein Zeichen, ihm besser aus dem Weg zu gehen. Manchmal stand er dann auf, nahm Mantel und Hut und lief aus dem Haus. Die Mädchen starrten ihm hinterher, das taten sie immer. Einmal hörte Anna, wie eines der Mädchen seufzte und sagte, was für ein schöner Mann.

Nach ein paar Tagen war die Abreise des Großvaters vergessen, die Mutter hatte im Haus zu viel zu tun, der Vater ging auf eine seiner Reisen, der Arzt kam zu Henriette, und Anna und Margarethe stritten sich über Kleinigkeiten.

Und Anna wartete auf die nächste Messe.

1866, in dem Jahr, in dem sie zehn Jahre alt wurde, fiel die Herbstmesse aus. In der Stadt war die Cholera ausgebrochen, man blieb in den Häusern, und über die Stadt legte sich ein schweres Tuch aus Angst, Krankheit und Tod. Es war ein strahlender Augusttag mit blauem Himmel und warmer Sommerluft, als die Nachricht von den ersten Cholera-Fällen wie ein Lauffeuer durch die Straßen ging.

Die Mutter verbot Anna und ihren Geschwistern, das Haus zu verlassen. Der Vater musste die Klavierlehrerin abbestellen, und wenn Anna versuchte, sich aus dem Haus zu schleichen, und dabei erwischt wurde, wurde die Mutter böse.

Dann sollte auch der Vater zu Hause bleiben.

»Was soll ich machen? Ich muss nach dem Rechten sehen«, rief er wütend, und als die Mutter in Tränen ausbrach und darum bat, die Firma zu schließen, wenigstens für ein paar Tage, stand der Vater vom Tisch auf und schlug die Tür hinter sich zu.

Anna und Margarethe nutzten die Unruhe, um unbemerkt nach draußen zu gelangen. Es war zu langweilig, den ganzen Tag eingesperrt zu Hause zu bleiben. Anna fragte sich, was diese Cholera überhaupt sei. Sie hatte eine alte Frau vor Augen, eine der Hexen aus den Märchen, die an die Tür klopfte und das Fieber brachte, vor dem sich alle fürchteten. Halb erwartete sie, diese Cholera auf der Straße zu treffen, der sonst so belebten und geschäftigen Querstraße, auf der es viele Läden gab, Druckereien und Buchhandelsgeschäfte. Jetzt waren nur wenige Menschen auf der Straße, sie gingen schnell mit gesenktem Kopf an ihnen vorbei. Zögernd taten sie ein paar Schritte. Margarethes Hand war feucht – oder war es Annas eigene? Sie sahen sich unsicher an.

»Vielleicht gehen wir zurück, bevor die Mutter etwas merkt«, sagte Margarethe leise. Anna wollte ihr etwas entgegnen, sich über ihre Feigheit lustig machen. Aber auch ihr kam die stille Straße gespenstisch vor, ein seltsamer Kontrast zu Sonnenschein und singenden Vögeln. Beinahe rannten sie zurück und sahen sich um, bevor sie sich ins Haus zurückschlichen.

Am Tag danach erkrankte erst Hugo und dann Henriette. Um vier Uhr in der Frühe hörte Anna den Bruder stöhnen und nach der Mutter rufen. Am nächsten Morgen sah sie die Mutter mit Tee und Wickeln zu ihm gehen. Der Arzt kam, das Zimmer wurde verdunkelt, die Wäsche gewechselt. Alle gingen auf Zehenspitzen und flüsterten. Als Anna abends bei Henriette saß, bemerkte sie den Schweiß auf der Stirn der Schwester. Sie schien noch blasser als sonst, noch schmaler in ihrem Bett. Unter den Augen zeichneten sich dunkle Ringe ab.

»Willst du morgen nicht einmal aufstehen? Ich helfe dir – nur eine Stunde«, schlug Anna vor.

»Ich würde gern«, flüsterte Henriette. Ihr Lächeln sah gequält aus. »Aber gerade heute geht es mir nicht gut, es ist so warm, findest du nicht? Ich bekomme kaum Luft, und mir ist flau im Magen. Machst du das Fenster auf?'

Sie versuchte sich aufzurichten und presste plötzlich die Hand vor den Mund. Als sie sich krümmte und sich übergab, stand die Mutter neben dem Bett und zog Anna weg.

»Geh!«, rief sie, und die Entschiedenheit in ihrer Stimme duldete keinen Widerspruch. Anna stand auf, und die Mutter schob sie aus dem Raum. Bevor die Tür sich schloss, sah Anna, wie ihre Schwester hustete und ein weiterer Schwall aus ihrem Mund brach.

Danach schien es im Haus noch stiller zu werden. Selbst Chanele klapperte in der Küche nicht mehr mit den Töpfen, schweigend trug sie Fleisch- und Eibrühe oder Kamillentee in die beiden Krankenstuben und half den Mädchen, die Wäsche auszukochen.

Anna sah in diesen Tagen weder Hugo noch Henriette, auch die Mutter sah sie kaum, die den gemeinsamen Mahlzeiten fern- und bei den Kranken blieb.

Der Vater war einsilbig, nur kurz setzte er sich zu ihnen an den Tisch und verschwand wortlos, nachdem er drei Bissen genommen hatte.

Anna und Margarethe versuchten sich die Zeit mit ihren Puppen zu vertreiben, aber wie so häufig begannen sie schnell zu streiten. Sonst schlichtete die Mutter, oder das Mädchen griff ein. Oder Henriettes müder Blick ließ sie verstummen.

Jetzt aber reichte eine Kleinigkeit, dass die Schwester und sie sich endlos Widerworte gaben und die eine der anderen das Spielzeug wegnahm. Marie fing dann an zu weinen, sie hasste es, wenn ihre älteren Schwestern sich zankten, aber da sie im Spielzimmer nun meistens sich selbst überlassen waren, beachteten sie sie nicht. Wie in Trance rissen sie an den Spielsachen, manchmal auch an den Haaren, bis eine der anderen wehtat und auch zu weinen begann. Dann steckte meistens doch eins der Mädchen den Kopf ins Zimmer und rief »Schluss« oder »Schämt ihr euch nicht!«.

Zu den Mahlzeiten durften sie nun häufig nicht einmal ihr Zimmer verlassen, Chanele kam mit Brot und etwas Brühe oder Fleisch zu ihnen.

»Wann können wir wieder zu Henny?«, fragte Anna eines Abends. Es war ein kühler Septembertag, das erste Laub war von den Bäumen gefallen, und als sie am Nachmittag das Fenster geöffnet hatte, roch die Luft schon rauchig und zog kalt in das Zimmer. Die Straßen waren immer noch verlassen, die Cholera trieb die Menschen in die Häuser. Die Kutsche des Arztes hielt fast jeden Tag vor ihrem Haus, und an diesem Tag hatte Anna sie schon morgens gesehen.

Chanele, die ihnen bereits den dritten Tag hintereinander Klöße mit brauner Sauce gebracht hatte, antwortete ausweichend auf die Frage nach Henriette.

»Jetzt nicht, sie muss erst gesund werden.« Dann ging sie schnell aus dem Zimmer. Missmutig hatte Anna die Klöße gegessen, die halb kalt waren.

In der Nacht konnte Anna nicht schlafen. Sie lauschte Margarethes gleichmäßigem Atem im Bett neben sich und dem etwas flacheren von Marie im Nachbarbett. Das silberne Mondlicht fiel ins Zimmer, es war kalt, und Anna schauderte. Sie dachte an das milde Antlitz des Mondjünglings im Märchen. Ihr kam das Gesicht des Mondes nicht lieb vor, es war das eines Nachtmahrs, und sie wünschte sich eine tiefe Dunkelheit, in der sie sich verkriechen konnte. Plötzlich hörte sie Lärm und Stimmen, dann Poltern, als wäre ein Stuhl umgefallen. Sie stieg aus dem Bett und öffnete vorsichtig die Tür. Die Stimme des Vaters vermischte sich mit der des Arztes, er rief »schnell, schnell«, dann Worte, die sie nicht verstand, Worte in jener Sprache, die der Vater nicht mochte. Langsam ging sie die Treppe hinunter, sie hatte das Gefühl, ihre nackten Füße klebten an der Holztreppe, und sie zitterte vor Kälte. Die Tür zu Henriettes Zimmer war offen, der Arzt und die Eltern standen an ihrem Bett.

Annas Blick fiel auf das schmale Gesicht, das sie noch nie so blass gesehen hatte, auf die Augen und erschrak. Sie waren weder geöffnet noch geschlossen, und das verlieh der Schwester, die immer sanft war, einen verschlagenen, beinahe bösen Ausdruck. Sie schrie auf. Die Eltern fuhren herum.

»Was machst du hier, schnell zurück ins Bett!«

Die Mutter nahm Anna am Arm und zog sie hinter sich die Treppe hinauf. »Zurück ins Bett, du hast hier nichts zu suchen.«

Sie schob sie ins Zimmer, stolperte über einen Schuh, der im Weg lag, kümmerte sich nicht um den Lärm, den sie machte, und darum, dass nun auch Margarethe wach wurde, sie drückte Anna zurück ins Bett und herrschte sie an, dort zu bleiben und zu schlafen, bevor sie den Raum verließ und die Tür hinter sich zuzog.

Anna saß wie gelähmt auf der Bettkante. Auf die Fragen der Schwester konnte sie nicht antworten, sie zitterte und schluchzte. Und als Margarethe sie an der Schulter fasste, machte sie sich los und kroch zu Mariechen ins Bett, die einfach weitergeschlafen hatte, als ginge der Lärm sie nichts an. Sie drängte sich an den mageren Mädchenkörper und sog den Geruch der weichen Haare ein, bis das Zittern nachließ und sie einschlief.

Am nächsten Morgen lag eine bleierne Stille über dem Haus. Wieder war der Himmel herbstblau, die Sonne schien, doch ihre Strahlen wärmten nicht. Als Anna aufwachte, schliefen Marie und Margarethe noch, aber sie hatte das Gefühl, es wäre schon spät und die Sonne stünde hoch am Himmel. Keines der Mädchen war mit der Waschschüssel gekommen.

Vorsichtig öffnete sie die Tür einen Spaltbreit. Sie traute sich nicht, aus dem Zimmer zu treten. Die Stille war kaum auszuhalten, es war ihr, als wäre sie allein in einem Geisterhaus. Sie wusste nicht, was sie tun sollte. Also ging sie zurück in ihr Bett und schloss die Augen. Warum hatte Henriette so merkwürdig geschaut?

Sie musste noch mal eingeschlafen sein, denn sie schreckte hoch, als das Kindermädchen vor dem Bett stand.

»Zieht euch an, schnell, euer Vater will euch sprechen, er ist im Salon und erwartet euch«, sagte es, zog hastig die Kleider aus dem Schrank und half Mariechen beim Anziehen.

»Eure Schwester ist heute Nacht gestorben«, sagte der Vater knapp. Sie standen vor ihm in dem großen Zimmer, und er stützte sich auf den Tisch, sein Hemd war wie immer blütenweiß, aber seine Haare waren zerdrückt.

Anna sah ihn ungläubig an.

»Sie hat mich doch angeschaut heute Nacht. Ganz seltsam

hat sie geschaut, ihre Augen waren offen, ich hab's gesehen«, sagte sie, obwohl sie im selben Moment daran zweifelte, in der Nacht wirklich ihr Zimmer verlassen zu haben.

»Sie ist tot«, wiederholte der Vater, »und jetzt geht ihr zurück in euer Zimmer und bleibt dort. Wir müssen eure Schwester begraben.« Er schaute aus dem Fenster, und Anna kam es so vor, als spräche er nicht länger zu ihnen, sondern zu sich selbst. »Wir müssen sie begraben, sie ist tot ...« Er wandte sich ihr so abrupt zu, dass sie zusammenfuhr.

»Anna, jetzt bist du die Älteste. Du hast die Verantwortung für deine kleineren Schwestern. Und du musst deiner Mutter zur Hand gehen, jetzt ist Schluss mit den Kindereien. Du bist alt genug.«

Ohne Vorwarnung schlug er mit der Faust auf den Tisch, er sah wütend aus, und Anna wusste nicht wieso. Als er aus dem Raum ging, stiegen ihr die Tränen in die Augen. Aus dem Fenster sah sie später die Kutsche des Arztes, dann eine andere Kutsche mit einem Sarg. Mariechen stellte sich neben sie ans Fenster.

»Hat die Wasserlisse Henny geholt? Sie hat immer von ihr erzählt, und jetzt hat sie sie geholt, nicht wahr?«

»Es gibt keine Wasserlisse, keine Mohra und auch kein Waisenmädchen, das den Mondjüngling heiratet«, sagte Anna bestimmt. Sie wusste nicht, woher sie die Gewissheit nahm. Henny, ihre Schwester, die ihr so viele Geschichten erzählt und der sie vorgelesen hatte, seit sie buchstabieren und die ersten Wörter zusammensetzen konnte, die ihr all die Dinge erklärt hatte, die sie nicht verstand, Henny war nicht bei der Wasserlisse in ihrem Königreich auf dem Grund des Sees, sie schwebte nicht mit dem Mond- oder Sonnenjüngling über die Himmelswiesen, und weder die Spilhahulla noch die Mohra hatte sie geholt. Sie war tot. Tot und weg wie die anderen Leute, die in den Holzkisten abgeholt wurden. Die Gewissheit breitete sich immer mehr in ihr aus, und sie griff nach Maries Hand und hielt sie fest in ihrer.

4

Die Wochen nach Henriettes Tod vergingen wie im Traum: Der schmächtige Körper unter den weißen Tüchern – Anna erahnte die halb geöffneten Augen darunter und wagte kaum hinzusehen. Dann die Beerdigung, der Sarg, das Kaddisch, das der Vater in Anwesenheit des Minjan sprach, zu dem auch ihre Brüder gehörten. Hugo war dabei, er war wieder gesund, sah aber dünn und blass aus. Keiner der Männer würdigte die Schwestern eines Blickes, sie hielten sich im Hintergrund bei Chanele, die jetzt immer mehr Zeit mit ihnen verbrachte, weil die Mutter nicht da war. Anna hatte schnell begriffen, dass sie in Henriettes Zimmer war und sich weigerte, es zu verlassen. Sie hatte die Mutter seit Hennys Tod nur auf dem Friedhof gesehen, dort hatte sie eine der Tanten gestützt, die mit dem Großvater aus Gleiwitz angereist war. Anna hatte es bei dem Geräusch der Erde geschaudert, die auf den hölzernen Sarg gefallen war, ein dumpfes Geräusch, das endgültig klang.

Während der Schiwa, die auf die Beerdigung folgte, kam sich Anna wie eine Gefangene vor, denn keiner von ihnen verließ das Haus. Der Vater saß auf einem niedrigen Schemel und sprach morgens und abends das Kaddisch, wenn genügend Männer aus der Gemeinde bei ihm waren.

Keiner kümmerte sich um Anna und ihre Schwestern, nur Chanele achtete darauf, dass sie regelmäßig aßen.

Auch nach der Trauerwoche stellte sich keine Normalität ein. Auf den ersten Blick war alles wie zuvor: Der Vater ging ins Kontor, die Brüder begleiteten ihn oder gingen in die

Schule, und auch das Fräulein kam wieder, das Anna und Margarethe Klavierunterricht gab. Aber Henriette hatte eine Leerstelle hinterlassen, mehr noch – einen Abgrund. Jedes Mal, wenn Anna an ihrem Zimmer vorbeiging, dämpfte sie ihre Schritte, sie schlich auf Zehenspitzen daran vorbei. Der Großvater und die Tante reisten nicht ab, denn die Mutter kam kaum noch aus Henriettes Zimmer.

Als Anna sich einmal an das Bett setzte und nach ihrer Hand fasste, zuckte die Mutter zusammen und zog sie weg. Ihr Blick war abwesend, als sähe sie ihre Tochter gar nicht.

Auch der Vater war abweisend. Er hatte keine Zeit mehr für die gemeinsamen Mahlzeiten, keine Zeit mehr, sich nach der Schule, nach dem Französisch oder dem Klavier zu erkundigen oder ihre Stickereien zu begutachten.

Die Wochen vergingen, es wurde Winter, und der erste Schnee fiel. Anna stand am Fenster und schaute den Schneeflocken zu, die dicht durch die Luft fielen und zu tanzen schienen. Wind kam auf, und aus dem Tanz wurde ein Wirbel, schneller und schneller flogen die dicken Flocken durch die Luft.

In ihr war eine unbestimmte Sehnsucht nach dem Leben, wie es vor Henriettes Tod gewesen war, nach dem Lärm der Mahlzeiten, dem Streit der Mädchen in der Küche, nach dem Poltern des Vaters, wenn er aus dem Kontor kam und das Essen noch nicht auf dem Tisch stand. Sie vermisste Henriette immer noch, aber der Schmerz war weicher geworden, er schien sich anzuschmiegen, sie auszufüllen, er gehörte nun zu ihr und bohrte nicht mehr wie am Anfang.

Eines Abends lag Anna wach, wie so oft in den vergangenen Wochen. Beim Abendessen waren weder Vater noch Mutter zugegen gewesen, die Mädchen hatten allein mit den Brüdern, dem Großvater und der Tante gegessen. Erst sehr spät hörte sie den Vater nach Hause kommen.

In der Küche tuschelten die Mädchen wieder über den Italien-Keller, aber diesmal schien es die Mutter nicht zu interessieren, sie blieb in Henriettes Zimmer.

Anna ging aus dem Zimmer die Treppe hinab und sah den Vater in Henriettes Zimmer treten. Er hatte sie nicht bemerkt.

In Henriettes Zimmer brannte eine Kerze, die auf dem Nachttisch neben dem Bett stand. Im Bett saß die Mutter, aufrecht, das Haar gelöst, das von vielen silbernen Fäden durchzogen war, die Anna nie aufgefallen waren, wenn sie es zusammengesteckt trug. Der Blick der Mutter war auf die Tür gerichtet, aber er war leer, sie sah Anna nicht. Der Vater kniete vor dem Bett und hatte den Kopf im Schoß der Mutter vergraben. Anna hörte ein ersticktes Schluchzen. Dann sah sie, wie die Mutter den Kopf des Vaters streichelte, mitleidig, wie man ein verwundetes Tier beruhigt.

Vorsichtig drehte sie sich um und ging zurück in ihr Zimmer.

Nach dem Winter kehrte mit der Sonne, den Vögeln, die zu zwitschern begannen, und den Schneeglöckchen auch das alte Leben zurück. Die Mutter ging ihren Verrichtungen nach, sie lachte manchmal wieder mit ihnen und war von früh bis spät beschäftigt. Anna sah jetzt auch die silbernen Fäden in den zusammengesteckten Haaren, es waren dünne Strähnen, die sich durch das dunkle Braun zogen.

Der Vater aß wieder zu Hause, es waren laute Mahlzeiten, bei denen alle durcheinanderredeten. Der Großvater und die Tante waren abgereist, als der Schnee taute, sie versprachen, im Sommer wiederzukommen, »vielleicht schon nach der Ostermesse«, hatte der Großvater gesagt. Wie immer war die Mutter wehmütig geworden und hatte ihnen von Gleiwitz erzählt – vom Schloss, der Klodnitz, dem Kanal und der Eisengießerei.

Die Zeit der Trauer war vorbei. Anna passte eine Gelegenheit ab, es war ein Sonntag, es war früh am Morgen, und sie wusste, der Vater würde ins Kontor gehen.

»Darf ich mitkommen? Ich war so lange nicht ...« Anna sah den Vater bittend an, der schon den Hut in der Hand hielt.

Der schaute sie überrascht an.

»Anna, du bist ein großes Mädchen und hast anderes zu tun, als mit mir zu kommen«, sagte er streng. »Es geht auf die Messe zu, die Reichenheims treffen bald ein, und ich möchte, dass du dich so benimmst, wie ich es von einer Tochter erwarte.«

Damit drehte er sich um, setzte den Hut auf und ging eilig aus dem Haus.

Am 22. Januar 1867 war Anna elf Jahre alt geworden. Sie war kein Kind mehr.

5

*Auf dem Weg von Gleiwitz
nach Sohrau, Mai 1852*

Der Weg war vertraut, nicht nur der Weg, jeder Stein und Strauch und Busch, die Raubvögel, die über ihm kreisten, die Bäume der dichten Laubwälder, in denen ein grünes Licht leuchtete, das aus den Farnen und den Efeuranken drang, die den Boden bedeckten wie ein dicker Teppich.

Isidor Eisner ging schnell, er hatte es eilig, wie immer, der Weg war lang, er brauchte sechs Stunden und hatte das Geld für die Postkutsche sparen wollen. Wieder einmal, wie so oft, aber jetzt wollte er es sparen, früher hatte er es nicht gehabt.

Dann öffnete sich vor ihm der Blick auf die Landschaft, und er blieb stehen. Er sah nach Südosten, in der Ferne die blaue Linie der schlesischen Beskiden, Berge, die von hier aus wie sanfte Hügel aussahen, dabei hatte er sich sagen lassen, sie seien hoch.

Isidor war niemals dort gewesen, obwohl er weit in der Welt herumgekommen war. Aber was sollte er dort, wo Schlesien endete und das Reich der Habsburger begann? Dort gab es nichts außer diesen blauen Bergen, die er jetzt wieder betrachtete, während sich sein Atem beruhigte. Die ferne Linie der Berge, die vor seinen Augen verschwamm, zeigte ihm an, dass es nach Sohrau nicht mehr weit war.

Er war am Morgen in Gleiwitz aufgebrochen, und dort war das Land flach, ganz flach. Man musste ein paar Stunden gehen, damit es etwas hügeliger wurde und in der Ferne die

Berge erkennbar wurden. Dann war es nicht mehr weit bis nach Sohrau.

Isidor Eisner war dort geboren, eines von neun Kindern, sein Vater war Bäckermeister. Enge Gassen, enge Wohnungen, in denen mehrere Familien lebten, drei Kinder in einem schmalen Bett, in der Schule zu viert an einem Pult, der Stock des Lehrers traf alle unterschiedslos, überall Enge und Dreck, Gestank und Geschrei.

Neun Kinder, was sollte aus ihnen allen werden, sie waren geduldet, aber es war kein Platz für neun neue Familien, die wiederum Kinder ernähren wollten.

Die Backstube des Vaters, in der ab zwei Uhr in der Früh der Ofen angeheizt und Teig geknetet wurde, ernährte sie kaum.

Isidor setzte sich ins hohe Gras, er riss einen Grashalm ab, steckte ihn in den Mund und ließ sich zurückfallen. Er schloss die Augen und war wieder in der Backstube – auch sie eng und heiß, er sah sich den Ofen heizen, Säcke voller Kohle holen, dem Vater helfen, das Brot hineinzuschieben, müde in die Schule gehen und die anderen beiseitedrängen, um einen Platz am Tisch zu ergattern, sein Hemd zerrissen und mit Brandflecken von der Arbeit, trotz der Müdigkeit schreiben und lesen und rechnen.

Nie mehr, nie mehr.

Er wollte die engen Gassen und niedrigen Häuser nicht mehr sehen, die Schule und die Backstube des Vaters. Und auch die blauen Berge nicht mehr, nie mehr.

Trotz der Müdigkeit, trotz des zerrissenen Hemds hatte er in der Schule aufgepasst, er hatte sich Mühe gegeben, und der Lehrer hatte ihn gelobt, hatte mit dem Vater gesprochen, dass Isidor begabt war, dass er es zu etwas bringen könnte. Kann er studieren, hatte der Vater gefragt, können wir ihn zum Studium der Schrift schicken, und der Lehrer hatte gezögert. Schickt ihn in die Lehre, hatte er nach einer Pause gesagt, er soll etwas lernen, jetzt, wo hier überall gewebt und gesponnen wird, brauchen die Tuchhändler Hilfe.

Der Vater war enttäuscht gewesen, er hatte sich einen Sohn gewünscht, den er zum Talmud-Studium schicken könnte, der fromm war und den ganzen Tag betete.

In der Enge sitzen bleiben und sich den ganzen Tag über Schriften beugen, arm dem Schwiegervater ausgeliefert zu sein, der ihn und seine Familie würde ernähren müssen – nein, das war es nicht, wovon Isidor träumte. Der Vater hatte ihn dann nach Gleiwitz geschickt, zu Ludwig Schlesinger, der einen Tuchwarenhandel hatte. Dort sollte er lernen, und Isidor war glücklich. Er hatte sich nicht umgedreht, als er Sohrau verlassen und die Straße nach Gleiwitz eingeschlagen hatte, er war schnell da gewesen, sieben Stunden dauere es, hatten sie ihm gesagt, aber er war in etwas mehr als fünf Stunden angekommen. Nur fort wollte er, fort aus der Enge und dorthin, zu jenem Ludwig Schlesinger, der ihn lehren würde, mit Stoffen zu handeln. Auf dem Weg, der wie im Flug vergangen war, träumte er von weiten Reisen und Messen, vom Handel und vom großen Geld, von feinen Stoffen und eleganten Kleidern.

Er war fünfzehn Jahre alt, und als er in Gleiwitz ankam, überwältigte ihn, was er sah: Das war eine Stadt, mit eleganten Plätzen und breiten Straßen, großen Flüssen und wunderschönen Gärten. Er konnte sich nicht sattsehen.

Aber dann hatte ihn die Enge doch wieder eingeholt, der Verschlag im Schlesingerschen Haus, den er sich mit einem anderen Handelsdiener teilen musste, Enge nachts im Bett und im Kontor, wo man ihm nicht die Buchhaltung übertrug oder ihn mitnahm, wenn Schlesinger mit Handelspartnern sprach, sondern wo er erst einmal das Lager ausfegte, aufräumte und sortierte. Er musste mit den Hausangestellten essen, magere Reste, und manchmal hatte er sich nach der Backstube des Vaters gesehnt. Es hatte gedauert, bis Ludwig Schlesinger ihn überhaupt wahrgenommen, geschweige denn ernst genommen hatte. Ernst genommen hatte ihn zuerst dessen junge Frau, die Schlesinger nach seiner ersten, im Kindbett gestorbenen geheiratet hatte.

Dann hatte er einen der älteren Handelsdiener dabei beobachtet, wie er Zahlen falsch in die Bücher schrieb und ein paar Münzen aus der Kasse verschwinden ließ. Schließlich hatte Ludwig Schlesinger ihm das Kassenbuch anvertraut. Ihn mitgenommen zur Frühjahrsmesse in Leipzig. Dann nach Berlin. Sie waren nicht zu Fuß gegangen, sondern in der Postkutsche gereist – über Oppeln, Breslau, Grünberg und Frankfurt nach Berlin oder über Görlitz, Bautzen und Dresden nach Leipzig. Auf diesen Reisen hatte ihm der alte Schlesinger alles beigebracht, was er wusste: wie man handelt, wie man die Qualität der Stoffe erkennt, wie man ein Netz aus Verbindungen und Kontakten aufbaut, das das Geschäft beflügelt. Die endlosen Stunden in der über Stock und Stein holpernden, unbequemen Kutsche, über die sich Schlesinger beklagte, waren Isidor die liebsten gewesen, ja, er konnte es kaum erwarten, einzusteigen.

Isidor öffnete jetzt die Augen und schaute in den hellblauen Himmel. Er hörte den Schrei eines Falken, gleich würde er niederstürzen und eine Maus fangen.

Als er das erste Mal mit nach Leipzig gefahren war, kam ihm Gleiwitz schon längst nicht mehr groß und herrschaftlich vor wie am Anfang. Ja, die Straßen waren breiter als in Sohrau, aber auch hier war wenig Platz für Juden, selbst für einen Kaufmann wie Schlesinger. Viele Familien lebten auch hier zusammengepfercht in Judenhäusern, und Geld nützte nichts, wenn man kein Haus zugewiesen bekam.

Leipzig und später Berlin nahmen ihm den Atem, er kam

sich klein vor inmitten des Gewimmels von Kutschen und Pferden und Menschen, die es immer eilig hatten. Die Leipziger Messen faszinierten ihn, das Sprachgewirr, die vielen jüdischen Kaufleute, die von weither kamen, aus Odessa, Lemberg, Minsk, Petersburg, Prag, Budapest. Hier wollte er ein Geschäft eröffnen, hier handelten die Juden mitten in der Stadt am Brühl in großen Höfen mit Rauchwaren und Tuche aus ganz Europa.

Als er siebzehn wurde und längst Ludwig Schlesingers engster Vertrauter war, hatte er einmal auf der Rückfahrt von der Leipziger Michaelismesse im Herbst auf ihn eingeredet, sie sollten Gleiwitz verlassen und nach Leipzig gehen, den Juden gehe es dort besser, das sei der richtige Ort, um es zu Wohlstand zu bringen.

Sachsen, hatte der alte Schlesinger trocken gesagt, hüte dich vor den Sachsen, in Preußen sind wir freier, geh nach Berlin, wenn du gehen willst. Er hatte ihn von der Seite angeschaut und ihm zugezwinkert, und wie so oft, wusste Isidor nicht, ob er es ernst meinte oder ob der Ältere sich über ihn und seinen Eifer lustig machte. Ludwig Schlesinger hatte etwas Gutmütiges, er scherzte mit jedem, aber Isidor wusste, dass er seine Geschäfte klug führte.

Unruhig wurde er in Gegenwart von Schlesingers junger Frau. Rosalie war nur ein paar Jahre älter als er, und manchmal meinte er, sie lächelte ihn an. Sie legte ihm die besten Stücke Fleisch auf den Teller, wusch seine Kleider mit Sorgfalt, und eines Tages, beim wöchentlichen Bad, kam sie selbst mit dem warmen Wasser zu ihm und füllte den Zuber auf. Er war erschrocken, vor allem als sie die Hand wie zufällig ins Wasser gleiten ließ, um die Temperatur zu überprüfen. Er sah den Ansatz der kastanienbraunen Haare unter der Perücke und atmete ihren Geruch ein – eine Mischung aus Honig und Rosen, so kam es ihm vor, süß und würzig. Sie schaute ihn mit ihren großen braunen Augen an, zwischen den weichen Lippen blitzten weiße Zähne. Er schloss die Augen, meinte, ihre Hand zu spüren, dann war sie verschwunden.

Bald darauf verkündete ihm der alte Schlesinger freudestrahlend, dass er die Möglichkeit habe, in Berlin weiter in die Lehre zu gehen, bei Nathan Reichenheim und Söhne, seinem wichtigsten Geschäftspartner, die Webereien in Schlesien und England hatten. Isidor konnte sein Glück kaum fassen, nur einen Moment dachte er an Rosalie, an das Rauschen ihrer Kleider, an ihre Blicke und die dunklen Haare unter der Perücke.

Sie vereinbarten, dass Isidor nach Berlin gehen und nach ein paar Jahren Schlesingers älteste Tochter Alwine heiraten würde, ein ruhiges, schüchternes Mädchen, das Isidor kaum beachtet hatte.

»Ich brauche einen Partner in Leipzig«, sagte Schlesinger. »Alwine ist ein liebes Mädchen, ihr werdet glücklich miteinander werden. Und dir gefällt Leipzig doch, mein Junge, du hältst es mit den Sachsen aus. Ich gebe euch eine ordentliche Mitgift, ihr sollt es gut haben, und du wirst eine Menge daraus machen.«

Dann kniff er ihn in die Wange. »Du bist ein hübscher Junge«, murmelte er, »lern die Welt kennen, bevor du wiederkommst.«

Diese Worte fielen ihm später wieder ein, erst einmal war er aufgeregt, zu aufgeregt, um seine Umgebung in Gleiwitz noch wahrzunehmen, Alwine nicht und Rosalie nur kurz, einen Augenblick spät in der Nacht, als er in die Küche gegangen war, um nach einem Stück Brot zu schauen, weil er Hunger hatte. Sie hatte ihn abgepasst, musste auf ihn gewartet haben, hatte seine Hand genommen, und plötzlich spürte er ihre Lippen auf seinen. Da schlang er die Arme um sie und presste sich an sie, und sie machte sich los und lachte, nicht so, nicht so wild, lern erst einmal, wie es geht, und dann kommst du wieder.

An diese Worte dachte er in den Jahren immer wieder, auf seinen Reisen nach Paris, nach Bradford und nach London, in den Armen all jener Frauen, die ihm gezeigt hatten, was er wissen wollte. Immer dachte er an Rosalie, nicht an das Mädchen Alwine, er sehnte sich danach, einmal bei ihr sein zu können. Wo immer er eine Frau fand – in Berliner Etablissements, die Kellnerin in der Sanderschen Speisewirtschaft in Leipzig zur Ostermesse oder im Hafen von Dover, in einem Bordell in Bradford oder die Tänzerin in Paris, der er an einem weinseligen Abend versprach, sie zu heiraten –, immer träumte er von Rosalie. Sie begleitete ihn auf all seinen Reisen, auf denen er zum Mann wurde.

In den fünf Jahren, in denen er als Kommis in Berlin bei Nathan Reichenheim & Söhne war, kam er nicht zurück nach Gleiwitz oder Sohrau, die Reise war zu weit.

Auch hier war er – ähnlich wie in Gleiwitz – schnell zum Vertrauten geworden, die Reichenheim-Brüder schickten ihn gern auf Reisen, um für sie nach dem Rechten zu sehen.

Isidor liebte diese Reisen, mit der Kutsche, besser noch mit der Eisenbahn oder dem Dampfschiff. Nicht mehr in der schlechtesten Klasse, sondern in der zweiten. Und er wusste, dass er irgendwann in der ersten Klasse würde reisen können, er sparte jeden Pfennig und hatte die Zusage des alten Schlesinger für eine gute Mitgift. Die Reichenheim-Brüder wussten das und begannen schon bald, ihn als zukünftigen Geschäftspartner zu behandeln. Isidor bewunderte Leonor Reichenheims politisches Engagement, seine elegante Frau und Louis Reichenheims gesellschaftliches Auftreten in diesem Berlin, dieser riesigen Stadt, die immer weiterwuchs, die die Menschen anzog wie ein Magnet und wo es überall brodelte: in der Politik und in den Wirtschaften, sogar auf den Schlachthöfen und Märkten, von denen es viel zu wenige gab, um die wachsende Stadt zu ernähren. Schnell, schnell, schnell ging hier alles, man spürte die Unruhe, die Bewegung, das Streben nach oben – weiter, weiter, mehr, mehr.

Am liebsten waren ihm die Reisen nach England – unendlich lange schienen sie zu dauern, von Berlin nach Brüssel und Calais, dann mit dem Dampfer nach Dover, von dort aus nach London und weiter über Leeds nach Bradford. Schnell hatte Isidor die fremde Sprache gelernt und konnte Anweisungen geben oder Informationen erfragen und mit englischen Geschäftspartnern verhandeln.

Auf der Rückfahrt wählte er manchmal eine Route, die ihn über Paris führte, und auch dort verständigte er sich schon bald, er besuchte die Theater- und Opernhäuser und konnte sich nicht sattsehen an der Schönheit der Stadt und der Frauen.

Schnell vergingen fünf Jahre, und Isidor wusste, dass seine Zeit gekommen war, als er Marcus Callmann kennenlernte, einen Leipziger Kaufmann und Partner der Reichenheims, der ihm anbot, Teilhaber in seiner Firma zu werden. Er musste nur noch einmal zurück nach Gleiwitz, um zu heiraten und seine Braut nach Leipzig zu holen.

Isidor richtete sich auf und schlug sich in den Nacken – eine Ameise oder ein kleiner Käfer musste sich in seinen offenen Kragen verirrt haben. Die Beskiden zeichneten sich inzwischen dunkel gegen den blauen Himmel ab, die Sonne war ein ganzes Stück gesunken. Er musste sich auf den Weg machen, wenn er vor Sonnenuntergang in Sohrau sein wollte. Sein Vater erwartete ihn – zum letzten Mal.

Die Verträge mit Marcus Callmann waren geschlossen, und er hatte ein Gesuch an die Leipziger Kaufmannschaft auf Niederlassung gestellt. Alles war vorbereitet, um Schlesien den Rücken zu kehren, diesem Land der kleinen Städtchen mit ihren engen Gassen, den Webereien und Eisengießereien, um das sich Könige und Fürsten stritten, weil hier viele Menschen für sie endlose Stunden arbeiteten, bis sie vor Erschöpfung starben, und doch immer zu wenig Lohn bekamen, um ihre Familien zu ernähren.

Wie winzig war ihm Gleiwitz erschienen, als er vor ein paar Tagen zurückgekehrt war. Und wie schäbig das Schlesingersche Haus. Sein Herz hatte geklopft, als er eingetreten war. Nicht wegen Alwine, an die er nicht gedacht hatte in all den Jahren, nur auf eine abstrakte Art, sie war Teil seines Lebens, seines Plans. Nein, er hatte sich Rosalie vorgestellt, ihren Blick und die weichen Lippen, von denen er in so vielen Nächten geträumt hatte.

Isidor riss drei weitere Grashalme aus und schaute in den Himmel, an dem sich jetzt schon verschwommen eine blasse Mondsichel abzeichnete. Fünf Jahre waren vergangen, Rosalie hatte zwei Kinder zur Welt gebracht, das dritte würde in wenigen Wochen geboren. Er hatte sie nicht wiedererkannt, ihr fehlten zwei Zähne, der Blick war müde, und sie beachtete ihn kaum. Er dachte an die Tänzerin in Paris und schwor sich, sie nie wieder aufzusuchen – er wollte sie so in Erinnerung behalten, wie sie an jenem Abend gewesen war: jung, schön, verliebt in ihn, hatte sie so getan, als würde sie auf ihn warten.

Alwine hatte er erst einmal nicht gesehen, dann hatte der alte Schlesinger sie geholt. In den fünf Jahren war aus dem schüchternen Mädchen eine junge Frau geworden, nicht schön, aber hübsch, und Isidor erkannte unter den einfachen Kleidern ihre weiblichen Formen. Es fiel ihm nicht schwer, sie anzulächeln und nach ihren Händen zu greifen. Sie würde sich anders kleiden müssen in Leipzig, er würde ein Dienstmädchen anstellen, die ihr half und auch das Haar anders frisierte. Perücken trugen die Frauen in Berlin und Leipzig nicht mehr, und sie musste wenigstens ab und zu neben ihm in Erscheinung treten. Schlesinger hatte dem Paar fünf Minuten allein zugestanden, und Isidor war es gelungen, seiner Braut die Hand zu küssen. Danach hatte er sie nicht mehr gesehen, und Schlesinger hatte viel zu besprechen gehabt.

Isidor stand auf und ging weiter, er ging schnell in Richtung der blauen Berge und seiner Heimatstadt Sohrau, um Abschied zu nehmen vor seiner Hochzeit mit Alwine.

6

»An der Schulter etwas enger, da musst du etwas wegnehmen. Nicht bewegen, Margarethe, halt noch einen Moment still.«

Anna stand auf und zeigte dem Mädchen, das der Schneider zur Anprobe geschickt hatte, die Falte, die sie störte. Es war schon die dritte Anprobe, Margarethe trat von einem Bein aufs andere und rollte mit den Augen, aber Anna war unerbittlich.

Ihre Mutter war beim ersten Maßnehmen dabei gewesen und hatte dann alles ihr überlassen. Zum Schluss, wenn alles fertig wäre, würde der Vater sich die neuen Kleider anschauen und ein Urteil sprechen. Er hatte Anna mehrmals gesagt, wie wichtig es sei, dass sie auf alles achte, dass die Garderobe für die Reise nach Berlin mit Geschmack ausgewählt werde. Keine zu lauten Farben, nicht auffällig, aber elegant, die besten Stoffe und vor allem die neusten Schnitte. Er hatte ihr alle Gelegenheiten aufgezählt, für die sie neue Kleidung brauchten: für die Reise in der Kutsche, die an die sechs Stunden dauerte und beschwerlich war; dann der Besuch von Ausstellungen, der Ausflug in den Tiergarten, ein oder zwei Konzerte und die Einladungen zum Tee bei den Reichenheims. Der Vater sprach immer noch viel von den Reichenheims, von ihren Geschäften, von Louis Reichenheim, dem Kommerzienrat, der Anna auch jetzt noch, mit ihren fünfzehn Jahren, einschüchterte. Wenn der Vater davon erzählte, wie die Reichenheims in Berlin lebten, dann redete er meistens von Louis Reichenheims Brüdern Moritz und Leonor und von deren Frauen Sarah und Helene. Von Moritz Reichenheims großem Haus im Tiergartenviertel, von den Empfängen und Bällen dort, von den Reisen bis ins ferne Ägypten und von dem weitläufigen Garten. Einem Garten mit Treibhäusern, wo Moritz Reichenheim Orchideen züchtete, Blumen, die Anna noch nie gesehen hatte. Und von Helene Reichenheims Eleganz und ihrem ausgesuchten Geschmack.

Schon zu Beginn des Sommers hatte der Vater verkündet, dass er eine Reise nach Berlin plane, gemeinsam mit Anna und Margarethe. Erst hatte er davon gesprochen, dass er Onkel Siegmund besuchen wolle, der nach Berlin gezogen sei. Anna hatte erstaunt gefragt, wer denn dieser Onkel Siegmund sei, von dem sie noch nie gehört hatte.

Der Vater war wütend geworden, sie hatte ihn unterbrochen, und das mochte er nicht.

»Onkel Siegmund, Anna, er war zur letzten Messe da. Wenigstens an das Band, das er dir mitgebracht hat, solltest du dich erinnern!«, hatte er gedonnert, und die Mutter hatte ihr ein Zeichen gegeben, still zu sein, als sie sah, dass Anna den Mund zu einer Entgegnung öffnete. Später hatte die Mutter ihr erklärt, dass Onkel Seelig sich nun Siegmund nannte. So wie der Vater nicht mehr Isaac sei, sondern Isidor. Ein Besuch bei Onkel Seelig also, und Anna und Margarethe hatten die erste Nacht nach der Nachricht nicht schlafen können vor Aufregung. Es waren tausend Fragen geblieben, die sie nicht hatten stellen können: Kam die Mutter nicht mit und wieso nicht? Wie lange blieben sie? Und wie war dieses Berlin, über das seit dem Krieg und der Reichsgründung immer häufiger gesprochen wurde, diese Stadt, in die so viele Menschen zogen und wo sich alle Träume erfüllen konnten.

Drei Tage später hatte der Vater beim Abendessen beiläufig von Einladungen gesprochen, die bei dem Onkel und bei Tante Martha für sie eintreffen würden. Margarethe hatte gefragt, ob sie auch zu einem Ball gingen, aber der Vater hatte ärgerlich gesagt, dass sie zu jung waren und vorerst ein paar Einladungen am Nachmittag ausreichten, um sie in Berlin vorzustellen.

Margarethe träumte von den Bällen, von denen die älteren Mädchen in der Synagoge oder die Töchter von Marcus Callmann, Vaters Geschäftspartner, erzählten. Aber Anna wusste, dass der Vater sich eine Zukunft für sie und ihre Schwestern in Berlin vorstellte. Leipzig war ihm zu eng geworden.

Der Vater war es auch gewesen, der sie beauftragt hatte, sich um ihre und Margarethes Garderobe zu kümmern. Anna war stolz gewesen, wie immer wenn der Vater etwas mit ihr besprach und sie wie eine Erwachsene behandelte.

Seit Henriettes Tod hatte er mit ihr nicht mehr über das Geschäft gesprochen, sie war – und das wurde ihr mit jedem Jahr, das verging, klarer – als älteste Tochter für die kleineren Schwestern verantwortlich und sollte die Mutter unterstützen, bis sie heiratete. Dass sie nicht in Leipzig heiraten würde, war offensichtlich, denn viele Einladungen wurden höflich abgesagt. Sie machten gemeinsame Ausflüge mit Vaters Geschäftspartner und dessen Familie, sie gingen in die Synagoge und besuchten das eine oder andere Konzert, aber der Vater war nicht daran interessiert, dass die Kontakte zu einer der anderen Leipziger Familien zu eng wurden. Oder dass seine Töchter die Blicke bemerkten, die ihnen die Söhne der anderen Familien zuwarfen.

Einige Familienväter in der Synagoge suchten Vaters Nähe und sahen nach ihr und Margarethe, und einige der Frauen waren sehr freundlich zur Mutter und luden sie zu kleineren Gesellschaften ein. Anfangs hatte Mutter ab und an zugesagt, nur um kurz vorher unter einem Vorwand absagen zu müssen. Der Französischunterricht, das Klavier, die Hitze oder Kälte. Die Mutter fügte sich, wie sie sich seit Henriettes Tod eigentlich immer fügte. Der schwache Widerstand, der zuvor selten genug aufgeflammt war, war verschwunden. Die Mutter verbrachte so viel Zeit wie möglich mit Mariechen, sie achtete jeden Tag darauf, dass das Mädchen nicht zu dünn und nicht zu dick angezogen war, dass sie genügend aß. Einmal, nach einer längeren Magenverstimmung, deren Ursache der Arzt nicht gefunden hatte, überredete sie den Vater, sie mit dem Kind nach Karlsbad zur Kur fahren zu lassen. Anna und Margarethe hatten sich über die übergroße Sorge lustig gemacht, aber der Vater hatte die Reise widerspruchslos akzeptiert.

Als die Kutsche zwei Wochen später tatsächlich, mit Koffern und Kisten beladen, vor der Tür stand, der Vater, Margarethe und sie einstiegen und der Mutter, Mariechen und Chanele zuwinkten, die auf der Straße standen und sich mit den Taschentüchern die Augen wischten, dachte Anna, wie klein die Mutter geworden war, als hätte Henriettes Tod vor all den Jahren sie erdrückt. Diese Reise nach Berlin war ein weiterer Schritt weg von ihrer Kindheit und der Mutter, ein Schritt in ein neues, anderes Leben, das der Vater für sie und ihre Schwestern plante. Mit der Gewissheit, dass der Vater seine Pläne immer in die Tat umsetzte und dass die Zukunft so glänzend war, wie er ihnen häufig versicherte, durchströmte sie ein Glücksgefühl. Sie winkte der Mutter kurz zu, dann drehte sie sich um und zog den Schal fester um die Schultern. Die Fahrt würde lang und unbequem sein, aber der Vater hatte versprochen, ihnen von Moritz Reichenheims Reisen nach Italien zu erzählen.

Leipzig kam ihr klein vor, alles war eng, auch die Bänke in der Synagoge und die Familien, die sich hineindrängten. Kurz dachte sie an Clara, ihre Schulfreundin, die sie manchmal zu

Hause besucht hatte. Sie schrieben sich Briefe, und Clara hatte ihr ein langes Gedicht in das in rotes Leder eingeschlagene Poesiealbum mit dem Goldschnitt geschrieben. Anna mochte Claras Unbeschwertheit und Überschwänglichkeit, ihr kicherndes Lachen und die Schwäche für alles Süße und bat Chanele vor jedem ihrer Besuche, Kuchen zu backen. Auch die Mutter schien Clara zu mögen, nur der Vater hatte sich immer zurückgehalten, aber meistens war er nicht da, wenn das Mädchen Anna besuchte.

Ein Jahr war es her, dass Anna drei Tage später von einer kleinen Geburtstagsfeier bei Clara erfuhr, von der sie nichts gewusst hatte. Beiläufig hatte ein Mädchen in der Schule davon gesprochen, als Anna neben ihm stand. Clara hatte sie nicht angeschaut und das Thema gewechselt.

Erst da war Anna aufgefallen, dass Clara regelmäßig bei ihnen zu Hause war, sie aber nie zu sich eingeladen hatte. Wieso hatte sie sich darüber nie Gedanken gemacht? Das nächste Briefchen von Clara hatte sie ungeöffnet weggeworfen. In der Schule sprachen sie wohl noch miteinander, aber flüchtig, und die Vertrautheit gab es nicht mehr.

Wenn Margarethe sie nach Clara fragte, antwortete Anna ausweichend. Sie wollte der Schwester nicht erzählen, dass sie die Freundin vermisste und zugleich wütend auf sie war. Eine Wut auch auf sich selbst, nicht verstanden zu haben, dass Claras Mutter niemals einen Kuchen für sie gebacken hätte; dass sie dort nicht willkommen war.

Seit diesem Ereignis hatte sie immer häufiger von Berlin geträumt. Von Gesellschaften, zu denen sie eingeladen wurde, von Einladungen, die sie aussprach, von prächtiger Garderobe und von dem Mann, den sie heiraten würde. Das Gesicht dieses Mannes war in ihren Träumen verschwommen, es war schon lange nicht mehr das des Vaters. Jetzt, in der Kutsche, versuchte sie, es sich vorzustellen, aber dann unterbrach der Vater ihre Träumereien und begann, wie versprochen, von Moritz Reichenheims Reise nach Italien zu erzählen.

7

»Anna, aufwachen, wir sind da!«

Margarethes Stimme holte sie von weither, Anna hatte geträumt von Venedig, einer Stadt ohne Straßen mitten im Meer, in der es keine Kutschen und keine Pferde gab, sondern nur Wasser, Wellen und Boote. Sie saßen in einem Boot, das immer stärker schaukelte, und Anna schreckte hoch.

Nun hatte sie nach der langen Fahrt die ersehnte Ankunft in Berlin verpasst. Die Kutsche hielt vor einem großen Haus mitten in der Stadt: Hohe, Ehrfurcht gebietende Häuser, wohin sie auch sah, eine breite Straße mit Kutschen und Fußgängern, Pferdekarren und Zeitungsjungen, die die Abendzeitungen ausriefen, und am Ende der Straße Wasser: der Spreekanal. Eine Kirche mit zwei Türmen und roten Ziegelsteinen, die ebenso streng aussah wie die Häuser, dazu etwas wie ein Palast, prächtig, aber nicht verspielt. Enttäuscht rieb Anna sich die Augen. Wie sehr hatte sie Berlin entgegengefiebert, immer wieder gefragt, wann es so weit sei. Sie mussten die Pferde wechseln, eine Pause machen, sich den Staub aus den Kleidern klopfen, und immer noch war die Stadt in der Ferne nicht aufgetaucht. Irgendwann hatte sich die Vegetation verändert, statt der Laubbäume sahen sie hohe Kiefern, und der Vater hatte gesagt, dass Berlin nicht mehr weit sein konnte. Kiefernwälder und Sandboden. Keine dunklen Wälder, karger, trockener Boden, Seen, flaches Land, überall Wasser. Wasser und Licht.

Das Ruckeln der Kutsche und die Erzählung des Vaters von Moritz Reichenheims Reise nach Italien hatten sie schließlich in den Schlaf gewiegt, der Brenner, Mailand, Bologna, dann Venedig ... und Anna war eingeschlafen.

Jetzt wurde die Tür des Hauses, vor dem sie gehalten hatten, aufgerissen, und Onkel Seelig lief ihnen entgegen, gefolgt von seiner Frau Martha, die ebenso klein und dünn war wie der Onkel, und sie vergaß die Enttäuschung. Sie würde noch genügend Zeit und Gelegenheit haben, durch die Stadt zu fahren.

Sie waren früh am Morgen losgefahren, inzwischen war es fast Abend, und die Luft war empfindlich kühl und roch nach Rauch und dem Gas der Laternen, die gerade angezündet wurden.

Onkel Seelig umarmte den Vater und begann sofort auf ihn einzureden. Er ließ nicht mehr von ihm ab, und Tante Martha führte Margarethe und Anna in das Zimmer, in dem sie schlafen würden.

Später beim Abendessen spürte Anna die Müdigkeit und konnte dem Redefluss der Tante kaum folgen. Der Vater hatte sich mit dem Onkel zurückgezogen, er hatte ihnen gesagt, dass er viel zu tun hatte und die Tante sich um sie kümmern würde. Anna kaute auf einem Stück Brot, während die Tante ihnen erzählte, wen sie besuchen würden.

Helene Reichenheim, Leonor Reichenheims Frau, die in der Gesellschaft bekannt war für ihre Schönheit, hatte eine Einladung zum Tee geschickt. Und Sarah, Moritz Reichenheims Frau, hatte auf die Karte geschrieben, wie sehr sie sich freue, Anna und Margarethe kennenzulernen. Sie führten große Häuser in der schönsten Gegend der Stadt – am Tiergarten. Dort wohne man jetzt und nicht mehr hier in der Werderschen Straße im Friedrichswerder, das sage sie Seelig seit Jahren.

Würden sie Adolph und Julius wiedersehen, fragte sich Anna, getraute sich aber nicht, die Tante danach zu fragen.

Die Mutter der beiden, Louis Reichenheims Frau, war krank, und sie konnten sie nicht besuchen. Adolph hatte Anna inzwischen länger nicht gesehen, immer wieder hatte er Sanatorien aufsuchen müssen und hatte nicht zu den Messen kommen können. Julius hingegen war bei jedem Messebesuch dabei gewesen, Mitte dreißig inzwischen und immer noch Junggeselle.

Anna hörte der Tante nicht mehr zu, Müdigkeit und Aufregung mischten sich zu einem Gedankenwirbel, und kaum hatte sie den letzten Bissen hinuntergeschluckt, bat sie die Tante, sie zu entschuldigen. Beim Einschlafen hörte Anna, dass Margarethes Atem bereits tief und gleichmäßig war.

Als sie Stunden später hochschreckte, dämmerte es draußen. Von der Straße drang mehr Lärm ins Zimmer, als sie es von Leipzig gewohnt war. Die Räume waren höher, die Daunendecke kam ihr schwerer vor, dabei gleichzeitig klamm, und sie fror. Sie dachte an die bevorstehenden Besuche und wurde aufgeregt. Leonor war manchmal mit seinem Bruder Louis Reichenheim nach Leipzig gekommen, streng und abweisend hatte er gewirkt. Er und seine Frau Helene, von deren Schönheit die Tante geschwärmt hatte, hatten viele Kinder: Georg, noch unverheiratet, ein Gelehrter; Karl, der eine Italienerin geheiratet hatte, und Agnes, die ihrer Mutter ähnlich sah und kaum älter war als Anna. An die Namen der anderen Geschwister konnte sie sich nicht mehr erinnern.

Sie drehte sich im Bett um und dachte an Moritz Reichenheim, den sie noch nicht kannte, und seine Frau Sarah. Sarah, die aus Amsterdam stammte und ihren Neffen Arthur mit in die Ehe gebracht hatte. Über Arthur hatte die Tante sich abfällig geäußert, er habe nur seine Pferde im Kopf, sei auf Vergnügung aus, man treffe ihn immer in Hoppegarten, wo die Pferde seines Rennstalls – Captain Joe, was für ein

Name! – und seine Reitkünste für Furore sorgten. Außerdem verdrehe er allen Mädchen den Kopf.

In den französischen Romanen, die sie früher Henny vorgelesen hatte, verliebten sich die jungen Frauen, man schrieb sich Briefe, verlobte sich und heiratete. Es gab die ein oder andere Komplikation, aber schließlich fand man sich doch, ein verloren gegangener Brief tauchte wieder auf, ein unwilliger Vater hatte ein Einsehen, und dann heiratete man. Würden Margarethe und sie sich verlieben? In einen dieser jungen Männer, denen sie vorgestellt werden sollten?

Als Anna und Margarethe zum Frühstück erschienen, trieb die Tante sie zur Eile an, denn schon bald würde die Kutsche sie abholen, sie würden erst Helene Reichenheim besuchen und dann in den Tiergarten fahren, wo es im Hofjäger Erfrischungen geben sollte.

Sie fuhren über den Gendarmenmarkt und dann einen kleinen Umweg, um die Hedwigs-Kathedrale, die Oper, die Königliche Bibliothek und die Universität zu bewundern. Anna hatte noch nie so imposante Gebäude gesehen – weder das Rathaus in Leipzig noch die Börse am Naschmarkt waren vergleichbar, und wie eine Spielzeugstadt kam ihr Leipzig in der Erinnerung vor. Dom und Kathedrale hatten die gleiche Pracht und Strenge wie alles hier, die Plätze waren riesig groß, und als sie den Tiergarten erreichten, traute Anna ihren Augen kaum, denn vor ihr breitete sich Grün aus, so weit das Auge reichte. Die Tiergartenstraße 19, vor der die Kutsche hielt, lag dem Park gegenüber. Sie bildete sich ein, Vögel zu hören, Schreie wilder Tiere aus dem nahe gelegenen Zoo, war sich aber nicht sicher, ob die Fantasie ihr einen Streich spielte.

Auch die Villa von Leonor und Helene Reichenheim beeindruckte sie. Ein ganzes Haus für eine einzige Familie mit einer Freitreppe, die zu einem imposanten Eingangsportal führte, überdacht mit Säulen. Anna fröstelte, als sie aus der Kutsche stieg, die klare Oktoberluft war trotz der Sonnenstrahlen kalt. Tante Martha schob sie und ihre Schwester nervös die breite Treppe hinauf.

Ein Mädchen öffnete ihnen, nahm ihnen Hüte und Mäntel ab und führte sie in ein kleines Zimmer, wo man sie fünf Minuten warten ließ. Die Tante wurde immer unruhiger, bis endlich die Tür aufging und eine junge Frau vor ihnen stand. Sie hatte sehr helles, blondes Haar und ebenso helle Augen, einen weißen Teint und war einen halben Kopf größer als Margarethe und Anna. Lebhaft trat sie auf Tante Martha zu, fasste sie an den Händen und begrüßte sie herzlich.

»Ich freue mich ja so, dass ihr gekommen seid – und ihr müsst Anna und Margarethe sein. Wie schön, willkommen in Berlin! Ich heiße Agnes, du bist Anna, nicht wahr? Ich darf doch du sagen?«

Agnes hatte keinerlei Scheu und nahm ihnen die Schüchternheit, als sie sie in den Salon führte.

»Maman!«, rief Agnes. Ihre helle Stimme tönte durch den großen Raum, und Anna war überwältigt von der Freundlichkeit dieses Mädchens. Nichts wirkte gekünstelt, alles fügte sich zu einer selbstverständlichen Schönheit, die schlichte Frisur, die ihren langen, schlanken Hals betonte, die kleinen Ohrringe, das Kleid aus feinstem Stoff, aber von einfachem Schnitt nach der neusten Mode. Anna kamen die Bänder und Schleifen, die Margarethe und sie trugen und über deren Auswahl sie so lange gebrütet hatten, überflüssig, ja lächerlich vor. Dann ging die Tür auf, und Helene Reichenheim trat ein.

Agnes war eine jüngere Version dieser Frau, die über fünfzig Jahre sein musste und so schön war, wie die Tante sie beschrieben hatte. Anstelle von Agnes' Leichtigkeit und Jugendlichkeit hatte sie eine Ehrfurcht gebietende Eleganz, und Anna dachte an den Gendarmenmarkt mit all den prächtigen

Bauten, an denen sie auf dem Weg hierher vorbeigekommen waren.

Die nächste Stunde versuchte Anna, nichts falsch zu machen und die eigene Unsicherheit und die Nervosität der Tante zu überspielen. Vorsichtig aß sie die Schokoladenbaisers, die schrecklich krümelten, und versuchte gleichzeitig die Fragen zu beantworten, die Helene Reichenheim ihr stellte. Die Tante schwieg und konzentrierte sich auf ihr Baiser. Nachdem sie eine Tasse Tee getrunken hatten, zog Agnes Margarethe in den Garten, um ihr die Gewächshäuser zu zeigen, und Anna blieb allein mit Helene Reichenheim. So freundlich die schöne Frau auch mit ihr sprach, Anna fühlte sich beobachtet, sie wusste, sie wurde beurteilt. Bis Agnes und Margarethe zurückkehrten, schien eine Ewigkeit vergangen zu sein.

Als sie kurz darauf in der Kutsche saßen, hatten sie sich für den kommenden Vormittag zu einem Ausflug in den Zoo verabredet, und Anna war glücklich. Helene Reichenheims Lächeln bedeutete, dass sie die Prüfung bestanden hatte.

Zufrieden lehnte sie sich in der Kutsche zurück, die durch den Tiergarten fuhr, bis sie hinter sich das Trappeln von Hufen hörte. Sie beugte sich aus der Kutsche und sah einen Reiter, der in einer Staubwolke hinter ihnen herritt. Schnell war er neben ihnen und gab dem Kutscher Zeichen anzuhalten.

Die Tante schüttelte den Kopf, als die Tür aufgerissen wurde.

»Herr Reichenheim, haben Sie uns erschreckt! Darf ich Ihnen Anna und Margarethe Eisner aus Leipzig vorstellen, die gerade mit ihrem Vater bei uns zu Besuch sind?«

»Und wie Sie dürfen«, rief der junge Mann und verbeugte sich. Er war groß und schlank, hatte rostbraunes glattes Haar, dunkelgrüne Augen und ein kantiges Kinn.

»Meine Damen, ich konnte es nicht erwarten, Sie zu sehen,

und da Sie meiner Mutter erst morgen die Ehre erweisen, musste ich mich auf die Suche nach Ihnen machen.«

Wieder verbeugte er sich, griff nach Margarethes Hand, die sie ihm erschrocken überließ, und küsste sie.

»Arthur Prins-Reichenheim. Prins ist ein Familienname, ich gehöre nicht der Aristokratie an, aber das macht mir nichts aus. In Amsterdam, meiner Heimatstadt, schreiben sich die Prinzen mit s. So, nun wissen Sie alles über mich. Was ist mit Ihnen?«

Er wandte sich Anna zu, verbeugte sich noch einmal und küsste auch ihr die Hand. Anna sah, dass ihre Schwester wie verzaubert war. Sie starrte den falschen Prinzen an.

»Wir freuen uns auch, Sie kennenzulernen«, sagte Anna so gefasst, wie es ihr möglich war. Sie wollte auf keinen Fall aufgeregt oder mädchenhaft klingen.

»Wunderbar!«, rief der Prinz euphorisch. »Ganz wunderbar. Dann können wir ja gemeinsam beim Hofjäger einkehren und die Himbeerlimonade probieren, die man Ihnen in Leipzig ganz sicher nicht serviert. Ich kann Ihnen erzählen, was Berlin sonst noch alles zu bieten hat, und dann überlegen Sie, ob Sie weiter mit Ihrer Tante langweilige Besuche machen oder lieber meinen Vorschlägen folgen.«

Abrupt unterbrach er sich und wandte sich Margarethe zu, die er einen Moment zu lang unverwandt anschaute. »Liebes Fräulein Margarethe, Sie haben ja keine Ahnung, wie man Sie um Ihr Haar beneiden wird, die Damen hier lieben diese Farbe, sie ist der *dernier cri*, ein *biondo cenere*, wie unser Lieblingsfriseur aus Milano sagen würde.«

Als Margarethe den Mund aufmachen wollte, um etwas zu erwidern, hatte die Tante ihre Überraschung überwunden und sagte energisch, dass sie jetzt erst einmal in das Lokal fahren wollten.

»Margarethe?«, sagte Anna. Die Schwester schaute Arthur

Prins-Reichenheim nach, der in Richtung Hofjäger davonritt.

»Er muss uns aufgelauert haben«, sagte nun die Tante, »er ist wirklich eine Gefahr für jedes junge Mädchen, vergnügt sich mit Tänzerinnen, hat nur seine Pferde im Kopf oder wird beim Spiel gesehen.« Jetzt flüsterte sie fast. »Er spielt nämlich! Und er verliert hoch. Ein schlimmer Zustand. Wir trinken unsere Limonade und fahren dann zurück nach Hause. Eine Viertelstunde, nicht länger.«

Margarethe schien ihnen gar nicht zuzuhören, verträumt sah sie der Staubwolke hinterher, und Anna räusperte sich.

»Margarethe, lass die Tante und mich mit ihm reden, ja?«

»Hast du gehört, was er über mein Haar gesagt hat? Schönere, irgendetwas mit schönere.«

»Biondo cenere«, sagte die Tante streng, »aschblond, eine Farbe, von der Giulio Ferrara schwärmt, der italienische Friseur, der die halbe Stadt frisiert. Hör nicht auf ihn. Er hat sofort begriffen, wen er beeindrucken kann. Das ist seine große Begabung, meine Liebe.«

Das von hohen Kastanienbäumen umstandene Gartenlokal war voller gut gekleideter Leute, die einen der grünen Eisentische zu ergattern versuchten und Limonade oder Kaffee tranken. Die meisten schienen sich zu kennen, die Herren zogen die Hüte, die Damen winkten einander zu, Kinder spielten im Kies, sie sammelten Kastanien und wurden ermahnt, auf die Kleidung zu achten.

Als Arthur Prins-Reichenheim ihnen von einem der größeren Tische aus zuwinkte, drehten sich alle nach ihm um, und Anna sah, wie einige zu tuscheln begannen. Er war nicht zu übersehen, allein schon aufgrund seiner Größe. Bei ihm am Tisch standen zwei Herren, die ihnen ebenfalls zuwinkten. Anna erkannte sie erst, als sie sich einen Weg durch die Menge gebahnt hatten: Julius und Adolph Reichenheim.

Arthur hatte den rechten Arm um Julius gelegt und den linken um Adolph und rief ihnen jetzt so laut zu, dass alle Umstehenden es hören konnten:

»Meine feinen Cousins haben mir doch wirklich diese beiden Fräuleins vorenthalten! Beschweren sich über die mühsamen Besuche der Leipziger Messen, weite, unbequeme Reisen, viel zu viel Arbeit. Kein Wort von den schönen Leipziger Lerchen. Das werde ich euch nie verzeihen! Auf nach Leipzig!«, rief er mit gespielter Entrüstung, schüttelte die beiden, lief dann um den Tisch, um drei Stühle für Anna, Margarethe und die Tante zurechtzurücken.

Julius sah sie entschuldigend an und verbeugte sich vor Anna.

»Fräulein Anna, Fräulein Margarethe, wie schön, Sie wiederzusehen. Bitte entschuldigen Sie unseren Cousin.«

Julius kam Anna erwachsen, beinahe alt vor. Die hellen Augen waren blassblau, wie sie sie in Erinnerung hatte, aber das helle Haar war etwas schütterer, und um den Mund und auf der Stirn zogen sich feine Linien durch sein Gesicht.

Auch Adolph deutete jetzt eine Verbeugung an und küsste ihre Hand. Er musste inzwischen zwanzig Jahre sein. Die jungenhaften Züge waren ihm geblieben, die Haare versuchte er wohl mit Brillantine zu glätten. Sie klebten in dicken Büscheln am Kopf, aber die Brillantine hatte sie nicht bändigen können. In seinen Augen lag ein spöttisch-freundlicher Ausdruck, und Anna hatte wieder den wilden Jungen vor Augen, der in Leipzig mit seiner Zwille Steine auf die Straße geschossen hatte. Die Tante hielt Wort und mahnte nach einer Viertelstunde zum Aufbruch, Arthur protestierte laut, und so dauerte es eine weitere halbe Stunde, bis es der Tante gelang, die beiden Mädchen zurück zur Kutsche zu dirigieren. Mit einem Seufzer lehnte sie sich zurück und sah Margarethe und Anna an.

»Was für eine Aufregung, zwei Mädchen zu begleiten ...«
Am Nachmittag rief der Vater Anna zu sich und ließ sich berichten.

»Wir brauchen einen Schneider, Papa, wir fallen hier auf.«
Ihr Vater sah sie einen Moment prüfend an. Dann nahm er ihre Hand.

»Lass den Schneider kommen, Anna, und alles so abändern, wie du meinst. Ihr seid schöne Mädchen, und niemand soll euch ansehen, dass ihr aus der kleineren Stadt kommt.«

Er stand auf, drehte sich aber an der Tür noch einmal um.

»Denn weißt du was, Anna? Ihr werdet der Mittelpunkt dieser Gesellschaft sein. Du wirst den Ton angeben, die Mode bestimmen, deine Frisuren werden imitiert werden, dein Mobiliar, dein Haus, dein Garten, deine Kutschen. Wohin du reist, werden die anderen auch reisen wollen. Dein Mann, dein Schwiegervater, deine Schwäger, später deine Söhne und Enkel werden die Geschicke dieser Stadt bestimmen – in der Wirtschaft, in der Politik, in der Wissenschaft und in der Kunst. Die Zukunft gehört dir. Vergiss das nie!«

8

Die Tage vergingen wie im Flug. Anna ließ die Garderobe ändern und zeigte dem Mädchen, wie die Haare gesteckt werden mussten. Margarethes Haar musste dreimal neu frisiert werden, obwohl die Schwester ungeduldig wurde und hinterher nicht einmal zufrieden war, weil das Haar viel schlichter nach hinten gebunden war und Anna alle Löckchen verboten hatte.

Am nächsten Tag stieg Anna zuerst die Treppe zum Haus von Moritz und Sarah Reichenheim hinauf, und ganz selbstverständlich wandte sich Sarah an sie, als sie dem Besuch das Haus, den weitläufigen Garten, der eher an einen Park erinnerte, und die Bilder an den Wänden zeigte und später bei einer Tasse Kaffee – serviert in wunderschönem weißgoldenem Porzellan – von ihrer Heimat Amsterdam erzählte. Auch Sarah Reichenheim war nicht mehr jung, aber immer noch schön. Ihr Haar war tiefschwarz und glänzend, der Teint dunkel. Ihre Garderobe war aufwendiger als die von Helene Reichenheim, die Farben kräftiger. Auch sie trat mit sicherer Eleganz auf und zeigte ihnen ohne Arroganz die Dinge, die sie für betrachtenswert hielt. Das große Bild mit dem Familienporträt gehörte nicht dazu, sie ging mit ihnen daran vorbei, aber Anna schaute immer wieder hin und sah, wie Margarethes Blick an dem Bildnis von Arthur hängen blieb, der zwischen seinen Adoptiveltern stand, ein Junge noch, aber seine Züge waren bereits deutlich erkennbar, ebenso sein Charme, selbst auf einem Ölgemälde, das den Gemalten festhielt in Zeit und Raum.

Sarah führte sie auch in die Gewächshäuser und zeigte ihnen die Orchideen, die ihr Mann aus England mitgebracht hatte und züchtete, weiße und rosa gesprenkelte, lilafarbene, große und kleine. Anna war verzaubert von der Schönheit dieser Blüten, aber sie versuchte, sich ihre Überwältigung nicht anmerken zu lassen. Dann tauchte unerwartet Arthur auf – und mit einem Seitenblick auf Margarethe beschloss sie, sich möglichst schnell zu verabschieden. So freundlich Sarah Reichenheim zu ihnen war, sosehr sie sie einlud, doch länger zu bleiben, Anna blieb dabei, dass sie diesmal keine Möglichkeit hatten, die Einladung anzunehmen: zu viele Verpflichtungen, die Zeit in Berlin war leider viel zu kurz. Sie spürte Margarethes wütenden Blick, die bald abgelenkt wurde von Arthur, der erst lautstark protestiert und sie scherzhaft gescholten hatte, dann aber Margarethe unter einem Vorwand am Arm nahm und weg von ihnen in den Garten führte.

»Arthur war schon als Kind so, die Herzen flogen ihm zu. Sein Charme verführt ihn selbst, er ist ein rechter Narziss. Das hilft nicht immer bei der Charakterbildung. Ich wünschte, er würde bald heiraten«, sagte Sarah Reichenheim mit einem Seufzer, und Anna wusste nicht, was sie sagen sollte. Betreten sah sie auf ihre Schuhspitzen, die im sorgfältig geschnittenen Rasen versanken, und rief dann nach der Schwester, die über irgendetwas, das Arthur gesagt hatte, lachend den Kopf zurückwarf.

Margarethe war der Ärger über den Entschluss zu gehen anzumerken, was Anna peinlich war, und die Schwestern sprachen auf der Rückfahrt kein Wort miteinander.

Schon am Abend zuvor hatte sie bemerkt, dass Margarethe wohl das zugestoßen war, was in den Romanen als Verliebtheit bezeichnet wurde. Margarethe hatte hartnäckig geschwiegen, als sie sie danach fragte, hatte Müdigkeit vorgetäuscht, aber Anna, die ebenfalls wach lag, kannte den gleichmäßigen

Atem ihrer Schwester, wenn diese schlief, und es dauerte sehr lange, bevor sie das vertraute Geräusch hörte.

Am nächsten Tag besuchten sie den Zoo und bewunderten das Antilopenhaus, das erst zur Hälfte fertig war.

Das Gebäude erinnerte an ein orientalisches Schloss. Die Häuser für die Tiere waren oft größer als die Mietshäuser in einigen Vierteln, sie hatten enge, gedrängte Häuser gesehen, dunkle Eingänge, blass aussehende Kinder, die auf der Straße spielten.

Sie hätte stundenlang durch den weitläufigen Zoo wandern können, aber als Nächstes stand ein Besuch im Königlichen Museum am Lustgarten an. Agnes, die sie in den Zoo begleitet hatte, bestand darauf, dass sie pünktlich ins Museum fuhren, weil Georg, ihr älterer Bruder, sich bereit erklärt hatte, ihnen die Bilder der italienischen Meister zu zeigen. Die Tante hatte ihnen erzählt, dass Georg als ältester Sohn von Leonor Reichenheim zwar im Geschäft des Vaters tätig war, aber vielfältige andere Interessen hatte.

»Julius und Georg – die beiden Cousins sind diejenigen, die die Firma weiterführen werden. Arthur mit seinen Rennpferden ist ein Nichtsnutz.« Sie hatte abfällig geschnaubt, und Margarethe hatte Arthur verteidigt, er sei jünger, erst an die zwanzig, habe seine Eltern verloren, habe ebenfalls vielfältige Interessen und wolle sich nicht auf die Firma, auf Stoffe und Zahlen und Webstühle festlegen lassen.

Anna wollte etwas erwidern, aber die Ankunft am Königlichen Museum ließ sie verstummen, der riesige Platz mit dem Schloss auf der einen und dem an einen griechischen Tempel erinnernden Museum auf der anderen Seite hatte etwas Majestätisches. Gleichzeitig fühlte man sich winzig klein, dachte Anna. Dies hier war die Hauptstadt eines großen Reiches, der Ort, an dem der Kaiser residierte.

Georg, ein hochgewachsener blonder junger Mann mit

ernstem Gesichtsausdruck, begrüßte sie freundlich und führte sie schnell in das Museum, als hätte er eine wichtige Aufgabe zu erledigen, für die wenig Zeit blieb. Georg und Agnes kannten jeden Winkel des Museums, sie waren mit jedem Bild vertraut, jedem Detail, jeder Besonderheit.

Eine Stunde später schwirrte Anna der Kopf – Filippo und Filippino Lippi, Fra Angelico, Sandro Botticelli, Caravaggio, die Namen klangen weich und verlockend exotisch. Sie waren an den flämischen und französischen Meistern vorbeigegangen, aus dem Augenwinkel hatte sie Stillleben gesehen, die sie gern näher betrachtet hätte, aber Georg beachtete sie nicht, er zeigte ihnen die unterschiedlichsten Madonnen mit Kindern auf dem Arm, dicken Kindern, die die runden Ärmchen nach der Mutter ausstreckten, Madonnen mit Lilien, die auf das Kind im Arm schauten oder den Betrachter ansahen, Kinder mit den Gesichtern kleiner Erwachsener, einen Prokurator aus Venedig, eine Judith, einen von Pfeilen durchbohrten Heiligen, dessen Haarfarbe und Teint sie an Arthur erinnerten. Auch die dunklen gewölbten Augenbrauen und die schweren Lider waren die von Arthur, nur die Nase des Heiligen war länger und gebogener, das Gesicht insgesamt zarter und schmaler. Er hielt den Kopf schief und sah sie leidend und dabei arrogant an.

Georg wies sie auf die Perspektive hin, auf das Licht, die Haltung des Kopfes, wie die Madonnen auf ihre Kinder schauten, die Zartheit ihrer Schleier, die besonderen Blautöne der Renaissancemaler. Sie hörte zu und nickte, auch die Tante sagte nichts, nur Agnes ergänzte ab und zu etwas, verwies auf eine Blume oder ein Schoßhündchen im Hintergrund, zeigte auf das Gesicht einer Madonna, das einer Gönnerin des Malers nachempfunden war.

Sie hatten keine Ahnung, stellte Anna fest. Sie und Margarethe, die gebannt die Bilder betrachteten und beinahe unwillig folgten, wenn Georg zu schnell weiterging, mussten viel mehr erfahren über die italienische Malerei, über flämische Landschaften, die Georg ihnen bei diesem Besuch nicht zeigen wollte – »von den Stillleben ganz zu schweigen, dafür brauchen wir einen ganzen Tag«.

Benommen verließen sie zwei Stunden später das Museum, und Georgs Gesichtsausdruck war etwas weniger ernst.

»Sie sind offen für die Kunst, das ist schön. Nicht jeder ist empfänglich, und ist man es nicht, so wird einem im Leben vieles fehlen.« Er guckte schon wieder streng und verabschiedete sich schnell.

Agnes lachte über ihren Bruder und erzählte, dass er immer in Eile war und alle hetzte, »aber ich liebe ihn heiß und innig, er ist der Einzige, der mir geblieben ist, nachdem alle anderen so schnell geheiratet haben.«

Die Tage vergingen wie im Flug, und nach ihrer Rückkehr versuchte Anna, der Mutter alle Begegnungen Tag für Tag zu erzählen und ihr die Dinge zu beschreiben, die sie gesehen hatte. Von den Reichenheim-Kindern, von Arthur, von Georg und Agnes, von Julius und auch von Adolph.

Alles hatte sich eingebrannt, die Straßen und Plätze, die Gärten und Salons, Tiere und Bilder, die Menschen – Frisuren, Kleider, Gesten. Vor allem aber die Worte des Vaters. Sie gehörte nach Berlin, das war ihre Zukunft. Das sagte sie der Mutter nicht, die ängstlich fragte, ob ihr oder Margarethe einer der jungen Männer gefallen habe. Sie umarmte sie fest und schüttelte entschieden den Kopf. Margarethe hatte sie verboten, über Arthur zu sprechen, der ihr zum Abschied ein Billet geschickt hatte. Die Schwester hatte es versteckt, und Anna war froh, dass der Vater es nicht entdeckt hatte. Nach langem Drängen hatte Margarethe ihr gestanden, dass Arthur ihr geschrieben hatte, wie beeindruckt er von ihrer Schönheit sei und dass er sich nicht vorstellen könne, dass sie so bald schon zurück nach Leipzig fuhr. Er bitte sie inständig, schnell wieder nach Berlin zu kommen.

»Er hätte Papa fragen können, ob er mit dir korrespondieren darf«, schimpfte Anna. »Außerdem bist du viel zu jung für solche Billets! Kein Wort davon, zu niemandem!«

Zu Weihnachten kam eine Postkarte von Agnes mit Grüßen, auch von ihren Eltern und ihrem Bruder Georg. Julius und Adolph schickten ebenfalls eine Karte und kündigten ihren Besuch in Leipzig zur Messe an, und Sarah Reichenheim schickte ihnen bestickte Batisttaschentücher.

Margarethe wartete jeden Tag auf eine Nachricht von Arthur. Sie kam nicht.

Arthur kam auch nicht zur nächsten Messe nach Leipzig. Anna hörte Margarethe am Abend im Bett schluchzen. Mariechen legte sich wortlos neben sie und schmiegte sich an sie. Einmal versuchte Anna, Margarethe darauf anzusprechen, aber die schaute sie böse an.

»Du hast doch alles dafür getan, dass wir keine Zeit miteinander gehabt haben. Er hatte gar keine Möglichkeit, mich kennenzulernen!«

»Wenn er ein solches Interesse an dir hatte, hätte er dir schreiben können, er hätte hierherkommen können. Margarethe …«

»Lass mich in Ruh!«

Arthur kam nicht zur Ostermesse und auch nicht zur Michaelismesse. Margarethe fragte nicht mehr, aber Anna merkte, dass sie jedes Mal darauf wartete, jedes Mal damit rechnete, dass auch er kommen würde, nicht nur Julius und Adolph und jetzt manchmal ihr Cousin Georg, weil Louis Reichenheim die Reise nach Leipzig inzwischen zu beschwerlich war.

Als der Vater sein Versprechen, sie würden nun häufiger

nach Berlin reisen, wahr machte und sie, diesmal mit der Mutter, reisten – es war um Neujahr, klirrend kalt und alle Dächer waren mit feinem Schnee wie Puderzucker bedeckt –, sahen sie Arthur nicht, auch nicht bei ihrem Besuch bei Sarah Reichenheim.

»Ich bin froh, dass sich Arthur endlich verlobt hat. Er ist mit meinem Mann nach Wien zu seiner Braut gefahren, die Hochzeit wird nach Neujahr stattfinden. Ich kann es kaum erwarten, dass er Josephine hierherbringt, sie ist einfach wunderbar. Eloquent, schön, voller Charme und Humor, gebildet, vielseitig interessiert. Sie werden hier ganz in der Nähe wohnen, und mit dieser Frau an seiner Seite wird er das Spiel und seine Pferde bald vergessen, da bin ich mir sicher.«

Margarethe wurde blass, und Anna fand eine Ausrede, um sich schnell zu verabschieden.

Die restlichen Tage ihres Aufenthaltes in Berlin verbrachte Margarethe im Bett, und die Mutter blieb bei ihr.

So ging Anna allein mit Adolph, Agnes und deren Bruder Georg auf dem Neuen See im Tiergarten Schlittschuh laufen. Die Luft war klar und kalt, das Eis knirschte unter den Kufen, und sie drehten eine Runde nach der anderen, bis Agnes außer Atem war und aufhören wollte.

»Kommt, wir trinken heiße Schokolade!«, rief sie.

Widerwillig verließ Anna das Eis. Als sie sich bückte, um die Schlittschuhe aufzubinden, traf sie ein Schneeball an der Schulter. Adolph lachte fröhlich, dann reichte er ihr den Arm, und gemeinsam folgten sie Agnes und Georg.

Ein paar Tage später fuhren sie zurück nach Leipzig, und Agnes und Adolph kamen morgens zu Onkel Seelig, um sich zu verabschieden. Sie standen auf der Straße und winkten der Kutsche hinterher, und Anna winkte so lange zurück, bis die beiden kaum noch zu erkennen waren.

9

In diesen Jahren lebte Anna in Gedanken schon in der Zukunft, die ihr der Vater versprochen hatte. Leipzig kam ihr klein vor, die Querstraße beengt, der Lärm, der aus den Druckereien drang, störte sie. Selbst die Vergnügungen zur Messe interessierten sie weniger als früher, sie hatte das Gefühl, dem entwachsen zu sein, sich auf etwas Größeres, Wichtigeres vorbereiten zu müssen.

Immer noch fuhr sie mit, wenn der Vater an den Wochenenden im Sommer eine Landpartie ins Rosenthal vorschlug, und sie liebte es zu picknicken oder mit Marie Federball zu spielen. Wenn der Großvater aus Gleiwitz anreiste, reagierte sie inzwischen ebenso ärgerlich wie ihr Vater, sobald der alte Mann in sein gewohntes Jiddisch verfiel. Mehr als einmal warf ihr die Mutter Hochmut vor, und der Vater verteidigte sie, sagte, dass Anna recht habe, nicht an der Vergangenheit zu hängen, sondern an die Möglichkeiten der Zukunft zu glauben.

Die Geschäfte des Vaters entwickelten sich glänzend, und Anna wusste, dass das auch ihre Position verbesserte. Sie war nun fast zwanzig Jahre alt und würde bald heiraten, auch wenn ihre Mutter feuchte Augen bekam, wenn der Vater davon sprach. In Berlin trafen sie inzwischen nicht nur die Reichenheims, sie wurden von den Berends empfangen, den Arndts, den Prägers, den Liebermanns und den Oppenheims.

Und obwohl Margarethe bei jeder Gelegenheit schlecht über sie sprach, hatte Anna sich mit Josephine angefreundet, Arthurs Frau, die so eloquent und unterhaltsam war, wie Sarah Reichenheim sie beschrieben hatte. Anna liebte den Wiener Akzent, bewunderte die Leichtigkeit, mit der sie Arthurs Eskapaden hinnahm – der sich keineswegs von seinen Rennpferden abgewandt hatte und auch nicht von den Tänzerinnen, wie man sich hinter vorgehaltener Hand erzählte.

Seit zwei Jahren schrieb ihr Adolph ab und zu. Wenn er verreisen musste, wenn er – was immer noch häufig vorkam – in ein Sanatorium fuhr, in die Schweiz oder nach Süddeutschland, schickte er Postkarten mit Bergansichten oder blumengeschmückten Häusern mit Fensterläden und manchmal, zu ihrem Geburtstag, ein Telegramm.

Auf dem Ball zur Hochzeit seiner Cousine Toni mit Carl Theodor Liebermann, einem streng blickenden Mann mit Backenbart und hoher Stirn, hatte Adolph jeden Tanz mit Anna getanzt und schließlich gefragt, ob er ihren Vater darum bitten dürfe, mit ihr zu korrespondieren. Sie hatte sich gefreut, ihm ein Ja ins Ohr geflüstert und war zu ihren Freundinnen gegangen. Später gab es ein großes Diner, man trank Riesling und Champagner. Adolph saß ihr gegenüber und suchte immer wieder ihren Blick oder hob das Glas in ihre Richtung. Anna sah, wie Margarethe sie aufmerksam beobachtete, und hörte später eine abfällige Bemerkung zu einer der Liebermann-Töchter über Adolphs störrisches Haar.

Sie beschloss, sich nicht zu ärgern. Sie trug ein Kleid aus zartgelbem Taft, das ihr dunkles Haar zur Geltung brachte, sie hatte gesehen, wie sich bei ihrem Eintritt alle nach ihr umgedreht hatten, wie alle geschaut hatten, als sie mit Adolph Polka getanzt hatte.

An diese Polka und wie der Stoff ihres Kleides beim Tanzen geraschelt hatte, dachte sie jedes Mal, wenn eine von Adolphs Karten oder Briefe eintrafen, in denen er beschrieb, was er machte und dass er an sie denke.

Sie freute sich besonders über den Brief, der kam, nachdem sein Cousin Georg um Margarethes Hand angehalten und es Anna einen Stich versetzt hatte, weil sie die Ältere war und sich doch zuerst hätte verloben sollen. Georg, der Kunstkenner, der sie bei jedem Besuch durch die Museen geführt hatte und andauernd auf seine Taschenuhr sah. Georg, der älteste Sohn von Leonor Reichenheim, wie Julius schon älter, von dem man dachte, er würde Junggeselle bleiben.

Der Vater fuhr nun immer öfter allein nach Berlin, er zog sich zu langen Gesprächen mit seinem Geschäftspartner Marcus Callmann zurück. Die Atmosphäre zu Hause war angespannt, und Margarethe, hochmütig und herablassend, redete von nichts anderem als von der bevorstehenden Hochzeit. Anna rechnete nun wöchentlich mit einem Antrag Adolphs, er schrieb ihr seit über einem Jahr, und die Briefe kamen immer häufiger. Er war einiges jünger als Georg, aber inzwischen immerhin schon fünfundzwanzig.

Dann eines Abends im Januar, rief sie der Vater abends zu sich. Adolph hatte endlich um ihre Hand angehalten. Sie sollten beide heiraten, Margarethe und sie, bereits im April, und dann würden sie nach Berlin ziehen. Sie alle. Er würde hier noch die Geschäfte abwickeln und seinen Teil der Firma nach Berlin verlegen. Leipzig war Vergangenheit.

»Anna – willst du Adolph heiraten? Ihr passt gut zusammen, aber er ist nicht gesund, und du wirst ihn immer wieder pflegen müssen. Du weißt, dass du alle Möglichkeiten hast, in Berlin gibt es viele Interessenten …«

Sie zögerte keinen Moment, sie dachte an den Jungen, der Adolph gewesen war, an die Polka, an seine Briefe. Sie fiel ihrem Vater um den Hals. Sein Haar war inzwischen silbergrau, aber er kleidete sich elegant wie eh und je und war auch jetzt darauf bedacht, dass Anna sein Jackett nicht zerdrückte.

»Nicht so wild, meine Kleine«, sagte er zärtlich. »Wir gehen alle nach Berlin. Du denkst daran, was ich dir gesagt habe?«
»Ja, Papa.«

10

Als Anna das weiße Seidenkleid sah, das Arme und Schultern frei ließ, fröstelte sie.

Im Zimmer war es warm, von draußen fiel der Schein der Straßenlaterne in das Halbdunkel des späten Nachmittags und tauchte alles in ein kühles Licht. Sie trat einen Schritt zurück und setzte sich auf den Rand der mit dunkelroter Seide bezogenen Chaiselongue.

Am Tag zuvor hatte Karl Gussow das Bild liefern lassen, auf das sie seit Wochen warteten, ein großes Ölgemälde. Sie schaute aus dem Fenster, der Himmel war grau, die Wolken hingen tief, sie schienen in Richtung Boden zu drücken. Sie erinnerte sich an die Nachmittage, als Gussow im Haus gewesen war, um sie zu zeichnen. Erst endlose Skizzen in allen möglichen Posen, Minuten zogen sich zu Stunden, in denen sie still sitzen musste, keine Bewegung, bitte den Kopf gerade halten. Sie war ungeduldig gewesen und hatte es kaum erwarten können, das Bild zu sehen, sich selbst zu sehen, wie dieser Mann sie gemalt hatte. Nun, als es endlich da war, war die Neugier verflogen, hatte sie eine Scheu befallen, und sie schob den Moment hinaus, in dem sie sich in dem Bild auf der Leinwand begegnete. Jetzt war sie allein im Haus. Julius war im Kontor, das Kindermädchen und die Amme waren mit Gertrud und Heinrich in den Garten gegangen – Anna achtete darauf, dass die Kinder jeden Tag genügend Zeit draußen verbrachten. Sie hatte gezögert, bevor sie das Tuch weggezogen hatte, das über dem Bild hing.

Ihr Blick blieb jetzt an der Tournüre hängen, die das Kleid

hinten aufbauschte – war es ein Fehler gewesen, sich so malen zu lassen? In ein, zwei Jahren könnte sie aus der Mode sein, könnte das ganze Porträt démodée sein. Dann wanderte ihr Blick weiter hinauf, und sie schaute in das mädchenhafte Gesicht, auf das dunkle, gescheitelte und schlicht nach hinten gesteckte Haar. Die Ohren waren klein und saßen etwas schräg am Kopf, so wie bei Gertrud und Heinrich. Das Gesicht war ihr Gesicht, es kam ihr vertraut vor und doch fremd.

Sie schloss einen Moment lang die Augen, denn da war er wieder, der Schwindel. Vertraut inzwischen und trotzdem beängstigend. Eigentlich kein Schwindel, sondern das Gefühl, als gäbe der Boden unter ihr nach, als verflüssigte er sich und sie verlöre den Halt.

Seit ihrer Hochzeit mit Julius waren diese Anfälle, wie sie sie nannte, seltener geworden. Sie hatte mit niemandem darüber gesprochen, es ging keinen etwas an – auch ihre Freundin Josephine nicht, ihre Schwester Margarethe sowieso nicht, und Marie, der sie es vielleicht anvertraut hätte, hatte in Leipzig geheiratet und war weit weg.

Inzwischen dachte sie selten an Leipzig, an die Vergangenheit überhaupt, nur nachts kamen die Träume und mit ihnen die letzten Jahre zurück. Manchmal auch die Zeit ihrer Kindheit: Wie oft hatten Margarethe und sie mit ihren Puppen Familie gespielt – Vater, Mutter, Kinder. Sie hatten Kleider für die Puppen genäht und sich Menüs ausgedacht, die auf Puppengeschirr serviert wurden. Später hatten sie von einem solchen Leben geredet und geträumt, während sie darauf gewartet hatten, dass es begann.

Es war anders gekommen. Die vergangenen drei Jahre waren zu kurz gewesen für die Beerdigungen, Hochzeiten und Geburten, und Anna öffnete vorsichtig die Augen, um zu sehen, ob das Mädchen auf dem Gemälde immer noch lächelte, den Blick nach oben gerichtet.

Der Schwindel war vorüber, der Boden unter ihr fühlte sich wieder fest an. Anna hasste dieses Gefühl, sie erinnerte sich daran, wie sie es fast jeden Tag gespürt hatte in jenen Jahren, die hinter ihr lagen. Sie ärgerte sich, dass es nun wieder da war, ohne Grund, während sie dieses Gemälde anschaute, auf das sie alle gewartet hatten.

Zum ersten Mal war es ihr bei der Beerdigung der Mutter passiert, ganz leicht nur, und sie hatte es nicht einordnen können. Mit dem Tod der Mutter hatte Anna nicht gerechnet, mit einem Telegramm aus Karlsbad wenige Wochen vor ihrer Hochzeit mit Adolph und der von Margarethe mit Georg, ein paar Worte nur, die über den Tod der Mutter während der Kur informierten. Margarethes und Annas Hochzeiten wurden um ein paar Monate verschoben, sie wurden weniger aufwendig gefeiert als ursprünglich geplant. Es war unendlich viel zu tun gewesen, und die Tage waren immer zu kurz gewesen: die Blumen, das Menü, die Gästeliste, die Sitzordnung, die Einrichtung der neuen Wohnungen – für sie in der Alsenstraße und für Margarethe in der Victoriastraße, nicht weit voneinander entfernt, aber keine direkte Nachbarschaft –, dunkle schwere Möbel, Orientteppiche, Berge von Wäsche, von Besteck, von Kristall und Porzellan, Stoffe und Gardinen.

Sosehr sich Anna auch bemühte, sie konnte sich kaum noch an den Tag im April vor fünf Jahren erinnern, an dem die Doppelhochzeit stattgefunden hatte, an keine Einzelheiten, an den Trauhimmel oder an ihr Kleid, an den Rabbi und das Festessen im kleinen Familienkreis. Nur an die Blumen, die sie in der Hand gehalten hatte, erinnerte sie sich, an ein extravagantes Bouquet mit weißen Orchideen, deren Geruch betäubend gewesen war.

Und an Adolphs schüchternen Blick erinnerte sie sich, als er unter dem Trauhimmel vor ihr stand. Das Leben, von dem sie so lange geträumt hatte, begann in diesem Augenblick. Diese Erkenntnis hatte sie an jenem Tag wie ein Schock durchfahren.

Damals war alles neu und aufregend gewesen. Die fremde Stadt Berlin, die so viel größer war als Leipzig. Die Menschen schienen immer in Eile zu sein, die Dienstmädchen und die Köchin hatten einen Ton am Leib, den Anna von zu Hause nicht kannte und den ihr schließlich Arthurs Ehefrau Josephine als Berliner Schnauze erklärte. Sie hatte Annas Unsicherheit bemerkt und ihr geholfen, hatte Schwierigkeiten mit ihrer Wiener Art weggelacht und ihr das Gefühl gegeben, dass alles so seine Richtigkeit habe.

Adolph, der auch als verheirateter Mann jungenhaft wirkte und selten in die Firma ging, weil er häufig zur Kur fuhr oder vom Arzt Bettruhe verordnet bekam, bewunderte seinen Cousin Arthur ebenso, wie Anna Josephine bewunderte, und sie verbrachten viel Zeit miteinander. Der Lebensstil des Paares, ihre Weltgewandtheit beeindruckten Anna, und nur zu gern ließen sie sich anstecken von der Lebenslust der beiden, von ihren Interessen – Rennpferde, Theater, Ballett. Anna lernte reiten. Das erste Mal auf einem Pferd blieb ihr im Gedächtnis, auf einer ruhigen dunkelbraunen Stute aus Arthurs Stall, die ihr riesig vorgekommen war, als sie aufstieg. Dann das Gefühl der Freiheit, das Glück, auf diesem Pferd zu sitzen, bald schon die Gewissheit, das Tier lenken zu können und durch den Tiergarten zu reiten, wo sich die Spaziergänger nach ihr umdrehten.

Dann war Anna schwanger geworden, und sie hatte oft an die Andeutungen der Mutter gedacht, dass das zu jeder Ehe gehöre und man sich daran gewöhne, dass Kinder ein Segen seien und man sich nicht fürchten müsse, in der Hauptstadt gebe es die besten Ärzte.

Margarethe war beinahe zur selben Zeit schwanger geworden, ihre Tochter war drei Tage vor Annas Tochter Gertrud zur Welt gekommen. Im Frühjahr war das gewesen, die Bäume begannen gerade auszuschlagen, der Himmel war von einem vorsichtigen Blau, und die Tage wurden länger.

Adolph war verliebt gewesen in das kleine Mädchen, winzig mit rotem Gesicht, das zerdrückt ausgesehen hatte. Er hatte stundenlang an der Wiege gesessen, und wenn es schrie, hatte er es gewiegt, bis die Amme ihn wegschickte, weil die Kleine Hunger hatte.

Anna war die ersten Tage nach der Geburt wie in Trance gewesen. Den Schmerz während der Geburt hatte sie nicht erwartet, und Josephine, die keine Kinder hatte, hatte sie nicht warnen können. Das schreiende Bündel mit dem Gesicht eines wütenden Zwerges, das man ihr in den Arm gelegt hatte, war ihr fremd, dazu quälten sie die schmerzenden Brüste voller Milch. Immer wieder störte sie die Amme, die in ihr Schlafzimmer kam, um das schreiende kleine Mädchen zu stillen, das nichts Menschliches hatte in seiner verzweifelten Gier.

Sie hatte einige Zeit gebraucht, um wieder Anna Reichenheim zu werden, Ehefrau von Adolph Reichenheim und Mutter einer Tochter, mit der sie bald erste Spaziergänge machten und die Adolph stolz dem nicht enden wollenden Strom von Verwandten zeigte, die mit Geschenken in die Alsenstraße kamen.

Bald war der Schmerz während der Geburt nicht mehr als eine verschwommene Erinnerung, und sie erkannte Adolphs Züge und die ihres Vaters in Gertruds kleinem Gesicht.

Als Anna sich an das neue Leben zu gewöhnen begann, als es ihr nicht mehr schwerfiel, der Amme, der Köchin, den Hausmädchen Anweisungen zu geben, als sie über mögliche Gesellschaften im Sommer nachdachte und Einladungslisten schrieb, einen neuen Kinderwagen in Paris bestellte und ihr

Korsett wieder eng schnüren ließ, um ihre liebsten Kleider zu tragen, da war alles vorbei, und der Boden gab unter jedem ihrer Schritte nach.

Witwe mit kleiner Tochter. Den Mann durch einen Schicksalsschlag verloren. Adolph, ihr Ehemann, der Junge mit dem störrischen Haar. Kein Schicksalsschlag, ein Gehirnschlag, vielleicht nicht überraschend, denn Louis Reichenheims Söhne hatten alle eine schwächliche Disposition. Sie war morgens aufgewacht, er aber nicht. Er lag neben ihr, still, und es dauerte, bis sie begriff, dass er nicht mehr aufwachen würde und dass in der Nacht, während sie geschlafen hatte, sein Herz aufgehört hatte zu schlagen. Einfach so.

Als sie es begriff, blieb sie liegen und bewegte sich nicht. Wenn sie sich nicht rührte, wenn sie sich unsichtbar machte, dann war es nicht wahr, dann würde sie nicht aufstehen und Hilfe holen müssen, dann würde sie wieder einschlafen, aufwachen, und das Leben würde weitergehen, so wie es bis gestern gewesen war: Adolph, der nicht ins Kontor fuhr, weil er lieber Gertrud auf dem Arm hielt, die Köchin, die fragte, ob Besuch erwartet werde und ob eine Consommé recht sei, der Schneider, der die geänderte Garderobe brachte, all die kleinen und großen Verpflichtungen, die sie langsam zu ihren gemacht hatte. Sie starrte so lange auf die dunkelblaue Seidentapete im Schlafzimmer, bis eins der Hausmädchen ins Zimmer kam und zu schreien begann.

Danach erinnerte sie sich an wenig, nur an die Beerdigung auf dem Friedhof an der Schönhauser Allee, an einem Tag im Juni, an dem es viel zu heiß war für die Jahreszeit und sie unter den Linden, Buchen und mächtigen Ahornbäumen, die ein dichtes Blätterdach bildeten, gefroren hatte. Wie eine Gruft kamen ihr die Bäume vor, und das Rauschen der dunkelgrünen Blätter im Sommerwind ließ sie mehrmals zusammenschrecken. Julius stützte sie auf dem Friedhof, am

Grab nahe der Friedhofsmauer aus rostroten Ziegeln. Um alles kümmerte sich Julius, er zeigte den Tod seines jüngeren Bruders an und bereitete die Beerdigung vor. Annas Vater war inzwischen nach Berlin gezogen, nach dem Tod der Mutter hielt ihn nichts mehr in Leipzig, und er hatte das Geschäft nach Berlin verlegt.

Anna nahm alles wie durch einen Schleier wahr, sie lag viel im Bett oder auf der Chaiselongue. Sie merkte, wie vorsichtig man mit ihr umging, sie war nun eine wohlhabende Witwe mit Kind, sie konnte ihr Leben selbst bestimmen. Kein Mädchen mehr, eine Frau, die eigene Entscheidungen treffen konnte.

Aber der Boden war wie Treibsand, nicht nur auf dem Friedhof an der Schönhauser Allee, wo der Kuckuck gerufen hatte, als man ihren Mann in die Erde gelassen und sie Steine auf sein Grab gelegt hatte, sondern auch, als der Reigen der kondolierenden Verwandten nicht aufhörte. Es waren dieselben Verwandten, die drei Monate zuvor zu Gertruds Geburt gratuliert hatten und nun mit traurigen, betroffenen oder verunsicherten Mienen vor ihr standen.

Julius schaute sie oft prüfend an, als wollte er herausfinden, ob er ihr irgendeinen Wunsch erfüllen könnte. Sie merkte es kaum, denn sie dachte nach, sie hasste die Unsicherheit, nicht zu wissen, wie es weitergehen sollte. Wer sie war. Anfang zwanzig, Witwe, Mutter einer kleinen Tochter.

Margarethe war nicht in Berlin, sie hatte ihre Tochter in der Obhut der Amme gelassen und war mit Georg nach Italien gereist. Von ihr kamen jede Woche Briefe, und zwischen den tröstlichen Zeilen las Anna eine heimliche Genugtuung darüber, dass sie nun in einer anderen Situation war.

»Du wirst immer zu dieser Familie gehören, einer der wichtigsten der Stadt, deren Arme weit genug sind, alle ihre Mitglieder zu umfassen.« Anna saß am Fenster, den Brief auf dem Schoß, bis es an der Tür läutete und ihr Vater ins Zimmer trat.

Zwei Monate nach der Beerdigung – es war ein heißer Hochsommertag, am Himmel ein paar Wolken, die ein Gewitter ankündigten – überredete Josephine sie zu einem Ausritt. Sie brauche Ablenkung, sie sei blass, beinahe wie ein Gespenst sehe sie aus. Sie ritten durch den Tiergarten und gingen dann in ein Café, gegen Annas Willen, die es als trauernde Witwe für unpassend hielt, in einem Café zu sitzen. Aber Josephines »Ach geh …« hatte keinen Widerspruch geduldet.

»Du bist frei«, sagte Josephine. »Du bist eine gute Partie, du kannst wieder heiraten oder nicht. Und du entscheidest selbst, du bist keine alte Jungfer, wenn du nicht mehr willst, du hattest einen Mann, du hast ein kleines Mädchen. Was immer du willst, Anna.«

Anna sah Josephine schweigend an. Wieder gab der Boden unter ihr nach, und sie griff nach dem Wasserglas. Draußen schüttelte der aufkommende Wind die Zweige der japanischen Kirsche, deren rosafarbenen Blütenregen sie im Mai noch gemeinsam mit Adolph bewundert hatte.

Alles war vorbestimmt und geordnet gewesen, als sie mit Adolph unter den Trauhimmel getreten war. So hatte es sein sollen, so hatte ihr Leben verlaufen sollen. Sie verstand, was Josephine ihr sagen wollte, sie dachte an die Salons mancher gebildeten Damen, an ihre Korrespondenzen mit berühmten Männern, an das freie Leben, das hier möglich war, wenn man unabhängig war. So wie sie es nun war. Sie war niemandem Rechenschaft schuldig.

Sie dachte daran, wie sie als Mädchen gedrängt hatte, dass der Vater sie mitnahm in die Firma, zu den Stoffen. Wie sich die großen Stoffballen angefühlt hatten, wie es in den hohen Räumen gerochen hatte, wie das Papier der Kontobücher geknistert hatte. Kindisch war sie gewesen, und ihr Vater hatte recht gehabt, sie nicht mehr mitzunehmen. Er hatte ihr einmal ein großes Leben hier in Berlin versprochen. Das Leben der Reichenheims, das Leben an der Seite eines Sohns von Louis Reichenheim, dem ältesten der Reichenheim-Brüder, dem Familienoberhaupt. Dieses Leben wollte sie führen, kein anderes.

Als Julius Reichenheim sie ein paar Wochen später fragte, ob sie seine Frau werden wolle, sagte sie ohne zu zögern Ja.

Die Hochzeit wurde im kleinen Kreis gefeiert. Anna war froh, beinahe unbemerkt ein zweites Mal unter den Trauhimmel zu treten, mit diesem Mann, der in ihrer Erinnerung immer schon erwachsen gewesen war und ihr als kleines Mädchen die sprechende, bewegliche Puppe mitgebracht hatte, die die Mutter im Schrank eingeschlossen und nur zu besonderen Gelegenheiten hervorgeholt hatte. Die Puppe fiel ihr während der Trauung wieder ein, sie würde Gertrud gefallen. Forschend sah sie in die hellblauen Augen ihres Mannes, die ihr vertraut waren und in denen sie die Zukunft las, die keine Überraschungen barg.

Weshalb er nicht geheiratet hatte und es nun tat – darüber sprachen sie nie, obwohl sich zwischen ihnen viel schneller eine Vertrautheit einstellte als zwischen ihr und Adolph.

Wie selbstverständlich engagierte Julius die Architekten Kayser und Großheim, die gerade das Hamburger Rathaus gebaut hatten, um eine Villa in der Rauchstraße im Tiergartenviertel zu bauen, die ihr Zuhause werden sollte.

Anna sah alle Pläne und Zeichnungen mit Julius gemeinsam an, es kamen Architekten und Innenarchitekten, ein Herr von der Firma Adler, die die Küche baute für den täglichen Bedarf von fünfzehn und den außerordentlichen von vierzig Personen, zwei Bratröhren, eine Kochmaschine eine Bratspieß-Einrichtung und zwei Marmorspültische.

Julius war kaum wiederzuerkennen, er lebte auf zwischen all den Plänen, Bestellungen und Entscheidungen, die er Tag für Tag treffen musste. Er fuhr jeden Tag in die Rauchstraße und berichtete Anna abends von den Fortschritten auf der Baustelle.

Sie war bald wieder schwanger geworden, und die Wochen und Monate vergingen im Flug. Nun warteten sie nicht mehr nur darauf, in ihr neues Haus einziehen zu können, sondern auch auf das Kind, den kleinen Jungen, den Julius sich so sehr wünschte und der im Herbst 1879 zur Welt kam.

Inzwischen war es im Zimmer dunkel geworden, und ihr fiel wieder ein, dass sie nicht auf das Mädchen mit der Lampe warten musste – sie konnte das Licht einfach anschalten. Langsam stand sie auf, ging zum Lichtschalter, drehte ihn um und stellte sich noch einmal vor das Porträt, das plötzlich in ein viel zu helles Licht getaucht war.

Das war sie auf dem Bild, Anna Reichenheim, verheiratet mit Julius Reichenheim, Mutter einer Tochter und eines Sohns.

Die erst ihren Mann und dann ihren kleinen Jungen begraben hatte.

Sie war aufgestanden und vor das Bild getreten. Der Blick der Frau auf dem Bild kam ihr plötzlich starr wie der einer Toten vor. Alle schwärmten von Karl Gussow, aber er war einfach nur teuer und eingebildet. Ein Geck, der Tote malte.

Sie erschrak, als Julius ihr die Hand auf die Schulter legte. Sie hatte nicht gehört, dass er ins Zimmer getreten war. Seine Hand war kalt, auch die Wange, er musste eben erst nach Hause gekommen sein.

»Meine Frau ist wunderschön«, sagte er und umarmte sie. Anna sah das feine Netz von Falten um seine Augen. Es waren Lachfalten, sie führten von den Augenwinkeln in einem Bogen hoch zu den Schläfen.

Er gab ihr einen Kuss, dann zog er den schweren Wollmantel aus, als die Tür aufging und das Kindermädchen mit Gertrud ins Zimmer trat.

»Und meine Lieblingstochter, komm her, mein Schatz, schau dir deine schöne Mutter an!«

Julius nahm das Mädchen, das schüchtern ins Zimmer getreten war, bei der Hand und führte sie vor das Bild.

»Mama sieht aus wie eine Prinzessin«, sagte es leise und strich die dunklen Locken, die sich aus ihrem Zopf gelöst hatten, aus dem Gesicht.

»Wie Schneewittchen in meinem Märchenbuch«, sagte es nachdenklich und schaute Anna an.

Julius nahm sie hoch und wirbelte sie herum.

»Dann bin ich ja der Prinz, der Schneewittchen geheiratet hat, jetzt bin ich König und Mama Königin und du die Prinzessin!«

Anna schaute den beiden nach, wie sie aus dem Zimmer liefen.

Am Abend schlief sie unruhig. Zweimal stand sie auf und ging in die Kinderzimmer, strich Gertrud über das Haar und beugte sich über Heinrichs Bettchen. Dann legte sie sich neben Julius, der, auf der Seite liegend, fest schlief, auch nachts ruhig und ausgeglichen wie tagsüber; er schnarchte nicht, er wälzte sich nicht herum, er legte sich ins Bett, kreuzte die Arme vor der Brust und schlief ein.

Anna hingegen drehte sich von einer Seite auf die andere, sie träumte von dem Gemälde. Eine Gestalt stand davor, es war Adolph, aber sie sah sein Gesicht nicht, weil er ihr den Rücken zukehrte. Gertrud saß auf dem Boden neben ihm, sie summte ein Lied und spielte mit einer Puppe. Dann sah Anna, dass es keine Puppe war, es war ein Säugling, es war der kleine Junge, der nur wenige Monate gelebt hatte.

Als sie an jenem Februarmorgen drei Monate nach der Geburt des Sohnes, den Julius sich so gewünscht hatte, die Rufe der Amme hörte, wusste sie, was passiert war. Sie saß an ihrem Toilettentisch und schaute in den Spiegel, auf die dunklen Haare, die ihr über den hellgrünen seidenen Morgenmantel fielen. Ihre Glieder waren schwer, und es kostete sie Mühe, aufzustehen und die wenigen Schritte in das Zimmer zu gehen, in dem der Kleine lag, den sie zum Andenken Adolph genannt hatten. Seine Augen waren geschlossen, die kleinen Hände zu Fäusten rechts und links neben dem Kopf geballt. Er war still, ganz still, und Anna hatte sich über ihn gebeugt. Seine Wange an ihrer war kalt. Dann hatte der Boden unter ihr nachgegeben.

Jetzt schreckte sie hoch, richtete sich auf und sah sich um. Julius, da war Julius. Er lag genauso da, wie er eingeschlafen war. Sie fror, aber das Nachthemd klebte an ihrem Körper. Sie musste ein frisches anziehen, und langsam stand sie auf, leise ging sie zur Tür und in die Wäschekammer. Sie konnte den Traum nicht abschütteln, das Bild von Gertrud, die auf dem Boden saß und mit dem Säugling spielte, stand ihr deutlich vor Augen. Noch eine Beerdigung, ein viel zu kleiner Sarg, noch ein Grabstein mit dem Namen Adolph Reichenheim, im selben Grab wie sein Onkel auf dem Friedhof an der Schönhauser Allee, und Julius, der sich von ihr weg drehte, weil ihm die Tränen in die Augen traten.

Nach dem Tod des kleinen Adolph hatte Anna sich nicht mehr für die Villa in der Rauchstraße interessiert. Julius fragte sie weiter nach ihrer Meinung, zeigte ihr Pläne und Zeichnungen, aber sie konnte sich nicht konzentrieren, sie war immer müde und hörte kaum zu. Dann stürzte einer der Bauarbeiter vom Gerüst und starb an den Folgen des Sturzes.

Gimpel hieß der Mann, er war beim Aufwinden von Sandsteinen aus einer Höhe von dreizehn Metern herabgestürzt, weil das Gerüst unter der Last der Winde und der Steine nachgegeben hatte. Julius versuchte den Unfall vor Anna zu verbergen, aber sie hörte es doch, die Aufregung war groß, er hinterließ eine Frau und drei kleine Kinder.

»Ich ziehe nicht ein«, sagte Anna eines Morgens leise zu Julius. Sie saßen beim Frühstück, und sie wusste, dass Julius es eilig hatte. »Wie bitte?«

»Ich ziehe nicht ein, ich ziehe nicht in das Totenhaus.«

Julius stand wortlos auf, küsste sie auf die Stirn und ging aus dem Zimmer.

Jede Nacht träumte Anna nun von den Toten, dem toten Baby, dem toten Jungen, der ihr Ehemann gewesen war, und dem Mann, der von ihrem Haus gefallen war. Julius weckte sie manchmal in der Nacht, weil sie weinte.

Eines Morgens kam er mit der Nachricht, sie würden in den nächsten Tagen nach Venedig abreisen. Licht und Wärme, sagte er, das hatte ihm der Arzt empfohlen, du wirst sehen, wie du alles vergisst.

Sie hatte das kleine Gesicht nicht vergessen, nicht auf dem Markusplatz und auch nicht bei den Gondelfahrten auf den Kanälen und beim Besuch der Palazzi. Madonnen mit Kind, mit kleinen Jungen, hingen in jeder Kirche, in jedem Palazzo, den sie besuchten.

Auch in Venedig hatte der Boden unter ihr nachgegeben, überall war Wasser, alles war schwankend, und wenn die Sonne unterging, wich die Wärme einer feuchten Kühle, die sie frösteln ließ. Die Augen der Säuglinge auf den Bildern verfolgten sie, auch die Blicke der Madonnen, die über ihre Kinder wachten.

Als sie zurückkamen, wusste Anna, dass sie wieder schwanger war, sprach aber nicht darüber. Der Umzug in die Villa in der Rauchstraße, die nun fertig war, ließ ihr keine Zeit, von früh bis spät gab es Dinge zu tun, denn das Haus war groß. Gardinen und Stoffe, die in manchen Zimmern noch fehlten, die Anweisungen für den Gärtner, die Einweisung der neuen Köchin, der drei Dienstmädchen, die eingestellt werden mussten, um das Haus zu führen, und die ersten Einladungen füllten ihre Tage aus. Und die Villa nahe dem Tiergarten, in der Nähe des Zoologischen Gartens, die ihr in den ersten Wochen groß und düster vorgekommen war, wurde bald lebendig und freundlicher. Dachte sie jedoch an das neue Kind in ihrem Bauch, gab der Boden unter ihr wieder nach.

»Jetzt bricht eine neue Zeit an«, sagte Julius strahlend, als sie ihm irgendwann davon erzählte, und drückte sie an sich. »Dieses Haus bringt uns Glück, Anna, das verspreche ich dir!«

Kurz nach ihrem Umzug in die Villa in der Rauchstraße war Heinrich Siegfried Julius Reichenheim zur Welt gekommen. So schmerzhaft und lang Gertruds Geburt gewesen war, so leicht und schnell kam Heinrich zur Welt, beinahe mühelos, ein kleines Neugeborenes, das nicht schrie, sondern nur leise Geräusche von sich gab, die wie zufriedene Seufzer klangen. Das kleine Gesicht sah nicht rot aus, nicht verzerrt oder verknittert, er schien zu lächeln, wenige Minuten nach der Geburt schon. Er wand sich, wenn die Amme ihn hochnahm, wurde aber sofort ruhig, wenn er in ihrem Arm lag.

Die Liebe zu diesem Sohn durchfuhr sie wie ein Schmerz, und nur widerwillig gab sie ihn der Amme. Sie konnte sich nicht sattsehen an dem kleinen Gesichtchen, fühlte immer wieder den weichen Flaum, der ihr wie Seide vorkam, sie bewunderte die winzigen Finger, die blind nach ihren griffen, ganz langsam, wieder und wieder. Stunde um Stunde verbrachte sie an seinem Bettchen im Kinderzimmer, bis Josephine sie aufzuziehen begann und fast jeden Tag unter einem

Vorwand aus dem Haus lockte. Heinrich war im Januar geboren, und als die Bäume auszuschlagen begannen, ritten sie wieder gemeinsam aus. In Gedanken blieb sie aber bei der Wiege mit dem kleinen Jungen, und eine Unruhe war in ihr, bis sie nach Hause zurückkehren und zu ihm laufen konnte. Dann gab er leise Laute von sich, ein sanftes Juchzen, und sein Blick suchte von Tag zu Tag fester ihren.

Das Gemälde von Karl Gussow wurde in den großen Salon gehängt, Julius wählte dafür einen Platz über dem Sofa aus. Anna schaute es selten an, sie mochte es nicht, obwohl alle Besucher es bewunderten und ihr Komplimente machten. Irgendwann kam es ihr vor wie aus einer anderen Zeit, und manchmal ertappte sie sich dabei, die junge Frau auf dem Bild im ersten Moment gar nicht zu erkennen.

11

»Die Messer müssen noch einmal poliert werden.« Anna legte eins der Messer mit dem elfenbeinernen Griff zurück auf den Tisch und sah das Mädchen streng an.

»So kann es nicht aufgedeckt werden. Siehst du nicht, dass die Gravur ganz dunkel ist?«

Das Mädchen knickste, sammelte die Messer ein und verschwand schnell in der Küche.

Anna schüttelte den Kopf, sie prüfte das restliche Besteck, das in der Nachmittagssonne glänzte, die Kristallgläser, das weiße Porzellan und die frisch gestärkten Leinenservietten.

Jetzt nahm sie eine der Gabeln in die Hand. Das Besteck war wunderschön, aber schwer zu polieren, was an den verschlungenen Ornamenten lag, die in die Klingen eingraviert waren. Der elfenbeinerne Griff war von einem ganz hellen Gelb, in das die Initialen JR für Julius Reichenheim eingraviert waren. Auch sie verschlungen, auch sie schwer sauber zu bekommen. Daran hatte sie nicht gedacht, als sie es vor der Hochzeit mit Julius ausgesucht hatte. Es hatte schnell gehen, über zweihundert Teile hatten graviert werden müssen.

Wieder horchte sie nach der Tür. Sie meinte, etwas gehört zu haben, und legte die Gabel an ihren Platz zurück.

Josephine hätte längst da sein sollen, sie wollte ihr helfen, die Sitzordnung festzulegen. Ein Diner für dreißig Personen, Freunde und Geschäftspartner der Firma. Die Verwandten, ihre Brüder, Onkel Seelig, der Vater und sein Partner. Dazu befreundete Kaufleute, Bankiers, zwei Freunde von Julius aus der Deutschen Geographischen Gesellschaft, der Generalleutnant von Graberg und seine Frau, der Amtsgerichtsrat Dr. Dickel und seine Frau, außerdem der Geheime Medizinalrat Robert Koch. Teils kannte man sich gut, aber Josephine wusste am besten, wer neben wem sitzen konnte oder keinesfalls sitzen durfte.

»Das Placement ist das größte Kunststück bei jeder Gesellschaft«, pflegte sie zu sagen, wenn alle Tischkärtchen vor ihr auf dem Tisch lagen und sie mit langen, eleganten Schritten davor auf und ab lief, sich das dunkle Haar aus dem Gesicht strich und nachdachte.

Onkel Seelig konnte man nicht neben James Simon setzen, weil sie gerade um die Gunst eines Auftraggebers konkurrierten. Und der Vater war inzwischen auf dem linken Ohr schwerhörig, man würde also zu seiner rechten Seite jemanden setzen müssen, mit dem er gern sprach, weil er die Person zu seiner linken aus Eitelkeit ignorierte. Es war die erste Gesellschaft, die sie nach der Geburt von Otto gab, dem kleinen Jungen, der ein Jahr nach Heinrich zur Welt gekommen war.

Da, Anna hörte Lärm an der Haustür und lief die breite Treppe vom großen Speisezimmer, in dem die Tafel aufgebaut war, hinunter. Auf der vorletzten Stufe blieb sie überrascht stehen.

»Julius? Was machst du denn schon hier? Wir sind längst noch nicht fertig, ich warte auf Josephine.«

»Anna, Josephine wird nicht kommen.«

Julius' Stimme war leise und bestimmt. Immer, wenn es ernst wurde, sprach ihr Mann leiser und schaute sie fest an. Er blinzelte dann nicht, und seine blauen Augen schienen heller zu werden.

Anna runzelte die Stirn. »Wieso nicht? Wenn sie mir nicht hilft, weiß ich nicht …«

»Sie hat andere Sorgen«, unterbrach er sie. »Richtige Sorgen. Arthur hat viel Geld verloren.«

Anna lachte. »Das tut er doch dauernd. Josephine wird darüber nicht unser Diner vergessen. Sie wäre nicht die richtige Frau für Arthur, wenn sie sich Gedanken um ein paar Spielverluste machen würde.«

Julius stand immer noch am Fuß der Treppe und schaute zu ihr hoch.

Diese Aufregung um Arthur, dessen Charakter doch bekannt war! Anna atmete unwillkürlich laut aus. Julius und sie stritten nie, aber was Arthur betraf, waren sie unterschiedlicher Meinung.

Arthur war der, der er war. Nicht zuverlässig, nur an seinen Pferden und seinem Rennstall interessiert. Captain Joe. Zugegebenermaßen ein alberner Name. Er spielte ab und zu. Karten, Bakkarat.

Sie hatte Arthur von Anfang an durchschaut. Als Margarethe sich in ihn verliebt hatte, hatte sie gewusst, dass er keine gute Partie war. Kein Mann zum Heiraten. Wenn man nicht so war wie Josephine. Die sich nicht einmal darüber geärgert hatte, dass Arthurs Adoptiveltern Moritz und Sarah den Großteil ihres Vermögens in eine Stiftung für das Waisenhaus am Weinbergsweg gegeben hatten, statt es Arthur und ihr zu vererben.

Irgendwann hatte Josephine ihr anvertraut, dass sie ihr eigenes Vermögen in Wien hatte, ihr Bruder hatte es für sie angelegt.

»Arthur hat nur seine Pferde im Kopf. Und ab und zu eine Tänzerin«, hatte sie trocken gesagt.

Nun hatte er also wieder Geld verloren. Das würde Josephine kaum interessieren.

»Ich hoffe, sie kommt gleich. Wohin soll ich Vater setzen – neben Georg? Und Margarethe? Sie sollte auf keinen Fall in

Arthurs Nähe sitzen, sie sucht nur nach einer Gelegenheit, eine spitze Bemerkung zu machen.«

»Anna, Arthur hat 150 000 Mark verloren. An diesen Reuter, mit dem er sich inzwischen allabendlich trifft. Im Savoy oder dem Hotel du Nord. Bei Hecht in der Jägerstraße.«

Anna griff nach dem Treppengeländer. 150 000 Mark. Wenn Arthur vom Kartenspiel oder dem Roulette erzählte, wenn Josephine darüber gelacht hatte, ging es um kleine Beträge. 100 Mark hier, 300 Mark da. 150 000 Mark. Wie viel war die Firma wert? Was hatte ihre Villa gekostet? Sie wusste es nicht, Julius sprach über so etwas nicht, und sie hatte seit ihrer Hochzeit aufgehört, über Geld nachzudenken. Sie wusste, dass die Kücheneinrichtung 5000 Mark gekostet hatte, weil es in einer der Zeitschriften gestanden hatte, die darüber berichteten. Eine unvorstellbare Summe.

Jetzt kam Julius zu ihr hoch, nahm ihre Hand und führte sie in den kleinen Salon, in dem sie häufig Tee tranken. Sie setzte sich auf das mit grünem Samt bezogene Sofa und schaute ihren Mann schweigend an. Das feine Haar wurde dünn, sie sah, dass seine Stirn höher war als noch vor einem Jahr. Das Netz von Linien um Mund und Augen war tiefer geworden. »Ich will dir nichts vorschreiben. Ich weiß, wie lieb du Josephine hast. Und wie gern du reitest. Aber Arthur ist kein guter Umgang. Er gefährdet uns alle, er gefährdet das, was wir tun. Georg und ich haben heute entschieden, dass Arthur nur noch stiller Teilhaber der Firma sein wird.«

»Ihr wollt ihn loswerden?«

Obwohl es nicht warm war in dem kleinen Raum, begann sie zu schwitzen. Es war schon Herbst, sie hatte ein zu dickes Kleid angezogen heute früh. Der schwere braune Stoff kratzte sie im Nacken. Aber die anderen Kleider waren nach Ottos Geburt noch nicht geändert. Und sie hatte es nicht geschafft, die überzähligen Pfunde loszuwerden.

»Arthur hat einen Scheck auf die Firma ausgestellt, der nicht einmal eingelöst werden kann. Er verhandelt gerade mit seinen Spielkumpanen über seine Schulden. Die ganze Stadt redet darüber. Ist dir klar, was das bedeutet? Seit seine Mutter gestorben ist, ist es schlimmer denn je. Entweder ist er im Reitstall, beim Spiel, oder er streitet mit den Architekten über den Umbau der Villa seiner Eltern. Und schmeißt das Geld, das er nicht verspielt, den Handwerkern und Ausstattern in den Rachen.«

Sie schwieg und schaute aus dem Fenster. Aus der Küche im Erdgeschoss drangen Stimmen. Die Hummer für die Mayonnaise mussten geliefert worden sein. Hoffentlich war das Sauerkraut nicht zu sauer. Die Köchin war Berlinerin und bereitete es auf eine Art zu, die ihr nicht schmeckte. In Leipzig machte man viel Kümmel daran.

»Aber wenn er das Geld zurückbekommt? Du sagst doch, er verhandelt mit diesen Leuten?«, sagte Anna langsam.

»Anna!« Er sah sie beinahe zornig an, und Anna zuckte zusammen. Diesen Blick kannte sie nicht. Julius war immer ruhig, nie wurde er böse. Er bemühte sich darum, es allen recht zu machen, schon immer. Seinem Vater, dem Bureaudiener, der Köchin, dem Kutscher. Gertrud, wenn sie weinte. Ihm war nichts unangenehmer, als wenn jemand in seiner Umgebung unzufrieden war. Dann sah er es als seine Aufgabe, das Übel zu beheben.

»Glaubst du, dass das hier selbstverständlich ist?« Sein ausgestreckter Arm beschrieb einen Halbkreis durch die Luft.

»Dieses Haus, die Firma, dass heute Abend dreißig Personen kommen und bei uns speisen. Das Werk in Wustegiersdorf, in Bradford, die Firma in Berlin, unsere Häuser, Arthurs Reitstall? Was glaubst du, ob sie uns das gönnen? Dein Vater ist der Sohn eines Bäckermeisters, mein Vater hat mit seinen Brüdern hier in Berlin in ärmlichen Verhältnissen die Firma aufgebaut und abends bei Kerzenschein in einer kleinen Wohnung in der Spandauer Vorstadt Briefe an meine Mutter nach Hause nach Bernburg geschrieben. Jahrelang, bis der Erfolg da war und die Mittel für ein anderes Leben. Jetzt sind wir der Mittelpunkt der Gesellschaft, solange wir erfolgreich sind, solange wir reich sind und gegen ihre Vorurteile arbeiten: körperlich faul, gierig, du weißt, was gerade wieder die Runde macht. Wann immer wir Erfolg haben, müssen wir umso besser aufpassen, Anna. Sie lassen uns vielleicht in Ruhe, wenn wir uns korrekt verhalten. Nicht aber, wenn wir Schwierigkeiten machen, wenn wir die Gerichte beschäftigen, wenn über uns geredet wird. Es wird einen Prozess geben, Arthur wird aussagen müssen. Die ganze Stadt wird darüber reden. Er gefährdet uns finanziell, aber auch grundsätzlich. Du weißt, wer heute Abend kommt. Wie oft haben wir den Herrn Dr. Dickel und Oberstleutnant von Graberg schon eingeladen? Warst du je bei einer der beiden Damen zum Tee? Nein? Warum nicht?«

Er schaute sie immer noch an und griff nach ihren Händen.

»Warum nicht, Anna?«

Sie hielt seinem Blick stand und schwieg. Die Zukunft gehört dir, hatte ihr Vater gesagt. Julius glaubte nicht daran. Immer war er auf der Hut, immer warnte er, immer häufiger sprach er davon, sich taufen zu lassen. Für die Kinder. Für deren Zukunft.

»Weißt du, was sie sagen werden? Handelt er den Halunken herunter, werden sie sagen, er kennt's nicht anders, ist es gewohnt, zu feilschen. Muss er alles zahlen, lachen sie ihn aus. Georg und ich werden unsere Familien schützen. Und die Firma. Die Zeiten werden nicht einfacher für uns.«

Die kleine Uhr in der Ecke schlug fünf. Anna machte sich von ihm los.

»Julius, du weißt, wie sehr mir Arthur und Josephine am Herzen liegen. Aber natürlich hast du recht.«

Sie versuchte, die unangenehmen Gedanken zu verscheuchen und an den bevorstehenden Abend zu denken. »Dann muss ich die Tischordnung eben allein festlegen. Und in der Küche nach dem Rechten sehen.«

Sie drehte sich um, damit er nicht merkte, wie aufgewühlt sie war. Wie mochte es Josephine gehen? Und würde dieser Verlust Arthur ruinieren? Und … wie würden sie den Abend überstehen? Sie stellte sich die neugierigen Blicke vor, die Tuscheleien und fühlte Wut in sich aufsteigen.

»Es tut mir leid, wenn ich dir Angst gemacht habe. Alles wird gut. Aber wir müssen aufpassen, Anna, wir dürfen uns nicht sicher fühlen. Ich lasse es nicht zu, dass Arthur alles aufs Spiel setzt.«

Er küsste sie auf die Stirn, strich ihr über den Arm und ging aus dem Zimmer.

Josephine kam nicht mehr, sie und Arthur blieben dem Diner fern, und Anna musste kurzfristig allein die Tischordnung festlegen.

Suppe, Hummermayonnaise, Schinken in Burgunder, Lachs, Sauerkraut mit Lerchen, Rehbraten, Eis Nesselrode, dazu Lafitte Steinberger Kabinett, Burgunder und Champagner. Alles lief tadellos, das Besteck glänzte, das Sauerkraut war würzig, der Rehbraten zart. Das Eis Nesselrode war fein, die Maronen gut püriert, darum hatte sie sich Sorgen gemacht, dass man Stückchen herausschmeckte und das Dessert nicht cremig genug war.

Man machte Komplimente, lobte die Tafel, die Köchin, und trotzdem verspürte Anna ein Unbehagen. Denn hinter vorgehaltener Hand wurde über Arthur gesprochen, über seine Beziehungen zu Reuter und Wolff, dem anderen Gauner, der sich, als feiner älterer Herr gekleidet, in die Spielerzirkel eingeschlichen hatte und den Herren beim Bakkarat und Roulette das Geld abnahm.

Und Generalleutnant von Graberg samt Frau Gemahlin waren nicht gekommen, sie hatten ein Billet geschickt, dass Frau Generalleutnant unpässlich sei.

»Kein Wunder«, hatte Margarethe zu ihr gesagt, »natürlich kommen sie nicht, sie zerreißen sich das Maul über uns.«

»Du übertreibst, meine Liebe, wie so oft«, hatte Anna schnippisch geantwortet. »Wenn es Arthur gelingt, Reuter und Wolff hinter Gitter zu bringen, werden sie sich bei ihm bedanken.«

Margarethe hatte nur verächtlich geschnaubt und sich zu ihrer Schwägerin Agnes umgedreht, um über ein Gemälde zu sprechen, das ihr Mann gerade gekauft hatte.

»Er wird uns alle ruinieren, er ist unverbesserlich und unzuverlässig, dein Arthur!«, hatte Margarethe gehässig zum Abschied gesagt. Gerade wollte Anna bemerken, dass nicht sie jahrelang auf ein Zeichen von Arthur gewartet hatte, als sie noch in Leipzig lebten, da kam der Vater und umarmte sie.

»Meine Anna, was für ein wunderbarer Abend! Und wie schön du bist, das Blau steht dir. Nun muss ich gehen, du verzeihst mir, dass ich müde bin? Ich habe neben dem alten Gerson gesessen, der vollkommen taub ist. Ich musste ihm den ganzen Abend über ins Ohr brüllen ...« Er küsste sie auf die Stirn und ging schnell die Stufen hinunter, wie ein junger Mann. Dabei war er inzwischen sechzig Jahre alt, dachte Anna ein wenig stolz.

Als sie Stunden später vor ihrem Frisiertisch saß und die langen dunklen Haare bürstete, fragte sie:

»Hast du etwas gehört?«

Julius schüttelte den Kopf. »Nein, er wird wohl morgen

weiterverhandeln. Und ich weiß nicht, was schlimmer ist: wenn er die Summe stillschweigend bezahlt oder sich mit dieser Feilscherei zum Gespött der Leute macht.«

»Ich schicke Josephine eine Nachricht. Gleich morgen früh. Die Ärmste wird außer sich sein.«

Julius räusperte sich.

»Mach dir um Josephine keine Sorgen. Außer sich gerät sie selten.«

12

Es kam so, wie es Julius vorhergesehen hatte: Überall sprach man über Arthurs Spielverluste, über seinen Versuch, den Verlust herunterzuhandeln, und über den Prozess, der im Frühjahr des folgenden Jahres stattfinden sollte. Josephine redete mit Anna nicht über die Angelegenheit, sie benahm sich mit einer solchen Entschiedenheit so, als wäre alles wie immer, dass Anna es nicht wagte, sie darauf anzusprechen. Sie waren miteinander vertraut, aber Josephine setzte die Themen. Wollte sie über etwas nicht sprechen, so bot sich keine Möglichkeit, wie zufällig darauf zu kommen.

Im November 1883 war endlich das kleine Mädchen zur Welt gekommen, das sich Julius nach der Geburt der beiden Söhne Heinrich und Otto gewünscht hatte: Luise Anna Sophie, Luischen gerufen. Die Schwangerschaft war mühsam gewesen, Anna hatte viel liegen müssen und die letzten fünf Monate beinahe durchgehend im Bett verbracht. Stand sie auf, wurde ihr übel, und sie musste sich übergeben. Nachts war sie unruhig, fand kaum in den Schlaf, und morgens waren die Laken durchgeschwitzt. Julius zog aus dem gemeinsamen Schlafzimmer aus, auch er hatte kaum schlafen können, und die Ringe unter seinen Augen waren immer tiefer geworden.

Die erste Nacht, die Anna allein im Schlafzimmer verbracht hatte, war ungewohnt, dann aber genoss sie das Alleinsein zunehmend. Sie liebte ihr Schlafzimmer mit dem eleganten Frisiertisch, den taubengrau gestrichenen Wänden und den schweren dunkelblauen Samtvorhängen. Fühlte sie sich etwas besser, stand sie auf und legte sich auf die kleine Chaiselongue. Die Kinder kamen einmal am Tag, nur Heinrich stahl sich, sooft er konnte, in ihr Zimmer und zeigte ihr eine seiner kleinen Holzlokomotiven, mit denen er so gern spielte. Oder er bettelte, dass sie ihm eine Geschichte erzählte. Stundenlang konnte er zuhören, wenn sie ihm Henriettes Märchen erzählte. Oder die des Vaters. Eines Nachmittags hatte sie im Wäscheschrank ganz zuunterst ein weißes Leinentaschentuch gefunden, auf dem eine Spinne eingestickt war. Da fiel ihr die Geschichte von der Spinne und dem seidenen Faden wieder ein. Als Heinrich später zu ihr kam, erzählte sie ihm vom Mondjüngling und vom Sonnenjüngling.

»Du bist das Waisenmädchen, Mama? Und Papa der Mondjüngling?«

Sie musste lachen und steckte das Taschentuch in die Tasche ihres Morgenmantels. Die Spinne war klein, zwei ihrer Beinchen waren etwas krumm geraten. Ihre Mutter war über die seltsame Spinne auf dem feinen Batist verärgert gewesen. In ihren Augen eine unsinnige Verschwendung, das Taschentuch war damit für die Aussteuer nicht mehr zu verwenden. Aber ihr Großvater, der gerade zu Besuch da gewesen war, hatte es bewundert, als die Mutter einen Augenblick in der Küche verschwunden war. Vorsichtig strich sie mit der Hand über die Fäden, die den Spinnenleib und die Beine bildeten und sich bereits brüchig anfühlten. Anna behielt das Taschentuch die ganze Schwangerschaft über bei sich. Sie konnte das Haus kaum noch verlassen, die geschäftige Stadt mit ihrem Trubel, mit den prächtigen Promenaden, selbst der Zoologische Garten um die Ecke waren weit, und Josephine besuchte sie oft, um ihr die Zeit zu vertreiben. Sie brachte ihr Modezeitschriften mit, erzählte von den Pferden, von der neuen Frisurenmode und von ihrer bevorstehenden Reise nach Wien. Von Arthur redete sie kaum.

Fragte Anna Julius nach ihm, schüttelte der nur unwillig

den Kopf und sagte knapp, als stiller Teilhaber sehe er ihn noch seltener als zuvor und wolle gar nicht wissen, was er gerade anstellte.

So beschwerlich die Schwangerschaft und die Geburt gewesen waren, so ruhig und zufrieden war Luise. Als hätte ihr all das nichts ausgemacht, die zehn Stunden voller Schmerzen, die Anna nicht so leicht vergaß. Luise schrie selten und schlief nachts lange Stunden, sodass man sie wecken musste, um sie zu füttern. Anna ging es bald besser, und sie war froh, das Haus verlassen, am gesellschaftlichen Leben teilnehmen und wieder reiten zu können. Sie fuhr in die großen Kaufhäuser, bestellte den Schneider, besorgte alle Weihnachtsgeschenke persönlich, ging mit Freundinnen ins Kaiserpanorama an der Friedrichstraße oder traf sich in den Cafés mit ihnen. Sie stand auch nachts nicht mehr auf, um dem Atem ihrer Kinder zu lauschen. Heinrich war inzwischen fast drei, und Anna nahm ihn manchmal mit, wenn sie eine Freundin traf. Er war immer noch klein und zart und sah in seinem gestärkten Matrosenanzug aus wie eine Puppe. Nie wurde er ungeduldig, nie weinte oder schrie er. Wenn ihm langweilig wurde, spielte er mit ihrem Pelzmuff.

Einmal – kurz vor Weihnachten – traf sie Arthur zufällig im Tiergarten, als sie auf dem Weg zu ihrem Vater war.

»Anna, schönste Schwägerin« – so hatte er sie immer genannt –, »du grüßt mich noch, oder?« Dabei strich er sich die Haare aus der Stirn und schaute ihr tief in die Augen. Dann umarmte er sie. Als sie ihn erwartungsvoll und vielleicht auch streng anblickte, beeilte er sich, ihr zu erklären:

»*Corriger la fortune*, das verstehst du doch? Es ist etwas aus dem Ruder gelaufen, aber es ist längst nicht so schlimm, wie sie sagen.«

Anna hatte nicht mit ihm gelacht. Sie sah Julius' ernstes Gesicht vor sich und griff nach seiner Hand. »Arthur, *corriger la fortune?* *Fortune* hast du doch schon, da gibt es nichts zu korrigieren. Es war so viel Geld. Wie kannst du um solche Summen spielen?«

»Was soll ich sonst tun, meine Liebe? Ich war doch auch vorher nicht viel mehr als ein stiller Teilhaber. Dein Mann und dein Schwager möchten mich nicht in der Firma haben. Das verstehe ich natürlich, ich würde mich auch nicht haben wollen. Zu faul, andere Sachen im Kopf ... Aber stiller Teilhaber – das passt nicht zu mir, das weißt du doch. Ich bin alles, aber nicht still. Jetzt redet die ganze Stadt, was soll's? Wer kann das schon von sich behaupten? In Berlin?«

»Das viele Geld, Arthur ...«

»Viel? Anna, liebes Mädchen! Lächerliche Summen für deinen Mann und deinen Schwager. Sie wiegen bedenklich die Häupter, dabei würden sie, ohne mit der Wimper zu zucken 150 000 Mark für eine seltene Briefmarke oder ein Ölgemälde ausgeben.«

Anna hatte eingesehen, dass ein Gespräch darüber keinen Zweck hatte. Arthur änderte sich nicht, Arthur war leichtsinnig, liebenswert, gut aussehend, charmant. Sie erkundigte sich nach Josephine und sagte ihm, dass sie hoffe, ihn zu Weihnachten zu sehen. Dass er nicht kommen würde, nicht kommen konnte, wusste sie. Sie hatten sich schnell voneinander verabschiedet, und Anna hatte den Gedanken an ihn erst abschütteln können, als sie am Haus ihres Vaters angekommen war.

13

Nach Luises Geburt zog Julius erst einmal nicht ins gemeinsame Schlafzimmer zurück.

Es war ein ungewöhnlich milder, windiger Dezember, und die Weihnachtsdekoration wirkte fehl am Platz bei den Temperaturen. Nach den langen Monaten der Abgeschiedenheit sollte Leben ins Haus kommen, und Anna wollte die Familie zu Weihnachten und Silvester in der Rauchstraße versammeln. Julius reiste in dieser Zeit häufig nach Wüstegiersdorf oder Bradford. Anna hatte aus Halbsätzen und Gesprächen zwischen ihm und Georg herausgehört, dass die Geschäfte nicht gut liefen oder jedenfalls nicht so, wie sie es sich erhofften. Es war keine Sorge, aber eine Unzufriedenheit, die sie ihm deutlich anmerkte.

»James Simon verdient jetzt viel Geld mit seinen Baumwollwaren. Und die Konfektionäre vom Hausvogteiplatz«, erklärte ihr der Vater. Ihr gegenüber wiegelte Julius ab, »damit musst du dich nicht belasten, Liebes«, sagte er, oder »du hast genug Sorgen mit den Kindern« oder »denk daran, im Waisenhaus warten sie auf deinen Besuch vor Chanukka«. Ihre Verpflichtungen in den Stiftungen und Wohltätigkeitsvereinen waren ihm wichtig, vor allem das Waisenhaus am Weinbergsweg, das Moritz und Sarah Reichenheim gestiftet hatten und um das er sich seit deren Tod kümmerte.

Ihr Vater, der sich zunehmend aus seiner Firma nahe dem Hausvogteiplatz zurückzog und die Geschäfte ihren Brüdern überließ, zog sie wieder ins Vertrauen, so wie er es einst getan hatte, als sie ein kleines Mädchen war. Er wohnte jetzt in der

Königin-Augusta-Straße am Landwehrkanal nahe der Potsdamer Brücke. Wenn er die Kutsche nahm, war er innerhalb von zehn Minuten bei ihr, er musste nur die Straße am Kanal entlangfahren.

Die Mode hatte sich geändert, sie selbst trug Kleider aus leichteren Stoffen. Auch die Herrenanzüge waren seltener aus den festen englischen Tuchen, die die Firma Reichenheim und Söhne produzierte.

»Modeateliers und Kaufhäuser verdienen jetzt das Geld«, sagte ihr Vater. »Wie Gerson und Levin es machen. Wenn ich jünger wäre, würde ich alles verkaufen und neu anfangen.«

Ein- oder zweimal versuchte Anna, mit Julius darüber zu sprechen, aber er wechselte sofort das Thema. Sie wusste, dass die Firma für ihn eine Pflicht war, nicht mehr. Er begeisterte sich nicht für Stoffe wie ihr Vater, ihn interessierten die Publikationen der Geographischen Gesellschaft und seine Briefmarken mehr als der Aufbau neuer Handelsbeziehungen. Julius tat seine Pflicht, wie er es immer getan hatte. Und er sprach nicht darüber.

Sie sahen sich wenig in dieser Zeit, Julius war zerstreut und mit seinen Gedanken woanders. Er schlief weiter in dem kleinen Zimmer neben dem der Kinder, das er sich hatte herrichten lassen, und Anna war darüber nicht unglücklich. Fünf Schwangerschaften, fünf Geburten – sie liebte ihre vier Kinder, aber es war genug. Manchmal saß sie abends lange an ihrem Frisiertisch und betrachtete sich im Spiegel. Sie war Ende zwanzig, das Gesicht war etwas rundlicher, der Busen voller, aber ihre Haare waren noch so dunkel und glänzend, als sei sie ein junges Mädchen, und die Haut glatt und ebenmäßig. Dann klopfte es gegen zehn Uhr abends immer leise an die Tür, und Heinrich kam in ihr Zimmer. Sie umarmte und küsste den Jungen, bevor sie ihn zurück ins Kinderzimmer brachte.

Wenn das Wetter schön war, legte sie Luise nachmittags in den Kinderwagen und ging mit ihr, Heinrich und Otto im Tiergarten spazieren. Oder sie gingen in den Zoo, dessen Eingang gar nicht weit von ihrem Haus entfernt war. Manchmal begleitete Gertrud sie, die inzwischen sieben Jahre alt war und die langen dunklen Zöpfe, zu Schnecken gewunden, über den Ohren trug.

Für den 22. Januar, ihren 29. Geburtstag, hatte Anna den Kindern versprochen, gemeinsam mit dem Großvater in den Zoo zu gehen. Heinrich liebte den Zoo, und abends bildete er sich ein, er könnte die Affen schreien, die Elefanten trompeten oder auch einmal einen Löwen brüllen hören. Er hatte eine lebhafte Fantasie und erschreckte seinen Bruder Otto gern mit solchen Geschichten. Jetzt stand er mit Otto und Gertrud am Fuß der Treppe und konnte es nicht erwarten, dass sie losgingen. Otto war kräftiger als der zarte Heinrich. Er stapfte in seinen neuen Stiefelchen in der Eingangshalle auf und ab und rief unaufhörlich: »Los, los!«

Anna schaute auf die große Standuhr. Ihr Vater hätte schon vor einer Viertelstunde da sein sollen. Sie wunderte sich, er war immer pünktlich, und weit hatte er es ja nicht. Während sie nach dem Mädchen rief, das sie begleiten sollte, überlegte sie, ob sie nicht doch am Eingang des Zoos verabredet gewesen waren. Wenn ihr Vater sich auch nur um fünf Minuten verspätete, schickte er einen Boten.

»Kommt, wir gehen zum Zoo, Großvater wartet bestimmt dort auf uns!«, rief sie, legte sich das dunkelbraune Wollcape um die Schultern, steckte den Hut mit einer Hutnadel fest und lief mit den Kindern und dem Kindermädchen die Stufen der großen Freitreppe hinunter und durch das schmiedeeiserne Tor auf die schmale Straße.

Sie brauchten keine drei Minuten bis zum Eingang des Zoologischen Gartens. Aber auch da war Isidor nicht. Nur wenige

Leute gingen an diesem kalten Donnerstagvormittag in den Zoo. Sie würden die Antilopen- und Affenhäuser ganz für sich haben. Und das Café auch. Unruhig sah sich Anna um. Die Kinder waren kaum mehr zu halten, als das Trompeten eines Elefanten ertönte. Nach einer Dreiviertelstunde hielt es Anna nicht mehr aus und kehrte mit den Kindern nach Hause zurück. Dass etwas passiert sein musste, war ihr längst klar, und sie schickte einen Boten in die Königin-Augusta-Straße und einen in die Jerusalemer Straße, in die Firma ihres Vaters.

Gegen Mittag kamen Julius und ihr Bruder Hugo nach Hause, beide blass und ernst, und führten Anna ins Wohnzimmer.

Isidor hatte am Morgen eine Zeitung kaufen wollen und war von einem der vielen schweren Kremser, die durch die Stadt fuhren, überrollt worden. Er hörte schlecht in letzter Zeit, musste, in Gedanken versunken, über die Straße gegangen sein und sich nicht umgeschaut haben. Der Kutscher hatte den großen Wagen so schnell nicht zum Stehen bringen können.

Anna erfuhr keine Details und stellte sich ihren schönen, stattlichen Vater in seinem eleganten Wintermantel unter der schweren Pferdekutsche vor.

Tagelang war ihr der Gedanke unerträglich, dass sein Mantel, sein Haar oder seine Schuhe schmutzig geworden sein könnten. Bei der Totenwache wurde ihr klar, dass der Unfall ihren Vater entstellt haben musste: Man hatte den Leichnam gleich in einen Sarg gelegt, der geschlossen aufgebahrt wurde.

Ende Februar reiste Julius mit Anna in die Schweiz. Ganz gegen seine sonstige Gewohnheit hatte er einfach entschieden, ohne sich mit ihr zu besprechen. Eines Abends war er nach Hause gekommen und hatte ihr gesagt, sie würden in einer Woche nach Sils Maria fahren.

Sie wehrte sich nicht, und als sie abends im Bett lag, spürte sie, dass sie froh war, Berlin zu verlassen. Immer schwerer war es ihr in den vergangenen Wochen gefallen, die Köchin, den Gärtner, die Kindermädchen, Hauslehrer und Mädchen anzuleiten, ihnen zu sagen, was zu tun war und was sie wünschte. Was sollte für das Mittagessen vorbereitet werden? Wie viele Personen wurden erwartet? Musste Otto seine Mütze tragen, wenn er in den Garten ging. Hatte sie schon über die Bepflanzung der Beete nachgedacht? Die Blumenzwiebeln mussten bestellt werden. Von früh bis spät musste sie entscheiden, immerzu wollte jemand etwas von ihr, ständig riss man sie aus ihren Gedanken. Gedanken an den Vater, Gedanken an Leipzig, an die Kindheit. Selbst das Reiten machte ihr weniger Freude als sonst, obwohl Josephine darauf bestand, dass sie mindestens zweimal pro Woche miteinander ausritten. Die Ruhe und Zufriedenheit, die sie sonst überkam, wenn sie das Pferd, seine Kraft und Wärme unter sich spürte, wollte sich nicht einstellen, und wo auch immer sie entlangritten, hielt sie Ausschau nach ihrem Vater, nach seiner hohen Gestalt. Die Aussicht einer Reise in eine andere Welt, raus aus der Stadt und ihrem Verkehr, den Kutschen, Pferdeomnibussen und Kremsern, von denen es in Berlin immer mehr gab, munterte sie ein wenig auf.

Dann bestand Anna aber doch darauf, dass zumindest Gertrud und Heinrich mit ihnen in die Schweiz reisten. Sie waren noch nie in den Bergen gewesen.

Als sie Berlin hinter sich ließen, fiel Anna eine Last von den Schultern. Die Berge lenkten sie ab, brachten sie auf andere Gedanken. Die klare Luft, der helle Schnee, die Begeisterung, mit der die Kinder durch den Wald liefen und unermüdlich Schneemänner bauten. Das Hotel Edelweiß, das Julius ausgewählt hatte, weil er als Kind oft dort gewesen war, kam ihr vor wie ein venezianischer Palazzo mitten in den Schweizer Bergen.

Mitte März reisten sie zurück nach Berlin, und die Erinnerung an ihren Vater war nur noch ein dumpfer Schmerz, wenn sie bestimmte Gesten ihres Bruder Hugo sah, der sich das dunkle Haar ebenso zurückstrich wie der Vater, oder wenn sie einen großen Mann im Gewühl der Menschen auf den Straßen sah, der aufrecht und schnell ging wie er.

Julius war wie selbstverständlich nach ihrer Rückkehr wieder in das gemeinsame Schlafzimmer gezogen. Dass sie schwanger war, merkte sie bald, und wieder war Julius erfreut, dass die Familie wuchs. »Das fünfte Kind«, sagte er stolz, und Anna war einmal mehr froh, dass er Gertrud wie seine eigene Tochter behandelte und keinerlei Unterschied zwischen ihr und den Kleineren machte. Im Gegenteil: ihr galt seine besondere Aufmerksamkeit, für sie hatte er jedes Mal eine Kleinigkeit, wenn er von einer Reise zurückkehrte. So mühsam die Schwangerschaft mit Luise gewesen war, so unkompliziert war diese. Obwohl der Sommer 1885 besonders heiß war, war sie weder erschöpft, noch hatte sie mit Übelkeit oder Schwindel zu kämpfen. Wäre es nach ihr gegangen, hätte die Familie auch nach Italien in die Sommerfrische fahren können, aber Julius wollte kein Risiko eingehen und entschied sich für Usedom.

Peter kam am 7. November zur Welt.

Manchmal dachte sie wehmütig an das Gespräch, das Josephine damals im Café mit ihr geführt hatte, nach Adolphs Tod. Josephine, die frei von allen Verpflichtungen reiste, auch allein zu ihrer Familie nach Wien oder mit einer Cousine nach Paris. Sie hatte damals die richtige Entscheidung für Gertrud und sich getroffen, das wusste sie. Aber manchmal spürte Anna so etwas wie Neid, wenn Josephine von ihren Reisen erzählte, die von Freiheit sprachen, von der Freiheit, genau das zu tun, was sie wollte und wann sie es wollte. In den letzten Jahren, eigentlich seit dem Skandal um Arthur, hatte Josephine ein immer selbstständigeres Leben geführt. Manchmal versuchte sie, Anna zu einer Reise nach Paris zu überreden, aber das hatte sie ihr immer abgeschlagen. Sie wollte die Kinder nicht allein lassen und das Haus: Zwölf Bedienstete waren es inzwischen, mit den Kindern und Julius fast zwanzig Leute. Das Reiten und ab und zu eine Fahrt in eins der Kaffeehäuser waren die einzigen Pausen, die sie sich gönnte.

Die Aussicht auf den Jahreswechsel, das erste Silvesterfest ohne ihren Vater, machte sie traurig. Sie ließ sich nichts anmerken, versuchte, ihre Müdigkeit zu verbergen und alle Vorbereitungen wie immer zu treffen.

Ein paar Tage vor Silvester kam Josephine eines Nachmittags unangekündigt in die Rauchstraße, als Anna gerade mit Heinrich, Gertrud und Otto das Haus verlassen wollte.

»Anna, Liebes, hast du ein paar Minuten?«

Josephine sah blass aus. Ganz gegen ihre Gewohnheit war das dunkle Haar nicht sorgfältig frisiert.

»Nein, Maman, bitte nicht, wir wollten gerade losgehen ...« Gertrud stampfte mit dem Fuß auf.

»Du hast es versprochen ...« Anna sah, wie ihrer ältesten Tochter die Tränen in die Augen traten.

Heinrich war zu Josephine gelaufen.

»Tante Josephine, was hast du denn? Bist du krank?«, fragte er und umarmte sie. Heinrich liebte Josephine und Arthur stärker, als seinem Vater lieb war. Jetzt, wo Arthur gar nicht mehr kam und Josephine seltener, fragte er umso häufiger nach ihnen.

Anna schickte die Kinder mit dem Kindermädchen in den Tiergarten und führte Josephine in den kleinen Salon.

Nervös knetete sie die feinen cognacfarbenen Kalbslederhandschuhe zwischen den Händen. Sie hatten sich einige Wochen nicht gesehen, und Josephine musste abgenommen haben, sie kam Anna plötzlich zerbrechlich vor, die Taille zu schmal in dem eleganten Kleid, die Schultern spitz unter dem dünnen Stoff.

»Arthur steckt in Schwierigkeiten.«

»Ich dachte, er spielt nicht mehr? Er hat es dir versprochen, nicht wahr? Und Julius und Georg auch, sie haben doch mit ihm geredet. Bist du sicher?«

Josephine schnaubte.

»Ach, Anna, ihr geht ihm alle auf den Leim. Er spielt nicht mehr in Berlin. Aber überall anders doch. In Baden-Baden, in Spa, in Aachen, in Paris. Darum geht es diesmal nicht. Irgendeine Frauengeschichte, er hat sich mit einem österreichischen Leutnant gestritten, einem Baron, und der hat ihn zum Duell herausgefordert.«

»Was?« Anna war sprachlos. »Was für eine Frau denn, Josephine?«

»Anna!« Josephines Augen funkelten zornig. »Wie alt bist du? Neunundzwanzig? Dreißig? Was glaubst du, was die Männer machen, wenn sie abends in den Gesellschaften sind, in den Restaurants? Benimm dich nicht wie ein Mädchen aus der sächsischen Provinz, ich bitte dich!«

Anna schwieg.

»Es geht nicht um eine seiner Liebschaften, er hat die Begleitung von diesem Baron beleidigt, und das kann der nicht so stehen lassen. Er ist beim Militär und will, dass man respektvoll mit ihm umgeht. Und mit seiner Dame.« Sie hatte voller Verachtung gesprochen.

»Das ist doch absurd! Und das Duellieren ist längst verboten, es steht unter Strafe!«

»Eben, wenn er überlebt, kommt er ins Gefängnis, verstehst du?«

Anna wusste nicht, was sie sagen sollte, als die Tür aufging und Julius eintrat.

»Josephine ...«

»Du weißt schon alles? Julius, was machen wir bloß?«

Julius hatte seinen Mantel nicht ausgezogen, mit gesenktem Kopf lief er im Zimmer auf und ab, die Stirn gerunzelt. Wo und wie hatte er davon gehört? War Arthur bei ihm gewesen? Hatte er Angst bekommen? Arthur, der Spieler und Homme des femmes, war keiner, der sich freiwillig duellierte.

Die nächsten Tage verliefen voller Hektik, alle Festlichkeiten waren vergessen.

Es war ein kalter Dezember, und am 22. begann es zu schneien, erst wenig, dann immer stärker. Dichte Flocken wirbelten durch die Luft, sie bedeckten den Garten mit seinen Bäumen und das Gewächshaus, das Julius im vergangenen Sommer hatte anlegen lassen.

Große Flocken lagen auch auf dem Pelzkragen von Arthurs Mantel, als er am 23. Dezember abends zu ihnen kam, sie kurz begrüßte – charmant wie immer – und sich dann mit Julius in dessen Herrenzimmer einschloss.

Eine Stunde später kam er blass heraus und verließ gemeinsam mit Julius das Haus.

Am Morgen des 24. schneite es weiter, und als Anna aufstand, war Julius bereits wach. Er hatte mit ihr kaum über Arthur gesprochen, war aber spürbar nervös.

»Es ist heute, nicht wahr?«, fragte sie ihn. »Oder habt ihr es abwenden können?«

»Abwenden? Ich habe alles versucht, aber der Mann ist hitzig und fühlt sich in seiner Ehre verletzt. Wie konnte Arthur so dumm sein?« Er stand auf, legte die Zeitung beiseite und nahm ihre Hand.

»Anna, versprich mir, alles daranzusetzen, unsere Kinder zu anderen Menschen zu erziehen. Wissenschaft, Politik, Staatsämter, Künstler – was immer sie tun wollen, dürfen sie tun, aber sie müssen diszipliniert sein, müssen danach streben, ihre Ziele zu erreichen.«

»Einer von ihnen wird doch die Firma übernehmen?«, sagte Anna. »Du bist der Älteste, du leitest die Firma. Heinrich wird dir nachfolgen. Mach dir keine Sorgen, unsere Kinder sind unsere Kinder, ihr Schicksal ist ein anderes als das von Arthur.«

Julius ließ ihre Hände los und trat ans Fenster. Inzwischen waren auch die kahlen Bäume von einer dicken Schneeschicht bedeckt. Der Ahorn, die Buchen, die japanischen Kirschen, die sie beide so liebten, waren bis in die feinsten Verästelungen mit Schnee überzogen und malten weiße Bilder gegen den grauen Dezemberhimmel.

»Die Firma ist nicht mehr die Zukunft. Sie war der Anfang von allem, ein Mittel zum Zweck, unser Weg in ein besseres Leben. Wir werden sie nicht mehr lange brauchen.«

Er drehte sich zu ihr um.

»Heinrich, Otto und Peter müssen keinen Handel treiben, ihnen stehen alle Türen offen. Aber sie müssen nach etwas streben, das es wert ist.«

In den Linien, die sich über seine Stirn zogen, um seine Augen und um die Mundwinkel, sah Anna die Mühe und die Disziplin, die Julius seit Jahrzehnten in den Fortbestand der Firma einbrachte. Ihre Brüder fielen ihr ein, die nicht mit dem Vater ins Kontor hatten fahren wollen. Sie sah sich selbst als kleines Mädchen über die Stoffballen streichen, sah sich Fragen stellen, die ihr Vater lachend beantwortete. Neigungen und Wünsche hatte auch sie gehabt, aber Julius hatte recht, wie immer: Es ging darum, das Richtige zu tun, für die Familie, für die Zukunft.

Als Julius gegangen war, stand Anna am Fenster und schaute den Schneeflocken zu, die durch den grauen Morgen wirbelten.

14

Berliner Tageblatt vom 30. 4. 1887

Am Vormittage des 24. Dezembers 1885 wurde das Duell zwischen Arthur Prins-Reichenheim und dem österreichischen Lieutenant Baron Ludwig von Erlanger in dem Parke des Gutes Witzleben bei Charlottenburg abgehalten; die Forderungen des von Erlanger lauteten auf Pistolen, einmaligen Kugelwechsel, 15 Schritte Distanz und 5 Schritte Avance. Keiner der Duellanten machte vom Rechte des Vorgehens Gebrauch, sondern beide schossen gleichzeitig vom Aufstellungsflecke aus; keine der Kugeln traf ihr Ziel. Der Staatsanwalt beantragte gegen den Angeklagten Prins-Reichenheim das niedrigste Strafmaß, drei Monate Festung. Der Gerichtshof erkannte diesem Antrage gemäß.

Anna legte das Berliner Tageblatt beiseite und rieb sich die Augen. Festungshaft für Arthur, das war unvorstellbar. Das ist kein Zuchthaus, hatte Josephine ihr erklärt, es ist relativ komfortabel, aber weg kann er da nicht, er muss drei Monate lang bleiben.

So oder so, es war unerträglich, denn wieder einmal sprach man darüber. Vor zwei Jahren, als das Duell stattgefunden hatte, natürlich auch. Dann war die Angelegenheit in Vergessenheit geraten, doch mit dem Prozess kehrte das Interesse zurück. Julius und Georg hatten versucht, den Zeitungsartikel zu verhindern, aber die Redakteure hatten nur zu gern über die Entscheidung des Gerichts berichtet. Arthur Prins-Reichenheim – der Name stand inzwischen für Skandale.

Sie überlegte, ein paar Schritte im Garten zu tun, um die Müdigkeit abzuschütteln. Ein wenig frische Luft würde ihr guttun, und sie hatte vom Schlafzimmerfenster aus gesehen, dass die Hortensien blühten, hellblau, rosa und weiß.

Sie war erschöpft, obwohl es noch nicht einmal Mittag war und sie erst um acht Uhr aufgestanden war. Aus dem Kinderzimmer drangen Stimmen – Heinrich und Otto wurden zusammen mit Margarethes Sohn Hans und einem der Söhne von Agnes und James Simon unterrichtet. Sie öffnete die Tür und lauschte. Otto las etwas vor, mühsam buchstabierte er ein paar Wörter, Tiere waren es, Kamel, Elefant, Löwe, bei der Antilope stockte er. Sie hörte, wie er zu kichern begann, dann die Stimme des jungen Lehrers, der Heinrich zur Ordnung rief. Sie seufzte. Ihr ältester Sohn war immer zu Scherzen bereit, er brachte alle zum Lachen, aber er nahm nichts ernst und konzentrierte sich schlecht. Gut, er war noch ein Kind, sechs Jahre alt, das sagte sie Julius immer, wenn er den Jungen ermahnte. Trotzdem machte auch sie sich insgeheim Sorgen.

Sie strich sich über den Bauch. Wieder war sie schwanger, Peter war noch nicht einmal zwei Jahre alt. Sie war im vergangenen Jahr dreißig geworden, und wenn sie jetzt im großen Salon vor dem Porträt stand, das Gussow gemalt hatte, dann erkannte sie sich noch weniger als damals. Auch zwischen den Schwangerschaften war ihre Taille nicht mehr schmal geworden, obwohl sie sich alle Mühe gab, das Korsett eng zu schnüren. Sie war dankbar, dass die neue Mode viel Krinoline verwendete, wahre Stoffluten, die vieles verbargen. Der Arzt kam häufig, manchmal fast jeden Tag, und ermahnte sie, viel zu schlafen und sich auszuruhen.

»Sie sind nicht mehr die Jüngste, meine Liebe. Eine Schwangerschaft mit über dreißig, das ist nicht so leicht wie vor zehn Jahren«, sagte er sorgenvoll.

Anna hatte mit einer weiteren Schwangerschaft nicht gerechnet, Julius schlief nun dauerhaft in einem anderen Zimmer. Als sie von einer Reise nach Lausanne zu weitläufigen Verwandten zurückkamen, war sie wieder schwanger.

Jetzt trat sie aus der Haustür, den Hut in der Hand, und ging in den Garten. Dort stand seit ihrem dreißigsten Geburtstag im vergangenen Jahr ein Reitstall. Julius hatte ihn bauen lassen, groß und geräumig, mit Platz für fünf Pferde. Kein ganz uneigennütziges Geschenk, denn nun, mit eigenen Pferden, die sie selbst mit viel Bedacht ausgesucht hatte, gab es keinen Grund mehr, Arthurs Pferde zu reiten. Josephine ritt oft mit ihren Pferden aus, aber Arthur hielt sich seit Längerem fern. Das letzte Mal war er zu Heinrichs Geburtstag gekommen. Sie sah ihn vor sich, im dunklen Wollmantel und mit einer kleinen Tasche in der Hand. Er war am späten Vormittag aufgetaucht, wahrscheinlich kalkulierend, dass Julius nicht da sein würde. Anna bat ihn herein, und Arthur sagte gleich, er habe wenig Zeit, er wolle nur ein Geschenk für seinen Lieblingsneffen abgeben.

»Einen Kaffee trinkst du doch? Wir sehen uns so selten, komm einen Moment herein.«

Arthur trat ein, sein Lächeln war bemüht und weniger strahlend als früher.

»Wo ist Josephine? Konnte sie nicht mitkommen?«, fragte Anna, und Arthur murmelte etwas von Verpflichtungen.

Dann folgte er ihr doch in den Salon, und als aus seiner Tasche ein Fiepen drang, runzelte Anna die Stirn.

»Was hast du denn da?«

»Pssst«, sagte er verschwörerisch. »Ruf mir meinen Heinrich, dann siehst du es«, sagte er und strich liebevoll über seine Tasche.

Es war ein winziger Dackel, den Arthur dem staunenden Heinrich wenig später in die Arme legte.

»Er ist noch ganz klein, keine zwölf Wochen. Du musst gut auf ihn aufpassen, ihn viel füttern und ihm Manieren beibringen, ja? Er heißt Waldi.« Damit strich er Heinrich über die Haare, die nicht mehr so hell waren wie noch vor ein paar Jahren, sondern dunkelblond.

Der kleine Hund schnappte nach Heinrichs Ärmel, und Gertrud und Otto, die ins Zimmer gelaufen kamen, stürzten sich mit begeisterten Schreien auf das Tier. Heinrich wehrte sie entschieden ab.

»Waldi ist mein Hund, und er braucht Ruhe, er ist klein!«, rief er.

Die Kinder begannen zu streiten, während der Kaffee serviert wurde, und Anna versuchte aus Arthur herauszukriegen, wie es mit dem Gerichtsverfahren aussah.

Dann wurden die Schreie der Kinder lauter und das Fiepen des kleinen Dackels verzweifelter, und Anna musste eingreifen. Arthur nutzte die Gelegenheit, sich zu verabschieden, Heinrich einen flüchtigen Kuss auf den Kopf zu drücken und ihre Hand zu küssen.

»Bleib mir wohlgesonnen, meine Anna«, rief er noch, bevor er die Treppe hinunterlief und in die Kutsche stieg, die auf ihn gewartet hatte.

Heinrich liebte den Dackel, er kümmerte sich voller Ausdauer um Waldi. Das Pony, das ihm sein Vater geschenkt hatte – er sollte reiten lernen –, interessierte ihn weniger, und es war Gertrud, die so lange bettelte, bis man ihr erlaubte, darauf zu reiten.

»Wenn du zum Militär gehst, musst du reiten können«, sagte Julius zu Heinrich, und der nickte folgsam. Dann pfiff er leise – er war stolz darauf, das gelernt zu haben –, und Anna hörte die kleinen Pfoten des Dackels über das Parkett tappen. Waldi folgte Heinrich auf Schritt und Tritt, und der Junge hasste es, sich von dem Tier zu trennen. Anna hatte erwartet, dass sich nach spätestens vier Wochen die Dienstmädchen um Waldi kümmern mussten, weil Heinrich das Interesse verlor, aber das passierte nicht. Selbst Julius, der sich über das Geschenk von Arthur geärgert hatte, hatte den kleinen Dackel inzwischen als Teil der Familie akzeptiert.

Auch nach über einem Jahr kümmerte sich Heinrich um das Tier, führte es in den Garten und spielte mit ihm bei Wind und Wetter. Er hatte ein schwarzes Lederhalsband mit Leine, an der er Waldi am liebsten im Tiergarten ausführte. Gertrud und das Mädchen mussten ihn auf endlosen Spaziergängen begleiten, und das Schönste für ihn war, wenn seine Mutter mitkam.

Jetzt, als sie ein paar Schritte im Garten tun wollte, hörte sie ihn rufen:

»Maman, willst du mit Waldi und mir spazieren gehen?«

Sie drehte sich um. Er stand oben auf dem Treppenabsatz, den Hund an sich gedrückt, und sah sie mit erwartungsvollem Blick an.

»Bitte!«

»Du kannst ihm nichts abschlagen, Anna, das ist gefährlich«, hörte sie Julius' warnende Stimme. »Er folgt nicht, er lernt nicht gut, und wenn er seine Scherze mit dir treibt, gibst du nach.«

»Na gut, Heinrich, aber nur einen Augenblick im Garten. Ich muss mich dann hinlegen, ich will eigentlich nur nach den Hortensien schauen.«

Schon war er bei ihr, den Hund in einem Arm, und griff mit der anderen Hand nach ihrer.

Gemeinsam bewunderten sie die Blumen, während Waldi in einer Ecke verschwand und zu buddeln begann.

»Waldi, komm her!«, rief Heinrich, der wusste, dass der Gärtner sich über Waldis Löcher ärgerte und sich manchmal bei seinem Vater beschwerte, der dann schimpfte. Er zog einen der Kekse aus der Tasche, die auf dem Frühstückstisch gelegen hatten, und Anna runzelte die Stirn.

»Nun aber schnell zurück ins Haus, der Unterricht geht doch gleich weiter, oder?«

Der Hund blieb Heinrichs engster Freund. Obwohl Julius es verbat, nahm er ihn abends heimlich mit ins Kinderzimmer. Waldi schlief neben dem Bett, häufig aber auch bei Heinrich. Im Sommer bestand er darauf, ihn mit nach Usedom zu nehmen, wohin Margarethe und Georg Heinrich, Gertrud, Otto und Luise mitnahmen, weil Anna nicht mehr reisen konnte, da die Geburt unmittelbar bevorstand.

Julius blieb bei Anna in Berlin, und im August kam Sophie zur Welt. Julius bestand darauf, die Kleine Sophie Anna Marie zu nennen.

Wenn sie später daran zurückdachte, erschienen Anna jene Wochen nach Sophies Geburt, in denen Julius und sie mit dem knapp zweijährigen Peter und dem Neugeborenen allein waren, wie ein Traum: warme Sommertage voller Ruhe, die sie im Garten verbrachten. Die Stadt war wie ausgestorben, es gab keine Einladungen, wenig Besuch, keine Verpflichtungen. An einem der Sommerabende saßen sie in dem kleinen Gartenpavillon, als Julius ihr eröffnete, dass Georg und er die Firma verkaufen wollten und sich seit längerer Zeit nach einem Käufer umsahen, der die Werke in ihrem Sinn weiterführte. Die harten Stoffe, die in Wüstegiersdorf und in Bradford gewebt und gesponnen wurden, waren nicht mehr gefragt, die wollenen Garne viel zu billig geworden. Von Jahr zu Jahr fiel der Gewinn geringer aus.

»Wenn Sophie etwas größer ist, bin auch ich freier. Wir werden reisen können ...«, sagte Anna. Das hatte sie sich immer gewünscht, aber die Schwangerschaften hatten meistens alle Pläne zunichtegemacht. Nach Sils Maria, ab und zu nach Karlsbad. Und im Sommer nach Usedom, weil die Kinder das Meer liebten und die Fahrt nicht zu weit war. Eine Reise nach Italien hatten sie schon seit Längerem nicht mehr gewagt, und wie gern wäre sie noch einmal nach Venedig gefahren oder weiter nach Rom und Neapel.

»Ja, Liebes«, sagte Julius, »wir sind dann freier. Aber ich bin angesprochen worden, das Amt eines Handelsrichters zu übernehmen. Das will ich gern tun. Wir werden uns also arrangieren müssen.« Anna musste lächeln. Natürlich hatte er eine neue Aufgabe gefunden. Sie kannte ihren Mann.

In jener Zeit hatte Julius sie auch davon überzeugt, dass der Zeitpunkt gekommen war, sich taufen zu lassen, den jüdischen Glauben, dessen Gesetze sie kaum noch befolgten, hinter sich zu lassen und damit ihre Vergangenheit: Julius' Großvater Nathan, der Talmudgelehrter in Bernburg gewesen war, Annas Vorfahren aus Gleiwitz und Sohrau, die noch Jiddisch gesprochen hatten, die ihren Glauben den Traditionen gemäß gelebt hatten. Hier in Berlin gingen sie selten in die Synagoge. Sie würden auch selten in die evangelische Kirche gehen, hatte Julius ihr versprochen, denn sie hatte gezögert. Hoffte er, damit wirklich dazuzugehören, sein Judentum hinter sich lassen zu können? War das möglich, waren sie nicht trotzdem anders als die preußischen Familien der Generäle, der Adligen, des Bürgertums?

Julius glaubte fest daran, dass jetzt, wo sie die Firma verkaufen würden, die Möglichkeit bestand, alle Unterschiede auszugleichen.

Anna war überrascht, wie schwer es ihr gefallen war, zuzustimmen. Dass es eine kurze Zeremonie im engsten Kreis ohne viel Aufhebens war, half ihr. Auch dass sich kaum etwas veränderte. Sie vergaß es bald, denn weder wandten sich Menschen von ihnen ab, noch kamen andere, die sie vorher gemieden hatten, auf sie zu. Das Leben ging einfach weiter zwischen den Kindern und ihren Sorgen und Nöten, gesellschaftlichen Verpflichtungen, dem großen Haushalt, den wohltätigen Vereinen.

Und immer wieder versprach ihr Julius, dass sie bald reisen würden – nach Paris oder nach Rom.

15

Paris und Rom mussten warten. Die Verhandlungen mit den möglichen Käufern der Firma zogen sich hin, zerschlugen sich kurz vor Vertragsabschluss und wurden mit anderen Partnern neu aufgenommen.

Julius begann zu scherzen, es sei leichter, ein Werk zu führen, als es zu verkaufen. Im Januar 1888 war es so weit, aber dann erkrankte im Frühsommer Otto an einer schweren Mittelohrentzündung, die ihn beinahe das Leben gekostet hätte, und Anna verbat es sich, an eine größere Reise auch nur zu denken. Sie verbrachte Tage und Nächte an Ottos Bett, allein oder gemeinsam mit Julius, sie riefen den Arzt teils mehrmals am Tag und sahen den lebhaften kleinen Jungen schmaler und schwächer werden. Als er endlich außer Gefahr war, fühlte Anna eine nie gekannte Erschöpfung, und sie verbrachte den Sommer mit den Kindern und Waldi auf Usedom am Strand. Sie war selbst zum Reiten zu müde, las Zeitschriften und ein paar Romane, die ihr Josephine mitgegeben hatte, und sagte alle gesellschaftlichen Verpflichtungen im Seebad ab.

Julius sprach im Herbst und im folgenden Frühjahr häufiger davon, ohne die Kinder nach Deauville in die Normandie zu fahren. Es gab eine neue Zugverbindung von Berlin nach Paris und weiter an die Atlantikküste. Die Vorstellung, ohne die Kinder ein paar Wochen am Meer zu verbringen, in Paris die Museen und die Oper zu besuchen, lockte Anna, aber Otto war immer noch nicht bei Kräften, und die kleine Sophie wollte sie nicht allein zurücklassen. Also verschob Anna die Entscheidung und vertröstete Julius. Der hatte, wie erwartet, nach dem Verkauf der Firma nicht weniger zu tun als zuvor. In der Geographischen Gesellschaft, als Handelsrichter, in den wohltätigen Institutionen, die er unterstützte oder denen er vorstand, überall war er gefragt.

Und so traten sie die Frankreich-Reise erst im Herbst 1892 an. Nach Paris begleitete sie Josephine, die wieder häufiger bei ihnen zu Gast war, weil Berlin einen neuen Skandal hatte, seit Arthur mit der Trapezkünstlerin Leona Dare gesehen worden war. Wie so oft hatte Josephine großzügig sein wollen, aber Arthur hatte es übertrieben und der Artistin teuren Schmuck gekauft, und man redete über eine Wohnung nahe der Friedrichstraße, die Arthur für sie angemietet hatte.

Ausgerechnet Heinrich mit seinen elf Jahren schwärmte von der Trapezkünstlerin. Sehr zu Julius' Ärger hatte Anna Arthur erlaubt, den Jungen zu einer Vorstellung am Nachmittag in einem der Varietés mitzunehmen, bei der sie auftrat. Das war vor dem Skandal gewesen, und sie hatte darin nichts Böses gesehen. Heinrich von Arthur fernzuhalten war nicht leicht, der Junge hing an seinem Onkel, wie er ihn nannte, und auch Arthur, der sich nie für Kinder interessiert hatte, liebte seinen Großcousin. Nun schwärmte Heinrich also von Leona Dare und beschrieb ausführlich, wie sie mit den Zähnen am Trapezseil hing und durch die Luft wirbelte. Als man in Berlin zu reden begann, nahm Julius den Jungen beiseite und erklärte ihm, dass er über die Artistin nicht länger sprechen durfte – mit welchen Worten genau, wusste Anna nicht, jedenfalls wurde der Name nie mehr erwähnt. Nur Josephine beschwerte sich, dass sie nicht Stadtgespräch sein und Berlin erst einmal verlassen wollte.

Die Reise nach Paris zusammen mit Julius und Josephine, die die Stadt gut kannte und ihr alles zeigte – Museen, Kirchen, die wunderschönen Parks, die Oper, das Theater, die Modeateliers –, war für Anna nach den Jahren der Sorgen um die Kinder wie der Beginn eines neuen Lebens. Nur ungern verabschiedete sie sich nach zwei Wochen von Josephine, die in Paris zurückblieb, um gemeinsam mit Julius weiter nach Deauville zu fahren.

Es war ein sonniger Herbst, und die raue Atlantikküste lag in strahlendem Licht vor ihnen. Drei Wochen genoss Anna die salzige Luft, die Gesellschaft in den Grandhotels und lange Spaziergänge mit Julius am Strand. Sie hatten die letzten Jahre zusammen und doch jeder in seiner Welt verbracht, und die Stunden zu zweit ohne die Hektik des Alltags empfand Anna als etwas Besonderes. Als immer häufiger Briefe von Gertrud eintrafen, große Umschläge, in denen Bilder steckten, die Heinrich und Otto für ihre Eltern gemalt hatten, wurde sie unruhig, und sie traten die Heimreise nach Berlin an.

Inzwischen war auch Josephine aus Paris zurückgekehrt, und die Gerüchte um Arthur und die Tänzerin waren vergessen. Arthur war Josephine nach Paris nachgereist, war aber länger dortgeblieben als seine Frau. Anna war misstrauisch, aber Josephine versicherte ihr, dass die Affäre beendet und Leona Dare inzwischen in London sei.

Josephine kam an einem regnerischen Abend Ende Oktober zu ihnen. Sie wollten gemeinsam ein Diner planen, und Josephine hatte versprochen, bei der Bestellung einiger Kleider in Paris behilflich zu sein.

Als die Freundin etwas später als verabredet kam, war sie außer Atem und entschuldigte sich.

»Ich habe noch auf Nachricht von Arthur gewartet, er muss in diesen Tagen aus Paris zurückkehren.«

Anna umarmte Josephine und zog sie zum Sofa. Sie spürte, dass die Freundin unruhig war, aber sosehr sie auch nachfragte, sie erfuhr nicht, was der Grund für die Nervosität sein könnte.

»Habt ihr alle Verwandten in Paris besuchen können?«, fragte Anna später, als die ganze Familie beim Abendbrot versammelt war.

»Wir hatten nicht viel Zeit gemeinsam. Auch ich bin ja schon seit zwei Wochen zurück, seitdem ist Arthur allein in Paris.«

Josephine schob das Fleisch auf ihrem Teller hin und her, sie war abgelenkt und hörte Heinrichs Frage nicht, ob der Onkel in Paris auch reite und wer sich um den Rennstall hier in Berlin kümmere, wenn er nicht da sei.

Julius warf ihr einen Blick zu, und Anna versuchte, ein anderes Thema zu finden. Aber dann schien Josephine aus ihren Gedanken aufzutauchen.

»Eigentlich sollte er heute oder morgen hier sein, das hat er mir geschrieben. Seit ein paar Tagen habe ich keine Nachricht mehr von ihm.«

Ein Schweigen legte sich über den Tisch, und man hörte nur noch das Klappern des Bestecks. Draußen war es fast dunkel, und die Kerzen in den hohen Kerzenständern tauchten die Tafel in ein warmes Licht. Josephine sah darin aus wie ein junges Mädchen, die Linien um ihren Mund und auf der Stirn waren verschwunden.

Als sie das Klingeln und die eiligen Schritte auf der Treppe hörte, war Anna noch versunken in die Betrachtung dieser Szene. Der Kerzenschein auf dem silbernen Besteck mit den elfenbeinernen Griffen. Josephines dunkelgrünes Samtkleid, ihr schwarzes Haar, die dunklen Augen. Neben ihr Heinrich, der erwartungsvoll zur Tür schaute, als Schritte auf der Treppe zu hören waren. Gertruds lange Locken, die zu einer eleganten Frisur geflochten und am Hinterkopf festgesteckt waren, der schlanke Jungmädchen-Hals. Wie hübsch sie ist, dachte Anna, und dann ging die Tür auf und Josephines Diener trat mit dem Telegramm in den Raum.

Berliner Tageblatt, Dienstag 1.11.1892

Arthur Prins-Reichenheim, eine in der Berliner Lebewelt, namentlich in Turf- und Spielerkreisen sehr bekannte Persönlichkeit, hat am gestrigen Abend in einem Hotel zu Potsdam seinem Leben durch einen Revolverschuß ein gewaltsames Ende bereitet. Arthur Prins-Reichenheim war der Adoptivsohn des bekannten Großindustriellen Moritz Reichenheim, Inhaber der Firma N. Reichenheim u. Sohn.

Arthur Prins-Reichenheim, der einen Theil des Vermögens geerbt hatte, war als Mitinhaber in die weltbekannte Firma N. Reichenheim u. Sohn eingetreten. Durch seine Lebensweise wurden die Verhältnisse so derangirt, daß er aus der Firma ausscheiden mußte, welche ihm eine jährliche sehr bedeutende Rente zusicherte. Prins-Reichenheim hat sich vor einiger Zeit nach Paris begeben, und seine Rückkehr von dort wurde am jüngsten Sonntag erwartet; er traf indeß hier nicht ein, er hatte vielmehr die Heimfahrt in Potsdam unterbrochen und von dort am gestrigen Montag Abend ein Telegramm an seine hier in der Regentenstraße 5 wohnhafte Gattin gerichtet, in welchem er andeutete, daß er in einem bestimmt bezeichneten Hotel Potsdams seinem Leben ein Ende machen werde. Die Depesche war in der Prins-Reichenheimschen Wohnung in Abwesenheit der Gattin eingetroffen, welche sich zur Zeit bei einer verwandten Familie in der Rauchstraße zum Besuch aufhielt. Wie es heißt, soll Prins-Reichenheim, der von der unseligen Leidenschaft des Spiels ganz und gar ergriffen war, neuerdings in Paris ungeheure Summen wieder verspielt haben, so daß ihm seine Verhältnisse nunmehr völlig unhaltbar erschienen, und er es vorzog, sein Leben durch einen Revolverschuß gewaltsam zu enden.

16

Dachte Anna später an jenen Abend zurück, sah sie immer Gertruds neue Frisur und ihren schlanken Hals im Licht der Kerzen vor sich. Und Heinrichs entsetzten Blick, die Tränen, die ihm in die Augen getreten waren. Heinrich trauerte Woche um Woche, Monat um Monat um Arthur. Immer wieder fand sie ihn schluchzend auf seinem Bett liegen, den Kopf in Waldis glänzendes Fell vergraben.

Josephine, die an jenem Abend zusammengebrochen war, hatte sich nach einigen Wochen wieder gefangen. Aber Anna wurde in dieser Zeit klar, wie sehr die Freundin ihren Mann liebte. Dass sie sich um seine finanziellen Angelegenheiten nicht gekümmert, sich nicht dafür interessiert hatte, warf sie sich nach Arthurs Tod vor; immer wieder erzählte sie Anna, wie wenig sie gefragt hatte nach seiner finanziellen Situation, wie sie alle Anzeichen, dass er wieder spielte, ignoriert hatte. Über Leona Dare, ja, darüber hatte sie sich geärgert, weil die Affäre öffentlich gewesen war, weil man sie anstarrte in der Oper und in den Cafés, weil selbst ihr Schneider eine Bemerkung gemacht hatte.

Julius kümmerte sich um alles, wie so oft. Den Polizeibericht, die Beerdigung, die Abwicklung aller Formalitäten, den Nachlass. Er unterstützte Josephine dabei, alles Finanzielle zu regeln. Sie stellten fest, dass Arthur das Haus in der Regentenstraße längst verkauft hatte, ebenso die Villa seines Stiefvaters, dass er mit dem Käufer Termine für den Auszug arrangiert und immer wieder verschoben hatte. Von seinem Vermögen war nichts geblieben, alles war verspielt, und Anna vermutete, dass Julius stillschweigend die letzten Schulden bezahlte.

Josephine verließ Berlin ein Jahr nach dem Tod ihres Mannes, sie ging zurück nach Wien, und Anna vermisste sie. Sie schrieben sich Briefe, anfangs mehrmals wöchentlich, dann einmal pro Woche, danach immer seltener. Josephine mied Berlin, und Anna plante regelmäßig eine Reise nach Wien, die sie aus dem ein oder anderen Grund verschieben musste. Noch einmal sahen sie sich bei einer Reise nach Deauville. Ein Jahr später heiratete Josephine in Wien, und die Briefe wurden seltener, bis sie schließlich ausblieben. Arthur war eine ferne Erinnerung, nur Heinrich fragte ab und zu nach ihm.

Später dachte Anna immer dann an Arthur, wenn Julius mit Heinrich stritt, wenn sie versuchte, den Jungen zur Ordnung zu rufen. Das humanistische Gymnasium war eine Qual für ihn, Latein und Griechisch interessierten ihn nicht, und als der Direktor um ein Gespräch bat und warnte, Heinrich werde nicht in die nächste Klasse versetzt, schickten sie ihn auf ein Realgymnasium. Im Gegensatz zu seinen Geschwistern machte Heinrich die Schule keinen Spaß. Er war neugierig, interessierte sich für viele Dinge, aber nie lange. Wurde es mühsam, musste man sich hinsetzen und etwas lernen, dann verlor er schnell die Lust. Auch auf das Realgymnasium wollte Heinrich nicht gehen, er war vierzehn, als er entschied, es sei Zeitverschwendung, noch länger die Schule zu besuchen. Anna war außer sich über diesen Sohn ohne Ziele, ohne einen Ernst und ein Wollen. Auch Julius war wütend, aber wie immer blieb er ruhig und überzeugte seinen ältesten Sohn schließlich damit, dass er ohne das Einjährige drei Jahre zum Militär müsse. »Er macht das Einjährige, und dann schicken wir ihn irgendwohin in die Lehre, in ein Bankhaus oder eine Firma«, versuchte er Anna zu beruhigen.

Ein paar Jahre später dachte Anna wieder an Arthur, als Heinrich begann, die Varietés zu besuchen, als er mit dem Kartenspiel begann. Da war er gerade achtzehn, er war ziellos und verantwortungslos, ein großer Junge, der nichts ernst nahm. Besonders an dem Abend, als er lachend einen russischen Autor zitierte, dessen Roman er gelesen hatte – ungewöhnlich für Heinrich, der nicht las, der kaum die Zeitung durchblätterte. »»Warum ist das Spiel schlechter als irgendeine andere Art, Geld zu erwerben, beispielsweise als der Handel?««, deklamierte er und hielt ihr Dostojewskis Roman *Der Spieler* unter die Nase.

Sie stritten erbittert, denn er kritisierte seinen Vater, seine Haltung ihm gegenüber, überhaupt die Meinung, Handel zu treiben sei besser, als zu spielen.

»Er hat doch auch gespielt! Was ist der Handel mit Stoffen denn anderes als ein Glücksspiel?«, sagte er mit Hohn in der Stimme.

Anna sah ihn entgeistert an. Wie konnte er das vergleichen, konnte das, was sein Vater und seine Onkel, was sein Großvater und dessen Brüder geschaffen hatten, so gering achten? Was achtete er überhaupt? Er warf ihr die Gesellschaft, in der sie sich bewegte, vor, schlimmer noch, er lachte darüber, lachte über vornehme jüdische Mädchen, die wie Kühe verheiratet wurden, wie er sagte. Diese Mädchen interessierten ihn nicht und irgendeine Arbeit in einer Bank oder Firma auch nicht. Die Zahlenreihen langweilten ihn, er hielt Buchhaltung für überflüssig – und wenn es nötig sei, sollte es jemand anders erledigen.

»Weißt du, wie es in den Straßen der Spandauer Vorstadt riecht? Kennst du die Lichter nachts an der Friedrichstraße, in den Varietés? Berlin W«, sagte er. »Den Tiergarten, Charlottenburg, Schöneberg, mehr kennst du nicht, in die U-Bahn würdest du nie steigen, der Chauffeur kutschiert dich am

Sonntagnachmittag zu deinen Freundinnen. Der Einzige in dieser Familie, der das Leben kannte, war Onkel Arthur.«

Wütend schickte ihn Anna aus dem Zimmer, sie wolle ihn nicht mehr sehen und werde solche Gespräche nicht führen. Daraufhin hatte er ihr frech ins Gesicht gesagt, dass sie an einer anderen Meinung als der ihren sowieso nicht interessiert sei. Sie hatte sich nur mühsam beherrscht und war froh, als die Tür hinter ihm ins Schloss fiel. Ihr Sohn war ihr fremd geworden, und sie verteidigte ihn Julius gegenüber nicht mehr.

Dann passierte es zum ersten Mal, dass jemand sich an Julius wandte, bei dem Heinrich Schulden gemacht hatte – ein ehemaliger Geschäftspartner und Freund, der Heinrich von klein auf kannte. Julius wurde so wütend, wie ihn Anna noch nie gesehen hatte. Nun sollte Heinrich bei Annas Bruder in der Firma die Grundbegriffe der Buchhaltung lernen. Julius duldete keinen Widerspruch, und widerwillig ging Heinrich jeden Morgen zu Callmann & Eisner in die Jerusalemer Straße. Ihre Brüder hatten Hilfe angeboten, aber auch sie begannen bald sich zu beschweren: Heinrich kam häufig zu spät, er konzentrierte sich nicht auf seine Arbeit.

Der Militärdienst, den Heinrich ein paar Jahre später antreten musste, erschien Julius als Rettung, er sagte ihr, dass man den Jungen dort Disziplin lehren werde, dass er auf andere Gedanken komme. Aber auch dort machte er Schulden, immer wieder musste Julius Geld schicken, und irgendwann erriet Anna, dass Julius eine größere Summe bezahlt hatte, weil eine Kellnerin in einem Etablissement in der Nähe der Kaserne schwanger geworden war und mit dem Geld dazu bewegt werden musste, zurück in ihre Heimat Posen zu gehen.

Anna war froh, als Heinrich wieder zu Hause war, unverändert, undiszipliniert wie eh und je. Sie bildete sich ein, dass sie besser Einfluss nehmen konnten, wenn er bei ihnen war, dass sie ihn jeden Tag dazu anhalten mussten, ein ordentliches Leben zu führen. Nein, sie kannte die Lichter in der nächtlichen Friedrichstraße nicht, die Varietés und Lokale, in denen ihr Sohn verkehrte. Sie gingen in die Oper oder ins Theater, und der Chauffeur, der ihr neu angeschafftes Automobil steuerte, fuhr an den Tanzlokalen, Varietés und Bars schnell vorbei. Wieder schickte Julius Heinrich zu Annas Bruder in die Firma, denn inzwischen war bekannt, dass der junge Reichenheim unzuverlässig war, und Julius wollte sich nicht die Blöße geben, eine Absage von einem Geschäftspartner zu bekommen, den er um eine Position für seinen Sohn bat. Sie sprachen häufig darüber, dass Heinrich eine Zeit im Ausland guttun würde, aber der wehrte sich und bestand darauf, in Berlin zu bleiben.

Wehmütig dachte sie an das schmale Jungengesicht ihres ältesten Sohnes, das sie so geliebt hatte. Julius warf ihr nun manchmal vor, zu nachsichtig gewesen zu sein.

Eine Heirat schien ihr der einzige Ausweg zu sein, und sie begann zu ihren Diners und Gesellschaften gezielt Familien mit Töchtern im heiratsfähigen Alter einzuladen. Heinrich verbrachte die Abende in den Varietés oder Cafés, er verliebte sich schnell, in Schauspielerinnen, Sängerinnen oder Tänzerinnen. Die Töchter aus gutem Hause, die Anna ihm vorstellen wollte, langweilten ihn, und das sagte er ihr auch. Dauernd machte er neue Schulden, und Julius setzte die Summe, die Heinrich zur Verfügung stand, nach jeder Auseinandersetzung herab. Die Folge waren weitere Schulden und Streit darüber, Gerüchte und Anschuldigungen, Versprechungen, die sich als leer erwiesen.

Als Julius an einem Vormittag, ohne anzuklopfen, in ihr Zimmer trat, wusste sie, dass etwas passiert war.

»Hier«, sagte Julius. »Er hat ihn gefälscht, hat meine Unterschrift gefälscht.«

Er hielt ihr einen Wechsel hin, sie erkannte Heinrichs

Handschrift darauf, aber Julius' Namen. Heinrich war zu weit gegangen. Wut stieg in Anna auf, und heftig griff sie nach dem Wechsel.

Julius lehnte an der Wand, jetzt griff er mit der linken Hand nach seinem Herzen. Sein Gesicht war fahl, die Haut wirkte durchsichtig wie Pergament. Anna fiel der Wechsel aus der Hand, als Julius neben dem Sofa zusammenbrach.

17

Als der Zug durch Frankfurt am Main fuhr, erklärte Sophie ihrer Mutter gerade die Qualitäten ihres neuen Tennisschlägers, und Anna holte tief Luft.

Sie waren am Morgen aus Homburg aufgebrochen, wohin sie Julius begleitet hatten, der nach seinem Zusammenbruch zur Kur gereist war, auf dringende Empfehlung seines Arztes.

Julius war so geschwächt, dass Anna versuchte, alles von ihm fernzuhalten, vor allem Nachrichten von Heinrich, die, so befürchtete sie, ihn zu sehr erregen könnten. Zum Glück hatten sich Gertruds Mann Robert und Otto um alles gekümmert, um den gefälschten Wechsel und um Heinrich, der ein paar Tage lang verschwunden gewesen war, zu einer Frau, mit der er schon länger zu tun zu haben schien. Eine aus der Luisenvorstadt, die er wer weiß wo aufgelesen hatte.

»Sophie«, sagte sie jetzt strenger als beabsichtigt, und das Mädchen zuckte zusammen. Ihre Mutter nannte sie, so wie alle, Fifi, wenn sie »Sophie« sagte, war es ernst.

»Hast du nur deinen Sport im Kopf, Tennis, Segeln, Reiten? Ich will dieses ständige Geplapper über Tennisschläger, über den Segelclub, über das neue Ruderboot nicht länger hören.«

Anna sah aus dem Fenster ihres Abteils. Die Fahrt nach Berlin würde noch Stunden dauern, sie war müde, und zu Hause würde sie viel zu regeln haben. Julius hatte ihr eine Nachschrift zu seinem Testament mitgegeben, die ganze Nacht hatte er daran geschrieben. Er wollte Heinrich auf sein Pflichtteil setzen, solange der die Spielerei nicht aufgab.

Das musste zum Notar, er hatte sie darum gebeten, so schnell wie möglich einen Termin zu machen. Und Heinrich musste Berlin verlassen, hatte er entschieden, nach New York sollte er gehen, auch darum mussten Robert und sie sich kümmern. Anna hatte Heinrich ihre Ankunftszeit telegrafiert mit der Aufforderung, sie am Bahnhof abzuholen.

»Ach, Mutti, entschuldige, du bist in Sorge um Vati, wie dumm von mir.« Fifi nahm ihre Hand und streichelte sie, und Anna dachte, dass dieses Kind mit seinen siebzehn Jahren zu impulsiv war, zu fröhlich und zu unbedacht, alles sprudelte aus ihm heraus, wie es ihm durch den Kopf schoss.

»Fifilein, das Leben besteht nicht nur aus Tennisschlägern und Ruderbooten. Natürlich bin ich unruhig wegen Papa, ich lasse ihn gar nicht gern allein, aber Heinrich …«

»Er tut doch keinem etwas und ist immer so lustig!« Sophie bewunderte ihren älteren Bruder, und Anna und Julius hatten versucht, die Schwierigkeiten mit Heinrich wenigstens vor seinen Schwestern Sophie und Luise zu verbergen. Luise hatte im Jahr zuvor Victor von Leyden geheiratet, Jurist und Sohn von Marie Oppenheim. Eine gute Entscheidung, auch wenn Victor erst Kammergerichtsreferendar war, aber zu seiner Familie gab es bereits Verbindungen: Marie Oppenheim war eine Cousine von Franz Oppenheim, den Annas Schwester Margarethe nach dem Tod ihres Mannes geheiratet hatte.

Ob Marie Oppenheim etwas erfahren hatte von dem Skandal? Wahrscheinlich zerriss man sich überall das Maul über ihren missratenen Sohn und seine Betrügereien.

Als der Zug Stunden später in Berlin einfuhr, war Anna gereizt und unruhig.

»Er wird schon da sein«, sagte Fifi, während sie ihren Koffer vor die Abteiltür stellte. »Außer er hat sich mal wieder verliebt und uns beide vollkommen vergessen.« Sie kicherte.

»Fifi, das ist nicht lustig, von diesen ganzen Geschichten will ich nichts hören«, sagte Anna scharf. Nicht genug, dass Heinrich spielte und Schulden machte, dazu kamen die Geschichten mit Tänzerinnen und Barmädchen. Nun auch noch diese Frau aus der Luisenvorstadt, von der Otto bereits vor Monaten erzählt hatte. Heinrich hatte ihr doch wirklich eine Anstellung als Schreibmaschinenfräulein im Bankhaus Mendelssohn verschafft. Margarethes Tochter Charlotte hatte Paul Mendelssohn geheiratet – wie stolz war Margarethe auf diese Heirat ihrer einzigen Tochter gewesen und wie prunkvoll das Fest! Anna hatte dafür gesorgt, dass das Mädchen entlassen wurde, sie war selbst zu Paul Mendelssohn gegangen und hatte ihn darum gebeten, außerdem hatte sie sich gewünscht, dass er die ganze Geschichte weder seiner jungen Frau noch seiner Schwiegermutter erzählte. Das fehlte noch, dass Margarethe davon Wind bekam, es war beinahe schlimmer als der gefälschte Wechsel ...

Sie stiegen aus dem Zug auf den Bahnsteig, auf dem sich Ankommende und Wartende begrüßten und Gepäckträger ihre Dienste anpriesen. Anna schaute sich um, konnte aber Heinrich nirgends entdecken.

»Wir warten«, sagte sie zu Fifi, »es ist zu voll, lass die Leute erst einmal weggehen.«

Nach zwanzig Minuten hatte sich der Bahnsteig geleert, und sie blieben allein zurück. Der letzte Gepäckträger hatte den Bahnsteig verlassen, nachdem er noch einmal gefragt hatte, ob sie seine Hilfe benötigten. Immer wieder schaute Fifi auf die große Bahnhofsuhr. Anna sah ihr an, dass sie etwas sagen wollte, es sich dann aber anders überlegte. Mit jeder Minute stieg ihre Wut. Eine halbe Stunde nach Ankunft des Zuges sahen sie den Chauffeur mit wehendem Mantel den Bahnsteig entlang auf sie zulaufen. Er entschuldigte sich, verbeugte sich, war aber so außer Atem, dass Anna nicht verstand, was er sagte. Erst als sie im Wagen saßen, brachte sie die Geschichte zusammen.

»Heinrich ist nicht aufgetaucht zum vereinbarten Zeitpunkt?«

»Es tut mir leid, gnädige Frau, ich war pünktlich am Wagen, aber natürlich habe ich gewartet, der junge Herr wollte ja mitkommen, so war es vereinbart.«

Was konnte passiert sein? War ihm etwas zugestoßen?

Heinrich kam erst nach acht Uhr, und Anna erschrak, als sie das Gesicht ihres Sohnes sah: Er hatte ein blaues Auge und eine Platzwunde über der rechten Augenbraue. Trotzdem lächelte er sie an und wollte nach ihren Händen greifen. Sie schüttelte den Kopf und trat einen Schritt zurück.

»Mutter, was immer du sagen willst – du hast recht, du hast mit allem recht. Ich verspreche dir, es kommt nie wieder vor, hoch und heilig, das habe ich Otto und Robert schon gesagt, es war das letzte Mal. Nur noch die Schulden, danach nie wieder …« Ein flehender Ton lag in seiner Stimme.

Wie immer, dachte Anna bitter, es ist genau wie immer, nur noch diese Schulden, dazu das Lächeln. Glaubte er selbst, was er sagte? Oder waren das dreiste Lügen, und er machte sich über sie lustig?

Statt laut zu werden, wie sie es sonst tat, hielt sie ihm das Schreiben seines Vaters hin, das auf dem Schreibtisch der Bibliothek lag, in die sie ihn gebeten hatte. Er nahm es und las.

Nachschrift zum Testament
Ich setze meinen Sohn Heinrich auf den ihm gesetzlich zukommenden Pflichtteil. Da aber mein Sohn Heinrich sich in solchem Maße der Verschwendung ergeben hat, daß sein späterer Erwerb erheblich gefährdet wird, so verordne ich, daß nach dem Tode meines Sohnes Heinrich dessen gesetzliche

Erben den ihm hinterlaßenen Pflichtteil als Nacherben nach dem Verhältnis ihrer gesetzlichen Erbteile erhalten sollen. Mein Sohn Heinrich soll nur Anspruch auf den jährlichen Reinertrag seines Pflichtteils haben.
Ich behalte mir vor, nach der vollständigen Regulirung der jetzigen Schulden meines Sohnes Heinrich, denjenigen Betrag festzusetzen, der als Pflichtteil meines Sohnes anzurechnen ist.
Julius Reichenheim

»Du siehst, wir wissen uns zu schützen vor dir und deiner Spielsucht«, sagte Anna und war froh, dass sie kühl klang und beherrscht. »Und du wirst Berlin verlassen, Vater hat nach New York telegrafiert, er wird dir zwei Empfehlungsschreiben mitgeben. Du wirst dort Anstellung finden.«

»Was soll ich in New York? Bitte, Mutter, ich verspreche dir, dass das vorbei ist, aber lass mich hierbleiben ...«

»Nein«, sagte sie mit fester Stimme, »nein, Heinrich. Das Schiff fährt Ende Oktober, von Liverpool nach New York, die Überfahrt ist gebucht. Das ist unser letztes Wort.«

Sie drehte sich um und verließ den Raum.

Am nächsten Morgen ging sie früh zu ihren Pferden in den Stall, sie sattelte ihre braune Stute und machte einen langen Ausritt. Heinrich würde in New York zur Vernunft kommen, dort war er auf sich allein gestellt und würde sich beweisen müssen. Vielleicht hatte sie den Jungen wirklich verzogen, dachte sie, als sie durch den nebelverhangenen Tiergarten ritt, sie hatte ihm ja immer alle Wünsche erfüllt. Sie würde Heinrich ein, zwei, drei Jahre nicht sehen, aber sie verabschiedete ihn nicht, als er schließlich im Oktober nach New York fuhr, reiste sie zwei Tage zuvor nach Homburg zu Julius.

New York, den 12. Juni 1905
Mein Vater!
Deinen Brief vom 25ten Mai habe ich erhalten und danke dir für ihn und seinen Inhalt. Leider muss ich dir sagen, dass ich auf deine Forderungen nicht eingehen kann. Der Folgen davon bin ich mir vollkommen bewußt, und rechne auf absolut keine Unterstützung von deiner Seite weder jetzt noch in der Zukunft. Ich bin mir klar darüber, daß ich es, wenn ich dir folgen würde, viel leichter und besser haben könnte, aber ich kann und will nicht, daß das Mädchen, das mich vor dem Untergang bewahrt hat, durch Umstände auf den Weg der Laster vielleicht wieder zurück gestoßen würde, aus dem ich sie befreit habe.
Lebt wohl, ich bitte Euch vielmals um Verzeihung, für alles, was ich Euch angetan habe und antun muss.
Euer Sohn Heinrich

Nachschrift zum Testament
In teilweiser Aufhebung meines Testaments vom 29. Juni 1898 und in gänzlicher Aufhebung aller, meinen Sohn Heinrich betreffenden Testamentsnachträge, entziehe ich hierdurch meinem Sohn Heinrich Reichenheim den Pflichtteil. Als Grund der Entziehung gebe ich an, daß mein Sohn Heinrich einen unsittlichen Lebenswandel führt, indem er andauernd und wider meinen ihm ausgesprochenen Willen Beziehungen zu einer bescholtenen Frauensperson, der unverehelichten Stahmann unterhält.
Homburg, den 27. Juni 1905
Sanatorium Clara Emilia   *Julius Reichenheim*

Gräber

Isidor Eisner verließ in den vierziger Jahren des neunzehnten Jahrhunderts Schlesien und damit die Enge und Hoffnungslosigkeit seiner Kindheit in Sohrau. Er ließ sich in Leipzig nieder, die Zukunft lag jedoch in Preußen, in Berlin, wohin seine Töchter heirateten, denen er nach dem Tod seiner Frau folgte.

Isidor konnte nicht wissen, dass seine Enkelkinder Berlin und das Deutsche Reich, dessen Gründung er noch erlebt hatte, würden verlassen müssen, dass sie sich in alle Welt zerstreuen sollten.

Einer seiner Enkelsöhne kehrte nach Schlesien zurück, an einen Ort, keine Stunde von Sohrau entfernt, den Isidor nicht kannte.

1943, hundert Jahre nachdem Isidor Eisner Schlesien für immer verlassen hatte, wurde sein Enkel Heinrich Reichenheim nach Auschwitz deportiert. Am 21. Mai 1943 kam er mit einem Sammeltransport von 98 Männern aus Buchenwald in Auschwitz an. Man tätowierte ihm die Nummer 122714 in den Unterarm. Mitte Juli erkrankte er laut den Dokumenten des Konzentrationslagers an Ruhr und wurde in Block 20, der Krankenstation für Infektionskrankheiten, behandelt.

Er starb am 3. August 1943. Friedrich Entress, der Lagerarzt, der den Tod bescheinigte, hatte ab Herbst 1942 erkrankte Häftlinge, die nicht innerhalb von vier Wochen wieder arbeitsfähig waren, mit Phenolspritzen ins Herz getötet.

Mit dem Auto fährt man heute von Sohrau eine Dreiviertelstunde nach Auschwitz. In der Ferne sieht man immer noch die sanft geschwungenen blauen Berge der Beskiden.

Auf den alten jüdischen Friedhöfen von Sohrau und Gleiwitz müssen Isidors und Heinrichs Vorfahren liegen, Eisners und Schlesingers, aber die Gräber sind überwuchert von Efeu, die Grabsteine umgestürzt, die Friedhofstore verschlossen.

Findet man Einlass, sind nur noch die hebräischen Inschriften auf der Vorderseite mancher Grabsteine zu entziffern. Die deutschen Inschriften, die in lateinischen Buchstaben auf der Rückseite standen, sind fast überall weggemeißelt. Erst waren jüdische Gräber verhasst, dann die deutschen Inschriften, und jetzt gibt es kaum mehr jemanden, der auf den alten Friedhöfen nach den Gräbern seiner Vorfahren sucht.

Geblieben sind die Gräber von Adolph Reichenheim, Annas erstem Mann, und dem anderen Adolph, Annas und Julius' ältestem Sohn, der nur drei Monate alt wurde. Sie liegen nebeneinander auf dem jüdischen Friedhof an der Schönhauser Allee, und auch ihre Grabsteine sind umgestürzt und von Efeu überwuchert. Dort sind auch die Gräber derer, die in der zweiten Hälfte des neunzehnten Jahrhunderts an eine Zukunft in Berlin glaubten: die Liebermanns, Bleichröders, Gersons, Ullsteins, Mosses, Simons und Haberlands.

Teil II

MARIE

1905–1957

18

»Marie, beeil dich, wo bleibst du denn?«

Sie wühlte immer noch in ihrer Handtasche, da musste eine Sicherheitsnadel sein, sie war sich ganz sicher, dass sie eine eingesteckt hatte vor ein paar Tagen. Da war sie – zum Glück!

»Au!«

»Was machst du?«

»Einen Augenblick noch, geh schon vor, ich bin gleich da!«

Sie versuchte, mit der Nadel die geplatzte Naht über der Hüfte zusammenzuhalten. Das dumme Kleid, das alle Garderobieren des Wintergarten-Varietés im Central-Hotel tragen mussten, passte ihr einfach nicht, sie hatte es kommen sehen, dass die Naht eines Tages aufplatzen würde. Billiger Stoff, die Größe stimmte nicht – man legte Wert darauf, dass alle Mädchen schlank waren, und das war sie nun eigentlich nicht. Sie hatte bei der Anprobe den Bauch eingezogen und kaum zu atmen gewagt. Das Kleid passte nur, wenn sie sich nicht bewegte.

Marie stach sich noch einmal in den Finger bei dem Versuch, die Sicherheitsnadel zu befestigen, dann gelang es ihr endlich, und sie lief die Treppe von den Dienstbotenräumen hoch ins Central-Hotel. Rechts vor dem Eingang zum Wintergarten, etwas zurückgesetzt, war die Garderobe. Heute hatten Lili und sie Dienst, und eigentlich hätte noch ein drittes Mädchen dabei sein sollen, da man mit vielen Besuchern rechnete: Erst vor einer Woche hatte man neu eröffnet, nachdem das mächtige Glasdach des Wintergartens abgedeckt worden war und ein künstlicher Sternenhimmel nun das neue Kuppeldach mit Tausenden von kleinen Glühbirnen zierte.

Marie war sprachlos gewesen, als sie den Wintergarten zum ersten Mal so gesehen hatte. Was für eine Pracht, schöner als die blassen Sterne über der großen Stadt. Diese hier strahlten immer und tauchten den großen Saal in ein verheißungsvolles Licht. Seit ein paar Monaten arbeitete sie an der Garderobe und liebte den Glanz des Wintergartens mit seinem Blumenmeer, den Palmen, Lorbeerbäumchen und den Schlingpflanzen, die sich um zierliche Marmorsäulen rankten. Aus Grotten entsprangen Quellen, in Brunnen plätscherte das Wasser, und an eleganten Tischen saßen Menschen der vornehmen Berliner Gesellschaft, über die sie erst staunte und bald lachte.

»Wo warst du so lange?«, fragte Lili, rückte die Bügel zur Seite und zupfte sich die dunklen Haare zurecht, die sie am Hinterkopf hochgesteckt hatte.

»Mein Kleid, sieh nur ...« Marie seufzte, und Lili begann zu lachen.

»Am besten bleibst du sitzen und kassierst, damit das keiner sieht. Heute Nacht gibst du es mir mit, meine Zimmergenossin ist Näherin, die kann es ausbessern. Aber, Marie –«

»Ja?«

Lili sah sie streng an. »Das Kleid ist zu eng, du darfst nicht so viel naschen, sonst passt es bald nicht mehr, und der schiefe Emil wird dir kein anderes geben.«

Marie setzte sich auf den Stuhl vor den kleinen Tresen, auf dem auch die Kasse stand und die Marken lagen, die die Gäste für ihre Garderobe bekamen. Lili hatte recht, wie immer. Die hübsche, vernünftige Lili, die ihrer Mutter und den sieben kleinen Geschwistern im Wedding so viel Geld wie möglich gab, die am Wochenende nie in den Grunewald oder auf den Rummelplatz am Halensee fuhr.

Maries Mutter erwartete kein Geld von ihr, es reichte, dass sie weggegangen war. Zwölf Geschwister, der Vater war gestorben. Trotzdem war sie ängstlich gewesen, als Marie von Berlin erzählt hatte.

»Heirate den Hugo, Marie, was willst du in Berlin?«

Marie wollte weg, weg aus der Enge von Burg bei Magdeburg, weg vom Gestank der Schuhfabrik, der größten Europas, in der ihr Vater gearbeitet hatte und alle Männer des Ortes – natürlich auch Hugo. Der mit zwanzig Jahren so schwarze Finger hatte wie ihr Vater und ihr Großvater, der die Welt weder kannte noch kennen wollte, sondern nur heiraten, Kinder kriegen und in der Schuhfabrik arbeiten, wie sein eigener Vater. Tack & Cie hieß die Fabrik – ticktack, ticktack ein Leben lang, das war das Leben der Männer von Burg bei Magdeburg. Die Frauen teilten dieses Leben, bekamen Kinder, wuschen, putzten, kochten, warteten auf die Männer mit den schwarzen Fingern, manche verdienten mit Näharbeiten etwas dazu, wenn es nicht reichte. Nicht Hugo, der verdiente genug, und was wollte sie mehr, fragte die Mutter, die Nacht für Nacht nähte, wenn die Kinder schliefen.

Das war nichts für Marie, alles, bloß das nicht. Schon als kleines Mädchen hatte sie von der großen Stadt geträumt, von schönen Kleidern, von Prinzen und Prinzessinnen.

»Du bist verrückt, mein Kind!
Du musst nach Berlin!
Wo die Verrückten sind,
Da gehörst du hin!«

Eine junge Lehrerin, die es nach Burg an die Volksschule verschlagen hatte, hatte das Lied einmal gesummt, und Marie hatte an ihren Lippen gehangen. Dann hatte das Fräulein ihr von Berlin erzählt und davon, was man dort machen konnte. Frauen arbeiteten in Büros. Einige besuchten sogar die Universität. Das hatte Marie nie vergessen. Sie war keine Träumerin mehr, an der Universität hatte sie nichts verloren. Aber die Kontore und Ämter stellten Stenotypistinnen und Schreibmaschinenfräuleins ein, das hatte sie herausgefunden. Irgendwann auch, dass es Schulen gab, an denen man das Stenografieren und das Schreiben auf der Maschine erlernen konnte.

Als sie zwanzig war und Hugo immer häufiger sonntags nach der Kirche zu ihnen nach Hause kam und schweigend am Tisch saß, während sie mit der Mutter kochte, hatte sie um den alten Koffer aus Pappmaché gebeten, hatte ihre besten Kleider eingepackt, den dicken Mantel über ihr Sonntagskleid gezogen, obwohl es Mai war und schon warm, und hatte von dem bisschen Geld, das sie sich zusammengespart hatte, eine Zugfahrkarte nach Berlin gekauft. Die Anschrift einer Schule hatte sie in der Tasche, außerdem die Adresse einer Freundin ihrer Lehrerin, bei der sie für ein paar Tage unterkommen konnte, bis sie Arbeit und ein Zimmer gefunden hatte.

Ihre Mutter hatte sie ziehen lassen, sie war zu müde, um sie zu ermahnen, und erleichtert, dass sich eine Person weniger in der engen Wohnung drängte. Sie hatte ihr sogar etwas Geld mitgegeben, für Notfälle, hatte sie gesagt.

Als sie mit ihrem Pappmachékoffer am Potsdamer Bahnhof aus dem Zug gestiegen war, war Marie benommen stehen geblieben: die Rufe der Zeitungsjungen, das Durcheinander unzähliger Menschen – mehr, als sie je an einem Ort zusammen gesehen hatte, der Rauch der Lokomotiven und etwas in der Luft, das anders war, überwältigten sie. Kurz hatte sie überlegt, den nächsten Zug zurück nach Hause zu nehmen. Dann hatte sie die Augen zugemacht, sie wieder geöffnet und tief durchgeatmet. Ja, das war die Großstadt. Hier wollte sie sein. Und alles hatte sich gefügt: Ein Mansardenzimmer in der Alexandrinenstraße in der Luisenstadt, das sie mit einem Ladenmädchen teilte. Ein Lehrgang für Schreibmaschine bei einem strengen Fräulein in der Tieckstraße im Studentenviertel, das Mädchen wie sie unterrichtete. Und schließlich die Anstellung als Garderobiere im Wintergarten des Central-Hotels. Von ihrem Lohn konnte sie die Miete und die Schule bezahlen. Viel blieb nicht übrig, aber es reichte. Wenn es regnete oder sehr kalt war, nahm sie den Omnibus oder die Pferdebahn von der Luisenstadt in die Schule oder zum Wintergarten – Oranienstraße, Kochstraße und dann die Friedrichstraße entlang. Vorbei an der Kaisergalerie an der Ecke Friedrichstraße/Unter den Linden mit ihren verlockenden Geschäften – mit Waren, wie sie sie noch nie gesehen hatte.

Nun arbeitete sie an sechs Abenden in der Woche, und heute hatte sie Glück: gemeinsam mit Lili war sie fürs Parkett eingeteilt, wo die elegantesten Herren und Damen saßen, die die teuersten Karten hatten und das beste Trinkgeld gaben.

Der neue Sternenhimmel und Miss Saharet, die Cancan-Tänzerin aus Australien, die das Bein so hoch warf, dass sie sich ins Strumpfband beißen konnte, würden den Wintergarten bis zum letzten Platz füllen. Dann waren da noch Salerno, der Jongleur, und die Stanley Brothers, zwei Akrobaten. Der größere steckte sich eine Zigarre in den Mund, legte den Kopf in den Nacken, und der kleinere schwebte kopfüber über ihm, indem er sich nur mit dem Mund auf die hochgereckte Zigarre stützte. Marie hatte sie durch den Türspalt beobachtet, bis einer der Kellner sie dort entdeckte und ihr die Tür vor der Nase zuschlug. Es war ihr egal – sie hatte die Stanley Brothers in der berühmten Pose gesehen und konnte nicht glauben, dass es eine normale Zigarre war.

»Lili, Marie, seid ihr so weit?« Der schiefe Emil, der die Garderobieren beaufsichtigte, sah sie prüfend an. Die eine Schulter hing herab, er ging gebückt und schüttelte missbilligend den Kopf, wenn Marie zu laut lachte.

»Immer freundlich, immer höflich, ja, mein Herr, bitte, die Dame. Marie, verkneif dir dein Lachen, das steht einem Bierkutscher besser als einem Mädchen! Und geht vorsichtig mit den Mänteln und den Hüten um, habt ihr verstanden? Es regnet draußen in Strömen, vieles wird nass sein, versucht, Abstand zwischen den Mänteln zu halten und die Hüte nicht übereinanderzustapeln, sonst werden sie zerdrückt.«

Er drehte sich um, und Marie zog eine Grimasse, sodass Lili kichern musste.

»Marie, nimm dich zusammen –« Dann lief er davon.

»Er hat mich auf dem Kieker, von Anfang an. Wäre es nach dem gegangen, würde ich hier gar nicht arbeiten.« Marie seufzte.

»Das wundert mich nicht, du ärgerst ihn auch, wo du kannst. Schau, da kommen die ersten Gäste!«

Marie war am Anfang jedes Abends überwältigt von den Garderoben der Damen – die fließenden Stoffe, Seide, Musseline, die nach der Mode aufgebauschten Ärmel, die glockigen Röcke, jetzt im Herbst elegante Wollcapes und wunderschöne Hüte. Dazu die Herren im Frack mit Zylinder, Männer mit langen weißen Fingern und sauberen Nägeln.

Dann wurden ihnen die ersten Mäntel und Zylinder gereicht, die Damen durften ihre Hüte aufbehalten. Marie nahm die Garderobe entgegen, kassierte und gab den Herren ihre Marke.

»Ich wünsche einen angenehmen Abend«, sagte sie noch. Marie drückte den Rücken durch und lächelte den nächsten Herrn an, der allein an die Garderobe trat.

Dahinter kam eine Gruppe von zwei Herren mit zwei Damen, die lachten und laut miteinander redeten. Einer von ihnen kam ihr bekannt vor, sie hatte ihn schon mehrmals gesehen, wenn sie an der Parkettgarderobe Dienst hatte. Er musste häufig hier sein, seine Begleitungen aber wechselten. Hellbraunes Haar, blaue Augen, immer ausgesucht gekleidet, mit Zylinder und Halstuch. Die etwas abstehenden Ohren und das runde Kinn verliehen ihm einen jungenhaften Charme, der ihr gefiel. Außerdem zwinkerte er ihr immer zu, wenn seine Begleitung wegsah. Auch das gefiel ihr, obwohl sie nie zurückzwinkerte – der schiefe Emil warnte die Mädchen bei jeder Gelegenheit vor Vertraulichkeiten mit den Gästen, und auch Lili war streng und erzählte ihr Schauergeschichten von »gefallenen Mädchen«.

Er musste Anfang zwanzig sein, kaum älter als sie. Diesmal war er mit einem etwas älteren Mann da, dessen Begleitung einen abenteuerlich großen, mit grünen Federn geschmückten Hut trug. Ihr Kleid war tief dekolletiert, sah Marie, als sie den Mantel ablegte. Die Begleitung des jungen Mannes war nicht viel zurückhaltender gekleidet, beide Damen steckten die Köpfe zusammen, tuschelten und kicherten, was Lili ein leises, verächtliches Schnauben entlockte. Meistens erkannte man, ob die Herren mit Begleitung für den Abend da waren oder mit ihren Verlobten.

Der Jüngere suchte in seiner Tasche nach Münzen für die Garderobe, beförderte aber nur zwei zutage, die gerade passend waren.

»Oh nein«, rief er mit gespielter Verzweiflung. »Das geht nicht, kein Pfenning Trinkgeld für mein Lieblingsfräulein an der Garderobe! Ich muss mir etwas einfallen lassen!«

Marie freute sich – erinnerte er sich an sie?

Aber da zogen die beiden Damen ihn schon weg, der Ältere lachte meckernd, musterte Marie und ging dann den anderen nach. Die Vorstellung würde gleich anfangen, die Musik hatte schon zu spielen begonnen.

Marie hatte die kleine Episode schnell vergessen, die Menschen drängten an die Garderobe, und wie Emil vorausgesagt hatte, waren an diesem Oktobertag die Mäntel von dem feinen Nieselregen nass, und schon bald dampfte der kleine Garderobenraum.

Erleichtert atmete sie auf, als die erste Nummer begann und sie in Ruhe für Ordnung sorgen konnten. Sie half Lili, die Marken ordentlich an den Mänteln festzustecken, damit sie später schnell die richtigen fanden.

Nach den ersten zwei Nummern kam einer der Kellner mit zwei Gläsern Sekt zu ihnen.

»Einer der Herren im Parkett schickt euch das – statt Trinkgeld.«

Lili schaute ihn empört an. »Du weißt, dass das verboten ist, bring es zurück! Wenn das einer sieht!«

»Habe ich versucht, ihm zu erklären – er hat gesagt, für die reizendsten Damen des Abends ist Sekt gerade gut genug ...«

Und plötzlich stand der junge Herr selbst vor ihnen, verbeugte sich leicht und sagte:

»Ach bitte, nun trinken Sie doch ein Glas mit mir, das kann Ihnen keiner übel nehmen! Ich bin Stammgast, wenn sich jemand ärgert, dann sagen Sie einfach, das ist von Heinrich Reichenheim!«

Er schaute nur Marie an. Dann drehte er sich um und ging zurück in den Saal, wo die nächste Nummer begann. Marie zögerte, dann lachte sie und sagte: »Was soll's, wieso nicht?«

»Marie, nein!« Lili blieb streng und gab dem Kellner ihr Glas wieder mit.

Marie nippte an ihrem und stellte das Sektglas beiseite, um Lili zu helfen. Noch zwei Musiknummern, dann war Pause, und danach kam der Höhepunkt des Abends: Miss Saharet, die berühmte Tänzerin.

Kaum läutete es zur Pause, ging die Saaltür auf, und Marie erkannte die Begleitung des jungen Reichenheim, die auf die Garderobe zustürzte, nach dem Sektglas griff und ihr den Inhalt ins Gesicht kippte.

»Ich hab's gesehen, ich habe genau gesehen, dass du ein Auge auf meinen Heinrich geworfen hast, lass bloß die Finger von ihm!«

Ehe Marie etwas erwidern konnte, hatte die andere schon ihre kleine Satinhandtasche erhoben und wollte damit auf sie einschlagen, als Heinrich Reichenheim sie am Arm packte und wegzuziehen versuchte. Inzwischen hatte sich eine Menschentraube um die Garderobe gebildet, die Leute kommentierten das Kleid der um sich schlagenden Frau, deren Dekolleté immer weiter verrutschte.

»Immer suchen sie sich die falschen Mädchen aus, diese Reichenheims«, lachte ein Herr mit blondem Backenbart und rotem Einstecktuch, ein anderer schrie: »Bravo, bravo!«

Endlich gelang es Heinrich Reichenheim, seine Begleitung nach draußen zu befördern, und die Menschen zerstreuten sich. Aus dem Pulk tauchte der schiefe Emil auf, der wortlos in die Garderobe kam und Marie Zeichen gab, ihm nach hinten zu folgen.

»Das war's. Du bist entlassen. Sofort.«

»Aber ...« Sie war sich keiner Schuld bewusst.

»Kein Aber. Ich beobachte dich seit Längerem. Kein persönlicher Kontakt zu den Gästen. Das ist die oberste Regel. Und was tust du? Schau dich an, lässt dich mit Sekt überschütten wie ein begossener Pudel! Weil du den Männern zuzwinkerst. Was glaubst du, wo wir sind? Das Central-Hotel ist nicht die Art von Etablissement, in die so eine wie du gehört!«

Marie wurde wütend. »Jetzt reicht's aber! Ich habe niemandem schöne Augen gemacht, und wenn der Herr mit seiner Begleitung Schwierigkeiten hat, soll er nicht herkommen!«

Emil machte einen Schritt auf sie zu. Marie sah, dass nicht nur seine Schulter schief war, sondern auch seine Zähne, und musste ein Kichern unterdrücken. Er konnte das nicht ernst meinen, schon gar nicht an einem Abend wie diesem, an dem das Varieté brechend voll war.

»Hau ab und lass dich nicht wieder blicken!«

Marie schnappte nach Luft, ordnete sich das Haar und merkte, dass es wirklich nass war. Wahrscheinlich hatte der schiefe Emil recht, und sie sah aus wie ein begossener Pudel. Sie hob das Kinn.

»Auch gut. Dann arbeite ich eben woanders. Gib mir das Geld für diese Woche, und ich bin weg.«

»Kein Geld für diese Woche, du bist entlassen. Sei froh, wenn du nicht noch zahlen musst. Ich werde mir den Schaden gleich ansehen, aber wenn etwas von dem Sekt auf die guten Mäntel getropft ist, kommst du mir dafür auf! Und sieh zu, wie du wieder Arbeit findest!«

Marie musste lachen – über den schiefen Emil, der vor Wut zitterte, und über ein paar Tropfen Sekt auf den eh schon nassen Mänteln. Was hatte sie hier nicht schon alles gesehen, Gäste, die betrunken aus dem Wintergarten wankten und nicht nur den Rest des Glases, das sie noch in der Hand hielten, über teure Stoffe kippten …

»Auf Wiedersehen, Emil. Du wirst dich noch wundern, ich komme wieder, und dann wirst du mir die Tür aufhalten und dich verbeugen, pass nur auf!«

Sie ließ ihn stehen, nahm ihren dünnen Mantel und verließ das Wintergarten-Varieté, während Miss Saharet die Beine schwang und das Publikum ihr zujubelte.

Draußen atmete Marie tief durch. Es nieselte nur noch leicht, und die Pflastersteine glänzten im Licht der Laternen. Es herrschte reger Betrieb auf der Friedrichstraße – Droschken, ein Omnibus, die Pferdebahn, Männer mit schwer beladenen Handkarren, ein paar Radfahrer und Passanten, die versuchten, die Straße zu überqueren. Man rief, hupte, klingelte. Irgendwo bellte ein Hund. Sie betrachtete das Chaos eine Weile, ohne etwas wahrzunehmen.

Und jetzt? Auf einen Schlag wurde ihr die Situation bewusst. Ohne den Lohn für diese Woche konnte sie die Miete nicht bezahlen. Die musste sie morgen der Vermieterin geben, einer schmallippigen Witwe, die im Erdgeschoss wohnte und an der Treppe lauerte, wenn Zahltag war. Aufschub gab sie nicht. Und Marie hatte nichts beiseitegelegt. Sie hatte es immer wieder versucht, aber dann am Wochenende mit ihrer Zimmergenossin Ausflüge gemacht. Ein Stück Kuchen im Café gegessen. Auf dem Rummelplatz Lose gekauft. In der Kaisergalerie für zwanzig Pfennig das Kaiserpanorama besucht und die dreidimensionalen farbigen Bilder ferner Länder oder großer Paraden bestaunt. Zu oft den Omnibus für fünf Pfennig genommen. Eine Tasse Mokka im Café getrunken statt den billigen Zichorienkaffee in der Kaffeehalle. Am Anfang hatte sie eisern das Geld zurückgehalten, das für eine Rückfahrkarte nach Hause reichte. Für alle Fälle. Im Sommer hatte sie nicht widerstehen können und einen besonders schönen Hut gekauft, der in der Auslage eines feinen Geschäfts in der Kaisergalerie lag und an dem sie jeden Tag vorbeiging auf dem Weg in den Wintergarten. Drei Viertel des Geldes für die Zugfahrkarte waren weg gewesen, für den Rest hatte sie sich eine Hutnadel und neue Strümpfe gekauft, als es kälter wurde. Was soll's, es reicht eh nicht mehr für die Fahrt nach Hause, hatte sie gedacht …

Langsam ging sie durch den feinen Regen, der sie nach und

nach vollkommen durchnässte. Der Omnibus fuhr noch, es war vor elf, aber die fünf Pfennig wollte sie nun lieber sparen. Zu Hause angekommen, stieg sie leise die Treppe hoch. Ihre Zimmergenossin schlief schon. Normalerweise kam Marie gegen vier Uhr nach Hause und setzte sich in den Sessel. Wenn Gretchen gegen sieben Uhr aufstand, um zur Arbeit zu gehen, legte sich Marie ins Bett und schlief bis Mittag. Am Nachmittag ging sie in die Schule und danach ins Varieté.

Gretchen wachte auf, als sie sich zu ihr ins Bett legte.

»Wie spät ist es?«, fragte sie schlaftrunken.

»Schlaf weiter, es ist erst elf – ich bin früher gegangen, weil mir nicht gut war.«

Gretchen richtete sich im Bett auf und machte die Nachttischlampe an.

»Was hast du?«

»Nichts, mir war nur unwohl.«

»Die haben dich früher gehen lassen? Vor Ende der Schicht?«

»Es ist keine Fabrik, Gretchen. Das andere Mädchen schafft die Arbeit allein, natürlich kann ich gehen, wenn mir schlecht ist.«

Gretchen sah sie misstrauisch an, dann löschte sie das Licht und legte sich wieder hin.

Marie lag eine Weile wach in der Dunkelheit, stocksteif, um Gretchen in dem engen Bett nicht zu stören. Sie würde eine Lösung finden, es ging nur um ein paar Tage, bis sie eine neue Arbeit fand. Schließlich schlief sie ein und wurde erst wach, als jemand energisch an die Tür klopfte. Sie sprang aus dem Bett – es musste Morgen sein, Gretchen war schon weg – und öffnete. Die Vermieterin sah sie streng an.

»Fräulein Marie, ich komme wegen der Miete!«

Woher wusste die Alte … Gretchen. Gretchen hatte sofort gemerkt, dass etwas nicht stimmte. Und aus Angst, dass man sie rauswarf, war sie mit ihrem Teil der Miete in der Früh zur Vermieterin gelaufen und hatte sie vorgewarnt.

Eine Stunde später stand Marie auf der Straße. Den neuen Hut vom Sommer hatte sie aufgesetzt, weil er nicht mehr in den Pappmachékoffer passte.

19

»Pass doch auf, Mädchen!« Marie sprang zur Seite, Matsch spritzte, und sie stieß einen leisen Schrei aus, denn ihr Mantel war voller brauner Flecken. Sie hatte die Droschke weder gehört noch gesehen, in Gedanken versunken, war sie mit ihrem Koffer über die Charlottenstraße gegangen. Fluchend fuhr der Kutscher weiter.

Marie ärgerte sich über sich selbst und ihren Leichtsinn. Sie hatte sich einlullen lassen von der Pracht des Wintergartens, von wohlhabenden Menschen, die dort abends fröhliche Stunden verbrachten – so als gehörte sie an ihrer Garderobe irgendwie dazu. Aber sie verband nichts mit den schönen, eleganten Menschen, die sich Abend für Abend im Wintergarten amüsierten, die Sekt oder Champagner tranken und Austern bestellten. Die Stadt war unerbittlich zu denen, die keinen Platz in ihr hatten, kein Geld oder keine Arbeit.

Nachdem Marie ihr Zimmer hatte verlassen müssen, hatte sie sich auf die Suche nach einer neuen Anstellung gemacht. Der schiefe Emil hatte Wort gehalten: In allen Varietés, in denen sie vorgesprochen hatte, wollte man von ihr nichts wissen. Wieder ärgerte sie sich über sich selbst; sie hatte nie richtig zugehört, wenn Lili davon geredet hatte, dass die Garderoben vieler Theater und Varietés von einer Firma betrieben wurden – ebender, denen auch die Garderoben im Wintergarten gehörten. Sie hatte sich gelangweilt, wenn Lili ausführte, dass man versuchen müsse, an die Hotelgarderobe zu wechseln, dann gehöre man wirklich zum Central-Hotel und würde besser bezahlt. War es nicht aufregender, im Varieté zu arbeiten? Ab und zu einen Blick auf die Künstler zu erhaschen, auf die Five Barrison Sisters, auf Miss Saharet, auf Jongleure und Akrobaten, auf Tiere, die sie sonst nur aus dem Zoo kannte, bunte Papageien und einmal sogar einen Elefant?

Sicher war es aufregender, aber nun stand sie auf der Straße, und keiner wollte sie mehr haben. Übernachtet hatte sie eine Nacht bei Lili und danach bei Erna, einem anderen Mädchen, mit dem sie manchmal an der Garderobe zusammengearbeitet hatte. Beide hatten deutlich gemacht, dass das eine Ausnahme bleiben müsse. Beide teilten sich, so wie sie es getan hatte, ein kleines Mansardenzimmer mit einem Mädchen, das tagsüber in einem Kaufhaus oder einer Fabrik arbeitete. In den Betten wurde versetzt geschlafen – eine tags, die andere nachts. Zu zweit tat keiner ein Auge zu.

Es war acht Uhr in der Früh und kalt. Ein nebliger Novembertag, an dem die Stadt nur widerwillig zum Leben erwachte und Kutscher und Arbeiter schlecht gelaunt durch die Straßen gingen und jeden anfuhren, der ihnen im Weg stand. Sie fror in ihren Kleidern, der Koffer wurde ihr schwer in der Hand. Der feuchte Straßenschmutz hatte die dünnen Sohlen ihrer Schuhe durchweicht, die ihr unangenehm an den Füßen klebten. Die Sohle des linken Schuhs hatte inzwischen ein Loch, das sie mit einem Stück Zeitung zu stopfen versucht hatte. Auch das Papier war vom Dreck und der Nässe der Straße durchweicht.

Sie hatte nur noch einen Ausweg: das Fräulein in der Schreibschule. Dorthin war sie weiterhin gegangen, jeden Tag. Aber heute war das Schulgeld fällig, und sie musste mit ihr reden. Marie hatte das vor sich hergeschoben. Das Fräulein mochte sie nicht besonders, sie konnte sich nicht konzentrieren und war langsamer als die anderen Mädchen. Nach den ersten Unterrichtsstunden in Stenografie hatte das

Fräulein ihr gesagt, dass es besser für sie wäre, das Schreiben auf der Schreibmaschine zu erlernen, sie sei einfach zu langsam. Marie versprach sich nicht viel von dem Gespräch, aber sie hatte keine andere Wahl. Sie musste sie um Aufschub bitten und später im Unterricht eine ihrer Mitschülerinnen fragen, ob sie ein paar Tage bei ihr wohnen könnte. Lotte, ihre Banknachbarin, war immer freundlich zu ihr.

Dann wollte sie sich in den Tingeltangel-Cafés am Oranienburger Tor und in der Elsässer Straße vorstellen, wo man immer Kellnerinnen suchte, die die meist jungen Besucher zum Verzehr von Wein, Bier und Bowle animierten. Es war der letzte Ausweg und einer, den sie nur schweren Herzens in Betracht zog: Kein Vergleich mit dem Publikum des Wintergartens, einfache Leute, kleine Büroangestellte, Studenten und ein paar Arbeiter, die ihren Lohn dort ließen und kaum den schlechten Gesangsdarbietungen auf der Bühne lauschten, sondern zu später Stunde die Kellnerinnen belästigten. Lili hatte ihr schaudernd davon erzählt, aber Marie dachte, dass sie sich schon zu wehren wisse, und es sei ja nur vorübergehend. »Robust«, hatte der schiefe Emil sie mal genannt und ihre Figur gemeint. Er hatte es so laut gesagt, dass sie es hörte und auch den missbilligenden Unterton in seiner Stimme.

Jetzt blieb sie einen Moment stehen, weil ihr übel war. Sie hatte seit gestern nichts mehr gegessen, die letzten Pfennige wollte sie nicht ausgeben, bevor sie nicht wusste, wie es weiterging. Der Weg von der Luisenstadt bis in die Tieckstraße nahe dem Stettiner Bahnhof, wo Fräulein Schultz ihre Schreibschule hatte, war weit, wenn man ihn bei Regen zu Fuß gehen musste. Das Fräulein wohnte in einer Kammer hinter den Unterrichtsräumen, sie wollte sie vor Beginn des Morgenunterrichts abpassen.

Fräulein Schultz war nicht erfreut über den frühen Besuch

und ließ sie nur widerwillig in den kleinen Unterrichtsraum, der staubig war und in dem es nach Schweiß roch.

»Was führt dich so früh her, Marie?«, fragte sie ungeduldig.

»Ich ... ich muss Sie um etwas bitten, Fräulein Schultz.« Sie zögerte einen Moment und sah, wie das Fräulein die dünne linke Augenbraue hochzog. Das strähnige graue Haar hatte sie streng zu einem Dutt zurückgekämmt, und ihr Kleid sah genauso staubig grau aus wie die große Tafel, die im Zimmer hing. Es war empfindlich kalt, Fräulein Schultz heizte den kleinen Ofen in der Ecke nur selten einmal kurz vor Unterrichtsbeginn.

»Ich habe meine Anstellung verloren und brauche eine neue. Und ein neues Zimmer. Den Unterricht möchte ich weiter besuchen, bald ist die Prüfung, und danach kann ich mir eine richtige Arbeit suchen. Lassen Sie mich weiterkommen, auch wenn ich das Geld für den Unterricht ein paar Tage später bezahle? Bitte, Fräulein Schultz, schlagen Sie mir das nicht ab!«

Ihre Stimme klang verzweifelt, und Marie ärgerte sich, dass sie sich der dürren Frau mit dem missbilligenden Blick gegenüber diese Blöße gab.

Die schwieg und schaute sie prüfend an. Nach einer Weile sagte sie:

»Du bist weder begabt noch besonders aufmerksam. Eigentlich konnte ich dich nie recht leiden. Weshalb soll ich dir helfen? Ich kann mir vorstellen, wie du deine Anstellung verloren hast ...« Gedankenverloren schaute sie aus dem Fenster auf die graue Straße. »Ich kenne Mädchen wie dich. Faul, vergnügungssüchtig. Du hast mehr Kohlepapier zerrissen als jede andere Schülerin. Keine Geduld, keine Sorgfalt.«

Marie sah auf ihren Koffer hinab. Auch er war an der Seite vom Regen aufgeweicht. Es hatte keinen Sinn.

»Aber ... manchmal muss man Mädchen wie dir eine

Chance geben. Meine kleine Schwester war so wie du.« Sie schien sich in ihren Erinnerungen zu verlieren. Dann trat sie zum Schreibtisch, setzte sich, holte ein Papier hervor, trug etwas darauf ein und unterschrieb.

»Hier, Marie, das ist deine Chance. Wer nicht bezahlt, bekommt auch keinen Unterricht. Aber ich stelle dir ein Zeugnis aus, so als hättest du den Frühjahrskursus besucht. Keine gute Note, eine ausreichende, das muss genügen.«

Sie nahm ein Blatt Papier und schrieb etwas darauf.

»In der Viehhofbörse am Schlachthof an der Eldenaerstraße suchen sie immer Schreibkräfte und nehmen es nicht so genau. Der Ton ist rau.«

»Aber ... aber ich kann doch noch gar nicht richtig ...«

»Was du jetzt nicht kannst, lernst du bis zur Prüfung auch nicht mehr. Merk dir eins, Marie: In Berlin bekommst du nur eine Chance. Nutze sie.«

Fräulein Schultz reichte ihr das Zertifikat und schob sie zur Tür hinaus. Benommen stand Marie auf der Straße und sah sich um. Da drüben war eine Kaffeehalle, sie würde zwei Pfennig für einen Malzkaffee ausgeben, bevor sie sich auf den Weg zum Alexanderplatz machte. Der war weit, und sie fror inzwischen bitterlich. Ihr Magen zog sich schmerzhaft zusammen, aber sie getraute sich nicht, auch noch zwei Pfennig für ein Brötchen auszugeben.

Sie stand so lange in der Kaffeehalle, bis man sie anzustarren begann. Fräulein Schultz hatte recht, sie musste diese Chance nutzen. Inzwischen mochte es gegen neun Uhr sein, sie musste sich auf den Weg machen zu den beiden Firmen, deren Adressen ihr das Fräulein aufgeschrieben hatte.

»Fräulein Stahmann! Fräulein Stahmann!«

Beinahe hätte sie nicht reagiert – so lange schon hatte sie niemand mehr bei ihrem Nachnamen gerufen. Als ihr jemand auf die Schulter tippte, drehte sie sich um.

Heinrich Reichenheim. Elegant gekleidet, wie immer. Unter dem Hut sah sie die etwas abstehenden Ohren. Im nebligen Morgenlicht sah er noch jünger aus als abends im Varieté. Seine braunen Budapester waren matschverschmiert, aber sein heller Überzieher war so sauber, als wäre er eben aus dem Haus getreten.

»Zum Glück habe ich Sie gefunden, ich habe mir Vorwürfe gemacht! Kommen Sie, wir gehen in ein Café, wir müssen uns unterhalten – nein, nicht in dieses da, das sieht ja schauderhaft aus!«

Er winkte einer vorbeifahrenden Droschke, nahm sie am Arm und half ihr hinein. Dabei fiel sein Blick auf ihren Koffer, den sie hinter ihrem Rücken zu verbergen versucht hatte.

»Wollen Sie verreisen?«

Marie überlegte fieberhaft, was sie ihm sagen sollte.

»Nach Hause – ich muss für ein paar Tage nach Hause, zu meiner Mutter.«

»Wo wohnt denn Ihre Mutter?«

»In Burg –«

»Ein Burgfräulein – wusste ich's doch, dass Sie an der Garderobe nichts zu suchen haben, Fräulein Stahmann! Wo steht die Burg?«

»Bei Magdeburg«, sagte sie und musste lachen.

»Wenn Ihr Vater, der edle Ritter, hört, wie man mit Ihnen umgesprungen ist, wird er auf seinem Pferd hereinreiten und den Wintergarten kurz und klein schlagen – da bin ich mir sicher. Und seien Sie gewiss, ich unterstütze ihn!«

Sie lachten beide, und Heinrich wies den Kutscher an, ins Café Bauer zu fahren.

Als sie später in dem eleganten Café saßen und Marie ganz langsam ein Stück Sahnetorte aß, damit ihr nicht schlecht wurde, wunderte sie sich darüber, dass sich dieser Heinrich

Reichenheim offenbar Sorgen um sie gemacht hatte. Er hatte Lili nach ihrer Adresse gefragt, war zu ihrer Wohnung gegangen und hatte ihre Zimmergenossin abgefangen, um herauszufinden, wo sie Unterricht nahm. Er hatte sich mit dem schiefen Emil gestritten und war zu dessen Vorgesetztem gegangen.

So leichtsinnig er an dem Abend gewesen war, so ernst war ihm diese Suche gewesen.

Etwas anderes wurde ihr klar, als er sie fragte, wo sie ihr Mobiliar und ihr Gepäck abgestellt habe, jetzt, wo sie ausgezogen sei und eine neue Wohnung suche. »Diese Umzieherei im Frühjahr und im Herbst ist schon mühsam, nicht wahr? Man hört immer wieder davon, es ist wohl normal, alle machen es, aber ich bin froh, wenn ich bleiben kann, wo ich bin.«

Sie sah ihn fragend an. In seinem offenen Blick lag keine Ironie, nur ehrliches Interesse. Er hatte keine Ahnung, wie eine wie sie lebte. Er hatte keine Ahnung, dass die Menschen eine andere Wohnung – was heißt Wohnung, ein Zimmer – suchten, wenn sie den Arbeitsplatz wechselten, weil sie das Geld für den Omnibus sparen wollten, selbst das für den Sechseromnibus, um zu Fuß in ein Kaufhaus, eine Fabrik oder ein Büro zu gehen.

Sie nahm noch ein Stück Zucker und rührte es in den Mokka, der vor ihr stand.

»Ich suche noch nach einer neuen Unterkunft«, erklärte sie und schaute ihm gerade in die Augen. »Aber das hat Zeit, bis ich zurückkomme.« Sie hoffte, dass sie glaubwürdig klang.

»Sie brauchen auch eine neue Arbeit, richtig? Und darum muss ich mich kümmern, denn Ihre alte haben Sie meinetwegen verloren!«

»Machen Sie sich keine Sorgen, es hat mir dort sowieso nicht gefallen. Eigentlich suche ich eine Anstellung als Sekretärin, ich habe gerade heute mein Zeugnis bei der Schule abgeholt.«

»Wusste ich's doch, dass Sie nicht an die Garderobe gehören!«, sagte er und strahlte sie an. Er hatte den Hut abgesetzt, und das hellbraune Haar fiel ihm in die Stirn. Sie konnte den Blick kaum mehr von diesem jungenhaften Gesicht wenden. Die Männer aus ihrem Heimatort hatten schon früh wie Männer ausgesehen, ihre meist groben Gesichtszüge verloren alles Kindliche vor der Zeit. Heinrich sah aus, als würde er zu Hause noch mit einer Modelleisenbahn oder mit Zinnsoldaten spielen. Er rührte sie, und obwohl sie diejenige war, die sich in dem vornehmen Café unwohl fühlte, kam es ihr so vor, als müsste sie ihn beschützen.

»Lassen Sie mich nachdenken – eine Anstellung als Sekretärin …« Er stützte das runde Kinn auf die verschränkten Hände und schaute sie an.

»Aber natürlich! Sie gehen zum Bankhaus Mendelssohn, das ist der Mann meiner Cousine. Er sucht immer Schreibkräfte und wird Sie einstellen. Ich rede mit ihm.« Aus der Innentasche seines Jacketts zog er ein Billet.

»Hier – gehen Sie nach Ihrer Rückkehr von der Burg dorthin! Man wird Sie unverzüglich anstellen, wenn Sie das hier dort abgeben.«

Zögernd nahm sie das Billet. Das Bankhaus Mendelssohn. Natürlich hatte sie davon gehört. Dort hätte sie sich niemals vorgestellt, und Fräulein Schultz hätte sie ausgelacht, wenn sie es versucht hätte.

Heinrich zog eine goldene Taschenuhr aus der Hosentasche und schaute darauf.

»Wann fährt Ihr Zug? Ich möchte nicht auch noch schuld daran sein, dass Sie zu spät auf der Burg eintreffen. Eltern mögen keine Verspätung, meine jedenfalls nicht.« Lachend fuhr er sich mit der Hand durchs Haar. »Es ist bereits elf Uhr.«

»Oh ...« Sie räusperte sich. Sollte sie ihm die Wahrheit sagen? »Der Zug fährt erst nach eins.«

»Dann bringe ich Sie zum Bahnhof.«

Sie protestierte und suchte nach einem Vorwand, um das Café allein verlassen zu können – vergeblich. Er begleitete sie zum Potsdamer Bahnhof, sah nach dem Zug, der bereits kurz vor eins fuhr, er löste für sie eine Hin- und Rückfahrkarte erster Klasse, brachte sie in ihr Abteil und verstaute den Pappmachékoffer, der inmitten von Samt und Leder schäbig wirkte, in der Gepäckablage. Sie sagte immer wieder, dass es ihr unangenehm sei, seine Zeit zu verschwenden, er müsse keinesfalls warten, bis der Zug abfahre, aber er ließ sich nicht beirren, natürlich wolle er ihr Gesellschaft leisten bis zur Abfahrt, das sei das Mindeste nach all dem Ärger, den er ihr eingebrockt habe.

Wieder rührte er sie – sein Eifer und seine Fürsorge, während sie sich den Kopf zermarterte, wie sie ihn loswerden konnte. Gleich fuhr der Zug, und was sollte sie in Magdeburg? Ohne einen Pfennig Geld in der Tasche ...

Kurz vor Abfahrt des Zuges – er war schon aufgestanden – zog er ein Kuvert aus der Tasche.

»Fast hätte ich's vergessen, hier ist Ihr Lohn, Fräulein Lili hat mir gesagt, dass man Ihnen den nicht auszahlen wollte. Dass dieser Herr Emil ungehörig zu Ihnen gewesen ist. Man hat ihn entlassen und mir Ihren Lohn ausgehändigt. Wir leben im zwanzigsten Jahrhundert, Fräulein Stahmann, wer das nicht versteht, muss mit den Folgen leben. Ich hole Sie am Dienstag vom Bahnhof ab, um vier Uhr!«

Er drückte ihr den Umschlag in die Hand, hob den Hut, deutete eine Verbeugung an und verließ das Abteil. Vorsichtig öffnete sie den Umschlag. Der Lohn der gesamten Woche, den Abend, den sie nur zur Hälfte gearbeitet hatte, eingeschlossen, lag darin. Als sie aufstand, um den Zug zu verlassen, sah sie durchs Fenster Heinrich auf dem Bahnsteig stehen und winken. Sie winkte zurück und ließ sich wieder in die weichen Polster sinken. Dann begann die Lokomotive Dampf auszustoßen, und langsam setzte sich der Zug in Bewegung.

20

Ihre Mutter war weder erschrocken noch erfreut, als Marie vor der Tür stand. Eine ihrer kleinen Schwestern hatte Fieber, im Zuber lag Weißwäsche, auf dem Herd kochten Kartoffeln, und die Mutter schaute sie mit müdem Blick an.

Marie stellte den Koffer ab und ging zum Wäschezuber. Der Blick ihrer Mutter war resigniert, sie hatte tiefe Ringe unter den Augen, und erst am Abend sah sie, dass ihr ein Backenzahn fehlte. Die Kinder waren endlich im Bett, und die Mutter lächelte über eine der Geschichten, die Marie von Berlin erzählte.

Sie lächelte noch einmal, als Marie ihr die Hälfte des Lohns gab, den Heinrich Reichenheim für sie erstritten hatte, aber sie fragte kaum danach, was Marie in Berlin tat, wie es ihr ging und was sie vorhatte. Es war, als wäre sie nie weg gewesen, als existierte diese andere Welt nicht: Sie half der Mutter, schrubbte den Boden, schälte Kartoffeln, wusch den kleineren Geschwistern die Gesichter und Berge von Wäsche und fiel spätabends müde ins Bett. Berlin war nach einem Tag weit weg und das Varieté, die Schreibschule, Heinrich Reichenheim und die breiten Straßen der großen Stadt unvorstellbar.

Marie war froh, dass sie ein paar Tage später die enge Wohnung und das Dorf verlassen konnte, dass sie den kleinen Bahnhof schnell in der Ferne verschwinden sah. Ihre Mutter hatte nicht gefragt, wann sie wiederkomme, sie hatte sie umarmt, und Marie hatte sich allein auf den langen Fußweg zum Bahnhof gemacht.

Als sich der Zug Berlin näherte, wurde Marie unruhig. In den vergangenen Tagen war sie zu dem Schluss gekommen, dass Heinrich nicht am Bahnhof stehen würde, dass sie das aber nicht weiter kümmerte. Sie hatte noch die Hälfte des Lohns, sie hatte die Karte des Bankiers, den sie um eine Anstellung bitten konnte, und wenn der sie nicht haben wollte, konnte sie immer noch zu den Schlachthöfen gehen. Sie war zum Glück kein Burgfräulein, ein rauer Ton störte sie nicht, und es war allemal besser, als in den Tingeltangel-Lokalen zu servieren.

Nun, während das flache Land an den Zugfenstern vorbeiflog, graubraun unter dem grauen Himmel, dachte sie, dass er doch vielleicht da sein würde und wie es wäre, ihn wiederzusehen. Was sollte sie ihm sagen, wenn er sie nach Hause begleiten wollte? Wo sollte sie überhaupt unterkommen, bis sich die Dinge geregelt hatten? Sie merkte erst, dass sie auf dem Nagel ihres kleinen Fingers herumbiss, als eine ältere, fein gekleidete Dame, die ihr gegenübersaß, sie missbilligend anschaute.

Sie hob das Kinn und entschied, dass er nicht da sein würde, dass er nach dem Abend im Varieté ein schlechtes Gewissen gehabt, seinen Fehler wiedergutgemacht hatte und der ganzen Angelegenheit nun keine weitere Bedeutung beimaß. Vielleicht bekam sie die Stelle im Bankhaus und würde ihn dort wiedersehen. Sie würde noch einmal zu Lili gehen und bei ihr für ein paar Nächte unterschlüpfen, sie konnte ihr ja sogar ein wenig Geld dafür bezahlen.

Dann wurden die Gleise vor den Zugfenstern dichter, Fabriken waren zu sehen, Straßen, Rauch und Schlote. Als der Zug im Potsdamer Bahnhof einfuhr, suchte sie den vollen Bahnsteig vergebens nach seinem Gesicht ab, nahm ihren Koffer aus der Gepäckablage, verließ den Zug und drängte sich durch die Menge von Ankommenden und Wartenden, ohne sich noch einmal umzuschauen.

Vor dem Bahnhof blieb sie einen Moment stehen, um sich zu orientieren.

»Fräulein Stahmann, wo wollen Sie denn hin?« Er stand vor ihr und sah sie vorwurfsvoll an.

»Wenn man abgeholt wird, muss man dem Wartenden auch Gelegenheit geben, einen abzuholen – oder wollten Sie unbemerkt verschwinden? Wenn Sie bei Mendelssohn anfangen, geht das sowieso nicht mehr, das wissen Sie schon? Morgen früh um neun geht es los, ich habe für Sie vorgesprochen. Aber jetzt essen wir erst einmal etwas, der Speisewagen im Zug hat meistens nichts Gutes. Zähes Fleisch, versalzene Kartoffeln.«

Marie folgte Heinrich schweigend in das österreichische Restaurant, das er in den höchsten Tönen lobte. Sie aß ein Wiener Schnitzel mit Gurkensalat und danach Kaiserschmarrn, beides auf Empfehlung von Heinrich, weil sie selbst nicht gewusst hätte, was sie bestellen sollte. Keines der Gerichte, die dort aufgeschrieben standen, sagte ihr etwas. Ob Heinrich Reichenheim das bemerkte oder nicht, darüber dachte sie hinterher lange nach, kam aber zu keinem Schluss. Er plauderte nämlich die ganze Zeit auf sie ein, erzählte von anderen österreichischen Lokalen in der Stadt, die gerade in Mode waren, von einer Reise nach Wien und einer Tante, die dort lebte und die er sehr verehrte.

Als er sie fragte, wohin sie nun wolle, ließ sie sich zu Lili bringen. Die Ankunft der feinen Droschke in der engen Annenstraße sorgte für Aufsehen, und sie verabschiedete sich hastig von ihm. Ein Haufen Kinder hatte sich um die Droschke geschart, Fenster flogen auf, Männer mit Handkarren und Fußgänger wichen der Droschke aus, Fahrradfahrer klingelten wie wild, Matsch spritzte, denn es regnete, und man rief und schrie der Kutsche hinterher, die sich nur langsam ihren Weg aus der belebten Straße bahnte. Als Marie sich nach dem Haus umdrehte, sah sie, dass Lili schon aus dem Fenster schaute.

Das Treppenhaus war dunkel und eng, es roch modrig und nach gekochtem Kohl. Mit jeder Treppenstufe wurde sie unruhiger – Lili hatte missbilligend auf sie herabgeschaut. Es durften wirklich nur ein paar Tage sein, dann musste sie ein eigenes Zimmer finden.

Lili fragte sie, nachdem sie sich über den Auftritt, wie sie Maries Ankunft in der Droschke nannte, beschwert hatte, ganz genau aus. Was Heinrich Reichenheim gesagt hatte, was er ihr versprochen hatte.

»Ich weiß es nicht, Lili, er war einfach nur freundlich, es tat ihm leid, was passiert ist.«

Lili schnaubte.

»Marie, ich bitte dich. Ich habe mich umgehört, er hat ständig neue Liebschaften, seine Eltern sind sehr reich, Juden sind sie, und außerdem spielt er. Den kennen sie in allen einschlägigen Lokalen und Hotels, wo heimlich gespielt wird, er verspielt unglaubliche Summen. Wie sein Onkel, und der hat sich irgendwann erschossen, in Potsdam, weil das Geld alle war. Geld, das sie den Arbeitern abgepresst haben.«

Marie schaute sie sprachlos an. Woher wusste Lili das alles?

»Willst du das Mädchen von so einem werden?«, sagte Lili verächtlich.

Juden kannte Marie aus Burg keine, sie sah ein paar enge Gassen in Magdeburg vor sich, in denen Juden wohnten, aber die waren nicht reich, sie sahen anders aus, sie hatten ihre eigenen Läden, ihre Gebote und Verbote. Manchmal war sie von der Friedrichstraße aus am Scheunenviertel vorbeigekommen, in dem die Juden hier in Berlin lebten. Auch die hatten anders ausgesehen.

»Aber … bist du sicher, Lili? Ich meine, dass er spielt, dass er Jude ist?«

173

»Ganz sicher, ich habe meine Quellen. Im Café Astoria, im Café Josty am Potsdamer Platz und im Klub der Harmlosen, da taucht er immer wieder auf. Und Jude ist er, auch wenn sie nun alle Christen werden, sie bleiben, was sie sind. Woher haben sie denn das ganze Geld? Durch ehrliche Arbeit verdient? Was für eine Arbeit kann das sein, wenn man sich ein Palais am Tiergarten baut? Nein, das sind Wucherer, Bankiers und Händler, die den Leuten das Geld aus der Tasche ziehen, die sich an unserer Arbeit bereichern.«

»Unserer? Daran, dass du Garderobenmärkchen ausgibst?«

»Ja, unserer, der von meinem Bruder und meinen Schwägern zum Beispiel. Die gehen in die Fabrik und haben es mir erklärt!«

Lili wurde jetzt richtig wütend, und Marie entschied, dass es besser war, über etwas anderes zu reden, was ihr leicht gelang, als sie Lili Geld dafür anbot, ein paar Tage bei ihr wohnen zu dürfen.

Im Bankhaus Mendelssohn in der Jägerstraße, ein herrschaftlicher Bau, der Marie so einschüchterte, dass sie beinahe nicht eingetreten wäre, bekam sie wirklich die versprochene Anstellung. Sie spürte, dass die anderen Schreibmaschinenfräuleins und die Stenotypistinnen sie unverhohlen anstarrten und hinter ihrem Rücken tuschelten, und der Bürodiener schaute ungläubig auf ihren ersten Brief, den sie ihm schweißgebadet nach viel zu langer Zeit reichte. Fünf Fehler, besser als das, was sie in der Schule abgeliefert hatte, aber nicht gut genug. Undenkbar für das Bankhaus Mendelssohn.

Sie lernte schnell, das war ihre Chance, und sie nutzte sie. Abends war sie hundemüde und konnte sich kaum auf den Beinen halten, wenn sie den weiten Weg zurück in die Luisenvorstadt antrat. Noch traute sie sich nicht, den Pferde-Omnibus zu nehmen, für den Fall, dass man sie entließ, womit sie täglich rechnete, denn der Bürodiener schaute immer noch missmutig auf ihre Briefe, die sie meistens zwei- oder dreimal tippen musste. Aber ihre Anstrengung zahlte sich aus, mit den Wochen wurde sie zwar nicht so schnell wie die anderen, machte jedoch weniger Fehler. Bald fiel sie nicht mehr auf, sie vermied den Kontakt zu den anderen Fräuleins, sie war immer pünktlich und höflich, und irgendwann sah sie nur noch Gleichgültigkeit in den Augen des Bürodieners.

Ein Zimmer hatte sie auch gefunden, das am Moritzplatz und damit etwas näher an der Jägerstraße lag. Seit sie bei Lili ausgezogen war, trafen sie sich regelmäßig am Wochenende, und Lili fragte immer nach Heinrich Reichenheim, nachdem sie ihr von diesem oder jenem Offizier vorgeschwärmt hatte, den sie im Varieté gesehen hatte.

»Du und deine Offiziere, die gehen nur irgendwann in den Krieg und lassen sich totschießen«, lachte Marie einmal über die Freundin, als sie am Samstagnachmittag in der Hasenheide in einem der vielen Ausflugslokale Kaffee tranken, um sich aufzuwärmen, nachdem sie auf der neuen Eislaufbahn ihre Runden gedreht hatten. Marie war zweimal hingefallen, ihr Knie tat weh, und sie war vollkommen durchgefroren. Dankbar nippte sie an dem dampfenden Kaffee und überlegte, ob sie nicht doch ein Stück Kuchen essen sollte. Bei Mendelssohn gab es keine zu engen Kleider, die die Fräuleins tragen mussten.

»Besser als so ein Jude«, sagte Lili, »der schert sich nicht um Kaiser und Vaterland. Und du siehst ja, du hast nie wieder von ihm gehört. Gestern war er im Varieté mit einer anderen Dame und einer Gruppe Freunden. Er muss vor ein paar Tagen im Café Josty viel Geld verloren haben, die Herren haben ihn damit aufgezogen, als er an der Garderobe stand, und ihm war das ziemlich unangenehm, das konnte man ihm ansehen.

Er hat jetzt einen Schnurrbart, den er zu zwirbeln versucht, obwohl er dafür viel zu dünn ist. Und dann sitzt ihm der Zylinder immer so komisch auf den abstehenden Ohren.«

Marie schwieg und versuchte, ihre Bestürzung zu verbergen. Sie hatte Heinrich Reichenheim nicht wiedergesehen, obwohl sie insgeheim fest damit gerechnet hatte, dass er im Bankhaus auftauchen würde. Sie hatte sich vorgenommen, sich bei ihm zu bedanken, hatte sich ausgemalt, was sie sagen würde, wenn er vor ihr stand. Aber nun war schon Ende Januar, und es war unwahrscheinlich, dass er noch auftauchte. Was war es gewesen? Pflichtbewusstsein? Oder eine kurze Laune, der er gefolgt war? Sie verbat sich, darüber nachzudenken, sie ging in der Woche abends, wenn Lili nicht arbeitete, mit ihr und ein paar anderen Mädchen in die Tanzlokale, und die Erinnerung an Heinrich Reichenheim verblasste.

Als sie eines Nachts am Potsdamer Platz vorbeikam – inzwischen war es März, ungewöhnlich warm, Frühling lag in der Luft, und ein paar Vögel sangen schon –, sah sie das Café Josty, und da fiel er ihr wieder ein. Unentschieden blieb sie einen Augenblick stehen. Ein paar Stufen führten zum Eingang, aus dem Inneren drangen Lärm und Musik. Plötzlich kam eine Gruppe junger Männer aus der Tür, sie stritten lautstark, und sie erkannte Heinrich Reichenheim, auf den ein großer dunkelhaariger Mann in Uniform erregt einredete. Marie trat einen Schritt näher, sie zog den Hut tief ins Gesicht, damit er sie nicht erkannte. Jetzt packte der Uniformierte Heinrich am Kragen, er drängelte und schubste heftig, in die Gruppe kam Bewegung, und plötzlich waren sie bei ihr.

»Fräulein Stahmann, da sind Sie ja – wie schön, dass Sie die Geduld hatten, auf mich zu warten!«, rief Heinrich Reichenheim, nutzte die Überraschung des großen Dunkelhaarigen, hakte sie unter und zog sie schnell weg.

»Nicht umdrehen und nicht stehen bleiben, ja?«, flüsterte er ihr ins Ohr, und sie nickte stumm und ließ sich von ihm wegziehen. Er ging und ging, sie hatte Mühe, mit ihm Schritt zu halten, und erst nach ungefähr zehn Minuten hielt er an, packte sie an den Schultern und begann zu lachen. Es war eher ein Kichern als ein Lachen, voller Schalk, wie ein kleiner Junge, dem ein Streich gelungen ist.

»Sie haben mich gerettet, das müssen wir feiern!«, sagte er außer Atem und packte sie an den Schultern. Dabei strahlte er, als hätte er einen verloren geglaubten Schatz gefunden.

»Ich ... ich ...« Marie ärgerte sich, dass sie keinen Satz herausbrachte, aber sie war immer noch überrascht von der Begegnung und vollkommen außer Atem.

Als wäre es das Natürlichste von der Welt, zog Heinrich sie ins Taubencasino in der Taubenstraße, bestellte Sektbowle für sie beide, und Marie kletterte zum ersten Mal auf einen der hohen Barhocker vor einer Theke, von denen ihr Lili schon erzählt hatte. Die Tanzmusik aus den hinteren Räumen war laut, und Heinrich fragte sie, ob sie etwas essen wolle. Die überraschende Begegnung hatte ihr auf den Magen geschlagen, und sie schüttelte den Kopf.

Heinrich benahm sich so, als hätten sie sich bis zum Tag zuvor regelmäßig gesehen, und erst auf dem Weg nach Hause fasste sie sich ein Herz und fragte ihn, was im Café Josty überhaupt vorgefallen sei. Er versuchte, die Episode herunterzuspielen und das Thema zu wechseln, aber sie ließ nicht locker. Der Mann hatte wütend ausgesehen, und wäre nicht das Überraschungsmoment ihres Auftauchens gewesen, hätte es Ärger gegeben.

»Sie spielen, Herr Reichenheim«, sagte sie ihm auf den Kopf zu. »Und das ist nicht gut.«

Er blieb stehen und schaute sie an. Inzwischen hatte es zu regnen begonnen, ein feiner Nieselregen legte sich wie ein

Schleier über die blinkenden Lichter der Stadt, der schwarze Asphalt glänzte im Schein der Laternen, und er beugte sich zu ihr und küsste sie.

21

Lili hatte recht gehabt: Heinrich Reichenheim spielte. Bakkarat, Black Jack, Roulette. Er ging zu den Pferderennen, setzte dort Geld und ging dann mit einer Gruppe von Freunden – meist jungen Militärs – weiter in die Klubs. Zu Lauter, ins Savoy in der Friedrichstraße, ins Café Josty, zu Hecht oder zu Wittkopp in der Mauerstraße. Er versuchte, es zu verbergen, er versuchte, es herunterzuspielen, er log, er versprach aufzuhören, nur noch einmal, dann nie wieder, nur noch dieser Abend, um das Verlorene zurückzugewinnen, der letzte Einsatz, danach würde alles anders.

Marie hörte seine Erzählungen und sagte ihm auf den Kopf zu, dass er log. Sie trafen sich nun ein- oder zweimal in der Woche abends und an den Sonntagen, wenn Marie freihatte. Sie gingen in die Tanzlokale oder die Weinstuben, und manchmal führte Heinrich sie in eins der feinen Restaurants in den vornehmen Hotels, wo es Kaviar auf Eis gab und Heidsieck-Champagner. Es war eine andere Welt, und Marie machte es Spaß, das fremde Geschehen zu beobachten und zu kommentieren. Sie wurden Komplizen, denn Heinrich, der das Nachtleben liebte, der jedes Varieté, jedes Theater, jede Bar, jedes Hotel und jedes Hinterzimmer, in dem gespielt wurde, kannte, beobachtete und kommentierte mit derselben Distanz, wie sie es tat. Die neuen Tänze aus Amerika, die Banjospieler in den Bars, die Mädchen, die zu viel Wein getrunken hatten und deren Kleider über die Schulter rutschten, schüchterne Ehefrauen, die einmal im Monat in die gesetzteren Tanzlokale geführt wurden und mit ihren

Ehemännern unbeholfen Walzer, Polka oder den Rixdofer tanzten, die Künstler im Kabarett Zum hungrigen Pegasus, die Marietta, die schöne Tänzerin, anbeteten, das internationale Publikum im Grillroom des Hotel Esplanade – alles war neu für Marie, und Heinrich genoss es, es ihr zu zeigen und mit ihr darüber zu lachen.

Aber an mindestens vier Abenden in der Woche driftete Heinrich allein durch die Berliner Nächte. Er sagte, er habe viel nachzuholen, gerade sei sein Militärdienst zu Ende gegangen. Marie erzählte Lili stolz, Heinrich sei Leutnant der Reserve – es war das einzige Mal, dass sie Heinrich der Freundin gegenüber erwähnte. Die schnaubte nur verächtlich und sagte, natürlich, das sei klar bei den feinen Herren, sie machten das Nötigste und kehrten nach einem Jahr als Leutnant der Reserve zurück.

Nun hatte er also Nachholbedarf, obwohl Marie nach und nach herausfand, dass er mit den Freunden spielte, die er während des Militärdienstes kennengelernt und mit denen er dort schon gespielt hatte. Fragte sie ihn, was er vorhabe, seufzte er nur, sprach von etwas anderem oder beklagte sich über die seltsamen Vorstellungen seines Vaters, den Ehrgeiz seiner Mutter, über den Eifer seines Bruders Otto, der ein Studium der Physik begonnen habe und von Strahlen und Elektrizität spreche, über die guten Partien, die seine Schwestern Gertrud und Luise gemacht hatten – zwei Juristen aus besten Familien mit großen Aussichten auf entscheidende Positionen. Doktor Robert Weismann für seine ältere Schwester Gertrud, der sich in alles einmische und zu allem etwas zu sagen habe, seit sein Vater an einem schwachen Herzen leide. Dieser Doktor Weismann sei schon älter, er verstehe gar nicht, wieso Gertrud den genommen habe, die Arme sei immer schon schüchtern gewesen und habe seiner Mutter nie etwas abgeschlagen. Und dann die Hochzeit seiner jüngeren Schwester Luise mit einem weiteren Doktor der Jurisprudenz. Er beschrieb ihr die große Hochzeit, hundert Leute bei ihnen zu Hause, wochenlange Vorbereitungen, zum Schluss fast eine Absage des Fests, weil die Lachsfarbe irgendwelcher Blumen nicht exakt wie bestellt gewesen war. Jetzt habe Otto, sein kluger Bruder, einen ganz großen Fisch an der Angel, lachte Heinrich. Susanne Huldschinsky, die Tochter von Oscar Huldschinsky. Marie hatte den Namen noch nie gehört, und Heinrich lachte noch mehr. Einer der reichsten Männer des Landes, Metall, das sei etwas anderes als die Stoffe, mit denen seine Familie gehandelt habe.

»Susanne ist nicht nur steinreich, sie ist auch freundlich«, sagte er dann ernst. »Ich freue mich für Otto, schade nur, dass schon die Verlobung ein Staatsakt war, steif und so anstrengend, dass die Armen nichts davon gehabt haben.«

Nun gehe es gerade darum, seine Schwester Sophie ähnlich grandios zu verheiraten, vor allem seit seine Cousine Charlotte vor zwei Jahren den Bankier Paul von Mendelssohn-Bartholdy geheiratet hatte. Ein Coup sei das gewesen, und da suchte die Mutter nach einem noch viel bedeutenderen Bankier für die arme Sophie.

»Von *den* Mendelssohns, wo ich arbeite?«, unterbrach Marie Heinrichs Redefluss.

»Ja, mein Schatz, man schlägt doch der Verwandtschaft keinen Wunsch ab, oder?«

Sie war überrascht. War das nicht sehr dumm von ihm? Was, wenn seine Eltern davon erfuhren?

»Große Aufgaben, große Verpflichtungen, eine gute Partie, und immer in Konkurrenz zu meiner Tante Margarethe, die den Bankier für ihr Töchterlein gefunden hat – das alles droht mir«, sagte er einmal im Scherz zu ihr, als sie sonntags auf dem Wannsee ruderten. Dann biss er ihr zärtlich in den Hals.

»Nimmst du denn gar nichts ernst?«, fragte sie empört und schob ihn weg. Er schnaufte, spritzte ihr Wasser ins Gesicht und ruderte fröhlich weiter.

Weil er keinerlei Interessen habe, die seinem Vater gefielen, müsse er nun als Buchhalter in die Firma eines Onkels, und diese Buchhalterei sei nun wirklich das Langweiligste, das man sich vorstellen könne. Warum man ihm nicht ein wenig Zeit lasse, beklagte sich Heinrich, er störe doch niemanden.

Heinrich wollte leben und den Rausch der Nacht genießen. Marie verstand schnell, dass er dem Reiz des Spiels nicht widerstehen konnte, dass alle guten Vorsätze bei Tage mit Einbruch der Nacht, mit dem Blinken der Lichter an der Friedrichstraße, dem Ku'damm und dem Potsdamer Platz vergessen waren. Und er hatte immer Geld, meistens sehr viel, nur manchmal hatte er nichts und beschwerte sich, aber wenn sie sich das nächste Mal trafen, war wieder neues da. Wie viel er an den Abenden verspielte, sagte er ihr nicht, wenn sie danach fragte. Er sagte dann immer, es sei nun sowieso vorbei mit dem Glücksspiel.

Dann verlor Marie ihre Anstellung im Bankhaus. Inzwischen war es Juni, und sie war nicht überrascht, als es passierte, mehr darüber, dass es so lange gedauert hatte. Man nannte ihr keine Gründe, es war ein fadenscheiniger Vorwand, dass man sie nicht mehr brauche, und wie zum Zeichen, dass sie ein schlechtes Gewissen hatten, lag der doppelte Lohn für die vergangene Woche in ihrer Lohntüte, die ihr einer der Buchhalter in die Hand drückte.

Heinrich war außer sich, erst versuchte er, ihr zu verschweigen, dass sein Vater ihn auf sie angesprochen hatte, dann gab er es zu. Es war zum Streit gekommen, mehr erzählte er nicht, und sie fragte nicht nach.

Die Geschichte war abenteuerlich genug, und sie wusste, wie es sonst lief: die feinen jungen Herren, Offiziere oder

Studenten oder Kaufleute, suchten Mädchen wie sie und Lili, gingen mit ihnen tanzen, überhäuften sie mit Geschenken, sie schliefen mit ihnen, sie konnten nicht genug von ihnen bekommen. Wurden die Mädchen schwanger, schrieben sie Briefe, das Kind könne nicht von ihnen sein, und ab dem Moment kannten sie sie nicht mehr. Passierte das nicht, kam irgendwann ein anderer Brief: die große Liebe sei es gewesen, aber nun rufe die Pflicht, den Ernst des Lebens anzunehmen, eine Familie zu gründen. Dafür kamen Mädchen wie Lili und sie nicht infrage, den Part übernahm eine Tochter aus angesehener Familie, die die Eltern ausgewählt hatten.

Wie war Heinrich nur auf die Idee gekommen, ihr erst die Stelle in diesem Bankhaus zu beschaffen und dann ein Verhältnis mit ihr zu beginnen? Jeden Tag erzählte er von Auseinandersetzungen mit seinem Vater, von Klagen seiner Mutter, die ihm gegenüber immer unerbittlicher wurde. Zum Studentenball der Physiker, wo sein Bruder Otto studierte, wollte er sie unbedingt mitnehmen und hatte selbst ein Kleid für sie ausgesucht. Sie sagte immer wieder Nein, aber er akzeptierte das nicht, und dann war es auch schön gewesen. Otto war freundlich und stiller als sein Bruder, schüchtern fast. Überrascht von ihr trotz des feinen Kleides, in dem sie sich nicht wohlfühlte, wenigstens einen Moment lang, dann hatte er es überspielt. Susanne war auch dabei gewesen, die reiche Susanne Huldschinsky. Marie hatte auch ihr die Verwunderung angesehen, ganz kurz nur, und dann hatte sie den ganzen Abend bei ihr gestanden, weil sie Maries Unsicherheit gespürt hatte. Susanne war freundlich, ja mehr noch, sie hatte trotz ihrer Jugend – sie war nicht einmal zwanzig Jahre alt – so etwas wie Güte, sie vermittelte Marie, dass sie sie mochte und sie die Blicke der anderen ärgerten. Sie hatte Marie nach ihrer Arbeit gefragt, nach ihren Eltern, nicht neugierig, sondern interessiert. Ihr Lachen war warm, ebenso wie ihr Blick. Sie war hübsch, hatte dunkle Haare, dunkle Augen und ein rundes Gesicht. Wenn sie Otto ansah, strahlte sie.

Zum Abschied umarmte sie Marie und flüsterte ihr ins Ohr, sie freue sich, sie kennengelernt zu haben und dass sie Freundinnen sein könnten, Marie hatte vor Überraschung kein Wort herausgebracht.

»Pass auf dich auf, Marie«, sagte sie noch. »Und wenn etwas ist, dann komm zu mir. Das meine ich ernst.«

Aber natürlich erzählte Otto zu Hause von der Begegnung und auch davon, dass Marie bei Mendelssohn arbeitete.

Lili schimpfte, das war zu erwarten gewesen, und was nun? Dieser Heinrich brachte sie in immer neue Schwierigkeiten, und so würde es weitergehen, bis er sie verließ.

»Und noch schlimmer, wenn er es nicht tut – dann enterben ihn seine Eltern. Was, wenn er nichts mehr hat? Arbeiten kann er nicht, zwei linke Hände, Geld kann er nur ausgeben. Marie, da liegt kein Segen drauf, du musst das beenden!«

Marie beendete es nicht, es wurde Juli, ein heißer Sommer, sie ging in die Schlachthöfe, um dort nach einer Anstellung zu suchen, aber der Gestank der Tiere und des Fleisches in der Hitze waren so atemberaubend, dass sie schnell wieder fortging. Dann also doch eins der Tingeltangel-Lokale, sie wollte auf keinen Fall irgendwo arbeiten, wo sie sonst mit Heinrich hingen.

Er wollte das nicht, sie sollte nicht mehr arbeiten, für die paar Mark, die konnte er ihr geben, und sie stritten sich, weil er ihren Stolz verletzt hatte und gar nicht verstand, warum. Sie stritten so, dass er wegging und sie ihm nachrief, er solle nie mehr wiederkommen, er bringe ihr nur Unglück.

Sie weinte viel in den kommenden Wochen, wenn sie tagsüber allein in ihrer Kammer lag. Es wurde von Tag zu Tag heißer, und in dem Zimmer im Hinterhaus staute sich die Hitze, sodass sie meinte, sie müsste ersticken. Nachts arbeitete sie als Kellnerin in einem der billigen Studentenlokale, wo es laut und voll war und die jungen Männer viel Bier tranken und derbe Scherze machten. Nur den Montag hatte sie frei, ansonsten verbrachte sie jede Nacht in dem nach Schweiß und Bier riechenden Lokal. Sie verabscheute die groben Biergesichter der jungen Männer, ihren stinkenden Atem, den schwankenden Gang nach dem zweiten Bier, ihr Gegröle.

Dann kam der Morgen, als sie Heinrich bei sich vor der Tür fand. Er war übel zugerichtet, die Kleidung zerrissen und schmutzig, das Gesicht blutüberströmt. Nur mit Mühe brachte sie ihn hoch in ihre Kammer und fragte sich, wie er überhaupt hierhergekommen war. Erst als sie die Wunden gesäubert hatte, sah sie, dass er ein zugeschwollenes Auge hatte, und zog ihm das zerrissene Hemd aus. Er konnte sich kaum auf den Beinen halten, und sie brachte ihn ins Bett.

Eine Stunde später hämmerte schon ihre Vermieterin, die im Erdgeschoss wohnte, an die Tür. Sie glaubte Marie nicht, dass Heinrich ihr Bruder sei, gestand ihr aber zu, dass er bleiben könne, bis er wieder auf den Beinen war. Dann müsse er weg, es gehe nicht, dass eine ihrer Mieterinnen einen Herrn in ihre Kammer lasse. Da schlief Heinrich schon tief und fest, er hatte weder das Hämmern noch das Gezeter der wütenden Frau gehört, und Marie war ratlos und glücklich zugleich, glücklich, dass er wieder da war, dass er zurückgekommen war, egal warum.

Heinrich hatte Spielschulden mit einem gefälschten Wechsel bezahlt, und der, dem er ihn gegeben hatte, verstand keinen Spaß. Nun wusste er nicht weiter. Er konnte nicht nach Hause, weil man dort sicher schon davon wusste, er hatte aber auch keine Idee, woher er die große Summe nehmen sollte, um seine Schulden zu bezahlen. Er traute sich nicht aus dem Zimmer, weil er Angst hatte, man würde ihm noch einmal auflauern. Als er nach zwei Tagen so weit war, dass er das Haus verlassen konnte, überredete Marie ihn, doch nach Hause zu gehen und die Angelegenheit zu klären – er hatte ja keine andere Möglichkeit, wo wollte er hin ohne Geld?

»Geh zu Otto und bitte ihn, dir Geld zu geben«, flehte er sie an, und seine Hilflosigkeit und Verzweiflung rührten sie. Woher sollte sein Bruder eine so große Summe nehmen? Der konnte doch auch nur mit den Eltern sprechen.

Sie tat, was er verlangte, und passte Otto am Institut für Physik ab. Er war erst überrascht und dann froh, sie zu sehen, froh und streng zugleich. Der Vater hatte einen Zusammenbruch erlitten, sein Zustand war kritisch, und er war sofort zur Kur gefahren.

Otto kam mit ihr zurück in das kleine Zimmer, er zahlte der Vermieterin die vierfache Wochenmiete, damit sie Ruhe gab, und dann beschwor er Heinrich, nach Hause zu gehen. Otto bemühte sich nicht, sein Entsetzen zu verbergen – über Heinrichs Zustand, das ärmliche Zimmer, die Enge, den Lärm. Schließlich gab Heinrich nach und fuhr mit seinem Bruder nach Hause. Zwei Tage lang hörte sie nichts von ihm und tat kein Auge zu, sie verließ ihr Zimmer nicht aus Angst, ihn zu verpassen.

Am dritten Tag tauchte er auf, vollkommen niedergeschlagen. Sein Vater, sein Schwager und seine Onkel hatten entschieden – er musste weg aus Berlin, er gefährdete den Ruf der Familie, er war nicht länger tragbar. Vor allem seine Mutter war hart geblieben, »sie hat mich verstoßen«, diese Worte blieben Marie im Gedächtnis, sie klangen seltsam aus Heinrichs Mund, wie ein biblisches Urteil. Weit weg sollte er, weg von der Spielerei in Berlin, aber auch weg von ihr, das kam nun noch dazu. Über Liebschaften und Affären sprach man im Tiergartenviertel nicht, dachte Marie verbittert, aber wenn es ernst wurde, war eine solche Verbindung vielleicht sogar schlimmer als die Spielsucht. Also musste Heinrich nach New York. In ein paar Wochen würde er nach Liverpool aufbrechen, am 25. Oktober fuhr sein Schiff nach New York. Sein Vater hatte ihm Empfehlungsschreiben mitgegeben für zwei Firmen in New York und eine in Pennsylvania, er sollte sich eine Anstellung suchen und dort bleiben, bis Gras über die Sache gewachsen und er zur Vernunft gekommen sei.

Sie brach in Tränen aus, nun war es so gekommen, wie Lili gesagt hatte, auch wenn es ganz anders war. Er weinte auch, sagte, er sei verloren und wisse nicht, was er anfangen solle in dem fremden Land, er brauche sie. Wenn er die Spielerei lassen solle, müsse sie bei ihm sein, sonst schaffe er das nicht.

»Ich hole dich nach«, sagte er. »Du kommst, wenn ich eine Anstellung gefunden habe. Das Leben ist viel einfacher in New York. Uns kennt keiner, und keiner erwartet etwas von mir.«

»Das ist nicht das, was sie wollen, Heinrich. Sie wollen, dass du weit wegfährst, damit man dich hier erst einmal vergisst. Und damit du mich vergisst. Tust du das nicht, wirst du nie nach Berlin zurückkehren können. Dann gehörst du nicht länger dazu.«

»Na und?«, sagte er und lächelte schwach. »Mein Vater hat mich bereits auf das Pflichtteil gesetzt, von dem mir nur die Zinsen ausgezahlt werden dürfen. Ich gehöre schon nicht mehr dazu.«

22

»Die alte Geschichte«, sagte Lili und lehnte sich zurück. Sie war nach der Arbeit im Wintergarten-Varieté in dem Studentenlokal vorbeigekommen, in dem Marie arbeitete. Es war schon nach drei Uhr morgens, nur noch ein paar Betrunkene saßen vereinzelt an den Tischen, und Marie hatte sich die Schürze abgebunden und neben Lili gesetzt.

»Das kenne ich, der Wedding ist voll von Mädchen, die nächste Woche nach Amerika fahren. Die auf den Brief mit dem Ticket warten, Woche um Woche, Monat um Monat. Meistens kommt gar nichts. Manchmal noch eine Karte aus Neu York, kurz nach der Ankunft. Ich glaube, die Stadt gibt es gar nicht, es gibt nur die paar Postkarten mit den riesigen Häusern und den düsteren Straßen dazwischen. Und dann ist Schluss, Marie.«

Marie taten die Füße weh, und sie rieb sich den Nacken, der steif war. Sie hatte fast zehn Stunden gearbeitet, und der feuchte, kalte Februarwind zog in das Lokal. Sie zögerte den Heimweg hinaus, eine Mischung aus Nebel und Rauch hing in den Straßen, und die Laternen gaben nur schwaches Licht ab.

»Er hat mir schon zweimal geschrieben«, protestierte sie, »er hat es gut angetroffen, hat ein *apartment* – so heißt das da – in …« Sie zog einen Zettel aus der Tasche ihres Rockes. »Gramercy Park.«

»Gibt es nicht«, sagte Lili mit Nachdruck. »Was für ein Unsinn, das habe ich noch nie gehört. Wir kennen Familien, die zusammen nach Amerika gegangen sind, und alle Deutschen wohnen in Yorkville, woanders kommt man nicht unter, weil dort andere Völker leben – Polen, Italiener. Aber natürlich, er ist Jude und reich. Dann wird er doch nicht vollkommen mittellos losgefahren sein«, sagte sie höhnisch. »Von wegen enterbt, sie haben ihn weggeschickt, damit er sich die Hörner abstößt und im Ausland versteht, was er an seinem Leben hier hat, im Tiergartenviertel, im Reichenheim-Palais.«

»Er hat eine Anstellung als Buchhalter gefunden ...«

»Ach was, das hat ihm sein Herr Vater besorgt, ein Empfehlungsschreiben an einen Bankier dort – die Juden haben überall Verwandte, vor allem in New York, dort sitzen sie mit ihrem Geld und regieren die Welt, während unsereins Tag und Nacht arbeiten muss für ein elendes Leben«, sagte Lili scharf, und Marie wechselte das Thema.

Eine Stunde später machte sie sich auf den Weg nach Hause, zu Fuß, denn die Pferdedroschken fuhren nicht mehr. Als sie eine halbe Stunde später ankam, waren ihre Schuhe durchnässt und voller Dreck. Erschöpft fiel sie auf das schmale Bett, griff unter das Kopfkissen und zog die Briefe hervor, die Heinrich ihr geschrieben hatte. Zwei waren es, seitdem er weggefahren war im Oktober. Täglich wartete sie auf Nachricht von ihm oder Otto. Otto, der im Dezember vor ihrer Tür gestanden und ihr einen Umschlag mit Geld in die Hand gedrückt hatte. Hundert Mark, viel Geld, viel zu viel Geld. Sie war beleidigt gewesen – was sollte das? Wollte man sie ruhigstellen?

»Heinrich wünscht sich das, Fräulein Marie, ich will Sie nicht beleidigen«, hatte Otto freundlich gesagt. »Es tut mir so leid, dass Ihnen diese Unannehmlichkeiten entstehen, es ist ja alles nicht Ihre Schuld, sondern die meines Bruders. Er hat Sie in eine Angelegenheit hineingezogen, die unschön ist.«

»Das sehen Ihre Eltern sicher anders, Herr Reichenheim«, hatte sie bitter geantwortet.

»Sie müssen meine Eltern verstehen. Sie sind sehr großzügig und ermöglichen uns Kindern alles, was wir uns nur wünschen. Aber es gibt ein paar Regeln, und an die müssen wir uns halten. Heinrich hat sich nie daran gehalten, er hat sich nie an irgendetwas gehalten. Meine Eltern haben Angst um ihn. Das alles muss Sie nicht belasten, Sie haben nichts falsch gemacht. Sie dürfen nur nichts von ihm erwarten.«

»Dann nehmen Sie doch das Geld wieder mit, Herr Reichenheim. Ich erwarte nichts, vor allem kein Geld. So eine bin ich nicht, auch wenn Ihre Eltern das von mir denken.«

»Ich weiß, dass Sie nicht so sind. Und ich weiß auch, dass Sie meinem Bruder sehr geholfen haben. Er hat gesagt, wenn er mit der Spielerei aufhört, dann nur Ihretwegen. Er hat mir versprochen, dass er es nicht mehr tut, nie mehr. Aber meinem Vater geht es immer noch sehr schlecht, er hat einen weiteren längeren Sanatoriumsaufenthalt vor sich. Diese ganze Angelegenheit ist ihm arg, der schlimme Betrug, und dann wird noch über die Verbindung zu Ihnen gesprochen, über die Lokale, in denen Sie arbeiten. Bitte nehmen Sie das Geld, es ist Heinrich sehr wichtig. Mein Bruder hat viele Fehler, Fräulein Marie, das weiß ich nur zu genau. Aber er ist eine treue Seele.«

Also hatte Marie das Geld genommen. Otto hatte ihr auch einen Brief von Susanne gegeben, die ihr freundlich schrieb und sich erkundigte, wie es ihr gehe, und dass sie an sie denke.

Marie hatte sich darüber gefreut. Und gewartet auf ein Lebenszeichen, das kurz vor Weihnachten endlich kam. Ein Brief aus New York, in dem Heinrich von seiner Arbeit als Buchhalter berichtete, von seinem *apartment* und davon, dass sie nachkommen müsse, dass er ihr bald das Ticket für das Schiff schicke und Geld für die Garderobe, dass das Leben in der Fremde ungewohnt sei und die Sprache ganz anders als in England und schwer verständlich, die Stadt zu groß und das Essen oftmals ungenießbar. Und dass er nicht mehr spiele, nur ab und zu abends eine *show* ansehe und ein Bier trinke.

Marie dachte an Lilis Worte und maß dem vorerst wenig Bedeutung bei. Er war gerade erst weggegangen, und die neue Stadt, die fremde Welt würden die Erinnerung an sie verblassen lassen. Bald würden keine Briefe mehr kommen.

Dann kam ein zweiter, etwas hoffnungsvollerer als der erste – er wolle ihr das alles bald zeigen, sie müsse nur noch ein wenig warten, dann könne er ihr das Geld für die Passage schicken. Seine Schrift war gleichmäßig und voller Schnörkel.

In Berlin begann zaghaft der Frühling, die Bäume schlugen aus, sie wachte frühmorgens auf, weil die Spatzen gegen fünf Uhr schrien, im Tiergarten und der Hasenheide blühten die Kastanien, und Marie verspürte eine Sehnsucht, ein Ziehen in der Brust, dass sie manchmal nicht einschlafen konnte, egal wie erschöpft sie war. Sie fühlte sich einsam, obwohl Lili und ein paar der Mädchen, die sie aus dem Varieté oder vom Schreibmaschinenkurs kannte, sie ab und zu überredeten, abends in ein Lokal zu gehen. Sie hatte sich immer gern mit ihren Freundinnen getroffen und hatte wegen ihrer guten Laune und der Scherze, die ihr leicht über die Lippen kamen, meist im Mittelpunkt der kleinen Gruppen gestanden. Nun saß sie schweigsam dabei, anwesend, aber in Gedanken woanders. Lili mied sie inzwischen, und wenn diese sie doch einmal allein erwischte, wollte sie mit ihr nicht über Heinrich sprechen.

Es war ein warmer Frühsommertag Anfang Juni, als sie an einem Samstagnachmittag allein im Tiergarten spazieren ging. Der Goldregen und der Rhododendron blühten bereits, gelb, pink und weiß, in kräftigen Farben. Das Grün der Bäume war noch frisch und hell, die Luft warm und kühl zugleich. Auch die Natur sah hier reich aus und überbordend. Sie hatte nicht gesucht, aber plötzlich fand sie sich in der Rauchstraße wieder, vor dem Haus der Reichenheims, das ihr wie ein Palast vorkam. Sie blieb auf der gegenüberliegenden Straßenseite stehen und staunte über die Pracht der Fassade, über Säulen, Giebel und Erker, über die Kutsche, die vor der Haustür stand. Als diese aufging, trat eine nicht mehr junge stattliche Frau aus dem Haus, eine imposante Erscheinung im Reitkostüm, begleitet von zwei Dienern, von Otto, ebenfalls im Reitkostüm, und einem jungen Mädchen. Sophie, dachte Marie, das ist Fifi, seine kleine Schwester, von der Heinrich so viel erzählt hatte. Und seine Mutter. Marie starrte den großen Hut an, den eine schillernde Feder zierte. Alle folgten Frau Reichenheim, die die Personen um sie herum dirigierte. Bevor sie selbst in die Kutsche stieg, schaute Anna Reichenheim sich um, und Marie wich erschrocken einen Schritt zurück. Dann sah sie, wie Anna Reichenheim einem Mann mit hohem Zylinder winkte, der nicht weit von ihr die Straße entlangging. Eine wie sie war hier unsichtbar, dachte Marie, kein Mensch nahm in diesen prächtigen Straßen Notiz von ihr, in denen Goldregen und Rhododendren um die Wette blühten.

Ein paar Tage später kam ein dickes Kuvert aus New York mit einem Schiffsticket, hundert Dollar und hundert Mark, sorgfältig in Seidenpapier gewickelt. Die *Rijndam* würde am 2. Juli 1905 von Rotterdam nach New York abfahren.

23

Marie sprach mit keiner ihrer Freundinnen über die bevorstehende Abreise, auch nicht mit Lili. Sie arbeitete wie immer fünf Abende in der Woche, sie traf sich mit ihren Freundinnen und lachte mit ihnen, gedankenverloren. Es kam ihr vor, als führte sie ein Doppelleben, denn tagsüber versuchte sie fieberhaft, die Reise vorzubereiten. Heinrich hatte ihr ein Erste-Klasse-Ticket gekauft und geschrieben, sie solle sagen, dass sie eine Cousine in New York besuche. Dazu hatte er ihr einen Namen und eine Adresse aufgeschrieben.

Lili hatte ihr viel von den Ozeandampfern erzählt, von den Massen, die sich in der dritten Klasse drängten, enge Schlafräume, schlechtes Essen serviert auf schmalen Tischen, Gestank und Geschrei. Dort wäre sie nicht weiter aufgefallen, schon aufgrund der Menschenmenge nicht.

Aber die erste Klasse? Sie hatte noch den alten Pappmachékoffer, zwei Kleider und zwei Paar Schuhe, von denen eins so ausgetreten war, dass sie Zeitungspapier hineinstopfen musste, damit sie bei Regen keine nassen Füße bekam. Heinrichs Worte fielen ihr ein, dass in Amerika alles anders war, dass dort alle gleich waren. Sie glaubte nicht recht daran, in jedem Fall brauchte sie eine andere Garderobe. Wenn es auf dem Schiff drei Klassen gab, war es dort mit der Gleichheit jedenfalls nicht weit her.

Abends lag sie wach im Bett, immer wieder griff sie nach dem Ticket und las genau jedes Wort, das dort stand. Holland-Amerika-Linie, das Schiff hieß *Rijndam*, im Hafen von Rotterdam, am Hauptbahnhof wartete ein Zug auf die Passagiere der ersten Klasse, der sie zum Kai brachte, das Gepäck war in Berlin abzugeben, damit es während der Zugfahrt keine Unannehmlichkeiten bereitete. Das Büro der Schiffslinie war Unter den Linden ...

Oft wachte sie morgens erschöpft auf, das Ticket noch in der Hand.

Susanne schickte ihr noch einen Brief, sie und Otto wussten wohl von ihrer Reise, und sie bestellte Marie eines Abends in das Atelier eines jungen Schneiders in der Nähe des Hausvogteiplatzes. Sie umarmte Marie wie eine alte Freundin, ließ den Schneider Maß nehmen und gab ihm eine ganze Liste mit Kleidungsstücken, die Marie ihrer Meinung nach brauchte.

»Das kann ich nicht annehmen«, sagte Marie schüchtern, »das sind viel zu viele Sachen.«

»Die wirst du alle brauchen«, sagte Susanne, »wart's nur ab. Und Otto und ich wissen, dass du Heinrichs Rettung bist. Es ist das Mindeste, was ich tun kann nach all dem Ärger, den du gehabt hast.«

Als die Kleider fertig waren, kam Susanne mit zur Anprobe, sie lobte, ließ hier und da etwas ändern und machte neue Listen, was nun noch fehlte: Hüte und Hutnadeln, passende Schuhe, Seidenstrümpfe, Nachthemden. Marie verlor den Überblick, dass man so viel für sich allein brauchen konnte, kam ihr seltsam vor. Fünf Tage vor der Abreise ließ Susanne ihr alles in zwei nagelneuen braunen Lederkoffern schicken, deren Ankunft in dem engen Mietshaus Aufsehen erregte.

Als sie im Zug nach Rotterdam saß, als die letzten Häuser Berlins hinter ihr lagen, stieg Panik in ihr auf. Rotterdam lag in Holland. Sie hatte Deutschland noch nie verlassen, schon der Weg von Magdeburg nach Berlin war ein Abenteuer gewesen. Und das Schiff – würde sie seekrank werden? Was, wenn Heinrich bei ihrer Ankunft nicht auf sie wartete? Sie allein in der fremden Stadt stand, in New York? Nach dem Ticket war kein weiterer Brief von ihm eingetroffen.

Otto war an einem ihrer letzten Abende in das Lokal gekommen, in dem sie arbeitete. Er wollte sich verabschieden und fragte, ob sie noch etwas brauche. Müde sah er aus, er sagte, seinem Vater gehe es nicht gut und der Streit mit Heinrich greife ihn an.

»Aber Heinrich ist nach New York gegangen, das wollte er doch?«, hatte sie gefragt. Was gab es noch zu streiten. Otto war ihr eine Antwort schuldig geblieben, er hatte nichts mehr gesagt, ihr alles Gute gewünscht und ihr einen Brief an den Bruder mitgegeben. Und von Susanne ein ledernes Etui und einen Brief. Später hatte sie es geöffnet und Kämme darin gefunden, Kämme aus Elfenbein, das matt schimmerte, verziert mit Perlen und silbernen Intarsien. Susanne schrieb, sie wünsche ihr alles Glück der Welt und hoffe, dass sie sich bald als Schwägerinnen wiedersehen würden.

Otto hatte sich an dem Abend im Lokal hastig verabschiedet.

»Passen Sie gut auf Heinrich auf, Fräulein Stahmann«, hatte er gesagt. »Er braucht Sie.«

Auch Otto und Susanne waren jetzt weit weg, Marie dachte nicht länger an sie, obwohl sie sich am Morgen – sehr früh – einen von Susannes Kämmen ins Haar gesteckt hatte und sich darüber gefreut hatte, wie das Elfenbein in ihrem braunen Haar leuchtete.

Die Landschaft vor dem Zugfenster sagte ihr nichts – Hannover, Düsseldorf, sie schaute angestrengt hinaus, um von den Mitreisenden nicht in ein Gespräch verwickelt zu werden. In Aachen stieg eine Gruppe von Nonnen in den Zug, junge Frauen, nur wenig älter als sie. Zwei von ihnen kamen in ihr Abteil, und Marie fand schnell heraus, dass sie auch nach Rotterdam und dann auf der *Rijndam* nach New

York reisen wollten. Sie fragten nicht weiter nach, als Marie von ihrer Cousine erzählte, und redeten von dem Krankenhaus, in dem sie arbeiten würden, von New York, wo keine von ihnen je gewesen war.

Die holländischen Städte sahen nicht viel anders aus als die deutschen, das Land war flach und grün, irgendwann sah sie ein paar Windmühlen und später die ersten Häuser einer großen Stadt, Rotterdam. Am Hauptbahnhof schloss sie sich den Nonnen an, die sich wie sie durch die Menschenmenge drängten zu dem Sondergleis, wo der Zug zum Hafen abfahren sollte. Sie war aufgeregt und todmüde zugleich, alles war anders, sie verstand nicht, was um sie herum geredet wurde, und selbst der rheinische Singsang der Franziskanerinnen war ihr fremd.

Am Zug zum Hafen wurden sie in Empfang genommen und begrüßt, man nahm ihr den kleinen Koffer mit dem Handgepäck ab und geleitete sie in ein Abteil. Marie war überwältigt und überrumpelt zugleich, es ging alles sehr schnell, und plötzlich hielt der Zug schon wieder, und sie mussten aussteigen. Marie schaute sich um – ein breiter Fluss, Schiffe, so weit das Auge reichte. Die *Rijndam* war riesengroß, und als sie am Kai stand, kam sie sich vor wie ein Zwerg. Sie hatte keine Zeit, darüber nachzudenken, denn man bat sie freundlich, aber bestimmt, an Bord zu kommen, ihre Kabine sei vorbereitet, das Gepäck stehe schon bereit, sie müsse nur noch alle Papiere ausfüllen.

Die Anspannung wich erst von ihr, als sie ein paar Stunden später in ihrer Kabine auf dem Bett saß. Alles war mit Teppichen ausgelegt, die Wände waren holzgetäfelt, und durch ein kleines Bullauge konnte man nach draußen sehen.

Sie hatte die Begrüßung des Kapitäns über sich ergehen lassen und ab und zu gelächelt, danach Rettungsübungen und eine Führung über die oberen Decks, die den Passagieren der ersten Klasse vorbehalten waren – Speisesaal, Lady's Room, Library, Sonnendeck, Promenadendeck und verschiedene Bars und Raucherräume für die Herren. Überall Kristall, dunkles Holz, Marmor, ein Luxus, wie sie ihn noch nie gesehen hatte. Es gab sogar Fahrstühle zu den oberen Decks, die mit aufwendig verschlungenen Eisengittern geöffnet und verschlossen wurden und innen verspiegelt waren. An jeder Ecke und Tür standen Männer in Uniformen, die Türen aufhielten, den Fahrstuhl bedienten oder sich erkundigten, ob sie etwas benötigte. Sie hatte sich abseitsgehalten, weil sie völlig überwältigt war von all der Pracht.

Nun saß sie auf dem Bett und schaute auf die beiden Koffer, die unausgepackt davorstanden. Über die Lautsprecher wurde die bevorstehende Abfahrt angesagt, man wurde an Deck gebeten, um dem Ablegen beizuwohnen, danach gab es Abendessen. Marie blieb auf ihrem Bett sitzen, sie hatte noch nicht einmal ihr Reisekleid ausgezogen und konnte sich nicht entschließen, sich umzuziehen und den Gang in den Speisesaal zu wagen.

Stunden später wurde sie von einem lauten Klopfen an ihrer Tür geweckt – sie musste eingeschlafen sein. Erschrocken richtete sie sich auf und sah durch das Bullauge. Wasser, nichts als Wasser, auf dem das Mondlicht glitzerte.

Vor der Tür stand ein Steward mit einem silbernen Tablett.

»Sie haben das Diner verpasst«, sagte er in gebrochenem Deutsch, »wir haben Ihnen etwas zusammengestellt. Darf ich es servieren?«

Marie schaute ihn verwirrt an. Was wollte er wo servieren? Sie entschied sich, so zu tun, als sei das das Normalste der Welt.

»Ja, gern, vielen Dank«, sagte sie.

Der junge Mann betrat selbstverständlich ihre Kabine, schob die Koffer in eine Ecke und stellte das Tablett auf den schmalen Tisch neben dem Bullauge. Dann hob er den silbernen Deckel von dem großen weißen Porzellanteller und deutete eine Verbeugung an.

»Wünschen Sie ein Glas Wein zu Ihrem Essen?«

»Nein danke«, murmelte sie und schaute ihn unverwandt an, als er in der Tür stand und auf etwas zu warten schien, sich schließlich verbeugte und schnell davonging.

Das Trinkgeld, natürlich, er hatte auf Trinkgeld gewartet. Sie ärgerte sich über sich selbst, als sie den Tafelspitz mit kleinen Kartoffeln und einer Meerrettichsauce aß, fiel es ihr ein. Sie schaute aus dem runden Fenster, sie hörte Applaus und eine Blaskapelle, die zu spielen begann. Das Wasser dehnte sich unendlich vor ihr aus, es lag im Mondlicht, so weit das Auge reichte. Irgendwo hinter dem Horizont wartete Heinrich auf sie.

In den nächsten Tagen verlor Marie ihre Scheu und die Angst, nicht mehr zu ihrer Kabine zurückzufinden und sich auf den vier Decks zu verirren. An ihrem festlich gedeckten Tisch im Speisesaal saßen zwei der Nonnen, eine Ungarin und eine Tochter mit ihrem Vater – beide Holländer. Nur die Aachener Nonnen sprachen deutsch, mit den anderen konnte sie sich zum Glück nicht einmal verständigen. Sie wurde nicht seekrank wie die beiden Holländer an ihrem Tisch, sie verständigte sich per Handzeichen mit der Ungarin, die auch nach New York wollte, wo ihr Ehemann auf sie wartete, und sie stand jeden Tag stundenlang an Deck und schaute auf die grauen Wellen, auf denen die weiße Gischt tanzte. Sie hatte das Meer noch nie zuvor gesehen, es kam ihr mächtig vor und wunderschön, sie liebte den Geruch und den salzigen Wind, der ihr unter den Hut in die Haare fuhr. Eine der Damen am Nachbartisch machte sie irgendwann beim Frühstück pikiert darauf aufmerksam, dass ihr Gesicht bereits ganz dunkel war von der Sonne und dass sie auf ihren Teint achten solle.

Marie nahm die Mahlzeiten im Speisesaal ein, aber sie ging nicht zu den Konzerten und selten in den Lady's Room. Manchmal blätterte sie in der Bibliothek in den Büchern über New York, aber die Fotos und Bilder machten ihr die Stadt nicht vorstellbar – die tiefen Schluchten zwischen den viel zu hohen Häusern, die gewaltigen Brücken –, es sah aus wie eine wilde Fantasie, und meistens legte sie die Bücher schnell wieder weg.

Ihre Garderobe fiel nicht auf, Susanne hatte elegante, schlichte Kleider gewählt, die sie in den Augen der anderen Passagiere zu ihresgleichen machten, obwohl die meisten Damen viel aufwendiger gekleidet waren und sich zu jeder Mahlzeit umzogen. Man ließ sie in Ruhe, die Franziskanerinnen erkundigten sich immer wieder nach ihrem Wohlergehen, und die Ungarin lächelte ihr aufmunternd und freundlich zu. Sprach doch einmal eine der anderen Damen sie an, erzählte sie von ihrer Cousine, die in New York auf sie wartete. Sie beschrieb die Cousine so, wie Heinrich ihr seine Lieblingsschwester Sophie beschrieben hatte – schön, sportlich, verrückt nach Pferden und Ballspielen, elegant und schlank. Ihre Geschichte überzeugte, die Damen nickten dann eifrig und erzählten ihrerseits von Töchtern oder Nichten, die dieser Cousine ähnelten.

Nur der Steward, dem sie am ersten Abend kein Trinkgeld gegeben hatte, hatte sie durchschaut. Er hatte wohl beobachtet, dass sie viel Zeit in ihrer Kabine verbrachte oder allein auf dem Sonnendeck spazieren ging, und einmal, als er ihr etwas in die Kabine brachte, hatte sie gerade einen ihrer Seidenstrümpfe gestopft. Da hatte er gegrinst.

Eines Abends fing er sie auf dem Promenadendeck ab, wo nach dem Dinner außer ihr meistens niemand war – bei Dämmerung würde ihr Teint keinen Schaden nehmen, und sie konnte in Ruhe auf die Wellen schauen. Er sagte, unten auf dem Deck der zweiten Klasse gebe es einen Tanz mit Musik, ob sie nicht mitkommen wolle. Er trug keine Uniform, und im ersten Moment erkannte sie ihn gar nicht.

Marie zögerte einen Moment, aber dann dachte sie, wieso nicht, sie tanzte gern, und dort unter den vielen Passagieren der zweiten Klasse würde sie sowieso nicht auffallen. Sie nickte und folgte ihm.

Auf dem unteren Deck spielte eine kleine Blaskapelle, die Menschen lachten und tanzten, sie waren laut. Jedenfalls kam es Marie so vor nach der Stille der oberen Decks. Es war ein Gedränge, ein Schieben, man reichte Becher mit Bier und Wein durch die Reihen, die aus großen Krügen ausgeschenkt wurden. Der Steward gab ihr einen Becher, sie stießen an und tranken, dann tanzten sie. Marie spürte, wie sie sich zum ersten Mal seit Tagen entspannte. Sie wurde angerempelt, jemand vergoss sein Bier, ein anderer schubste einen Mann mit roter Trinkernase, ein junges Mädchen schrie auf und gab einem jungen Mann eine Ohrfeige, und die Kapelle spielte lauter, um den Lärm zu übertönen.

Als der Steward sie in eine Ecke zog und ihr einen Kuss auf die Lippen drücken wollte, machte sie sich lachend los und lief davon, die Treppe hinauf, höher und höher bis auf das Sonnendeck, das inzwischen vollkommen verlassen in der Dunkelheit lag. Sie ging danach nicht wieder auf die unteren Decks, aber sie fragte sich, was sie in dem neuen Land erwartete, ob man sie an Heinrichs Seite akzeptieren würde oder ob immer jemand da sein würde, der erkannte, dass sie nicht dazugehörte.

Eines Morgens, als sie erwachte, war es auf den Gängen vor ihrer Kabine unruhiger als sonst. Sie sah durch das Bullauge und entdeckte Möwen die über dem Wasser kreisten und schrien. Davon hatten die Damen, die am Nachbartisch saßen und zweimal im Jahr nach New York reisten, erzählt –

wenn sie Möwen sahen, war das Land nicht weit. Schnell zog sie sich an, sie wollte auf keinen Fall die große Statue verpassen, die Freiheitsstatue, von der ihr alle erzählt hatten. Oben an Deck drängelten sich die Passagiere, und die Sonne, die mit aller Macht auf sie herabstrahlte, war auch den blassen Damen plötzlich gleichgültig. Und da sah sie sie – eine riesige Figur, imposant, voller Würde und Stolz streckte sie ihre Fackel in den strahlend blauen Himmel. Ihr Gesichtsausdruck war ernst und entschieden, die hochgereckte Fackel ein Versprechen. Die Freiheitsstatue.

Marie kamen die Tränen, schnell suchte sie in ihrer Tasche nach einem Taschentuch, das sie wie immer in der Kabine vergessen hatte. Sie wischte sich die Tränen mit dem Ärmel ab, dann musste sie lachen, sie war hier, in Amerika, sie hatte es geschafft, das war New York. In der Ferne lag im Dunst der Morgensonne die Stadt, die berühmten Wolkenkratzer – skeiskreper, das einzige englische Wort, dass sie von den Nonnen gelernt hatte, die viel davon sprachen –, höher als alles, was sie je gesehen hatte. Sie schienen aus dem Meer zu wachsen, und je größer sie wurden, umso aufgeregter wurde Marie. Sie packte ihre Sachen zusammen und überlegte fieberhaft, was sie tun würde, wenn Heinrich nicht da wäre. Wohin sie gehen könnte. Sie hatte nur die Adresse dieser Frau, die sie für ihre Cousine ausgegeben hatte. Adresse? Ein paar Nummern, denn die Straßen waren hier ja nummeriert, hatten keine richtigen Namen. Wie würde sie sie überhaupt finden?

Der Koffer war längst gepackt, sie saß mit Mantel und Hut auf dem Bett und konnte sich nicht dazu durchringen, die Kabine zu verlassen, obwohl eine Ansage nach der anderen über die Lautsprecher ertönte.

Als es klopfte, wusste sie, dass es der Steward war. Sie öffnete, froh, dass jemand sie aus ihrer Starre befreite. Zum ersten Mal sah sie ihn genauer an. Er hatte Sommersprossen und grüne Augen, einen kräftigen Hals und breite Schultern. Er konnte kaum älter sein als sie. An einem seiner Schneidezähne war ein Stück abgebrochen.

»Wir sind da – kommst du, oder willst du gleich wieder zurückfahren?«, fragte er.

Sie atmete tief ein.

»Das ist Amerika«, sagte er. »Hier ist alles möglich, hier bist du eine Lady. Du hast es bis hierher geschafft, da wirst du doch nicht aufgeben.«

Sie starrte ihn an, dann legte sie ihm die Arme um den Hals, zog ihn zu sich und küsste ihn auf die Lippen, die salzig schmeckten und nach der Zigarette, die er eben geraucht haben musste. Er war vollkommen überrumpelt, und das Letzte, was sie sah, war sein Grinsen, als sie ihn aus der Kabine schob und die Tür zuschlug. Ein Kichern stieg in ihr auf. Sie dachte an Hugo in Burg bei Magdeburg, der sonntags schweigend bei ihnen am Tisch gesessen, Krautrouladen gegessen und sie mit müdem Blick angeschaut hatte, an den schiefen Emil und sein Gebrüll, an die Studenten mit den groben, vom Alkohol verzerrten Gesichtern in den Lokalen.

Dann nahm sie ihren Koffer und ging von Bord.

24

Heinrich stand am Pier, Marie sah ihn beinahe sofort, als sie über die schmale Brücke an Land ging. Sie musste einen Moment stehen bleiben, als sie festen Boden unter den Füßen spürte, weil sie beinahe das Gleichgewicht verlor.

Schmal sah er aus, mit Hut und einem braunen Überzieher, eine elegante Erscheinung, in der Hand eine Zigarette. Neben ihm stand eine nicht mehr ganz junge Frau mit gebrannten blonden Löckchen, großen Zähnen und einem fliehenden Kinn.

Als Heinrich Marie entdeckte, zog er den Hut, schwenkte ihn und kam ihr entgegen, er hob sie hoch und drehte sie im Kreis – nicht ganz einfach, denn sie war nicht schlank, auch nicht nach den anstrengenden letzten Monaten in Berlin.

»Mein Burgfräulein ist in New York angekommen, hurra!«, rief er und küsste sie.

Dann stellte er sie dem Pferdegesicht vor, wie Marie die blonde Frau bei sich nannte, die in der Tat jene Agnes Klassmann war, die sie als Cousine angegeben hatte und die sie sehr freundlich begrüßte.

Heinrich rief eine Kutsche, sie stiegen ein, und sie schaute sich nicht mehr um nach dem Schiff, das sie hergebracht hatte. Sie hatte nur Augen für die große Stadt, für die hohen Häuser, für das Treiben in den Straßen, die vielen Menschen, die so anders aussahen als in Magdeburg oder Berlin – Schwarze, Chinesen, Südamerikaner –, dann fuhren sie durch Straßenzüge, in denen nur Italiener wohnten, es war laut, die Straßen waren voll und dunkel, die Sonne fiel schräg zwischen die hohen Häuser, und Heinrich redete und redete.

Agnes saß ihnen gegenüber und strahlte sie beide an. Marie sah sofort, dass Agnes in Heinrich verliebt war, dass sie alles für ihn tun würde, und hoffte, dass er dankbar dafür wäre. Mehr erwartete sie nicht. Später würde Marie wieder und wieder solchen Frauen begegnen, es war immer derselbe Typ, und sie taten ihr leid.

Agnes strahlte selbst dann, als Heinrich in seinen Redeschwall unterbrachte, dass es ihm gelungen war, ihre Hochzeit zu organisieren, in vier Wochen schon, es gebe da einen Pfarrer, der schnell und unkompliziert traue.

Marie schaute ihn überrascht an, von Heirat hatten sie nie gesprochen, es war ja kaum Zeit gewesen, über irgendetwas zu sprechen. Er schien ihren Blick bemerkt zu haben und erklärte, dass man als Paar nur unbehelligt leben könne, wenn man verheiratet sei, und sie wolle doch nicht dauerhaft bei Fräulein Klassmann wohnen.

»War das ein Heiratsantrag«, fragte sie ihn lachend, und er küsste sie kurz, während Fräulein Klassmann kicherte, wobei sie mit der Hand ihre großen Zähne zu verstecken versuchte.

»Ja«, sagte er plötzlich ernst, »das war ein Heiratsantrag, und ich hoffe, du nimmst ihn an?«

Sie schaute aus dem Fenster der Kutsche, die Straßen waren hier breiter, die Häuser noch höher, die Menschen eleganter, und sie musste an sich halten, um nicht loszuprusten. Heinrich Reichenheim war unsicher, ob sie seinen Heiratsantrag annahm, ob sie, Marie Stahmann aus Burg bei Magdeburg, Garderobiere, Serviermädchen und das unbegabteste Schreibmaschinenfräulein aller Zeiten, ihn heiraten wollte.

»Ja, das mache ich, ich heirate dich«, sagte sie fröhlich, »auch in vier Wochen. Aber geht das denn so schnell – ich meine, die Dokumente ...«

»Das ist Amerika«, sagte er, und in sein Lachen mischte sich Erleichterung. »Du ziehst dein schönstes Kleid an, mehr musst du nicht tun, den Rest erledige ich.«

In ihrer Erinnerung waren später die ersten Tage und Wochen in New York wie ein Traum. Sie fuhren in Heinrichs Wohnung in der Nähe eines kleinen Parks, sie lag auf der ersten Etage eines sehr hohen Hauses, wie Marie fand, später aber feststellte, dass sechs Stockwerke hier nicht besonders viel waren. Es waren schöne Häuser, viele mit eisernen Feuerleitern, die im Zickzack an den elegant verzierten Fassaden entlangliefen, die Seitenstraßen waren ruhig, überall standen Bäume, wie sie sie noch nie gesehen hatte.

Am Morgen ihrer Hochzeit saß sie lange an dem eleganten Frisiertisch, den Heinrich für sie in das Schlafzimmer gestellt hatte – sie hatte noch nie einen Frisiertisch gehabt –, und versuchte, ihr Haar mit Susannes Kämmen zu einer kunstvollen Frisur zusammenzustecken. Sie dachte an Anna Reichenheims aufgetürmte Frisur unter dem großen Hut, an Susannes dichtes dunkles Haar, das immer so sorgfältig frisiert gewesen war. Agnes half ihr schließlich, es sah ansehnlich aus, aber ihr Haar war zu fein, um die Kämme sicher darin zu befestigen, und irgendwann nach dem Mittagessen zog sie sie heraus und steckte sie in die Tasche.

Francis Schneider, ein kleiner Mann mit wehendem grauem Haar und hektischen Bewegungen, der sich als evangelischer Pfarrer ausgab und ein merkwürdig gebrochenes Deutsch sprach, empfing sie in seinem Wohnzimmer, das er als »walk in church« bezeichnete und traute sie in weniger als fünf Minuten. Er gab ihnen ein wichtig aussehendes Zertifikat, das sie alle unterschrieben, auch Fräulein Klassmann, die als Zeugin mitgekommen war. Dann war der Pfarrer verschwunden, er musste weiter, denn »time is money«, und sie gingen in Lüchow's Restaurant in der 14th Street essen, ein deutsches Restaurant, in dem Heinrich Schweinsbraten mit Klößen bestellte, etwas, das sie in Berlin nie gegessen hatten.

Jetzt war sie Mary Reichenheim. Heinrich küsste sie immer wieder, Agnes kicherte hinter vorgehaltener Hand und trank zu viel Weißwein. Danach bestellte Heinrich eine Kutsche, und sie fuhren in den Central Park. Es war ein heißer Augusttag, der Himmel war von einem sehr dunklen Blau, und der große Park inmitten der turmhohen Häuser kam ihr unwirklich schön vor.

Als sie in der Nacht miteinander schliefen, war sie glücklich. Sie würden in dieser großen, lauten, schönen Stadt bleiben, die so neu, so modern war, sie würden Kinder haben, denen egal war, wer ihre Mutter war, wer ihr Vater. Sie würde mit ihnen im Park spazieren gehen, und vielleicht würden sie irgendwann einmal zurück nach Europa fahren und den Kindern lachend erzählen, wie es gewesen war, aber das würde keinerlei Bedeutung mehr haben, nicht der Palast am Tiergarten und nicht die düstere kleine Wohnung in Burg bei Magdeburg. Marie dachte an die Tinktur, die ihr Lili gegeben hatte, damit sie nicht schwanger wurde – »das kannst du nicht brauchen« –, und mit der sie immer sorgfältig gespült und sich gewaschen hatte, nachdem Heinrich eingeschlafen war. Die brauchte sie nun nicht mehr. Sie schlief ein mit dem Gedanken an ein kleines Mädchen, ein amerikanisches Mädchen, das »hello« rief wie eines der Kinder, die sie im Park gesehen hatte.

Marie verbrachte ihre Tage zu Hause, drei Zimmer, die Heinrich mit schönen Möbeln ausgestattet hatte. Möbel, die er sich aus Berlin hatte schicken lassen.

Sie bereitete ein Mittagessen vor, das Heinrich »lunch« nannte, wenn er mittags nach Hause kam aus der Insurance Company – er sagte »Inschurenzkompanie«, in der er arbeitete. Sie ahnte, dass sein Vater oder einer seiner Onkel ihm die Anstellung vermittelt hatte, er beschwerte sich über die Eigentümer, über ihre Eile, darüber, wie langweilig die Arbeit war und dass das Leben in der großen Stadt anstrengend war, laut, obwohl sie in einer ruhigen Gegend wohnten, 207 East 15th Street. Sie ging viel spazieren, war häufig in dem kleinen Stuyvesant Park ganz in der Nähe. Unter den Steinlinden und hohen englischen Ulmen standen eiserne Bänke, auf denen man sitzen und auf den Rasen schauen konnte. Marie liebte die grauen Eichhörnchen, die dort spielten, stundenlang saß sie dort an den Nachmittagen, die lang waren, denn Heinrich kam erst spät nach Hause, und Freundinnen hatte sie keine.

Oft wanderte sie ziellos durch die Straßen in Richtung Gramercy Park und dann weiter zum Madison Square Park. Einsam fühlte sie sich nicht, obwohl Heinrich sie jeden Mittag und Abend besorgt fragte, ob sie sich langweile.

Marie war vierundzwanzig Jahre alt und nie allein gewesen. Immer hatte sie zu enge Räume mit zu vielen Menschen teilen müssen – ihren Eltern und Geschwistern, den anderen Mädchen in den kleinen Kammern, in Pferde-Omnibussen, selbst in den engen Straßen, in denen sie gewohnt hatte, hatte sie sich an spielenden Kindern, an Radfahrern, Kutschen und zu vielen Fußgängern vorbeidrücken müssen. Sie liebte diese Einsamkeit, sie liebte die kleine Wohnung, die ihr riesig vorkam, mit dem modernen Bad, einer Wanne, einem Waschbecken und einem Wasserklosett, ihren Frisiertisch und die Küche mit dem schönen Gasherd, auf dem sie versuchte, die Gerichte ihrer Mutter nachzukochen, Krautwickel, verlorene Eier, Kartoffelsalat, den Sonntagsbraten, den es zu Hause nur ein paarmal im Jahr gegeben hatte. An den Wochenenden machten sie Ausflüge in den Park, zum Times Square, wo das höchste Gebäude der Stadt stand, ins Hotel Astor oder mit dem Dampfschiff nach Coney Island. Sie gingen ins Strandbad, aßen einen Hot Dog bei Feltman's, sie fuhren Achterbahn, oder Heinrich versuchte sich an einer der Schießbuden – meist ohne Erfolg. Manchmal trafen sie Agnes oder waren bei einem von Heinrichs Kollegen eingeladen, die immer deutsch sprachen, wenn auch häufig Dialekte, die Marie noch nie gehört hatte. Anfangs fürchtete sie, die Kollegen könnten bemerken, dass sie aus ganz anderen Verhältnissen kam, die Frauen könnten ihr es ansehen, aber meistens stammten diese aus kleinen Dörfern in Süddeutschland und waren beeindruckt, wenn sie von Berlin und dem Tiergartenviertel erzählte.

Heinrich gab ihr jede Woche eine Summe Geld, die ihr sehr hoch vorkam. Anfangs gab sie ihm freitags mehr als die Hälfte zurück, aber dann sagte er ihr, sie solle sich ruhig etwas kaufen. Er zeigte ihr Bloomingdale's an der 59th Street, wo sie ganze Nachmittage verbrachte und sich nicht entscheiden konnte zwischen einem Kleid und einem anderen.

In diesen Monaten lebte Marie in einer Welt ganz für sich, voller Schönheit und Ruhe, und sie ahnte, dass diese Zeit nicht für immer war – schon darum nicht, weil sie damit rechnete, dass sie bald schwanger würde und sich dann alles änderte. Dass Heinrich schon bald ein oder zwei Abende in der Woche spät und immer später nach Hause kam – anfangs sagte er etwas von Verpflichtungen, dann nichts mehr –, störte sie nicht. Er hatte ihr versprochen, dass er nicht spielen würde, das reichte ihr. Sie beschloss, es zu ignorieren, und die Ruhe der Tage, die sie allein verbringen konnte, wurde davon nicht gestört. Wöchentlich erreichten sie Briefe von Susanne, die ihr von Berlin berichtete, von den Vorbereitungen auf die Hochzeit, von Fifis neuen Abenteuern, von Ottos Arbeit und Erfolgen. Immer erkundigte sie sich nach Marie und ihrem Leben in New York. Am Anfang schämte Marie sich. Susannes Handschrift war elegant und schwungvoll, sie konnte so schreiben, als würde sie ihr gegenübersitzen und ihr etwas erzählen. Hatte Marie den Stift in der Hand, schien sie alles zu vergessen. Sie war sich sicher, dass sie viele Fehler machte. Aber Susanne bedankte sich so überschwänglich für jeden Brief, sie ging auf alles ein, was Marie ihr geschrieben hatte, sodass Marie nach und nach ihre Scheu verlor. Bald schon wartete sie auf Susannes Briefe und formulierte im Kopf ihre eigenen, wenn sie durch die Straßen wanderte oder bei Bloomingdale's einen neuen Hut aussuchte.

Dann kam die Nachricht von Julius Reichenheims Tod. Das war Ende September, und Heinrich war am Boden zerstört, er weinte, gab sich die Schuld an allem, er ging nicht zur Arbeit und ließ sich nicht trösten, was Marie nicht verstand, denn er hatte doch gewusst, dass sein Vater ein schwaches Herz hatte, dass sich sein Zustand verschlechtert und er die letzten Monate im Sanatorium verbracht hatte.

Heinrich wollte nun zurück nach Deutschland, nach Berlin, er wollte zur Beerdigung, er wollte bei seiner Mutter sein, aber in mehreren Telegrammen schrieb ihm sein Schwager Robert und dann auch seine Mutter, dass sie ihn nicht in Berlin wünschten. Nicht jetzt zur Beerdigung und auch keine baldige Rückkehr, nachdem er seine Familie über die Hochzeit mit Marie informiert hatte.

Hatte er gedacht, er könnte ein halbes Jahr mit ihr nach Amerika gehen, sie heiraten und dann mit ihr zurückkehren, als sei nichts gewesen? Also waren die ganze Begeisterung für Amerika, die Träume von einem anderen, gemeinsamen Leben nicht echt gewesen? Marie versuchte dahinterzukommen, aber es gelang ihr nicht. Hatte er auf seinen Vater gezählt, der nun gestorben war? War seine Mutter strenger und härter? Wenn sie das Gespräch darauf zu lenken versuchte, wich er aus oder wechselte schnell das Thema.

Heinrich ging zwar wieder zur Arbeit, beschwerte sich aber immer häufiger und kam schließlich eines Tages schon am frühen Nachmittag zurück und sagte, er habe diese Stelle aufgeben müssen, sie liege ihm einfach nicht. Sie war erschrocken, aber er sagte, er habe sowieso schon länger darüber nachgedacht, aus New York wegzuziehen, die Stadt sei zu groß und zu wenig deutsch. Wenn sie nicht nach Berlin zurückkehrten, müsste er sich hier umsehen. Und nun habe er eine Anstellung in Aussicht in Pennsylvania, da seien nur Deutsche, und sie werde schneller Freunde finden als hier.

Marie sagte nichts dazu – was auch, Heinrich bestimmte, und was ihn antrieb, konnte sie nur ahnen. Oft hatte sie das Gefühl, er redete sich Dinge so lange ein, bis er selbst daran glaubte, und wollte darum lieber nicht über seine Gründe sprechen. Fragte sie nach, wurde er ärgerlich, er schrie nicht, sondern ging einfach weg, verbrachte die Abende und Nächte in den Lokalen, so wie er es in Berlin getan hatte. Als sie ihn einmal fragte, ob er wieder spiele, sagte er, dass das vorbei sei, endgültig. Sie wusste, dass sie ihm glauben konnte. Wenigstens das.

25

Noch im selben Jahr verließen sie New York, den Stuyvesant Park, die grauen Eichhörnchen, Coney Island und den Central Park, die Skyscraper, die verliebte Agnes Klassmann und die kleine Wohnung mit dem dunklen Holzboden, über die Heinrich nur geschimpft hatte: zu klein, zu dunkel, zu laut.

Marie hatte Angst bekommen, als Heinrich seine Anstellung verlor, aber dieser Verlust wirkte sich nicht auf die Summe aus, die er ihr jede Woche gab. Außerdem kaufte er neue Möbel, er sagte ihr, dass sie in Pennsylvania in einem Haus wohnen würden und sich einrichten müssten, er fragte sie nicht um Rat, er bestellte und beauftragte, ließ alles verpacken und weiterschicken an die neue Adresse. Zweimal verreiste er für eine Woche in die neue Stadt, Erie – an den *great lakes*, sagte er, Seen so groß wie ein Meer, du siehst das andere Ufer nicht einmal.

Zum Schluss war ihre Wohnung leer, und sie stiegen mit einem kleinen Koffer in der Jersey City Station der Pennsylvania Railroad in das elegante Abteil eines Zuges, der sie nach Erie brachte.

Marie war aufgeregt, sie wollte Heinrich zuhören, der von seiner neuen Anstellung in einer Papiermühle sprach – die Herren Behrend, wie er sie nannte, kamen auch aus Schlesien wie sein Großvater, die Familien kannten sich, man würde ihm dort Verantwortung übertragen. Sie nickte und schaute aus dem Fenster, die Landschaft schien ihr weit und groß, der Himmel so hoch, der Zug fuhr wie ein Spielzeug hindurch. Stunde um Stunde fuhren sie, und die Wolken türmten sich zu mächtigen Gebilden über ihnen. Irgendwann hielt der Zug an einem niedrigen, lang gestreckten Gebäude aus einfachen Holzplanken, das Marie erst nicht als Bahnhof erkannte. Der in Magdeburg war dagegen groß und stattlich gewesen, und sie dachte, Heinrich habe sich geirrt, als er aufstand, nach den Koffern griff und sie antrieb, sich zu beeilen, sie müssten aussteigen. Verloren standen sie auf dem einzigen Bahnsteig und sahen dem Zug hinterher. Marie fühlte sich wie in einem der Wildwest-Groschenromane, die an den Zeitungskiosken in Berlin verkauft wurden.

Heinrich hatte recht, Erie war ganz anders als New York, ein Städtchen mit breiten, baumbestandenen Straßen und kleinen Häusern, die weit auseinanderstanden und in denen jeweils nur eine Familie wohnte, dazwischen Rasen und Garten. Helle Häuser, viele aus Holz, mit einer Veranda davor. Einige Straßen im Zentrum erinnerten entfernt an New York, die Geschäfte und sechsstöckigen Häuser mit Flachdach, aufwendig verzierten Fassaden und dem Zickzack der Feuerleitern, dazu einige große und vornehme Hotels.

Ihr Haus in der 717 West 9th Street war mit dunklem Holz verkleidet, es hatte eine Veranda, zu der fünf Treppenstufen hinaufführten, und einen Giebel im Dachgeschoss, es war freundlich, mit vielen, zu vielen Zimmern, wie sie fand. Ringsherum war Rasen und ein Garten. Nicht weit weg lag der große See, der aussah wie ein Meer, er dehnte sich unendlich wie der Himmel über ihnen.

Es war Januar, vier Monate nach dem Tod von Heinrichs Vater, und bitterkalt. Zwei Tage nach ihrer Ankunft begann es zu schneien, mit einer Vehemenz, die Marie ängstigte. Es war Heinrichs erster Tag bei Hammermill, der Papiermühle, und sie war allein in dem neuen Haus zurückgeblieben, wollte die letzten Dinge auspacken und ordnen, als sie die ersten Schneeflocken sah. Dichter und dichter fielen sie, und nach zwei Stunden war die Straße nicht mehr zu sehen. Der weiße Wirbel der Flocken verschwamm mit dem Grau des Himmels zu einem dichten Nebel, der jedes Geräusch schluckte, und sie begann sich zu fürchten. Um elf Uhr morgens war es düster im Haus, sie schaltete das Licht an, setzte sich auf das neue, mit gestreiftem Satin bezogene Sofa im Wohnzimmer und wartete.

Marie wusste nicht, was sie tun sollte. Heinrich hatte ihr gesagt, er würde mittags nach Hause kommen und ihr helfen. Der Schnee dämpfte alle Geräusche, und schließlich war es vollkommen still in dem Haus und kalt, der Ofen musste ausgegangen sein, aber sie wusste nicht, wie sie ihn öffnen konnte. Die Stunden vergingen, es schneite und schneite, und Heinrich kam nicht. Sie legte sich erst eine Decke über die Beine, dann holte sie ihren Mantel, immer wieder lief sie ans Fenster, aber bald sah sie gar nichts mehr, sie glaubte, sie wäre allein auf der Welt, allein in diesem fremden Haus.

Als es laut an der Tür klopfte, erschrak sie. Es dauerte einen Moment, bis sie sich überwand, aufzustehen und nachzuschauen. Sie öffnete die Tür, und vor ihr stand eine große Frau mit hellen, etwas hervorstehenden Augen, aschblonden Haaren, die im Nacken zusammengenommen waren und in denen der Schnee hing, und einem breiten Lächeln.

Mehr als »hello« und »welcome« verstand Marie nicht, aber sie zog die Frau ins Haus und schloss die Tür hinter ihr.

Diese schaute sich neugierig um und redete dabei ununterbrochen laut, sie machte Zeichen, es sei viel zu kalt, suchte den Ofen, öffnete die Tür, legte Holz nach, sie lief in die Küche, sah in die Schränke, schüttelte empört den Kopf und machte ihr schließlich Zeichen, sich anzuziehen und ihr zu folgen. An der Tür blieb sie stehen, zeigte auf sich und sagte »Eide«. Marie zeigte auf sich und sagte: »Marie«, und die andere nickte lächelnd und wiederholte: »Merri, Merri.«

Marie brauchte Monate, um in Eides Wortschwall einzelne Wörter zu verstehen, was diese überhaupt nicht störte. Ebenso lang dauerte es, bis sie den seltsamen Namen einordnen konnte – als ihr klar wurde, dass Eide die amerikanische Form von Ida war, nannte sie selbst sich längst Mary, auch denen gegenüber, die deutsch sprachen, und das waren viele in Erie.

An jenem ersten Tag ihrer Freundschaft zog Eide sie durch das Schneetreiben in ihr Haus, das auf der gegenüberliegenden Straßenseite stand, machte ihr einen heißen Kaffee und dann Pfannkuchen mit einem süßen, fremdartig schmeckenden Sirup, Speck und viel Butter. Obwohl sie kein Wort verstand, lachte Marie viel, über Eides Mimik, über ihre wilden Armbewegungen, mit denen sie ihr die Stadt und das Land beschrieb, den schrecklichen Winter, der lang und bitterkalt war, den eisigen Wind vom See, aber auch die herrlichen Sommer, die Strände, die nur zehn Minuten entfernt waren, Presque Isle, die sandige Halbinsel, die in den See hineinragte, die Leuchttürme, die Schiffe, die Lokale, die Badeanstalten. Und ihren Mann, Tscharls, den sie vor zwei Jahren geheiratet hatte.

Eide redete und redete, und der warme Pfannkuchen mit dem salzigen Speck und dem süßen, klebrigen Sirup beruhigte sie, Eides Augen wechselten die Farbe, sie waren sehr hell, manchmal grau, manchmal hellblau, an diesem schneegrauen Vormittag eher grau, und ihre fein gezeichneten, dünnen blonden Augenbrauen hoben und senkten sich unaufhörlich bei dem Versuch, ihr Dinge zu erläutern. Sie hatte einen großen Mund, und wenn sie lächelte, sah sie schön aus. Schaute sie ernst, hatte sie beinahe harte Züge, obwohl sie jung war, Mitte zwanzig, schätzte Marie. Eide lächelte oder lachte meistens, sie war immer in Bewegung.

Schließlich führte Eide sie in ein anderes Zimmer, in dem

ein großer Sessel mit buntem Bezug stand, auch hier war es warm, ein Feuer knisterte im Ofen. Sie legte Marie eine Decke über die Beine, und die schlief fast augenblicklich erschöpft ein.

Es blieb ihr erster Eindruck der neuen Umgebung – Schneegestöber, Kälte, Eide und die Pfannkuchen, fremd und anheimelnd zugleich.

War Marie in New York allein gewesen, war sie es hier in Erie beinahe nie. Heinrichs Kollegen und ihre Frauen sprachen Einladungen aus, die Behrend-Brüder luden an den Wochenenden zum Lunch ein und fragten sie aus nach Berlin und Deutschland. Die Hammermill Paper Company hatten die Brüder erst 1898 eröffnet, aber die Qualität ihrer Papiere war inzwischen weltweit bekannt, und Heinrich berichtete ihr stolz von den Geschäften, die er im ganzen Land und in Übersee für die Firma abschloss. Die Behrend-Brüder vertrauten ihm und seinen guten Umgangsformen und schickten ihn häufig auf Geschäftsreisen, nach Boston oder New York, nach Chicago oder nach Kanada.

Schon bald wurde Heinrich Mitglied im Country Club, in dem auch die Damen sich trafen und Handarbeiten zu wohltätigen Zwecken machten – Marie gab sich alle Mühe, dass ihre unbeholfenen Stickereien nicht weiter auffielen –, Heinrich spielte Baseball mit einer Gruppe von Kollegen, und dauernd gab es Spiele, bei denen die Ehefrauen am Rand standen und ihre Männer anfeuerten.

Eide erklärte ihr, sie müsse Mitglied in einem Hilfsverein werden, und fortan ging Marie mit ihrer Freundin zu den Treffen der Hamot Hospital Aid Society.

Dann entdeckte Heinrich einen Dackelzüchterverein, dem er beitreten wollte, und schaffte einen Dackel an, sie nahmen an Wettbewerben teil, schließlich wurde Heinrich sogar Präsident des Vereins, worauf er ungemein stolz war. Marie lernte Bridge spielen, reihum luden die Damen einander zu Bridge-Nachmittagen bei Tee und Kuchen ein. Ihre Briefe an Susanne waren nun viel länger als die aus New York, sie hatte so viel zu berichten, dass sie manchmal zwei Stunden an einem Brief saß und ihr später, als sie den Brief abgeschickt hatte, noch einfiel, was sie vergessen hatte.

Und alles stand immer in der Zeitung, *The Erie Daily Times* berichtete über die Aktivitäten des Dackelzüchtervereins und des Country Clubs, der Hamot Hospital Aid Society, es wurde berichtet, wenn die Behrend-Brüder zu einer Landpartie einluden, und wichtig war immer, dass man genannt wurde.

Marie schnaufte manchmal, sie konnte weder sticken noch stricken, und die Damen der Hamot Hospital Aid Society schauten häufig sehr ernst. Viel lieber ging sie mit dem kleinen braunen Dackel spazieren, der Bello hieß und sie jeden Morgen freudig begrüßte, wenn sie aus dem Bett stieg. Oder mit Eide einkaufen, in den Kolonialwarenladen in Little Italy und zu George Pulakos auf der State Street. Heinrich erklärte ihr geduldig, dass all diese Dinge seiner Position bei Hammermill geschuldet waren, sie gehörten zu einer Schicht, die sich zeigte und über die berichtet wurde.

»Es ist doch nicht anders als in Berlin – Mutters Abendessen, ihre Tees und die Bälle im Winter, die Arbeit im Waisenhaus der jüdischen Gemeinde am Weinbergsweg –, nur machen Baseball und der Dackelverein viel mehr Spaß als die Geographische Gesellschaft und die steifen Abendessen mit Frau Geheimrat und Herrn General. It's fun, honey!«

Dabei strahlte er. Heinrich war glücklich hier, die Leichtigkeit, mit der er das Leben nahm, der unbedingte Wille, all das zu tun, was ihm Spaß machte, waren hier kein Stein des Anstoßes. Nur wenn er von Berlin sprach, von seiner Familie, verdüsterte sich seine Miene. Marie kannte ihn inzwischen gut genug, um zu wissen, dass ihm dann einfiel, dass er eigentlich längst zurück in Berlin hätte sein wollen. Was er schnell vergaß, wenn er mit dem Hund im Garten tobte oder einen Abend mit seinen Kollegen im Club verbrachte.

Im folgenden Sommer hatten erst Otto und Susanne geheiratet und kurz darauf Fifi. Susanne schickte Bilder und schrieb über Fifis Mann Victor von Klemperer, den Anna Reichenheim erst nicht hatte akzeptieren wollen, weil sie jemand anders für ihre Sophie im Auge gehabt habe. Aber Fifi macht, was sie will, schrieb Susanne, stellt euch vor, sie hat den Herrn von Klemperer selbst gefragt, ob er sie heirate. Heinrich hatte schallend gelacht, das sah seiner Schwester ähnlich, und recht hatte sie, wenn dieser von Klemperer der Richtige war, wieso lange warten? Marie betrachtete die Bilder und war zum ersten Mal traurig, so weit weg zu sein. Sie kaufte silberne Rahmen und stellte die Fotos auf den Kaminsims.

Bald war das neue Leben nicht mehr neu, Marie hatte sich an eiskalte, schneereiche Winter und helle, warme Sommer gewöhnt, an Bridge-Nachmittage und Lunches im Country Club, an Heinrichs Baseballspiele und den Dackelzüchterverein. Sie war fast dreißig Jahre alt, sie achtete auf ihre Garderobe und trug das dunkelbraune Haar schlicht nach hinten gesteckt. Es war ihr gelungen, recht schlank zu bleiben, obwohl sie häufig Schokolade kaufte, wenn sie mit Eide in George Pulakos' Confectionery Store ging.

Die langen Spaziergänge mit den Dackeln an der Presque Isle Bay halfen. An schönen Tagen lief sie zwei oder drei Stunden am See entlang, und der Wind loste ihr Haar.

Dass Heinrich oft abends spät nach Hause kam und nicht nur nach Whiskey, sondern auch nach Parfüm roch, dass sie Spuren von Lippenstift an seinen Hemden entdeckte, die sie vor dem Hausmädchen verbarg, störte sie nicht weiter. Solange ihr die *delivery boys* hinterherpfiffen oder die *waiter* im Ice Cream Parlour zuzwinkerten, hatte sie das Gefühl einer Genugtuung.

In den Sommermonaten fuhren sie, wie alle ihre Freunde, nach Cambridge Springs, sie stiegen in einen Zug der Erie Railroad und fuhren ein paar Stunden weg von den großen Seen über flaches, baumbestandenes Land in das, was Eide einen »recreation resort« nannte, einen kleinen Ort mit heißen Quellen, wo man in feinen Hotels Badeanwendungen über sich ergehen ließ, wo man Trinkkuren machen konnte, gemeinsam auf kleinen Seen Bootsausflüge unternahm oder sich – Marie seufzte bei dem Gedanken – mit den *ladies* nachmittags zum unvermeidlichen Sticken oder Bridge traf. Natürlich berichtete die *Erie Times* über die Reise und verzeichnete genau, wer in welchem Hotel residierte. Heinrich und Marie gingen, so wie Eide und ihr Mann, in das Hotel Bartlett, nicht das größte und vornehmste, aber ein erstklassiges Hotel, in dem abends manchmal Konzerte gegeben wurden oder man im großen Saal tanzte.

Die Idee, auch einmal im Winter zu fahren und den Jahreswechsel dort zu feiern, war Heinrich gekommen, nachdem er nervös und fahrig von einer Reise nach Berlin zurückgekehrt war. Anna war nach wie vor unversöhnlich, sie wollte die Schwiegertochter nicht sehen, und auch er sollte sich erst einmal einen Namen machen, etwas leisten, und da schien Heinrichs Position bei Hammermill nicht zu genügen, sie war nichts im Vergleich zu der der Brüder und Schwäger, berichtete Heinrich resigniert.

Fifi lebte nun mit Victor von Klemperer in Dresden, der dort die Leitung des Stammhauses der Dresdner Bank übernommen hatte. Robert Weismann und Victor von Leyden machten unaufhaltsam Karriere, und sein Bruder Otto hatte sich als Physiker einen Namen gemacht.

Und Heinrich? Er war kein einfacher Buchhalter, so viel hatte Marie verstanden, er verhandelte für Hammermill, er »holte die Aufträge«, wie Heinrich es ihr beschrieb, und je nachdem, was er aushandelte, wurde ihm eine Provision zu seinem Gehalt gezahlt. Das war doch eine gute Position, und Hammermill war weltweit bekannt für die besonders feinen Papiere, auch in Berlin kaufte man sie. Aber ein Staatsanwalt, ein Richter, ein Bankdirektor und ein Physiker – da konnte Heinrich nicht mithalten.

Annas Einfluss reichte bis nach Erie, dachte Marie, sie war immer dabei, auch wenn sie weit weg war. Nach seiner Rückkehr ärgerte sich Heinrich über Kleinigkeiten, er entließ das Hausmädchen und stellte ein neues ein, das ihm bald auch nicht passte, er stritt mit einem Kollegen über einen großen Auftrag und kam abends spät nach Hause.

Dann kam er mit der Idee, nach Weihnachten nach Cambridge Springs zu reisen. Das Hotel Bartlett lud zu einer Silvesterparty und zum Schlittschuhlaufen auf den kleinen Seen ein, auf denen sie im Sommer Boot gefahren waren, und Heinrich entschied, dass das genau die Ablenkung war, die er brauchte. Er war als Kind gern Schlittschuh gelaufen, und die Erinnerung reichte, um ihn wieder fröhlich, ja euphorisch werden zu lassen. Jetzt mussten sie nach Cambridge Springs, sie brauchten die besten Schlittschuhe, die in Erie zu kaufen waren, Eide und Tscharls sowie ein paar Freunde aus dem Club überzeugte er mitzufahren, und an einem grauen Dezembertag kurz nach Weihnachten stiegen sie alle in den Zug.

Als Fred Schumacher beim Eislaufen entdeckte, dass Heinrich seine Frau hinter den raureifüberzogenen Schilfbüscheln am anderen Ende des kleinen Sees küsste, während am Ufer die Pferdekutschen auf sie warteten und heiße Schokolade, dampfender Glühwein und süße Crêpes gereicht wurden, stieß er ein Geheul aus, über das Eide und Marie noch Jahre später lachen mussten.

Mrs Fred Schumachers Frisur war derangiert, auch sie begann zu schreien und ließ sich dramatisch auf das Eis fallen. Marie hatte längst bemerkt, dass sie Heinrich etwas zu lang anschaute und in seiner Anwesenheit unruhig war, egal, ob sie zum Bridge bei ihnen zu Hause war oder ob sie sich im Club begegneten. Sie zwinkerte schnell und fasste sich ständig an die kleinen Ohren oder in die Frisur.

An jenem Nachmittag einigte man sich darauf, dass Mrs Fred Schumacher gestrauchelt war und Heinrich ihr – zugegebenermaßen etwas ungeschickt – aufgeholfen hatte. Was blieb auch anderes übrig, wollte man einen Skandal vermeiden, der ihre kleine Gruppe mit sofortiger Wirkung aufgelöst hätte.

Eine Woche später sagte ihr Eide, dass sie schwanger war. Wie Marie wartete auch Eide Monat für Monat auf diese Nachricht, sie hatte verschiedene Ärzte aufgesucht, Tropfen genommen, Kräutertinkturen ausprobiert und war niedergeschlagen gewesen, wenn die Tage kamen und wieder ein Monat verstrichen war. Wie oft hatten sie darüber gesprochen, und mit welcher Bitterkeit dachte Marie inzwischen an Lilis Tinktur, die sie nie gebraucht hätte, denn sie wurde einfach nicht schwanger. Nun hatte Eide einen Arzt gefunden, der neu aus New Orleans zugezogen war und seinen Patientinnen versprach, das Problem durch Massagen zu lösen. Eide hatte viel Geld bezahlt, sie war zweimal pro Woche zu dem Mann gegangen, der ihren Bauch massierte, was Marie merkwürdig fand. Eide hingegen hatte Vertrauen gehabt, sie sprach von New Orleans, als könnten dort alle zaubern, und nun war das Wunder wirklich geschehen, und auch Marie machte einen Termin bei dem Massagedoktor aus den Südstaaten, der ihr sagte, sie sei ein besonders schwieriger Fall und müsse dreimal pro Woche kommen.

Als sie ihre Tage drei Wochen nach den ersten Massagen bekam, war sie gleichermaßen niedergeschlagen und wütend, wütend auf sich und ihren Körper und auf einmal auch auf Heinrich und Mrs Fred Schumacher.

An dem Abend hatte sie Rindsrouladen mit Rotkohl gekocht, der angebrannt war, und als Heinrich eine Bemerkung machte, nahm sie seinen und ihren Teller, lief damit in die Küche und schmiss alles samt den Tellern in den Abfalleimer. Dann lief sie die Treppe hinauf und schloss sich im Schlafzimmer ein. Sooft Heinrich auch an der Tür rüttelte, sie öffnete nicht. Irgendwann gab er auf und legte sich auf die Chaiselongue in seinem Arbeitszimmer. Marie weinte und weinte, bis sie Kopfschmerzen bekam. Sie stand auf, um sich das Gesicht zu waschen, und im Spiegel schaute ihr ein Gesicht entgegen, über das sie erschrak, müde, blass und vom Weinen geschwollen.

Am nächsten Tag buchte Heinrich Schiffspassagen nach Europa.

26

Als sie im Februar Erie in Richtung New York verließen, berichtete wieder einmal die *Erie Times* über ihre Reise: sechs Wochen in Süditalien, die die Gesundheit von Mr Henry Reichenheim erforderlich machten.

Marie war erst erschrocken über die Idee einer so weiten Reise, sie wollte Erie und Eide nicht verlassen, ihren Dackel nicht und auch nicht den Massagedoktor, der ihr von Woche zu Woche glaubhaft versicherte, bald würde sie schwanger.

Aber so, wie sich Heinrich Cambridge Springs im Winter in den Kopf gesetzt hatte, war es nun diese Reise nach Italien, von der er beseelt war: Sie hatten keine Hochzeitsreise gemacht, Marie war noch nie – noch nie! – in Italien gewesen, das Klima war mild, bestimmt würden ihre Kopfschmerzen dort verschwinden, außerdem musste er ihr Neapel zeigen, Sorrent und Capri, er wollte nach Pompeji und Sizilien, sprach vom Duft der Zitronen, von Kunst und blauem Himmel, von Wagner, der die Winter auf Sizilien verbracht hatte – seine Mutter liebte Wagner und fuhr jedes Jahr nach Bayreuth –, und irgendwann hatte er Marie angesteckt mit seiner Begeisterung.

Die Sorge um seine Arbeit hatte Heinrich weggewischt, seine Gesundheit sei nun einmal angegriffen – aber nicht beim Baseball?, überlegte Marie – und er brauchte ein paar Wochen, um sich zu kräftigen, das würden die Behrend-Brüder einsehen. Und das schienen sie auch zu tun, jedenfalls wünschten sie Marie bei einem Lunch kurz vor ihrer Abreise freundlich alles Gute.

Das Schiff würde sie von New York über Genua nach Neapel bringen, sie reisten erster Klasse auf der *König Albert*, und Marie wusste sich zu wappnen: Mit den entsprechenden Hüten, mit langen Kleidern, einer Garderobe, die, in zwei Schrankkoffern verstaut, von Trägern zum Zug und vom Zug zum Schiff und in Italien immer hinter ihnen hergeschleppt werden musste. Vor allem aber Susannes Kämme mussten mit, die Kämme mit den Intarsien, die Marie immer wieder polierte und hütete wie die Briefe, die nach wie vor regelmäßig eintrafen und von dem Leben an Ottos Seite erzählten, von einem ersten Sohn und gerade von einer weiteren Schwangerschaft.

Marie sehnte sich danach, Susanne zu sehen, aber Heinrich wehrte entschieden ab, als sie vorschlug, auch nach Berlin zu fahren. Nein, sie mussten sich erholen, sie wollten sich nicht ärgern über die Sturheit seiner Mutter und die Arroganz seiner Schwäger. Marie hatte den Verdacht, dass er fürchtete, die kleine Chance auf eine Rückkehr in den Schoß der Familie zu verspielen, wenn er sich mit ihr zeigte. Andererseits: Wo wollte er sie lassen, wenn er wirklich zurückkehren durfte? Sie wusste es – zu Hause würde sie bleiben, er würde nicht über sie sprechen, sie wäre da, aber für Anna Reichenheim und die Familie ein Geist und, solange sie keine Kinder hatten, unsichtbar. Der Gedanke, dass er froh sein könnte, dass sie nicht schwanger wurde, machte sie wütend und brachte sie dazu, in der Woche vor ihrer Abreise dreimal zu dem Wunderdoktor aus New Orleans zu gehen. Und sie bestand darauf, Bello mitzunehmen auf die Reise.

Das hatte sie von Eide gelernt: auf etwas bestehen, was man wollte, oder auch nicht. Um zu zeigen, dass man da war. Marie hätte nie etwas von Heinrich gefordert, auch dann nicht, wenn er spät in der Nacht heimkam und sein Hemdkragen Lippenstiftspuren trug. Er las ihr nicht jeden Wunsch von den Lippen ab – allein weil sie selten einen hatte, den sie sich mit dem Geld, das er ihr wöchentlich gab, nicht hätte erfüllen können –, aber er achtete darauf, ihr Geschenke zu machen, zum Geburtstag, zu Weihnachten oder an ihrem Hochzeitstag.

Der Hund war so eine Sache, auf der man bestehen konnte. Also kam Bello mit, was die Reisevorbereitung erschwerte, aber das machte nichts. Je komplizierter die Wünsche, desto besser, sagte Eide.

In New York gingen sie an Bord der *König Albert*, und Marie stand lange an Deck und bewunderte die Stadt. Sie war glücklich in Erie, aber New York war der Anfang von allem gewesen, der Anfang eines neuen, besseren Lebens. Dann legte das Schiff unter den Klängen der Blaskapelle an Bord ab, und sie fuhren an der Freiheitsstatue und Ellis Island vorbei. Marie wurde unruhig. Wieso fuhren sie fort von hier? Immer kühner und unwirklicher wirkte die Insel Manhattan aus der Ferne, ein Traum, aus dem sie jeden Moment erwachen konnte. Heinrich stand neben ihr, nahm ihre Hand und küsste sie.

»Ich bin so froh, dass wir diese Hochzeitsreise endlich machen, mein Schatz. Du wirst Italien lieben, es gibt nichts Schöneres. Lass uns in die Kabine gehen, ich möchte mich einen Moment hinlegen.«

Marie atmete tief durch, riss sich los von dem Anblick der verschwindenden Stadt und drehte sich zu ihm um.

»Ist dir jetzt schon übel?« Sie wusste, dass Heinrich bei jeder Überfahrt litt, die Seekrankheit machte ihm zu schaffen, er konnte nur wenig essen und musste sich in der Kabine hinlegen. Auch jetzt sah er blass aus, aber das konnte an der Jahreszeit liegen, es war ein langer, dunkler Winter gewesen.

»Nein, nein, alles in Ordnung. Kommst du?«

»Geh schon vor, ich bin gleich da«, sagte sie so bestimmt,

dass er sie einen Augenblick erstaunt ansah, sich dann umdrehte und ging. Sein Gang war unsicher, er würde das Abendessen kaum durchstehen.

Sie blieb so lange auf dem Oberdeck stehen, bis Manhattan in der Ferne nur noch zu erahnen war. Als sie in die Kabine kam, hatte Heinrich sich auf das Bett gelegt, und Bello wimmerte leise in seinem Körbchen, er musste dringend raus. Das Dinner würde in einer Viertelstunde beginnen, und sie würden in der Kabine essen. Heinrich musste ein sehr schlechtes Gewissen haben – er hatte eine große Kabine gebucht –, dachte sie später, als die Consommé serviert war und er ihr bleich gegenübersaß und schweigend die trübe Brühe löffelte, die für sie immer nach nichts schmeckte, die man jedoch bestellen konnte, ohne etwas falsch zu machen.

»War die Kabine nicht sehr teuer?«, fragte sie, um das Schweigen zu brechen.

»Die Kabine? Wieso? Es ist eine normale Kabine, was für eine hätte ich sonst nehmen sollen?«

»Ich dachte ... sie ist so groß, weit oben und nach außen gelegen.«

»Du weißt doch, wie ich auf dem Meer leide. Wenigstens rausschauen können muss ich, wenn ich hier mehr als eine Woche eingesperrt verbringe. Und je tiefer die Kabine liegt, umso unerträglicher ist dieses ewige Schaukeln«, sagte Heinrich hilflos.

Sie schwieg dazu. Jetzt war sie schon fast vier Jahre lang Mary Reichenheim und hatte immer noch nicht gelernt, dass bestimmte Dinge für selbstverständlich genommen werden konnten – egal, was sie kosteten.

Die Woche auf See verbrachten sie beinahe getrennt, Heinrich auf dem hohen, breiten Bett in ihrer Kabine liegend, auf den Schiffsarzt wartend, der ihn jeden Tag mit neuen Pillen oder Pülverchen zu beruhigen versuchte, und

Marie, die mit Bello spazieren ging, die zumindest den Lunch im Speisesaal einnahm und in der Bibliothek saß oder an der Reling stand und in die grauen Wellen des Atlantiks schaute. Mit jedem Tag besserte sich ihre Laune, auch weil ihre Tage überfällig waren und sie glaubte, eine leichte Übelkeit zu verspüren, ein Unbehagen in der Magengegend. Zwei Tage vor ihrer Ankunft in Genua gerieten sie in einen Sturm, und während sie versuchte, Heinrich auf dem Weg ins Bad zu stützen, der nichts mehr bei sich behalten konnte, war auch ihr so übel, dass sie sich sicher war: Endlich, endlich war sie schwanger. Als sie in Genua ankamen, zwang Marie sich, aufzustehen und an Deck zu gehen. Es war später Nachmittag, die Sonne stand tief über dem Meer, das längst nicht mehr grau war, sondern in allen Grün- und Blautönen schillerte. Das Licht fiel auf die dicht gedrängten Häuser, tauchte sie in ein warmes Licht, in dem sie in hundert unterschiedlichen Gold- und Aprikosentönen schimmerten. Das Gewirr dieser Häuser zog sich hoch in die grünen Hügel, die sanft über der Stadt lagen, und in der Ferne sah Marie schneebedeckte Berge. Wie gebannt stand sie an der Reling und schaute auf die Stadt, die ihr schöner erschien als alles, was sie bislang gesehen hatte.

In den nächsten vier Wochen, in denen sie durch Süditalien reisten, dachte sie das immer wieder – so viel Schönheit, wohin man blickte, anders als alles, was sie in Deutschland oder auch in Amerika gesehen hatte.

Sie blieben eine Woche in Neapel, besuchten Pompeji, fuhren weiter nach Capri und schließlich die Amalfiküste entlang nach Ravello. Sie saßen auf der Terrasse des Hotel Caruso hoch über dem Meer, das Wetter war mild, fast zwanzig Grad, und sie fühlte sich lebendiger als je zuvor. Die Übelkeit war verschwunden, aber ihre Tage hatte sie nicht bekommen. Oft schweiften ihre Gedanken ab, wenn sie mit Heinrich beim

Essen saß, sie schaute auf die Pinien, die Palmen und das Meer, auf pink und lila leuchtende Bougainvillea und dachte an das Kind, dem sie all dies zeigen würde. Sie aßen Fisch und tranken Champagner oder italienischen Weißwein dazu, auch das Essen war elegant und von derselben Schönheit wie alles hier, die Männer und Frauen, die weiten Plätze, die Kirchen und Palazzi. Nur in Neapel hatte sie in den Gassen verwahrloste Kinder gesehen, die bettelten, und Frauen in ihrem Alter ohne Zähne, mit verfilzten Haaren, die ihr unverständliche Worte nachschrien. Heinrich hatte sie schnell weggezogen, sie hatten sich verlaufen, die Gassen waren eng, und es war feucht und merkwürdig kühl in diesem Halbdämmer. Aber diese Bilder waren auf der Terrasse des Hotel Caruso vergessen, hier war nur Licht und Schönheit.

Heinrich wollte noch nach Sizilien, doch Marie protestierte – eine weitere Schiffsfahrt vor der langen Heimreise wollte sie ihm nicht zumuten. Stattdessen überredete sie ihn, mit dem Zug nach Rom zu reisen, und so verbrachten sie eine weitere Woche in einem Hotel nahe der Spanischen Treppe.

Dort – sie liefen gerade über das Forum Romanum und betrachteten die Säulen – spürte sie die Feuchtigkeit zwischen ihren Beinen. Sie musste nicht nachsehen, um zu wissen, dass sie ihre Tage bekommen hatte, wieder, wie jeden Monat. Und hier in dieser Stadt, die man die Ewige nannte, wurde Marie klar, dass sie nicht schwanger werden würde, dass sie noch so oft zu dem Quacksalber aus New Orleans gehen konnte, der Eide geholfen hatte. Ihr würde er nicht helfen können, was immer der Grund dafür war, das Schicksal oder irgendein zorniger Gott, der wie Anna Reichenheim fand, Heinrich und sie gehörten nicht zusammen und das, was sie taten, durfte nicht fortgesetzt werden.

Bald darauf traten sie die Heimreise an, und Marie war froh, dass Heinrich mit sich und seiner Übelkeit beschäftigt war, weil ihr ständig die Tränen kamen und ihre Kopfschmerzen so schlimm waren wie nie zuvor.

Sie hatte Heinrich nichts erzählt von der vermeintlichen Schwangerschaft, so wie sie ihm auch nicht von dem Doktor aus New Orleans erzählt hatte. Nun blutete sie stärker als sonst, es wollte nicht mehr aufhören, und sie hatte Bauchkrämpfe, die sie mit zusammengebissenen Zähnen zu überspielen suchte. In Rom war jeden Morgen das Bettlaken voller Blut gewesen, sie schämte sich und verbarg es vor Heinrich, und die Zimmermädchen machten Tag für Tag klaglos das Bett sauber.

Jetzt, als sie die Heimreise antraten, hatte die Blutung endlich nachgelassen. Die Schönheit der Stadt und der Küste erschien ihr plötzlich als Niederlage, ihre persönliche und endgültige Niederlage. Sie war dreißig Jahre alt und würde kein Kind bekommen, während Heinrichs Geschwister alle Kinder hatten. Er, der Älteste, den Anna Reichenheim verstoßen hatte, würde kinderlos bleiben, und es gab nichts, was sie daran ändern konnte.

»You can come back any time, you know? No need to cry.« Die Stimme riss sie aus ihren Gedanken, und sie schaute den Mann, der neben ihr an der Reling stand, irritiert an. Er war Italiener, sie schätzte ihn etwas jünger als sich selbst, gut gekleidet in einem dunklen Anzug und Gehrock. Jetzt hob er den Hut und feines dunkelbraunes Haar fiel ihm in die Stirn. »Andrea Mançuso«, stellte er sich vor, »Neapolitaner aus New York.«

Der Blick seiner braunen Augen war warm, aber die blendend weißen Zähne zwischen den vollen Lippen verliehen seinem Lächeln etwas Wolfsartiges.

Sie stellte sich vor, und bald lachten sie über seinen und ihren Akzent, sie sprachen über Neapel und die Amalfiküste, über die Artischocken, die sie in Rom gegessen hatte, und über New York, wo er ein Import-Export hatte, wie er erzählte. Seine Stimme war tief, und manche Wörter sprach er mit italienischem Akzent aus.

Beim Abendessen wurde Marie unruhig, als Heinrich und sie an einem Tisch platziert wurden, an dem der Italiener bereits saß. Außerdem eine italienische Familie, die kein Wort Englisch sprach und Verwandte in New York besuchen wollte. Marie atmete auf, denn die anderen Italiener redeten ununterbrochen auf Andrea Mancuso ein, manchmal sprachen sie alle durcheinander, und sie ließ sich forttragen vom Klang der Stimmen und der Melodie der Sprache.

Als Heinrich Marie etwas fragte, merkte sie, dass sie ihm gar nicht zugehört hatte, und später in der Kabine ging ihr das Lächeln des Italieners nicht aus dem Sinn, dieses Wolfslächeln, und wie ihm die Haare in die Stirn fielen. Das Schiff hatte inzwischen das offene Meer erreicht, Heinrich war in einen unruhigen Schlaf gefallen, aus dem er mitten in der Nacht erwachte, weil ihm übel war.

Marie versuchte, dem Italiener aus dem Weg zu gehen. In seinen eleganten Kleidern bewegte er sich geschmeidig wie ein Tänzer, so wie sie es bei manchen Männern in Italien gesehen hatte. Andrea Mancuso suchte ihren Blick während des Essens, und manchmal begegnete er ihr wie zufällig, wenn sie mit Bello spazieren ging, immer dann, wenn sie allein auf dem Oberdeck war, als wüsste er im Voraus, wann sie wo wäre. Nach drei Tagen zog sich Heinrich endgültig in die Kabine zurück, und Andrea Mancusos Lächeln erinnerte noch mehr an das eines Wolfs, als er der italienischen Familie übersetzte, was Marie über Heinrichs Verbleib sagte.

»Ich begleite Sie zu Ihrer Kabine«, sagte er entschieden nach dem Abendessen und bot ihr seinen Arm an. Marie zögerte, dann hakte sie sich unter. Sein Arm schien zu brennen, aber vielleicht lag es auch daran, dass ihr plötzlich heiß war.

Er führte sie nicht zu den Kabinen, sondern auf das Sonnendeck, das um die Uhrzeit verlassen war, und küsste sie nach ein paar Minuten, die ihr wie eine Ewigkeit vorkamen. Sie verlor sich in diesem Kuss, so wie sie sich später in seinen Armen verlor, in seiner Kabine, die größer war als ihre eigene und in die sie Nacht für Nacht und, wann immer es ging, auch tagsüber zurückkehrte, wie selbstverständlich, und immer wartete er dort auf sie. Er fragte sie nichts, und auch sie fragte und erzählte nichts, sie bewunderte die Schönheit seines Körpers, die sich unter den Kleidern abgezeichnet hatte, die Sicherheit seiner Liebkosungen, das Wissen um ihren Körper und seine Reaktionen, das sie kurz ängstigte. Er lachte über sie, lachte sein Wolfslachen, wenn sie sich hastig anzog und die Kabine verließ. Er wusste, sie würde wiederkommen.

Bei den Mahlzeiten studierte Marie sein Gesicht, als wollte sie es sich für immer einprägen, die Haare, die noch mit etwas Brillantine gebändigt waren, sich aber später in der Nacht lösen und ihm in die Stirn fallen würden, der Kupferton der Haut, die in den Armbeugen und am Hals weich und glatt war, die kurzen und kräftigen Hände mit den breiten Nägeln, der Daumen, mit dem er ihr vorsichtig über die Wange strich.

Die Überfahrt war stürmisch, und Heinrich ließ wieder Tag für Tag nach dem Arzt rufen, und so verbrachte sie den Rest der Zeit bei ihm in der Kabine, versuchte ihn abzulenken oder zu beruhigen, sie bestellte Kamillentee für ihn und Zwieback, zwang ihn, etwas zu essen, wenn er sich stöhnend umdrehte. Sie schlief kaum und hatte das Gefühl, noch nie in ihrem Leben so wach gewesen zu sein, mit jeder Faser ihres Körpers zu leben.

Marie stand mit Andrea auf dem Sonnendeck, als die ersten Möwen auftauchten, es war kurz nach dem Dinner, und er rauchte einen seiner dünnen Zigarillos, deren würzigen Geruch sie mochte.

»Quasi arrivati«, sagte er, und Marie schüttelte verständnislos den Kopf.

»Vieni con me ancora una volta«, sagte er. Sie liebten sich heftig und schnell, mit dem Geschmack des Abschieds im Mund, und Marie löste sich gleich danach aus seinen Armen. Sie küsste ihn auf die Stirn, vorsichtig, wie man ein Kind küsst, sie schaute ihn an, sein Gesicht, den Körper, der sie an eine der Statuen erinnerte, die sie in den römischen Museen gesehen hatte, unerbittlich in ihrer Schönheit, und dann sagte sie ihm auf Deutsch »Lebewohl«.

Im Hafen von New York verließen Heinrich und sie als eine der Ersten das Schiff. Als sie sich umdrehte, sah sie Andrea Mancuso an der Reling lehnen, den Zigarillo in der Hand, die andere zum Gruß erhoben.

27

Bald nach ihrer Rückkehr begann Marie, die Zeit in vor und nach Italien einzuteilen. Immer wieder dachte sie an den zornigen Gott, der jetzt, im fünften Jahr ihrer Ehe, entschieden hatte, dass es so nicht weitergehen durfte.

Sosehr Eide Marie zuredete, sie wusste, dass sie kinderlos bleiben würde. Mit großer Energie widersprach Eide, schickte sie zu Heilern, versorgte sie mit Kräutermischungen, Tees und Tinkturen, schickte sie zu chinesischen und italienischen Ärzten und zu einer Hellseherin, die ihr drei Kinder voraussagte, sie überredete Marie, Zeit mit der kleinen Claire zu verbringen, weil der Kontakt mit einem Baby angeblich die Fruchtbarkeit stärke, und sie schimpfte, wenn Marie niedergeschlagen war.

Einmal schrieb sie in einem Brief an Susanne, wie sehr sie sich ein Kind wünschte, aber dann schickte sie ihn nicht ab, sie schämte sich, weil keine der Reichenheim-Frauen dieses Problem hatte.

Heinrich spürte ihre Niedergeschlagenheit, sie klagte nun häufig über Kopfschmerzen und bat ihn, in dem kleinen Zimmer zu schlafen, das sie irgendwann einmal als Kinderzimmer vorgesehen hatten. Manchmal war er kurz besorgt und schaute sie prüfend an, fragte aber nicht nach, sondern sagte nur, sie müsse zum Arzt gehen, wenn sie sich nicht gut fühle.

Er hatte sich zum Präsidenten des Dackelzüchtervereins wählen lassen und war vollkommen absorbiert von diesem Amt. Und er hatte begonnen, über die Behrend-Brüder und Hammermill zu klagen. Marie wusste, wie es weiterging, sie hatte es nun schon einige Male erlebt: Er würde sich immer häufiger beschweren, immer mehr Ungerechtigkeiten finden, schließlich krank werden und nicht mehr hingehen. Was dann? Noch einmal irgendwo neu anfangen? Das wollte sie auf keinen Fall, sie wollte hierbleiben, in Erie, an dem großen See, den sie liebte, und bei Eide und ihrer Entschlossenheit. Eide, mit der sie lachen konnte, wie sie es manchmal mit ihren Berliner Freundinnen getan hatte, bei Eide und Claire, deren winziges Gesicht sie ebenfalls liebte, obwohl es sie daran erinnerte, was sie nicht hatte.

Das Ende bei Hammermill ließ länger auf sich warten, als Marie gedacht hatte. Heinrich klagte und arbeitete weiter, allerdings fehlte ihm der Elan und damit auch die Provisionen.

Der Winter kam, Erie versank wie jedes Jahr in Schneemassen, Heinrich erkrankte an einer Grippe, die er verschleppte und die schließlich zu einer Lungenentzündung wurde. Zwei Monate lag er zu Hause, und Marie war bei ihm, versuchte, das Fieber zu senken und ihm die Medikamente einzuflößen, die der Arzt verschrieb. Danach war Heinrich geschwächt und ging nur wenige Stunden pro Tag in sein Büro, er spielte nicht mehr im Baseballteam, weil ihm der Arzt davon abgeraten hatte. Im April kam Heinrich eines Mittags nach Hause, er war wütend, weil er glaubte, man verweigere ihm eine ihm zustehende Provision. Er hatte mit Mr Behrend gesprochen, der nichts davon wissen wollte, und deshalb hatte er gekündigt, mit sofortiger Wirkung, er lasse sich nicht betrügen.

Marie hörte ihm geduldig zu, er sollte sich ja nicht aufregen, draußen schmolzen die letzten Schneereste in den Vorgärten, und in der Küche wurde der Lunch kalt, Zürcher Geschnetzeltes, das Heinrich gern aß.

»Mach dir keine Sorgen, ich werde etwas anderes finden. Und vielleicht können wir bald nach Deutschland zurück, in

Berlin ist sowieso alles einfacher«, sagte er mit einer Selbstverständlichkeit, die Marie aus der Fassung brachte.

»Was soll in Berlin einfacher sein?«, fragte sie und ärgerte sich über den schrillen Klang ihrer Stimme. »Deine Familie will nichts mit mir zu tun haben, alle meinen dich zu kennen, ein Nichtsnutz bist du für sie, und sie werden dich entsprechend behandeln. Hier haben wir unsere Freunde, hier geht es uns gut, und hier sind wir jemand, wieso sollten wir weggehen?«

Heinrichs Blick war schwer zu deuten, er schien getroffen von ihren Worten, die schärfer gewesen waren, als sie beabsichtigt hatte. Er sah immer noch erschöpft aus, Schweiß stand ihm auf der Stirn, das Haar klebte ihm am Kopf, und seine Unterlippe zitterte, als er antwortete. »Aber du hast doch immer gesagt, wie schwer die fremde Sprache ist und wie schlecht das Brot, jedenfalls wenn du es nicht beim deutschen Bäcker holst, dass es im Winter viel zu kalt ist und die Schneestürme unerträglich sind. Und dass du Susanne gern sehen würdest, seit Jahren sagst du mir das.«

Marie wurde noch wütender, sie hatte das Gefühl, noch nie so wütend gewesen zu sein auf Heinrich, der sich nie um ihre Probleme gekümmert hatte oder auch nur darauf eingegangen war, wenn sie sich – was selten genug geschah – beklagte, nun aber all das, was ihm bislang vollkommen egal gewesen war, gegen ihr Leben hier anführte. Sie hatte immer gedacht, dass er ihr nicht zuhörte, wenn sie mit diesem oder jenem unzufrieden war, aber viel schlimmer war ja, dass er es sehr wohl gehört und bislang nicht beachtet hatte.

Sie wurde so laut, dass der Dackel zu bellen begann, und schloss sich dann im Schlafzimmer ein. Heinrich klopfte lang an die Tür, aber Marie machte nicht auf.

Danach sprachen sie eine Woche lang nicht miteinander, und als sie sich wieder über Alltägliches, über den Hund und den bevorstehenden Hundewettbewerb, über das Wetter und Eides gebrochenen Fuß nach einem Sturz von der Treppe austauschten, war die Rückkehr nach Deutschland kein Thema mehr.

Als Otto gemeinsam mit einigen Kollegen zu einem Physikerkongress in Kanada eingeladen wurde, schrieb Marie lange Briefe an Susanne, in der sie ihr Erie und den See in den schönsten Farben beschrieb, um sie davon zu überzeugen, Otto auf der Reise zu begleiten. Wenn Susanne mitkäme, wenn beide – Otto und Susanne – ihr Leben hier sähen, wenn sie in Berlin davon berichten könnten, wäre Heinrich vielleicht nicht länger der Spieler, der die falsche Frau geheiratet hatte, sondern der älteste Sohn, der in Amerika sein Glück gemacht hatte. Davon träumte sie manchmal, wenn sie mit dem Hund spazieren ging, und dann davon, dass Anna Reichenheim selbst sie besuchen kam, dass sie beeindruckt war von Erie und ihrem Haus hier.

Aber sie ahnte, dass Susanne bei den Kindern bleiben wollte, sie liebte sie sehr und verbrachte mehr Zeit mit ihnen, als normal zu sein schien in Heinrichs Familie. Jedenfalls erzählte Otto, als er sie – allein – besuchte, dass seine Mutter sich »überrascht gezeigt« hatte, wie er es ausdrückte, dass Susanne den Großteil der Erziehung selbst übernahm, dass sie sogar entschieden hatte, selbst zu stillen und keine Amme anzustellen. Susanne konnte machen, was sie wollte, über Susanne Huldschinsky konnte sich Anna Reichenheim überrascht zeigen, nicht mehr.

Heinrich nahm den Bruder mit in seinen Club, und sie luden alle ihre Freunde zu einer Party ein, um ihnen Otto vorzustellen. Heinrich war glücklich über den Besuch, nach den langen Monaten der Krankheit und der schlechten Laune lebte er auf. Abends zog sich Marie früh zurück, um den Brüdern Zeit miteinander zu lassen. Einmal stand sie oben auf dem Treppenabsatz und hörte Otto sagen, Heinrich solle sich keine Sorgen machen, er könne bald zurückkommen, Susanne und er würden die Mutter schon überzeugen.

»Und Marie?«, fragte Heinrich.

Marie hielt den Atem an.

»Susanne kümmert sich darum, mach dir nicht zu viele Gedanken. Ich frage mich nur ...« Hier stockte Otto und schien nach den richtigen Worten zu suchen.

»Es wäre sicher leichter, wenn ihr ein Kind hättet, ein Kind ist doch etwas Versöhnliches, da kann die Mutter nicht mehr böse sein. Sie verbringt so viel Zeit mit den Enkeln.«

Ob Heinrich antwortete oder nicht, konnte Marie nicht genau hören, er musste aufgestanden sein und ihre Gläser neu gefüllt haben, Marie hörte Eiswürfel in das Glas fallen, ein leises klirrendes Geräusch, dann schenkte Heinrich nach, und als er antwortete, sprach er so leise, dass Marie ihn nicht verstand.

Schnell ging sie ins Schlafzimmer und legte sich ins Bett. Sie wusste nicht, ob sie die Antwort hätte hören wollen. Am nächsten Tag reiste Otto ab.

Heinrich ließ sich Zeit mit der Suche nach einer neuen Anstellung. Oder er fand nichts, was ihm geeignet erschien. Marie wusste es nicht, sie fragte auch nicht, und wie selbstverständlich gab er ihr Montag für Montag dieselbe Summe. Seit er bei Hammermill gekündigt hatte, legte sie von dem Geld Woche für Woche die Hälfte zurück, und wenn sie montags in das Etui mit den Kämmen schaute, das ihr Susanne geschenkt hatte, und die grün-weißen Banknoten zählte, wurde sie ruhiger. Heinrich erzählte manchmal, er müsse sich gut überlegen, was er nun mache, er habe viele Möglichkeiten und wolle sich nicht wieder in eine Situation wie die mit den Behrend-Brüdern bringen, er brauche mehr Freiheit und keine Vorgesetzten, die ihm unsinnige Vorschriften machten. Marie schwieg dazu und sagte nur zu Eide, sie könne sich nicht vorstellen, was er tun wolle – er habe keinerlei Unternehmergeist, und um ein Geschäft oder eine Firma zu eröffnen, fehle ihm doch das Kapital und der Ehrgeiz, also müsse er zwangsläufig für irgendjemanden arbeiten und der werde ihm sicher sagen, was zu tun sei. Eide beruhigte sie, die Behrend-Brüder galten als schwierig, und Heinrich hatte einen guten Ruf, er kannte aufgrund seiner Ämter die halbe Stadt, da würde sich sicher etwas finden. Und das Geld komme doch sowieso aus Europa, sagte sie beiläufig.

»Was soll das heißen?«, fragte Marie.

»Die Schecks aus Berlin treffen regelmäßig ein, weißt du das nicht? Der Mann von Mrs Ansinger arbeitet bei der Bank, sie hat es mir erzählt.«

»Ach so, ja, natürlich.« Marie nickte, sie wollte sich vor Eide nicht die Blöße geben, das nicht gewusst zu haben. Also hatte Heinrich gelogen, als er ihr – was oft genug geschah – sagte, er sei völlig auf sich gestellt, sei enterbt und müsse sich seinen Lebensunterhalt allein verdienen. Sie ärgerte sich über sich selbst, das geglaubt zu haben. Wahrscheinlich waren die monatlichen Schecks weit höher als sein Gehalt und eben das, was Heinrich unter »enterbt« und »völlig auf sich gestellt« verstand.

Am Abend, Heinrich war in den Club gegangen, zählte Marie ihr Geld und beschloss, noch sparsamer zu sein. Je mehr sie zurücklegen konnte, umso besser. Kurz überlegte sie, Eide nach ihrer Meinung zu fragen, aber sie schämte sich, zugeben zu müssen, dass sie keine Ahnung hatte, in welcher finanziellen Situation sie waren.

Im neuen Jahr fand Heinrich endlich eine Arbeit. District Manager für Pennsylvania der New England Mutual Life Insurance Company. Eine Gesellschaft für Lebensversicherungen, wie er Marie stolz erklärte, aber sie wusste nicht recht, was das war.

»Was ist das für eine Arbeit«, fragte Marie Eide, als sie an einem der ersten schönen Tage im März spazieren gingen, Bello an der Leine und Claire im Kinderwagen, die eingeschlafen war, als sich der Wagen in Bewegung gesetzt hatte. Ihr kleines Gesicht sah friedlich aus, auf dem Kopf trug sie die rote Mütze, die Marie ihr zu Weihnachten gestrickt hatte.

»Eine Lebensversicherung, wie will man ein Leben versichern?«

»Ach, Marie, was für eine Frage. Die New England gibt es schon über fünfzig Jahre, und als Claire zur Welt gekommen ist, hat Charles dort auch eine Lebensversicherung abgeschlossen. Was ist, wenn ihm etwas passiert?« Sie schaute Marie streng an.

»Dann hilft dir die Versicherung?«

»Genau, dann bekomme ich Geld von der Versicherung und kann in Ruhe weiterleben. Das muss es doch in Deutschland auch geben?«

Marie schwieg dazu, das gab es bestimmt in Deutschland, nur hatte sie noch nie davon gehört. Dann fing der Dackel an zu bellen, er hatte in der Ferne einen anderen Hund entdeckt und zog an der Leine. Trotz der blassen Frühlingssonne war der Wind kalt, der vom See herüberkam, und Marie ging schneller, um warm zu werden.

»Heinrich hat sein Büro im sechsten Stock des Marine Bank Buildings, darauf ist er mächtig stolz. ›Downtown‹, betont er. Und ihm sagt nun wirklich keiner mehr, was er tun soll. Vielleicht wird er damit glücklich«, sagte sie nachdenklich.

»Vielleicht«, antwortete Eide. »Aber ich fürchte, es hängt wie immer davon ab, was Berlin dazu sagt.« Dann nahm sie Claire aus dem Wagen, die aufgewacht war und zu weinen begonnen hatte.

28

Eide hatte recht gehabt, wie so oft, und wie so oft fragte sich Marie, woher die Freundin das wusste und ob es so offensichtlich war, dass Heinrich trotz aller Freundschaften und des guten Lebens, das sie hier in Erie führten, nur auf die Möglichkeit wartete, nach Deutschland zurückzukehren. Ob er mit Tscharls darüber sprach? Ihr gegenüber vermied er das Thema, nur einmal sprach sie ihn darauf an, als ein Brief an ihn kam, den Marie nicht öffnete: Robert Weismann war der Absender, inzwischen Staatssekretär, der Mann seiner Schwester Gertrud. Abends hatte Heinrich den Brief gelesen und war danach so schlecht gelaunt gewesen, dass sie nachfragte.

»Was soll er schon geschrieben haben?«, antwortete Heinrich gereizt. »Dass ihn meine Erfolge als District Manager nicht interessieren, weder ihn noch meine Mutter. Ein Versicherungsvertreter ist eben nicht das, was sie sich vorstellen. Aber Fifis Herr von Klemperer hat als Bankier den richtigen Beruf, alle haben einen ordentlichen und anständigen Beruf, nur ich nicht!«

»Lass sie doch reden«, sagte Marie, »was interessiert es dich – Berlin ist weit.« Er wich ihrem Blick aus und stand dann auf, um sich ein Glas Whiskey einzuschenken.

Berlin war also nicht weit weg, dachte Marie, Berlin war immer noch das Ziel, und so wenig zielstrebig Heinrich sonst war, hier gab er nicht auf. Wahrscheinlich hatte er sich im April Hoffnungen gemacht, als ein anderer Brief gekommen war, einer von Susanne an Marie. Sie saßen beim Frühstück,

Marie hatte *pancakes* gemacht, als der Postbote geklingelt und ein cremefarbenes Kuvert mit Susannes Schnörkelschrift überreicht hatte. Es war dicker als sonst, und sie hatte es neugierig geöffnet. Herausgefallen war eine Fotografie, das Bild eines Babys, fast noch ein Neugeborenes, das in einem Spitzenkleidchen auf einem hellen Fell lag. »Charlotte Ida Marie, geboren am 3. Januar 1913«, stand mit blauer Tinte auf der Rückseite. Marie schaute das Bild lange an. Was Heinrich sagte, hörte sie nicht, und schließlich nahm er ihr das Foto aus der Hand.

Ida Marie – so hatte sie sich nie genannt, sie hatte gefunden, dass das zu streng klinge, wozu brauchte sie zwei Namen, und Marie hatte ihr sowieso immer besser gefallen. Sie erinnerte sich daran, dass Heinrich sie damals so vorgestellt hatte: Fräulein Ida Marie Stahmann, wahrscheinlich fand er, dass das vornehmer klang.

»Susanne ist ein guter Kerl«, sagte Heinrich, »und schau, sie hat dich lieb. Charlotte Ida Marie ... wie schön.«

Marie hatte geschwiegen, weil sie mit den Tränen kämpfte. Den Brief, in dem ihr Susanne von der Geburt der kleinen Charlotte schrieb und der Freude, dass Anna Susanne, drei Jahre zuvor geboren, nun eine Schwester habe, las sie erst am Abend. Das Foto trug sie von da an immer bei sich, in ihrer Handtasche, verborgen in einem Seitenfach. Nein, sie wollte nicht zurück nach Deutschland, sie wollte nicht nach Berlin, aber falls es unumgänglich war, wartete dort nicht nur Susanne auf sie, sondern auch Charlotte Ida Marie.

Dann kam der Krieg.

Der Sommer 1914 war heiß in Erie, und er begann früher als sonst. An einem der letzten Junitage hatten Heinrich und Marie zu einer *garden party* eingeladen, und Marie hatte den ganzen Tag gemeinsam mit dem Mädchen Vorbereitungen getroffen. In einem riesigen Topf aus blau-weißem Steingut hatte Heinrich am Vorabend Erdbeerbowle angesetzt – er ließ es sich nicht nehmen, das selbst zu tun, weil nur er wusste, was hineingehörte: Es war ein Rezept aus seiner Zeit beim Militär, ein Oberst seines Regiments hatte diese Bowle im Sommer oft zubereitet. Marie wusste nur, dass man besser nicht mehr als ein Glas davon trank. Jetzt rührte sie die nach Erdbeeren duftende Flüssigkeit um, als Heinrich plötzlich zur Tür hereinkam, außer Atem und verschwitzt, den Hut in der Hand.

»Hast du schon gehört – der Mord am österreichischen Thronfolger in Sarajevo? Es wird Krieg geben.«

In seiner Stimme lag eine Mischung aus Schreck und Euphorie, Sensationslust und Betroffenheit. Krieg – wo? Hier oder in Europa? Da sie nicht recht wusste, wieso dieser Mord in Sarajevo einen Krieg auslösen sollte, aber auch nicht nachfragen wollte, antwortete sie ihm nicht. Heinrich schien gar nicht auf eine Antwort gewartet zu haben, er zog das staubige Jackett aus, warf es auf das Sofa im Wohnzimmer und lief die Treppe hinauf, immer zwei Stufen auf einmal nehmend. Marie hörte das Wasser im Bad laufen, und kurz darauf kam er wieder herunter. Er hatte ein frisches Hemd angezogen und rief ihr zu, er gehe noch schnell in den Club.

»Die Party ...«, rief sie ihm nach.

»Dann bin ich längst zurück.«

Das war er, und als die Gäste ankamen, überwachte Heinrich, dass das Mädchen jedem zur Begrüßung ein Glas seiner Erdbeerbowle servierte. Alle kamen, alle tranken Bowle, und alle sprachen über einen möglichen Krieg, über den Kaiser und was er tun würde, über die Konflikte mit den Franzosen und Russen, über Serbien und den ermordeten Thronfolger. Marie war damit beschäftigt, Eis zu servieren und später Sandwiches und Bier, sie hörte zu und staunte, dass diese

Menschen, die doch zum großen Teil hier geboren waren, die aus Erie stammten, diesen Mord und die Reaktion des Kaisers im fernen Deutschland zu ihrer Sache machten.

»Es sind doch Amerikaner, sie sprechen zum Teil kaum noch Deutsch«, sagte sie später zu Heinrich, als der Letzte gegangen war und sie Gläser, Teller und Besteck im Garten einsammelten.

»Amerikaner? Was soll das sein? Im Club sind fast alle deutsch, und du gehst auch in italienische Restaurants, griechische Feinkostläden oder deutsche Bäckereien. Egal, wie lange ich hier bin, in meiner Brust schlägt doch immer ein deutsches Herz. Das ist und bleibt die Heimat.«

Marie trug die Gläser zurück in die Küche, sie stapelte das ganze schmutzige Geschirr sorgfältig übereinander, das Mädchen würde sich darum kümmern. Beim Einschlafen versuchte sie, nicht an das deutsche Herz zu denken.

Am 1. August 1914 erklärte Deutschland erst Russland und ein paar Tage später Frankreich den Krieg. Das deutsche Herz wurde immer wichtiger, die Heimat war plötzlich in aller Munde, die ferne Heimat, die es zu verteidigen galt. Heinrich redete von nichts anderem mehr als vom Vaterland, seiner Pflicht und Ehre als Soldat des Kaisers und vom Einberufungsbefehl zu seinem Garderegiment, der bald in der Rauchstraße eintreffen musste. Im Club wurde von nichts anderem gesprochen, im Dackelzüchterverein, bei den Bridge-Nachmittagen und den Treffen der Hamot Hospital Aid Society. Krieg, Krieg, Krieg, *war*, Marie konnte es nicht mehr hören, sie wollte es nicht mehr hören, sie wollte nicht darüber nachdenken, was in Europa geschah, sie lebten hier, sie waren hier glücklich, und Deutschland und Berlin hatten nichts mehr von ihnen wissen wollen, so lange schon nicht mehr – sie schuldeten dem Kaiser also nichts. Außerdem hatte Heinrich bei seiner Einbürgerung sogar unterschrieben, dass er den Befehlen des Kaisers als Amerikaner nicht mehr Folge leisten würde.

Heinrich schiffte sich im September 1915 nach Deutschland ein. Marie hatte mit ihm gestritten und diskutiert, sie hatten wochenlang nicht miteinander gesprochen, dann wieder geredet, geschrien, gebrüllt, sie hatte ihm vorgeworfen, den Krieg als Vorwand zu nutzen, um heimkehren zu können, um sie zu verlassen, um zurück zu seiner Familie zu gehen, sie wollte wissen, ob seine Mutter es von ihm forderte, sie hatte ihm vorgeworfen, ihre Existenz zu riskieren, wenn er einen deutschen Pass beantragte – denn alle, die das jetzt taten, zogen in den Krieg, das war klar, und das wussten auch die amerikanischen Behörden –, es half alles nichts. Heinrich schwankte auf die ihm eigene Art zwischen Kriegsbegeisterung, Vaterlandsliebe und Sorge um die Verwandten daheim. Sein Pflichtbewusstsein nahm sie ihm nicht ab und lachte einmal bitter, als er davon anfing. Sie räumte gerade den Tisch ab, hielt eine Schüssel mit Spinat in der Hand, die sie zurück in die Küche bringen wollte, als er wieder von seiner Pflicht sprach, dem Kaiser, seinem Vaterland und der Familie gegenüber. Das aus seinem Mund, der sich an keine Pflicht gehalten hatte, war einfach nur lächerlich, sagte sie. Heinrich wurde so wütend, dass er aufsprang und ihr eine Ohrfeige gab. Der Abdruck seiner Finger brannte in Maries Gesicht, und vor Schreck ließ sie die Schüssel fallen. Sie las schweigend die Scherben aus dem Spinat und schnitt sich tief in den Finger. Ihr Daumen blutete, sie steckte ihn in den Mund, aber er blutete heftig weiter. Heinrich stand hilflos vor ihr und wusste nicht, was er tun sollte. Sie beachtete ihn nicht, wischte die Spinatreste vom Boden und ging dann schweigend ins Bett. Die Schlafzimmertür schloss sie hinter sich ab.

Heinrich fälschte seinen Passantrag, aber das sagte er ihr erst drei Tage später. Als Grund für die Reise nach Deutschland gab er an, als ältester Sohn das Erbe seines Vaters regeln zu müssen.

»Der ist seit zehn Jahren tot«, sagte Marie leise, als er ihr das Blatt zeigte, »wer soll das glauben?«

»Sie fragen nicht nach dem Totenschein«, erwiderte Heinrich gereizt.

Marie sagte nichts mehr. Was hielt ihn hier? Der Hundezüchterverein, der Club? Sie? Mit einem Kind wäre es vielleicht anders gewesen.

Als sie ein paar Wochen später am Bahnhof von Erie standen, dort, wo sie fast zehn Jahre zuvor angekommen waren, weinte Marie nicht. Sie war müde nach den Monaten des Streits, und jetzt, hier, in dem Augenblick, da sie nicht wusste, ob und wann sie sich wiedersehen würden, da Heinrich neben ihr auf dem Bahnsteig mit dem braunen Lederkoffer in der Hand stand, spürte sie nur Erschöpfung.

»Ich schreibe dir. Und wenn du nicht mehr nach Deutschland schreiben kannst, dann schreib an die Schweizer Adresse, die ich dir gegeben habe«, sagte er inzwischen zum dritten Mal. »Es kommen jeden Monat dreihundert Dollar, du kannst sie bei der Bank abholen.« Auch das hatte er ihr schon ein paarmal gesagt.

»Und ich bin bald wieder da.« Überzeugt klang es nicht, weder glaubte sie ihm, dass er zurückkehren würde, noch daran, dass der Krieg so schnell vorbei wäre. Der Zug kam und hüllte sie in eine Rauch- und Staubwolke. Menschen stiegen aus, andere drängelten, um einsteigen zu können. Heinrich küsste sie kurz auf den Mund, er schmeckte nach seinen Zigaretten und Rasierwasser, seine Lippen waren trocken und kühl. Sie wich seinem Blick aus, es war alles gesagt, und doch waren es nur leere Versprechungen.

»Ich habe dich nach Amerika geholt, mein Burgfräulein, und ich werde dich auch nach diesem Krieg wiederfinden, keine Sorge.« Sein Lächeln erinnerte sie an den Abend im Wintergarten-Varieté, er zwinkerte ihr zu, als wollte er mit ihr flirten, und sie zwang sich zu einem Lächeln.

Der Zug fuhr ab, Heinrich winkte aus dem geöffneten Fenster, und Marie hob die Hand zum Gruß. So stand sie lange, auch dann noch, als der Zug in einer Staubwolke verschwunden war.

29

Dann begann das Warten. Marie kannte es, es war, als hätte es die vergangenen zehn Jahre nicht gegeben, ihr gemeinsames Leben, die Hunde, ihre Freunde, das Geschirr, von dem sie gemeinsam gegessen, das Bett, in dem sie gemeinsam geschlafen hatten. Wieder war das wichtigste Ereignis Tag für Tag die Ankunft der Post.

Recht schnell kam eine Postkarte aus New York, dann ein paar Wochen später der erste Brief aus Berlin, der so aufgeregt fiebrig klang, wie Heinrich in den letzten Wochen vor seiner Abreise gewesen war. Er schrieb nicht darüber, wie die Familie ihn empfangen hatte, nicht über seine Mutter, sondern nur von Susanne und Otto, wie groß und hübsch die Kinder waren, über Charlotte Ida Marie, die in ein paar Monaten drei Jahre alt und Lotte oder Lottchen genannt wurde.

Einige Wochen später kam ein Brief aus einem Ort, dessen Namen sie nie gehört hatte, irgendwo bei Berlin, wo er auf den Einsatz an der Front vorbereitet wurde. Heinrich schrieb von neuen Gewehren, von Schützengräben und Knotenpunkten, von einem ganz neuen Krieg, gewaltiger als alles, was sie kannten, von seinen alten Kameraden, die bereit waren für den Kampf, die nichts sehnlicher erwarteten als diesen Krieg.

Es klang wie ein Spiel, und sie legte den Brief ärgerlich beiseite.

Maries Leben veränderte sich, sie entließ das Mädchen und den Gärtner, der einmal in der Woche gekommen war. Das Haus konnte sie selbst sauber halten, und die Gartenarbeit tat ihr gut. Sie verbrachte die Vormittage bei Eide, passte auf Claire auf, oder sie gingen zusammen spazieren oder einkaufen. Am Anfang jedes Monats ging sie in das Marine Bank Building, dorthin, wo Heinrich gearbeitet hatte. Am Bankschalter im Erdgeschoss holte sie die dreihundert Dollar ab, die Monat für Monat aus Deutschland eintrafen. Für sie war es eine hohe Summe, auch nach Abzug der Miete, und sie legte einen guten Teil davon zurück. Das Etui reichte längst nicht mehr für die vielen grün-weißen Scheine, Marie legte sie nun in eine Schublade im Kleiderschrank, in der sie Wäsche aufbewahrte. Jeden Monat hatte sie Sorge, das Geld würde nicht eintreffen, und jeden Monat händigte ihr der Schalterbeamte mit regloser Miene die gleiche Summe aus.

Im Winter 1915 kamen erste Berichte über Schützengräben voller Schlamm und Wasser, über Verletzte und Tote, über Ratten und schlechte Verpflegung, über Schlachten, die sich Woche um Woche hinzogen. Von Heinrich keine Nachricht mehr, und Marie versuchte, ihn sich in seiner Uniform in einem Schützengraben vorzustellen, bis zu den Knien im Matsch. Längst hätte der Krieg zu Ende sein sollen, jedenfalls hatte Heinrich das behauptet, aber danach sah es nicht mehr aus.

Mit Eide ging Marie manchmal nachmittags ins Kino, und die Wochenschauen, die hier *news reel* hießen, zeigten Bilder von fröhlich winkenden britischen Soldaten, die mit dem Gewehr über der Schulter marschierten, von flachen französischen Landschaften, die von Gräben durchzogen waren, von Kanonen, die stolz bedient wurden, und scheuenden Pferden. Dazu wurde Marschmusik gespielt, und manchmal flogen in der grau-weißen flachen Landschaft irgendwo weit hinten Erdfontänen hoch, und dann klatschte das Publikum frenetisch.

Im Januar kam ein Brief, den Heinrich kurz vor Weihnachten geschrieben hatte, aus Lassigny, irgendwo im Norden

Frankreichs. Er schrieb von den Schützengräben, von Übungen mit der Gasmaske, von der Überlegenheit der deutschen Armee, der hervorragenden Technik, von der Telefonanlage der Firma Siemens in den Schützengräben, er schrieb davon, dass der zweitälteste Sohn des Kaisers ihr Regiment zu Weihnachten an der Front besuchen würde und wie stolz er darauf sei, für seinen Kaiser zu kämpfen. Kein Wort von Schlamm und schlechter Verpflegung, keine Frage, wie es ihr ging, nur Krieg, Krieg, Krieg. Marie las den Brief einmal, dann noch einmal, dann legte sie ihn zu den anderen in die Schublade mit der Wäsche.

Im März 1916 kam ein Brief aus Noyon. Heinrich war also immer noch dort, in Nordfrankreich, sie schaute auf die Landkarte von Frankreich in einem alten Weltatlas in Heinrichs Bücherschrank. Er schrieb von den Schützengräben, die sich von Noyon über Lassigny und Dives bis nach Roye zogen, von der Rattenplage und den Hunden, die sie bekommen hatten. Die sollten die Ratten jagen und als Meldehunde eingesetzt werden, weil sie einige Meldegänger verloren hatten. Airedaleterrier, Schäferhunde und Dobermannpinscher. Er schrieb, wie er seine Dackel vermisste, dass ihm aber die Dobermannpinscher gefielen, sie seien gelehrig und ordentlich scharf, dabei sehr anhänglich. Vielleicht, schrieb er, sollten wir uns nur noch um die Hunde kümmern, wenn das hier vorbei ist, wir züchten Dackel, damit kann man ein Vermögen verdienen.

Marie legte auch diesen Brief weg, sie erzählte Eide von den Dobermannpinschern und der Hundezucht, und Eide lachte nur, sie lachte so laut, dass Claire vor Schreck zu weinen begann. »Dein Mann«, sagte sie, »hat Ideen. Gut, dass du keine Flausen im Kopf hast, mit so einem Mann landet man im Armenhaus, wenn man nicht aufpasst.«

Das Warten ging weiter, es kam keine Nachricht mehr,

und als Anfang Juni der nächste Brief eintraf, sah sie an den Stempeln, dass er bereits im April abgeschickt worden war. Hastig öffnete sie ihn.

Heinrich schrieb von einer Verwundung am Kopf, einer Verletzung des linken Auges. Ein Granatsplitter habe ihn getroffen, und er wisse noch nicht, ob das Augenlicht zu retten sei, werde aber so bald wie möglich an die Front zurückkehren. Für seine Tapferkeit habe man ihm das Eiserne Kreuz verliehen.

Marie las den Brief wieder und wieder. Heinrich war am Auge verletzt? Was hieß das, und wieso sollte er zurück an die Front? Wieso kam er nicht nach Hause? Sie schrieb einen Brief an die auf dem Umschlag angegebene Adresse, es dauerte lang, weil sie die richtigen Worte nicht fand, immer wieder begann sie von vorn. Der Brief wurde kürzer als gedacht, auf dem Papier kamen ihr die Gedanken dumm vor, und irgendwann faltete sie die Seite vorsichtig zusammen und steckte sie in den Umschlag. Als sie den Brief schließlich zur Post brachte, fragte sie sich, ob Heinrich ihn jemals erhalten würde.

Es kam keine Antwort, Marie wartete und wartete. Bello, der Dackel, mit dem Heinrich bei vielen Wettbewerben Preise gewonnen hatte, starb im Sommer. Er hatte einen Giftköder gefressen, den Nachbarn ausgelegt hatten, und Marie machte sich große Vorwürfe, dass sie es nicht bemerkt hatte und das Tier jämmerlich zugrunde gegangen war. Einer von Heinrichs Freunden aus dem Dackelzüchterverein stand eines Morgens mit einem kleinen Dackelwelpen vor der Tür und überredete sie, das Tier zu nehmen.

»Heinrich wird es freuen, wenn er wiederkommt«, sagte er, und Marie sah in die großen braunen Augen des Tiers, das vor Aufregung zitterte, strich ihm über das schwarze glänzende Fell und gab nach. Sie nannte ihn Pifchen und verbrachte in diesem Sommer halbe Tage mit ihm am See, denn der junge Hund wollte immer weiterlaufen, er schien nicht müde zu werden, und abends schlief sie erschöpft ein. Eide überredete sie im August, wenigstens zwei Wochen mit ihnen nach Cambridge Springs zu fahren, so wie jedes Jahr. Marie war die gesamten zwei Wochen unruhig und lief gleich am Morgen nach ihrer Rückkehr zur Post, aber es war kein Brief von Heinrich gekommen, nur einer von Susanne, in dem sie beschrieb, wie sich das Leben in Berlin verändert hatte und wie hart die Zeiten geworden waren.

Im November kam ein englischer Film in die Kinos, von dem ganz Erie redete: Er war eine Sensation, man hatte ihn an der Front gedreht, dort, wo monatelang eine Schlacht getobt hatte, an der Somme in Nordfrankreich. Marie schaute im Atlas nach und sah, dass der Fluss nicht weit entfernt war von den Orten, die Heinrich auf seinen letzten beiden Briefen als Anschrift angegeben hatte. War Heinrich dort gewesen? War er an die Front zurückgekehrt, und hatte man ihn an die Somme geschickt, um dort in den Schützengräben zu kämpfen? Lebte er überhaupt noch? Sie ging mit Eide ins Kino, voller Furcht.

Der Film war anders als die Bilder in den Wochenschauen, er war bei den Soldaten, ganz nah, zeigte den Schlamm der Schützengräben, die schmerzverzerrten Gesichter der Verwundeten, Soldaten, die aus den Gräben kletterten und getroffen zu Boden gingen, alles untermalt von einer ewig gleich klingenden Marschmusik. Dann deutsche Kriegsgefangene, auch sie verwundet und erschöpft. Marie versuchte die Gesichter zu erkennen, aber sie waren verschwommen und ähnelten einander. Ihr wurde übel, und schnell stand sie auf, drängte sich an den neben ihr Sitzenden vorbei und lief zur Toilette, wo sie sich übergeben musste. Sie würgte, bis nur noch Magensäure kam.

Irgendwann traf wieder ein Brief aus Frankreich ein –

Heinrich schrieb, er sei an die Front zurückgekehrt, nachdem das Auge gut verheilt sei, sie solle sich keine Sorgen machen. Der Krieg werde sicher länger dauern, und er wisse nicht, wie sich Amerika verhalten werde. Sie solle an die Schweizer Adresse denken, schrieb er.

Marie merkte, dass die Stimmung kippte – als sie mit zwei deutschen Freundinnen in einem der italienischen Cafés ein Eis aß, schaute der Kellner sie missbilligend an, und sie wurden lange nicht bedient.

Im April 1917 traten die USA in den Krieg ein, und es kamen lange keine Briefe mehr. Nachts lag sie wach, gequält von dem Gedanken, was nun werden sollte. Nach einer der vielen schlaflosen Nächte setzte sie sich am darauffolgenden Morgen an den Küchentisch und schrieb Heinrich einen Brief voller Fragen, die ihr nicht aus dem Kopf gingen, nicht tagsüber und auch nicht in der Nacht. Heinrich kämpfte jetzt gegen die Amerikaner, wie wollte er jemals zurückkehren, wenn der Krieg vorbei war? Würde man ihn ins Land lassen? Ihn verhaften? Sie adressierte den Brief an die Schweizer Adresse, die er ihr gegeben hatte, und machte sich auf den Weg zur Post. Auf halbem Weg zögerte sie und drehte um, ging schnell zurück nach Hause und verbrannte den Brief in der Küchenspüle.

Ein paar Tage später machte Eide sie auf einen Wagen aufmerksam, der manchmal gegenüber von ihrem Haus parkte und in dem immer jemand saß. Und so war sie nicht überrascht, als es ein paar Wochen später nachmittags klingelte. Ein Mann mit Staubmantel, Aktentasche und Hut stand vor der Tür, der freundlich, aber bestimmt sagte, er müsse ihr ein paar Fragen stellen. Marie bat ihn ins Wohnzimmer und machte ihm umständlich Kaffee, um ihre Nervosität zu überspielen. Als sie den Kaffee ins Wohnzimmer brachte, erzählte sie mit trauriger Stimme, wie ihr Mann sie unter dem Vorwand, das Erbe seines Vaters regeln zu müssen – er sei der Älteste von sechs Geschwistern –, verlassen habe und nach Europa zurückgekehrt sei. Er lebe offensichtlich mit einer anderen Frau zusammen, und seine Schwägerin, die ihr wohlgesonnen sei, unterstütze sie jeden Monat, aber die Zukunft sei ungewiss. Nein, sie wisse nichts von einem Kriegseinsatz oder wo er sich gerade aufhalte. Ihr Mann habe auch keinen Kontakt mehr zu seiner Familie, er sei verschwunden.

Der Mann lächelte verständnisvoll und fragte nicht weiter – glaubte er diese Geschichte wirklich? Sie wusste es nicht. Er hatte ein kantiges Gesicht und dunkle Augen, er hielt ihren Blick auch noch, als er sich von ihr verabschiedete, ihr fest die Hand drückte und ihr alles Gute wünschte. Dann brachte sie das Kaffeegeschirr zurück in die Küche und zitterte so stark, dass ihr die Tassen aus der Hand fielen und zerbrachen.

30

Charlotte Ida Marie, Susannes und Ottos Tochter, war sieben Jahre alt, als Marie sie zum ersten Mal sah: ein mageres kleines Mädchen mit dunklen Augen, hoher Stirn und einem dicken dunkelbraunen Zopf. Sie schaute sie unverwandt und schweigend an, sie lächelte nicht, als ihre Mutter Marie umarmte und an sich drückte und immer wieder umarmte. Dann gab sie ihr die Hand und knickste artig, bevor sie sich hinter ihrer Mutter versteckte. Sie lächelte erst, als Marie ihr die Puppe gab, die sie aus Amerika für sie mitgebracht hatte.

Es war eine Puppe aus Holz, deren Gelenke mit Metall verbunden waren, sodass sie viel beweglicher war als die meisten Puppen aus Porzellan, die Marie in dem Spielwarenladen in Erie stundenlang betrachtet hatte.

Dabei hatte sie, bevor sie zurück nach Deutschland zog, so viel zu tun gehabt: die Wohnung musste aufgelöst, vieles verkauft, ein Teil verpackt und nach Europa versandt werden, die Schiffspassage gebucht und Koffer gepackt werden. Dann der Abschied – Marie war vierzig Jahre alt, sie hatte fast fünfzehn Jahre in Erie gelebt, beinahe ein halbes Leben, ein gutes halbes Leben, dachte sie, als sie Gardinen abnahm, Teller einpackte und Sachen verschenkte, von denen sie längst nicht mehr wusste, wozu sie sie einmal gebraucht hatte. In all der Hektik hatte sie immer wieder ganze Nachmittage in dem großen Spielwarenladen auf der Liberty Street verbracht. Sie wollte Charlotte Ida Marie, die sie nach ihrer Rückkehr endlich kennenlernen würde, ein schönes Geschenk mitbringen.

Die Schoenhut-Puppen gefielen ihr, und die gab es nur in Amerika: Holzpuppen, deren Gesichter freundlicher waren als die der Porzellanpuppen mit dem starren Blick. Als sie merkte, dass der Verkäufer sie misstrauisch ansah, weil sie immer wieder kam und unentschieden vor den langen Reihen der Puppen stand, hatte sie sich irgendwann für eine mit dunkelbraunen langen Haaren und braunen Augen entschieden. Sie trug ein cremefarbenes Kleid mit Rüschen, dazu einen kleinen Strohhut.

Marie trat mit der in Seidenpapier eingeschlagenen und in einem bunten Karton verstauten Puppe aus dem Laden auf die Straße und schaute hoch. Eine Ahnung von Herbst lag in der Luft. Die Blätter der Bäume, die die Straße säumten, verfärbten sich an den Rändern, und Marie blieb stehen, um eins aufzuheben, das dunkelrot war. Die Frage, die ihr Eide seit Monaten stellte, ging ihr nicht aus dem Kopf: Wieso? Wieso gehst du zurück, dein Leben ist hier. Was willst du in diesem Deutschland, das am Boden liegt, das den Krieg verloren hat, in dem Revolution ist und keiner weiß, wie es weitergeht? Was willst du bei einem Mann, der sich zwei Jahre lang nicht gemeldet hat und jetzt plötzlich will, dass du zurückkommst? Hier hast du Freunde, hier hast du ein Leben, hier hast du Geld, bleib hier.

Bleib hier, bleib hier, bleib hier, manchmal schlief Marie ein und hörte Eides Stimme immer noch, die auf sie einredete, mal beschwörend, mal verständnislos. Sie malte ihr ein freies Leben aus – Marie hatte etwas Geld zurückgelegt, die Familie würde auch weiter Geld überweisen, Susanne würde sie nicht im Stich lassen. Und Marie könnte arbeiten, sie könnte wieder als Typistin arbeiten, so viele Firmen suchten Frauen wie sie, nicht die jungen Mädchen, die nur darauf aus waren, sich gut zu verheiraten. Und wirklich hatte sie einer der Behrend-Brüder bei einer *garden party* angesprochen, ob sie zu ihnen in die Firma kommen wolle, sie sprach ja Deutsch und inzwischen ganz passabel Englisch.

Das war zu einem Zeitpunkt gewesen, als der Brief schon eingetroffen war, der erste Brief von Heinrich nach dem Krieg, ein Jahr nach dem Krieg, ein langer Brief, in dem er die Lage schilderte in Berlin und in Deutschland, in dem er erklärte, was er gemacht hatte, wo er gewesen war. Sie hatte ihn gelesen mit einer Müdigkeit, die sie überraschte. Sie kannte seine Beschönigungen, seine Versionen einer Realität, die so oder vielleicht auch anders war. Es gab ein paar Tatsachen, die sie aus dem Brief herauslesen konnte: Er hatte das Augenlicht des linken Auges nach jener Verletzung 1916 verloren, hatte weitergekämpft und war gesundheitlich angeschlagen. Die politische Lage in Berlin war unsicher. Seine Familie hatte ihn nicht wieder aufgenommen. Er arbeitete mal hier und mal da, im Moment auf einem Postamt. Und er suchte eine neue Arbeit. Nicht unbedingt in Berlin, er wollte die große Stadt verlassen und vielleicht nach Leipzig gehen, da sei es jetzt angenehmer. Weniger Revolutionäre, Ruhe, bessere Luft.

Sie beantwortete den ersten Brief von Heinrich nicht. Als der zweite Brief kam, wusste sie, dass Heinrich nicht lockerlassen würde. Er spürte ihr Zögern, keine Sekunde glaubte er, dass ein Brief von ihr an ihn verloren gegangen sein könnte. Sie hatte nicht geantwortet, weil sie unsicher war. Heinrich war nicht unsicher, er wusste, dass er sie brauchte. Sie musste zurückkommen, schrieb er ihr, er konnte nicht ohne sie leben. Und er konnte nicht zurück in die USA, er hatte seinen Eid gebrochen und für den Kaiser gekämpft, er hatte auf der falschen Seite gestanden, von Amerika aus gesehen. Sie musste kommen, sie musste alles verkaufen und ihr Leben dort in Pennsylvania beenden. Und seine Stimme, die sie doch auch ermüdete, war stärker gewesen als die von Eide.

Vielleicht hatte sie nur darauf gewartet, vielleicht hatte sie auf dieses »ohne dich geht es nicht« gewartet, das ihre Ehe immer bestimmt hatte, dachte sie später, wenn sie sich nach Erie sehnte und der Sorglosigkeit eines Lebens, das der Krieg zerstört hatte.

Und so verabschiedete sie sich, als die Bäume bunt waren und die Luft schon kühl war und nach Rauch und Holz roch, sie verabschiedete sich von dem weiten Himmel über dem See, von dem klaren Wasser, von den ruhigen, baumbestandenen Straßen, von *downtown* mit den wenigen hohen Häusern, von den *ice cream parlors* und dem *confectionery store*. Sie schlief kaum, immer fragte sie sich, ob die Entscheidung richtig war und ob es ein Zurück gab, wenn sich die Entscheidung als falsch erweisen sollte. Wenn sie nachts an ihr Schlafzimmerfenster trat und auf die Straße schaute, sah sie manchmal noch den Wagen auf der gegenüberliegenden Seite stehen, aber der Mann, der darin saß, hatte nie wieder bei ihr geklingelt.

In der Nacht vor ihrer Abreise träumte sie von Andrea Mancuso, sie träumte, er erwartete sie in New York am Hafen und sie stiegen gemeinsam auf ein Schiff nach Italien.

Marie buchte die zweite Klasse, denn diesmal hatte Heinrich kein Schiffsticket geschickt, und sie wollte möglichst viele ihrer Dollars mit zurück nach Europa nehmen. Im Speisesaal war es laut, es roch nach Kohl, und die Tische wurden selten abgewischt. Marie stand jeden Tag an Deck und hielt nach Land Ausschau, nach Europa, das sie herbeisehnte und fürchtete. In Bremen angekommen, stieg sie in den Zug nach Berlin, fuhr durch flache braungraue Landschaften, und mit jedem Kilometer wurde sie ängstlicher.

Heinrich war verändert und zugleich der, der er immer gewesen war. Dünn war er geworden, viel dünner, als sie ihn in Erinnerung hatte. Das linke Auge war blicklos, die Wangen eingefallen – aß er nichts mehr? Hungerte man in Berlin? Wie immer war er tadellos und elegant gekleidet, die braunen Budapester poliert. Um sie herum der Lärm des Lehrter Bahnhofs, Schreie, der Dialekt, den sie fast vergessen hatte, rotzig und laut. Er umarmte und küsste sie und klammerte sich plötzlich an sie.

»Ich bin so froh, dass du da bist, ich hatte solche Angst, dass du nicht kommen würdest«, murmelte er und küsste sie noch einmal.

»Heinrich ...«, sagte sie, sie wollte ihm alles erklären, was in ihr vorgegangen war, was sie sich überlegt hatte, dass sie ihn nicht alleinlassen konnte und dass sie das wusste, aber da hatte er sie schon losgelassen und beugte sich zu Pifchen hinunter, der an seiner Leine zog und kläffte.

Sie sprachen nicht mehr darüber, wieso sie nicht geantwortet hatte, ob sie Zweifel gehabt hatte. Berlin war lauter, schmutziger, ärmlicher, als sie es in Erinnerung hatte, die Armut war überall, in den Gesichtern der Menschen, in den lumpigen Kleidern, den ärmlichen Waren in den Geschäften. Auch der Krieg war überall, Männer ohne Beine, nur mit einem Arm, mit zerstörten Gesichtern, ledernen Masken, Augenklappen, Wahnsinnige, die schreiend durch die Straßen liefen. Und Bettler, überall bettelnde Menschen, ausgemergelte Frauen, Männer, Kinder, barfuß oder mit ein paar Lumpen an den Füßen. Einmal ging sie in den Wedding und suchte nach Lili, aber sie fand keine Spur von ihr, niemand erinnerte sich an sie. Es roch nach Erbsensuppe und Schweiß in den Hausfluren, sie schaute in müde Gesichter und ging nach zwei Stunden unverrichteter Dinge davon.

Sie blieben nicht lange, nur ein paar Wochen, sie wohnten in einer billigen Pension in der Nähe des Kurfürstendamms, es war laut, auch nachts. Heinrich zuckte zusammen, wenn er hinter sich einen schweren Wagen hörte, manchmal klammerte er sich dann regelrecht an sie. Lärm von einer Baustelle, eine Sirene, jedes plötzliche Geräusch erschütterte ihn.

»Diese Stadt ist zu groß«, murmelte er dann manchmal verschämt, wenn er sie so heftig am Arm gepackt hatte, dass sie strauchelte. »Zu groß und zu laut nach den Jahren in Erie, wir müssen hier weg.«

Marie sagte nichts, und sie fragte auch nicht – was auch? Sie dachte an den Film, den sie gesehen hatte, den Film über die Schlacht an der Somme, und wusste, dass sie nicht darüber sprechen, dass er ihr nichts davon erzählen konnte.

Dann fand Heinrich eine Anstellung in Dresden, und er freute sich wie ein Kind darüber. Dort würde alles gut werden, Dresden war wunderschön und ruhig, eine Residenzstadt, sie würden Ausflüge auf der Elbe machen, die Schlösser besichtigen und das Grüne Gewölbe, und kochen konnte man dort auch, die sächsische Küche sei berühmt, davon hätte ihm Fifi erzählt, seine Schwester, die in Dresden wohnte. Wie immer begeisterte er sich mit einer Energie für das Neue, die sie überraschte, nun aber freute: Der Krieg hatte sie ihm nicht genommen, diese Energie, auch wenn es ihr manchmal so vorgekommen war, weil er oft niedergeschlagen war. Von seiner Mutter sprach Heinrich nicht, sie besuchten nur Otto und Susanne.

Marie begann sich auf Dresden zu freuen, als Susanne ihr versprach, sie oft zu besuchen, und Charlotte ihr einen Kuss gab, die amerikanische Puppe im Arm, die sie Marie genannt hatte.

31

Marie verliebte sich gleich in den ersten Tagen in die Stadt. Ihre Vorbehalte, Ängste und Sorgen lösten sich auf, als sie auf der Albrechtsbrücke stand und auf Dresden blickte. Die Türme – Kreuzkirche, Frauenkirche, Schlosskirche, der Zwinger – lagen in der Abendsonne. So musste Florenz aussehen, dachte sie, während Pifchen neben ihr den Fluss anbellte. Am ersten Wochenende nach ihrer Ankunft – es war ein warmer Tag Ende Oktober – stiegen sie an den Brühlschen Terrassen auf einen der Ausflugsdampfer und fuhren die Elbe entlang nach Pillnitz. Sie war gebannt von der Pracht der Stadt, von der Schönheit der Elbe, die sich zwischen breiten Wiesen und sanften Hängen entlangschlängelte, vorbei an den Elbschlössern und unter dem Blauen Wunder hindurch, einer Brücke, kühn und modern gebaut, wie sie sie nur in Amerika gesehen hatte. Schloss Pillnitz erschien ihr wie eine Märchenkulisse, die fremd und orientalisch anmutenden Gebäude und der wunderschöne Park. Sie aßen Kartoffelsuppe in der Schlossschenke und danach Quarkkeulchen, und Heinrich lachte so ausgelassen wie früher, er versuchte, den Dialekt der Dresdner nachzuahmen und behauptete, es klinge ganz anders als das Sächsisch der Leipziger, aber sie hörte keinen Unterschied.

»Nu«, sagte er immer wieder, »nu«, und das hieß ja. »Darauf musst du erst einmal kommen«, sagte er. Sie fuhren weiter nach Pirna, und dort war ein Rummelplatz aufgebaut, ein Luna Park, wie sie sie in New York gesehen hatten oder manchmal in Erie. Ein großes Karussell stand mitten auf dem

Markt, es schien zu groß für das kleine Städtchen, für die alten Häuser rings um den Markt. Es war ein Kettenkarussell mit verschnörkeltem Dach und einem bunt bemalten Sockel, Prinzessinnen und Meerjungfrauen waren darauf, ein Harlekin und ein König. Die Leute standen Schlange, und als das Karussell sich in Bewegung setzte, staunte Marie: Es drehte sich nicht nur, es machte eine Wellenbewegung, sodass die Sitze wie in Wellen auf- und niederstiegen.

»Wellenflug«, schrie der Schausteller, der sich davor postiert hatte, »das neuste Fahrgeschäft aus Übersee, einzigartig in Deutschland, nur hier in Pirna.«

»Wellenflug – komm, das muss ich ausprobieren!«, rief Marie begeistert und zog Heinrich an der Hand zum Ende der Schlange.

»Bist du sicher?«, fragte er zweifelnd, denn er war nicht schwindelfrei. Dann gab er sich einen Ruck.

Als sie endlich an der Reihe waren, kletterte Marie auf den Sitz und zog die hölzerne Schranke auf die Knie. Dann setzte sich das Karussell auch schon in Bewegung, erst langsam und dann immer schneller, auf und ab. Der Marktplatz flog an Marie vorbei, sie streckte die Arme aus und lachte. Heinrich lachte auch, er griff nach ihrer Hand, und ihre Fingerspitzen berührten sich, sie flogen gemeinsam dem dunkelblauen Oktoberhimmel entgegen, dann wieder dem Kopfsteinpflaster des Marktplatzes, und in Maries Bauch kribbelte es. Es war richtig gewesen, zurückzukehren, Heinrich zu folgen, nach Dresden zu gehen, in eine Stadt, die schön war und voller Leben. Marie mochte den sächsischen Singsang, die Freundlichkeit der Leute oder das, was sie dafür hielt. Heinrich sagte dann immer, dass das keine Freundlichkeit sei, die Menschen seien einfach nicht so schlagfertig wie in Berlin, wo jeder Bierkutscher und jede Kellnerin einen frechen Spruch auf den Lippen hat.

Heinrich hatte eine Wohnung in Striesen gefunden, einem bürgerlichen Stadtteil nicht weit vom Großen Garten, dort, wo die Villa der Klemperers stand, die noch größer war als Heinrichs Elternhaus in Berlin. Victor von Klemperer, der Bankier, gehörte als Direktor der Dresdner Bank zu dem, was Heinrich »die Spitzen der Gesellschaft« nannte, und Fifi, Heinrichs Lieblingsschwester, führte das Leben, das Heinrich von seiner Mutter in Berlin kannte: Einladungen, Wohltätigkeitsveranstaltungen, dazu kam der Sport, den sie liebte und auch nicht aufgegeben hatte, als die Kinder geboren wurden.

Heinrich und Marie wurden nicht eingeladen, nicht zu Familienfeiern oder gesellschaftlichen Ereignissen, auch nicht zum Nachmittagstee. Marie verletzte das immer noch. Seit fünfzehn Jahren ging das so, vielleicht war es längst keine Strafe mehr, sondern der Bankdirektor schämte sich dieser Verwandtschaft, dieses Schwagers, der nun in Dresden lebte und Geschäftsführer eines Kinos in Pirna war.

Kammer-Lichtspiele hieß das Kino, und Marie war stolz auf diese Anstellung, Geschäftsführer eines Lichtspielhauses, das war doch etwas, und manchmal fuhr sie mit Heinrich nach Pirna, um sich die Nachmittagsvorstellungen anzuschauen. Dann verbeugte sich der Klavierspieler auf der Bühne in ihre Richtung.

Aber Anna Reichenheim war unerbittlich, und die Geschwister und die Schwäger hatten sie abgeschrieben, das schwarze Schaf der Familie, dieser Bruder, der so lange in Amerika gewesen war, dass man ihn hatte vergessen können, und der nun wieder da war und störte, weil er auch jetzt nicht zu ihnen passte. Susanne und Otto, auch Fifi, die Frau Bankdirektor, waren anders. Fifi traf sich manchmal nachmittags heimlich mit Heinrich in einem Café, aber selten, sie führte ein großes Haus, die Kinder, ihr Sport, die Gesellschaften, die Kunstsammlung, all das verlangte ihre Aufmerksamkeit.

Dann kam die Inflation, und jeder war mit sich beschäftigt. Susanne schickte wieder Geld, immer größere Bündel, und Marie ging mit klopfendem Herzen zum Bäcker, zum Fleischer, sie streckte den Kaffee, schmierte die Butter dünner aufs Brot. Heinrichs Gehalt reichte kaum bis zur Monatsmitte, und Marie tauschte häufiger von den Dollar um, die sie mitgebracht hatte, sie tauschte sie auf der Bank und ging dann schnell in die Läden, um möglichst viel dafür zu kaufen. Tausend Mark, eine Million, eine Milliarde, sie verwechselte die Zahlen, musste immer wieder die Nullen zählen, und am Ende blieb wenig, sie ging mit Taschen voller Geld in die Geschäfte und kam mit etwas Wurst, Brot, ein paar Kartoffeln und einem Pfund Kaffee zurück. Die grün-weißen Dollar lagen in einem dicken Umschlag unter ihrer Wäsche, ein Umschlag, der immer dünner wurde. Eide schickte Pakete aus Erie, sie rochen nach George Pulakos' Confectionery Store, nach Schokolade, Seidenpapier und Amerika, und manchmal hatte Marie eine solche Sehnsucht nach Erie, dass sie keine Luft bekam.

An einem Abend im März 1924 kam Heinrich später als geplant aus Pirna zurück. Nur ein- oder zweimal die Woche blieb er bis nach der letzten Vorstellung und kontrollierte die Kassen, und dann übernachtete er in einem kleinen Hotel am Markt. Marie vermutete, dass er dort Liebschaften hatte, sie roch es an seinen Hemden, und einmal hatte sie in seiner Jackettasche eine Haarnadel gefunden. Sie sprach ihn nicht darauf an, was hätte sie sagen sollen, so war es immer gewesen, und bis auf Mrs Schumacher hatte es sie nicht gestört. Wenn sie sich doch darüber ärgerte, wenn sie Lippenstiftspuren fand, die offensichtlich waren, dachte sie an Andrea Mancuso oder an die Kellner in den Cafés von Erie, die ihr hinterhergepfiffen hatten. Das tat hier in Dresden niemand. Sie war über vierzig und sah morgens im Spiegel die Falten um Augen und Mund, sie sah die grauen Strähnen in ihrem dunklen Haar und wusste, dass diese Zeit vorbei war, aber sie trauerte ihr nicht nach.

An diesem Frühlingsabend im März 1924 hatte Heinrich ihr angekündigt, er wolle vor der Abendvorstellung nach Dresden zurückkommen, und sie hatte mit dem Abendessen auf ihn gewartet.

Als er gegen neun Uhr endlich kam, trat er ins Wohnzimmer, er zog den Mantel nicht aus, setzte den Hut nicht ab, sondern blieb vor dem Sofa stehen, auf dem sie saß. Er hatte seit ihrer Rückkehr etwas zugenommen, war nicht mehr mager, aber jetzt im Schein der Stehlampe neben dem Sofa sah seine Haut grau aus, die Falten um die Augen und um den Mund waren tief.

»Ich war bei Victor«, sagte er, »er hat mich zu sich gebeten«, brach es aus ihm heraus.

»Victor?« Marie verstand nicht gleich.

»Fifis Mann«, sagte er ungeduldig.

Victor von Klemperer, was wollte der von ihnen? Empfing er Heinrich überhaupt? Marie war überrascht.

»Mein Vermögen, mein Erbe – er hat es nicht retten können, sagt er, alles ist weg.«

»Aber du hast doch nichts geerbt, dachte ich. Sie haben dich doch enterbt?«, fragte Marie hilflos.

Heinrich schaute sie müde an.

»Ach, Marie«, sagte er, »ach, Marie, jetzt sind wir wirklich auf uns gestellt.«

In der Nacht träumte sie von Erie, von Eide und der kleinen Claire, vom Strand von Presque Isle und den ruhigen, von hohen Bäumen gesäumten Straßen. Es war ein tiefer Schlaf, der sie weit forttrug von Dresden und diesem Mann, den sie noch immer nicht verstand, nach all den Jahren nicht, ihn und seine Familie, die ihr fremd, deren Teil er jedoch geblieben war. Die Reise nach Italien, die schönen Möbel, daran dachte sie vor dem Einschlafen, wie naiv sie gewesen war, als wenn das von dem Gehalt möglich gewesen wäre, das die Behrend-Brüder Heinrich gezahlt hatten. Keiner ihrer Freunde in Erie hatte Seereisen nach Europa unternommen, erster Klasse, nur sie, sie war naiv und dumm, und Heinrich sagte nur »ach, Marie«.

Heinrichs Schreie weckten sie mitten in der Nacht. Auch in Dresden hörten die Albträume nicht auf, er sprach im Schlaf, gab Befehle, schrie Warnungen, er war im Schützengraben, und all das, was er ihr nicht erzählen wollte oder konnte, hörte sie nachts.

Jetzt schüttelte sie ihn, sie machte das Licht an, und sein Gesicht war zu einer Grimasse verzerrt, er öffnete die Augen, und das linke, blicklose schien auf sie gerichtet. Es machte ihr Angst, und auch sie begann zu rufen und zu schreien, er solle aufwachen, bis er endlich zu sich kam und sie ihn weinend umarmte. Da klammerte er sich an sie, als müsste er ertrinken.

32

Im Herbst verlor Heinrich seine Anstellung in den Kammer-Lichtspielen. Sonst hatte er immer erst eine Zeit lang geklagt, bevor er kündigte, und Marie war vorbereitet gewesen. Diesmal ahnte sie nichts, weder hatte Heinrich sich beschwert noch davon gesprochen, dass er lieber etwas anderes täte, dass ihn die Arbeit quälte oder er zu wenig verdiente.

An einem stürmischen Oktobertag klingelte er am frühen Nachmittag, er hatte seinen Schlüssel zu Hause vergessen, und fragte sie beiläufig, ob er mit Pifchen einen Gang durch den Großen Garten machen solle, das Wetter sei so schlecht, dass sie besser zu Hause bliebe.

»Was machst du denn schon hier?«, fragte sie verwundert.

»Ich … ich arbeite nicht mehr in Pirna«, sagte Heinrich zögernd und dann, als er ihr besorgtes Gesicht sah: »Koch doch erst einmal einen Kaffee, ich gehe später mit Pifchen raus.«

Er erzählte ihr von einer Diskussion mit dem Inhaber des Kinos, und Marie verstand nicht, was passiert war, ob er gekündigt oder man ihn rausgeschmissen hatte. Dann fragte er nach ihrem Geld, und sie ging wortlos ins Schlafzimmer, um nachzusehen, wie viele Dollar noch übrig waren.

»Sechshundert«, sagte sie leise, als sie zurückkam, die Inflation hatte ihnen nicht mehr viel gelassen, es war ihre eiserne Reserve.

»Das ist gut«, sagte er, »mach dir keine Sorgen, ich finde schnell etwas anderes, etwas viel Besseres …«

Marie blieb unruhig, wo wollte er etwas finden, wenn überall über Arbeitslosigkeit gesprochen wurde, über Fabriken und Unternehmen, die ihre Arbeiter nicht mehr bezahlen konnten, die schließen mussten. Aber ein paar Tage später kam Heinrich mit einem großen, geschwungenen Strohhut in der Hand nach Hause, den er fröhlich schwenkte. Er wollte ihr nicht sagen, wie er dazu kam, sondern führte sie in den Luisenhof, eine Gaststätte auf dem Weißen Hirsch, die sie im Sommer oft besuchten. Es war ein sonniger Oktobertag, aber schon recht kühl, und sie saßen drinnen und tranken Bier zum Rindergulasch, während Heinrich ihr von seiner neuen Anstellung bei den Gebrüdern Köckritz erzählte, Strohhut- und Filzhutfabrikanten in Pieschen. Er hörte gar nicht mehr auf, über Strohhüte zu reden und über die Gebrüder Köckritz, die seiner Meinung nach die größte und bedeutendste Produktion von Strohhüten in ganz Sachsen hatten.

Marie kaute schweigend, sie kannte die Gebrüder Köckritz nicht und hatte von ihren Hüten noch nie gehört, aber was hieß das schon. Sie waren seit vier Jahren in Dresden, hatten im Dackelverein einige Freunde gefunden, mit denen sie sich regelmäßig trafen, sie waren oft ins Kino gegangen oder in die Große Wirtschaft im Großen Garten, zu den Konzerten der Blaskapellen, die dort spielten. Sie gingen manchmal ins Grüne Gewölbe, um die seltsamen Schätze der sächsischen Könige zu sehen, oder fuhren mit dem Dampfer im Sommer nach Pillnitz, aber sie kannte die Dresdner Firmen nicht und wusste nicht, wo Heinrich hätte Arbeit finden können. Wenn es nun in einer Hutfabrik sein sollte, war ihr das recht.

Heinrich blieb nicht lange bei den Strohhüten, im folgenden Jahr fand er eine Anstellung im Bankhaus Arnhold und bald darauf in der Schokoladenfabrik Hartwig & Vogel, die Marie kannte, weil sie die Tell-Schokolade und den Tell-Apfel, den Schokoladenapfel, den Hartwig & Vogel herstellte, gern aß.

Sie mussten sich einschränken, Heinrichs Gehalt war nicht besonders hoch, manchmal kam zusätzlich etwas durch Provisionen dazu, aber oft genug tauschte Marie ein paar ihrer Dollar um, wenn sie etwas Besonderes kaufen wollte oder die Kohlen im Winter knapp wurden.

Marie war zufrieden, sie lebten wesentlich bescheidener als in Erie, aber es war immer noch ein gutes Leben hier in Dresden. Was wollte sie mehr?

Diese Frage ging ihr durch den Kopf, als sie an einem heißen Tag kurz vor ihrem 47. Geburtstag Heinrichs dunkelbraunes Jackett mit den drei Knöpfen ausbürstete. Es war ein Jackett für den Herbst, er hatte es einige Monate nicht getragen, und bald war der August vorbei, und das Sommerwetter konnte jederzeit in Regen und einen kühlen Wind umschlagen. Sie schwitzte und überlegte einen Moment, ob sie das Jackett nicht noch ein paar Tage beiseitelegen sollte, holte dann doch die Kleiderbürste und machte sich an die Arbeit. Den grauen Zettel, der aus der Tasche fiel, wollte sie erst wegschmeißen, aber er war so klein zusammengefaltet, dass sie neugierig wurde. Es war eine Rechnung, ausgestellt vom Jugendamt für die Monate Januar bis Juni 1927. Adressiert an Heinrich Reichenheim, eine Rechnung für den Aufenthalt des Jungen Walter Heinrich Seidel in den Städtischen Kinderanstalten im Marienhof, Weinbergstraße 2. Das dunkelbraune Jackett war ihr aus der Hand gefallen, und langsam ging sie mit dem Zettel zum Tisch und setzte sich. Walter Heinrich Seidel. Städtische Kinderanstalten im Marienhof. Weinbergstraße 2. Als sie die Straße auf dem Stadtplan gefunden hatte, nahm sie ihre Tasche und verließ mit dem Zettel in der Hand die Wohnung.

Es dauerte eine Ewigkeit, bis man sie in die Kinderanstalt einließ, bis die Kinderschwester, die sie schließlich hereinbat, weil ihr klar wurde, dass diese Frau nicht weggehen würde, sie zum Direktor brachte, einem älteren Herrn mit weißem Bart.

»Ich möchte den Sohn meines Mannes Heinrich Reichenheim abholen. Er heißt Walter Heinrich Seidel«, wiederholte sie bestimmt, was sie auch der Kinderschwester gesagt hatte. »Er ist sein Sohn, und wir können sehr gut für ihn sorgen.«

Der Mann, der sich als Dr. Birnstein vorgestellt hatte, schaute sie lange an, und sie hielt seinem Blick stand.

»Walter Heinrich Seidel?«, sagte er schließlich langsam. »Warten Sie, Walter Heinrich Seidel ...« Er stand von seinem Stuhl auf und trat an eines der dunklen Holzregale, in denen in Leder gebundene Akten standen. Eine zog er hervor, blätterte darin und schaute sie an.

»Walter Heinrich Seidel ist am 1. August fünf Jahre alt geworden, Frau ...«

»Reichenheim, Marie Reichenheim«

»Richtig, Frau Reichenheim.« Er betonte ihren Nachnamen.

»Also, das Kind ist fünf Jahre alt und bislang, lassen Sie mich schauen ...« Er blätterte in der Akte. »Bislang hat niemand das Kind besucht oder gesucht. Fünf Jahre und einen knappen Monat nicht. Wir waren froh, wenn das Geld pünktlich eintraf, was ... warten Sie ... auch nicht immer der Fall war.«

Er klappte die Akte zu, stellte sie zurück in den Schrank und setzte sich wieder an seinen Schreibtisch.

»Das mag sein, Herr Dr. Birnstein«, hörte Marie sich sagen. »Aber jetzt bin ich da und möchte das Kind abholen. Sie sind doch meiner Meinung, dass ein Kind bei seinem Vater aufwachsen sollte und nicht in einer Kinderanstalt, selbst in einer so schönen wie der Ihren?«

Kämpferisch beugte sie sich vor.

»Ohne Frage, liebe Frau Reichenheim, aber sehen Sie mir

mein Zögern nach, wenn diese Erkenntnis erst fünf Jahre nach der Geburt des Knaben eintritt.«

»Besser spät als nie«, sagte Marie entschlossen und fühlte Wut in sich aufsteigen.

»Meine liebe Frau, wie stellen Sie sich das vor? Sie kommen ohne Vorankündigung hierher, Ihr Mann, der Kindsvater ist nicht dabei, und wollen seinen Sohn abholen?«

»Gut, dann lassen Sie die Sachen des Kindes packen, mein Mann und ich kommen es morgen abholen.«

Sie funkelte ihn an, immer noch vorgebeugt. »Sie können uns das Kind nicht wegnehmen, es ist unser Kind.«

Sie konnte nicht glauben, dass sie das gerade gesagt hatte, es stimmte nicht, war nachgerade großer Unsinn, aber Dr. Birnstein strich sich über den Bart, und sein Blick wurde weicher.

»Kennen Sie die Geschichte von Salomon in der Bibel? Das salomonische Urteil, das der Frau das Kind zuspricht, die es liebt und es lieber weggäbe, als es getötet zu sehen?«

Marie zögerte einen Moment lang. »Das war die leibliche Mutter«, sagte sie. »Die leibliche Mutter hat das Kind so sehr geliebt.«

»Fräulein Seidel, die leibliche Mutter von Walter Heinrich hat kein einziges Mal nach dem Jungen gesehen. Sie hat weder Geld noch sonst irgendetwas geschickt. Nachdem sie uns das Neugeborene gebracht hat, haben wir von ihr nie wieder etwas gesehen oder gehört.«

Marie schwieg einen Augenblick und schaute Dr. Birnstein fest in die Augen. Dann gab sie sich einen Ruck.

»Mein Mann und ich haben 1905 geheiratet, vor zweiundzwanzig Jahren. Ich habe die längste Zeit dieser zweiundzwanzig Jahre gehofft, ein Kind zu bekommen. Das ist nicht geschehen. Heute morgen habe ich das hier gefunden.« Sie hielt ihm den grauen Zettel hin.

»Ich möchte das Kind zu uns nehmen, es wird das Beste für den Jungen sein. Und die leibliche Mutter wird es nicht stören.«

Der Direktor sah sie nun freundlicher an. Als es an der Tür klopfte, rief er unwillig: »Jetzt nicht.« Dann stand er auf.

»Frau Reichenheim, gehen Sie mit Ihrem Mann zum Jugendamt in die Landhausstraße und klären Sie die Formalitäten. Dann können Sie den Jungen abholen. Kommen Sie!«

Er ging aus dem Raum, ohne sich nach ihr umzudrehen, und sie folgte ihm durch schmale Gänge bis zu einer großen Tür. Er öffnete und ließ sie in einen Saal schauen. An langen Tischen saßen Jungen, die über ihr Abendbrot gebeugt waren. Es roch nach Früchtetee und Wurst und war merkwürdig still, nur das Klappern des Bestecks war zu hören. Dr. Birnstein winkte einer der Schwestern, die durch die Reihen lief.

»Welches Kind ist Walter Heinrich?«, fragte er.

»Der da.« Die Schwester zeigte auf einen kleinen Jungen, der ernst vor seinem Teller saß und aus dem Fenster sah. Er hatte dichtes dunkles Haar, ein merkwürdig dreieckiges Gesicht mit einer breiten, hohen Stirn und einem spitzen Kinn, große braune Augen und abstehende Ohren. Ein mageres Kind, das Marie an eine Fledermaus erinnerte. Sie stand so lange in der Tür und schaute den Jungen an, bis Dr. Birnstein ihr die Hand auf den Arm legte und sie wegführte.

An dem Abend kochte Marie kein Essen, sie saß im Wohnzimmer auf dem Sofa und machte auch kein Licht, als es dämmerte und schließlich dunkel wurde.

Den großen dunkelgrünen Kachelofen im Wohnzimmer ließ sie ausgehen. Sie saß ganz still da und war in Gedanken in dem Speisesaal, bei dem kleinen Jungen Walter Heinrich, der wie eine Fledermaus aussah und viel zu mager war. Je länger sie an ihn dachte, umso wütender wurde sie, sie sah die großen Augen des Kindes, den Blick, der ihr jetzt vorwurfsvoll erschien, anklagend. Er hatte sein Essen nicht angerührt, er sah so aus, als würde er sein Essen häufig nicht anrühren.

Als sie den Schlüssel in der Tür hörte, platzte sie fast vor Wut und schwieg. Heinrich rief ihren Namen, er kam durch den Flur und schaute in die dunkle Küche, rief wieder nach ihr und schaute dann ins Wohnzimmer.

»Marie?«, fragte er, und seine Stimme klang unsicher.

Sie schwieg immer noch, er trat ins Zimmer, und da stand sie langsam auf, sie ging auf ihn zu, sie holte aus und gab ihm mit aller Kraft eine Ohrfeige. Heinrich wusste sofort, worum es ging, so als hätte er all die Jahre darauf gewartet, fünf Jahre und beinahe einen Monat. Er verlor sich in umständlichen Erklärungen, während er sich das Gesicht hielt, das von ihrer Ohrfeige rot angelaufen war.

Marie schwieg, sie schwieg und hörte nicht zu, sie schwieg, bis er verstummte. Dann schaute sie ihn an und wiederholte, was sie Dr. Birnstein am Morgen gesagt hatte: »Wir holen das Kind morgen ab, wir holen den Jungen zu uns, denn er gehört hierher.« Und: »Wie konntest du mir das antun, wie konntest du nur?« Auf seine Antwort hörte sie nicht, er erklärte ihr, wie wenig ihm diese Frau bedeutet hatte, eine von den Sekretärinnen im Kino in Pirna, die sofort verschwunden war, als sie entdeckt hatte, dass sie schwanger war, von der er erst wieder hörte, als sich das Jugendamt meldete und Rechnungen stellen wollte. Er habe das Kind nicht verleugnen können, er war ein anständiger Mensch. Ob sie das nicht verstehe.

Sie schwieg, denn er verstand nichts, hatte wohl nie etwas verstanden. Was wusste er schon von ihr, sie war immer mitgekommen, war ihm immer gefolgt, das war der Gang der Dinge, wenn einer wie er sich mit einer wie ihr abgab. Aber das hier war etwas anderes, es war ihr gleichgültig, was er dachte oder nicht dachte, sie wollte dieses Kind, es war ihr Kind, ihrer beider Kind, und dieses Kind hatte dort in der Kinderanstalt, in dem großen Speisesaal, bei den anderen Jungen, nichts verloren.

»Wir holen den Jungen morgen ab, wir müssen erst zum Jugendamt und können ihn dann am Nachmittag mitnehmen.« Ihre Stimme duldete keinen Widerspruch, und Heinrich widersprach nicht.

Er fragte auch nicht, er suchte alle Unterlagen heraus, er aß in der Küche im Stehen ein Stück Brot, er trank ein Bier und ging früh zu Bett. Marie schwieg den ganzen Abend, sie legte sich lange nach ihm ins Bett und konnte nicht einschlafen. Heinrichs gleichmäßige Atemzüge störten und ärgerten sie, sie dachte an den Jungen, sie zählte die Stunden, und morgens um drei ergriff sie eine Furcht, er könnte über Nacht verschwunden sein aus dem Kinderheim, spurlos verschwunden und sie müssten unverrichteter Dinge und allein zurückkehren in die Tittmannstraße, auf immer kinderlos.

Aber das Kind war nicht verschwunden, es stand vor ihnen und schaute sie ernst an am nächsten Nachmittag. Dann streckte es Heinrich die Hand hin, als die Erzieherin ihm einen kleinen Schubs gab. »Guten Tag«, sagte es, »guten Tag, Herr Reichenheim.«

Heinrich runzelte die Stirn. »Ich bin dein Vater«, sagte er und ließ die Hand des Jungen los.

Marie schob ihn beiseite, sie kniete sich vor den Jungen und umarmte ihn. Sie fühlte den mageren Jungenkörper, der ihr nicht entgegenkam, sondern sich steif machte. »Wir sind deine Eltern«, sagte sie und strich ihm über das Haar, »du kannst Mutti und Vati zu uns sagen, und jetzt gehen wir zusammen nach Hause.«

Sie nahm ihn an der Hand, die kleine Hand war warm und weich, und er ging, ohne zu zögern, mit, er drehte sich nicht um, sondern lief schnell dem Wagen entgegen, der vor dem Heim wartete.

Die ersten Tage sprach der Junge kaum, und nur Marie redete. Sie zeigte ihm die Wohnung, das Stadtviertel, sie erzählte und erklärte von früh bis spät, sie ging mit ihm durch die Stadt, kaufte ihm Eis und Schokolade, buk Apfelkuchen, kochte Vanillepudding, sie nahm von ihren Dollar und ging mit ihm in die Prager Straße, ins Spielwarenhaus B. A. Müller, den schönsten Spielwarenladen der Stadt. Der Junge stand verwirrt da, bis Marie sich für eine kleine Eisenbahn, einen Teddybären und ein Feuerwehrauto entschied.

Sie hatte beschlossen, dass das Herrenzimmer für Heinz, wie sie ihn bald nannten, hergerichtet werden sollte, und sie duldete keinen Widerspruch. Heinrich schwieg viel in diesen Tagen, ihr Leben hatte sich innerhalb von vierundzwanzig Stunden vollkommen verändert, und Marie war die, die entschieden, die gehandelt hatte. Abends saß Marie lange am Bett des Jungen, sie erzählte ihm Geschichten, die sie vor langer Zeit ihren kleinen Geschwistern erzählt hatte. Bald fing sie an, ihm Lieder vorzusingen, sie hielt seine Hand, bis er eingeschlafen war.

Die ersten Tage war er schüchtern gewesen, hatte nichts gesagt, sie hatte ihn zu allem auffordern müssen, und wenn sie ihn umarmte, hatte er sich in ihrer Umarmung nicht bewegt. Das änderte sich bald, er lächelte und lachte – wenn sie ihn Heini oder Heinz rief, er schmiegte sich an sie, wenn sie ihn umarmte, und sie liebte den Kindergeruch, den er verströmte, ein süßer Geruch nach Butterkeks. Er aß nun viel, wenn sie seine Lieblingsgerichte kochte, Pfannkuchen, Kartoffelsuppe oder Vanillepudding, sein Gesicht war nicht mehr ganz so spitz, glaubte Marie. Er fragte sie hundert Sachen, wenn sie gemeinsam in den Großen Garten spazieren gingen, wenn sie mit der Standseilbahn in Loschwitz auf den Weißen Hirsch fuhren oder am Wochenende nach Pillnitz.

Vor allem in den ersten Wochen konnte Marie kaum schlafen, immer wieder trat sie an Heinz' Bett, lauschte den regelmäßigen Atemzügen, manchmal warf er sich hin und her und sagte ein paar Worte, die sie nicht verstand, er träumte, und Marie nahm seine Hand, sie streichelte sein Gesicht, dann wurde er ruhig.

Die Nachbarn, allen voran Frau Wagner aus dem Erdgeschoss, hatten sie auf den Jungen angesprochen. »Haben Sie Besuch, Frau Reichenheim?«, hatte sie neugierig gefragt, »ein Neffe Ihres Mannes, er sieht ihm ja so ähnlich.«

Marie hatte sie angeschaut und bestimmt gesagt: »Nein, Frau Wagner, das ist unser Sohn Heinz, er bleibt jetzt bei uns.« Und hatte das Kind weggezogen. Sie sah, dass die Nachbarn tuschelten, dass Gespräche verstummten, wenn sie vorbeiging, aber ihr war es egal, sollten sie reden, sie würden bald etwas anderes finden, die Arbeitslosigkeit, die Preise, Frau Wagners Sohn Karl, der jetzt bei den Braunen war. Alles Dinge, die Marie nicht interessierten. Die Geldsorgen, die sie umgetrieben hatten, kamen ihr nun kleinlich vor, sie mussten sich beschränken, ja, sie musste haushalten, aber das konnte sie, und es war egal, solange sie Heinz hatten, solange sie eine Familie waren, konnte ihnen nichts etwas anhaben.

Susanne und Otto besuchten sie nun häufiger, und Lottchen mit ihren vierzehn Jahren spielte mit Heinz und brachte ihm kleine Geschenke mit. Auch Fifi kam manchmal zu Besuch, oder sie trafen sich in einem Café im Großen Garten, aber Heinrich wurde einsilbig oder schwieg, wenn Marie nach den anderen Geschwistern oder seiner Mutter fragte, ob sie das Kind nicht sehen, ob sie seinen Sohn nicht kennenlernen wollten.

Zu Weihnachten holte Heinrich einen besonders großen Weihnachtsbaum, den Marie und er in der Nacht vor Heiligabend schmückten. Alle Geschenke – auch die von Fifi, von Susanne und Otto, von Eide – bauten sie unter dem Baum auf, viele in rotes Papier eingeschlagene Pakete, und am nächsten Vormittag war Heinz so aufgeregt, dass er keinen Moment still sitzen konnte. Mittags aßen sie Hühnersuppe, dann brachen sie auf in die nahe gelegene Elisabethkirche, in die sie seit Heinz' Ankunft jeden Sonntagvormittag gingen, und dann durfte Heinz seine Geschenke auspacken. Marie kamen die Tränen, als er einen kleinen Karton mit Zinnsoldaten öffnete und vor Freude aufschrie.

Im darauffolgenden Sommer fuhren sie gemeinsam an die Ostsee, nach Usedom, wo Heinrich als Junge häufig die Sommerferien verbracht hatte. Sie blieben nur ein paar Tage und wohnten in einer kleinen Pension, mehr konnten sie sich nicht leisten, denn das Geld war nun immer knapp. Sie mieteten einen Strandkorb und verbrachten ganze Tage am Strand. Heinz hatte noch nie das Meer gesehen. Marie hatte ihm wochenlang davon erzählt, aber der Junge hatte es sich nicht vorstellen können. Nun war er überwältigt, er lachte und kreischte, wenn er in das kalte Wasser lief, er baute Sandburgen und verzierte sie mit den kleinen Muscheln, die er im Seegras nahe der Wasserlinie fand. Heinrich half ihm dabei, er grub einen tiefen Graben um die Burg und füllte ihn mit Wasser, wieder und wieder lief er mit dem kleinen Kindereimer und holte noch mehr Wasser, dann suchte er Stöcke, die er in den Burgturm steckte. Er vergaß alles um sich herum, nur die Burg und der kleine Junge zählten, und er sah enttäuscht aus, als Marie Heinz zu sich rief, weil seine Lippen blau angelaufen waren von dem kalten Wasser, in das er immer wieder lief, und sie ihn zu sich in den Strandkorb holte, um ihn mit einem großen Handtuch trocken zu reiben.

33

Im Frühjahr 1929 kam nach einem besonders harten Winter im März noch einmal ein Kälteeinbruch, die Temperaturen sanken auf fünfzehn Grad unter null, und in der Tittmannstraße brachen die Rohre, und sie hatten wochenlang kein warmes Wasser. Die ersten Blüten der Krokusse und Schneeglöckchen erfroren, unter Schnee vergraben.

Heinz ging zur Schule, jeden Morgen sah ihm Marie hinterher, wie er mit einem viel zu großen dunkelbraunen Lederranzen auf dem Rücken loslief, und sie musste an sich halten, um ihm nicht zu folgen, ihn an der Hand zu nehmen, wie sie es in den ersten Monaten getan hatte, bis Heinrich fand, nun sei der Junge wirklich alt genug, den Weg allein zu gehen.

Heinrich war mit derselben Begeisterung Vater, mit der er früher gespielt hatte, mit der er reiste oder sich mit seinen Dackeln beschäftigte, es war eine Begeisterung, die Marie bewunderte und ärgerte, weil sie in ihrer Kindlichkeit unberechenbar war. Jetzt liebte sie ihn dafür, wenn sie sah, wie Heinz' Augen leuchteten, sobald sein Vater abends heimkam und ihm einen Kuss auf die Stirn drückte.

»Was haben sie dir heute beigebracht?«, fragte er mit Verschwörermiene und ließ nicht locker, bis Heinz etwas aus dem Unterricht erzählte oder seine Schiefertafel holte und ein neues Wort darauf schrieb, ungelenk, die Zunge voller Konzentration zwischen den Lippen.

Heinrich begann aus der Firma Briefmarken mitzubringen und sie mit Heinz in Alben zu kleben, sie lösten gemeinsam die Marken über Wasserdampf von den Kuverts, dann kauften sie Marken dazu und abonnierten Zeitschriften, die sie gemeinsam studierten. Jeder Brief von Eide wurde nun nicht mehr nur von Marie, sondern auch von Heinz sehnsüchtig erwartet, und Eide suchte die ausgefallensten Marken und achtete im Postamt darauf, dass die Stempel deutlich zu lesen waren.

In diesem Frühjahr waren die Kohlen knapp geworden, es war zu kalt gewesen, und mit dem neuerlichen Kälteeinbruch hatten sie nicht gerechnet. Marie zog Heinz mehrere Pullover übereinander an, und in der Badewanne waren morgens manchmal dünne Eisplättchen, wo es feucht geblieben war. Heinrich arbeitete immer noch in der Schokoladenfabrik, aber sein Gehalt war gekürzt worden, der Firma ging es wie so vielen in der Wirtschaftskrise schlecht, und immer war das Geld schon am 20. alle. Susanne schickte häufiger Briefe, aus denen Geldscheine fielen, nachdem Marie bei ihrem letzten Besuch in Dresden erwähnt hatte, wie schwierig es sei, zurechtzukommen. Sie hatte das angesprochen, als sie mit Susanne allein gewesen war, sie wusste, dass sich Heinrich schämte, vor seinem Bruder und der Schwägerin über ihre wirtschaftliche Lage zu sprechen. Es war jetzt anders, denn nun war es nicht mehr sein Geld, das Erbe, das ihm zustand und von dem die Geschwister ihm monatlich eine Summe nach Amerika geschickt hatten. Das hier waren Almosen. Marie schämte sich nicht, und seit es Heinz gab, dachte sie, für den Jungen müsste doch gesorgt werden, diese Familie, die so reich war, konnte doch nicht zusehen, wie der kleine Heinz fror. Also schickte ihr Susanne heimlich Geld, und Marie bedankte sich, aber sie senkte den Kopf nicht, sie versteckte das Geld nur und nahm es, wenn sie es brauchte. Wie jetzt, als sie froh war, den Kohlenmann kommen lassen zu können, um wenigstens Küche und Wohnzimmer zu heizen.

Ab und zu fragte Marie Heinrich, wann sie nach Berlin fahren würden, um Heinz der Großmutter vorzustellen, aber Heinrich antwortete ausweichend, immer kam ihm etwas dazwischen, er hatte zu viel zu tun, er war auf Arbeitssuche, dann war Winter und die Reise beschwerlich.

Als Ende April die Kälte endlich nachließ, als die Maiglöckchen hier und da zum Vorschein kamen und auf den Wiesen im Großen Garten blühten, beschloss sie, dass es Zeit war. Sie überredete Heinrich zu einem Besuch bei Susanne und Otto in Berlin und erwähnte Anna mit keinem Wort.

Sie fuhren im Juni, es war ein warmer Frühsommer, alles blühte, und Berlin kam Marie freundlicher vor, als sie es in Erinnerung hatte. Die großen Parks mitten in der Stadt, die gewaltige Siegessäule mit der goldenen Figur auf der Spitze, das Brandenburger Tor, durch das Heinz andächtig ging, die Hochbahnen über den Straßen, die über ihren Köpfen entlangratterten: Sie sah die große, so moderne und lebendige Stadt mit den Augen des Jungen, der immer neue Automobile und Wagen entdeckte, die er noch nie gesehen hatte.

An einem Nachmittag, den Heinrich mit Otto verbrachte, packte sie den Matrosenanzug aus, den sie bei Bleyle gekauft hatte. Das war vor ihrer Fahrt nach Berlin gewesen, sie hatte in ihr Kästchen mit den Dollar geschaut und die letzten beiden Scheine herausgenommen. Einen Moment lang hatte sie gezögert, dann hatte sie die Scheine umgetauscht und den Matrosenanzug gekauft. Den Anzug hatte sie in ihrem Schrank versteckt und ihn in Seidenpapier geschlagen in den Koffer gepackt. Jetzt riss sie das dünne Papier auf, der Anzug war aus dunkelblauer Wolle. Heinz verzog das Gesicht, als er ihn anzog.

»Der kratzt«, murrte er, »und außerdem ist er viel zu warm. Muss ich wirklich?«

Marie lächelte nervös. »Ich weiß, mein Schatz, nur heute

Nachmittag. Guck, wie schön er aussieht.« Sie schob den Jungen mit schlechtem Gewissen vor den Spiegel, denn der Strick fühlte sich schwer und rau an. Aber er sah gut aus, ihr Heinz, er sah aus wie ein Enkelkind, das Anna gefallen könnte.

Von Tiergarten aus, wo Susanne und Otto wohnten, nahm sie einen Wagen nach Halensee. Anna Reichenheim war umgezogen, die große Villa in der Rauchstraße hatte sie verkauft. Der Wagen fuhr den Kurfürstendamm entlang, endlos, wie es Marie vorkam, weiter und weiter hinaus. Heinz hing am Fenster, er bestaunte die breite Straße, vor allem aber den Verkehr, die vielen Autos, die sich durch die Straße drängelten, überholten, hupten. Der Fahrer hatte die Fenster heruntergekurbelt, es war warm draußen, der Straßenlärm drang zu ihnen herein, vermischt mit Abgasen. Marie dachte an Anna, wie sie sie zuletzt gesehen hatte, damals, vor ihrem Haus in der Rauchstraße, kurz vor ihrer Abfahrt nach New York. Sie erinnerte sich an den Hut, den ausladenden Hut, den Anna getragen hatte, und unwillkürlich griff sie sich an den Kopf. Hätte sie einen Hut für diesen Besuch gebraucht? Es war Sommer, aber vielleicht trotzdem …

»Mutti, wir sind da!« Heinz' Stimme riss sie aus ihren Gedanken, der Fahrer war abgebogen und hatte beinahe sofort vor einem imposanten Haus gehalten. Marie bezahlte und schob Heinz aus dem Wagen.

Auf dem glänzenden Messingschild am Hauseingang suchte sie nach dem Namen, Anna Reichenheim, da, auf der ersten Etage. Sie zögerte einen Moment, dann klingelte sie. Der Messingknopf fühlte sich kühl an.

Das Mädchen, das öffnete, musterte sie. Frau Reichenheim sei nicht zu Hause, sagte sie, entschlossen, den unangekündigten Besuch nicht einzulassen, aber Marie ließ sich nicht wegschicken. Solche wie dieses Mädchen kannte sie, von dem ließ sie sich nicht beeindrucken.

»Wir warten«, sagte sie bestimmt und wurde die breite Treppe hinaufgeführt in ein dunkles Zimmer neben der Tür, voller samtbezogener Möbel und schwerer Vorhänge. Das Mädchen fragte noch einmal nach ihrem Namen, dann zog sie die Tür hinter sich zu. Sie hatte ihnen nichts angeboten, Heinz war verschwitzt von der Fahrt, der Anzug war viel zu warm, und er tat Marie leid, aber er sah sich nur um in dem dunklen Raum und sagte nichts. Auch Marie schwieg, vielleicht war es Unsinn, hier zu warten, wer weiß, wann Anna zurückkam, und wie lange konnten sie überhaupt warten, ohne sich lächerlich zu machen? Als sie die Tür und Stimmen hörte, wusste sie nicht, wie viel Zeit vergangen war. Erst kamen sie näher, dann entfernten sie sich. Marie stand auf, sie gab Heinz ein Zeichen, still zu sein. Vorsichtig öffnete sie die Tür. Der lange Flur, in dem ein dunkelroter Teppich lag, war leer. Sie hörte nun keine Stimmen mehr. Leise trat sie zurück und schloss die Tür.

»Mutti, wie lange müssen wir hierbleiben?«, fragte Heinz. »Ich will mit Lottchen spielen, sie wartet bestimmt schon auf mich. Und Tante Susanne hat mir versprochen, mir etwas vorzulesen, wenn sie nach Hause kommt.«

»Gleich, gleich, nicht mehr lange«, sagte Marie beschwichtigend, während Wut in ihr aufstieg. Dann hörte sie eilige Schritte, die Tür wurde aufgerissen, und das Mädchen stand vor ihnen.

Sie war sehr dünn und hatte graue Augen, die nah beieinander standen. Die Lippen waren schmal. Unsympathisch, dachte Marie, dazu der Berliner Einschlag in ihrer Stimme, den sie nie gemocht hatte.

»Sie müssen leider gehen, die gnädige Frau fühlt sich nicht wohl und will sich hinlegen«, sagte das Mädchen, und Marie glaubte Genugtuung in ihrer Stimme zu hören.

»Haben Sie ihr gesagt, dass ich mit dem Kind da bin, mit ihrem Enkelkind?«, fragte Marie.

»Aber natürlich habe ich Sie beide gemeldet. Die gnädige Frau leidet häufig unter Kopfschmerzen. Bitte gehen Sie jetzt.«

Marie nahm Heinz an der Hand und zog ihn hinter sich aus der Wohnung. Die Tür fiel ins Schloss, und Tränen der Wut und der Enttäuschung stiegen in ihr auf.

»Wollte Großmutter uns nicht sehen?«

»Ihr geht es schlecht, Heini, das ist alles, natürlich will sie dich sehen«, sagte Marie und schaute den Jungen nicht an, während sie vor ihm die Treppe hinunterlief, so schnell, dass er kaum hinterherkam.

Vor dem Haus blieb sie unvermittelt stehen, drehte sich um und nahm Heinz so fest in die Arme, dass er vor Überraschung fast das Gleichgewicht verlor.

»Natürlich will sie dich sehen«, wiederholte Marie und küsste ihn auf die Stirn, »du bist ihr Enkelsohn, sie hat sich auf dich gefreut, aber jetzt geht es ihr nicht gut, das ist alles. Wir kommen bald wieder her, und dann esst ihr Kuchen zusammen und trinkt Limonade. Jetzt schnell zurück, Susanne und Lottchen warten auf dich.«

Sie hatten sich schon ein paar Schritte von dem Haus entfernt, als sie ihren Namen hörte.

»Frau Reichenheim, warten Sie!«

Sie drehte sich um und sah das Mädchen, das auf sie zulief und Heinz ein Buch in die Hand drückte.

»Für dich, von der Großmutter.«

Susanne las Heinz am Abend daraus vor, es war *Hatschi Bratschis Luftballon*, und Marie mochte weder den böse aussehenden Zauberer noch die Menschenfresser, aber Heinz liebte den kleinen Fritz, der mit Hatschi Bratschis Ballon über die Alpen, Italien und die Wüste bis ins Morgenland fliegt. Sooft Marie das schreckliche Buch ganz hinten ins Regal stellte, holte Heinz es wieder hervor, er fragte, ob die

Großmutter in der Wüste und im Morgenland gewesen sei, ob sie die Menschenfresser gesehen habe.

»Die gibt es nicht, und es gibt auch keine Zauberer, die Kinder entführen«, sagte Marie dann. »Aber Italien, das gibt es.« Sie zeigte auf die Seite mit dem großen Ozeandampfer. »Auf so einem Schiff sind dein Vater und ich nach Italien gefahren«, und Heinz wollte mehr hören, von dem Schiff und von Italien.

Als Anna zwei Jahre später vom Pferd stürzte und starb, fiel Marie das Buch wieder ein und die Zeilen über Fritzchens Mutter, die ihren verschwundenen Sohn sucht, die einzigen, die sie sich gemerkt hatte: »Sie weint: Wo ist mein armes Kind? Es irrt vielleicht durch Nacht und Wind.«

34

Elf Namen. Die Schrift verschwamm vor ihren Augen, Marie schluckte, wischte sich die Tränen aus dem Gesicht und zählte noch einmal. Dann las sie die Namen laut, einen nach dem anderen, alle vertraut. Drei Töchter, drei Schwiegersöhne, drei Söhne und zwei Schwiegertöchter. Ihr eigener war nicht dabei.

Sie stand auf, nahm die Todesanzeige vom Küchentisch und legte sie in die Zeitung, genau dorthin, wo sie sie gefunden hatte: Zwischen Sport- und Lokalteil. Heinrich hatte versucht, die Anzeige vor ihr zu verstecken. Er hatte ihr vom Tod seiner Mutter erzählt und dass er zur Beerdigung nach Berlin fahren würde. Vorgestern war das gewesen; gestern war er wiedergekommen. So wie sie nicht darüber gesprochen hatten, ob sie und der Junge mitkommen sollten, hatte er ihr nach seiner Rückkehr nichts von dem Begräbnis erzählt.

Seit siebenundzwanzig Jahren war sie nun mit Heinrich verheiratet, und noch im Tod zeigte ihr die Schwiegermutter, was sie davon hielt.

Marie biss die Zähne zusammen, die Tränen waren versiegt, sie war wütend. Dann durchblätterte sie noch einmal hastig die Zeitung nach der Todesanzeige: »entschlief sanft im 77. Lebensjahr«. Nichts war sanft an Anna. Auch nicht der Tod, aufs Pferd war sie gestiegen und gestürzt, so sah dieser sanfte Tod aus. In Locarno, denn Anna war immer unterwegs, zur Kur oder bei ihren Kindern – außer bei Heinrich. Zu viele Fabriken habe man in Dresden-Striesen gebaut, hatte sie Heinrich einmal geschrieben, die Luft sei schlecht.

Da unten stand auf der Anzeige: 21 Enkel und 3 Urenkel. Sie spürte, wie ihr Kopf heiß wurde. Fieberhaft begann sie nachzurechnen. 21 Enkel – war Heinz dabei? Ja, war er. Schnell steckte sie die Anzeige wieder in die Zeitung, legte sie auf den kleinen Tisch neben dem Sofa und ging zurück in die Küche. Das Geschirr vom Frühstück war gespült, die Königsberger Klopse standen fertig auf dem Herd.

Striesen war kein Arbeiterviertel, in der Tittmannstraße standen ansehnliche Wohnhäuser mit großzügigen Wohnungen, jedenfalls in den zweiten und dritten Etagen. Jedes dieser Häuser hatte einen Hof und einen Garten. Sie dachte an die herrschaftlichen Villen rund um den Walderseeplatz, an den Großen Garten mit seinem Palais. Professoren, Künstler, und Warenhausbesitzer wohnten hier in Striesen. Die Tittmannstraße war nicht die vornehmste, aber sie gehörte dazu, in ihrem Haus wohnte ein Reichsbankinspektor und ein Eisenbahn-Oberinspekteur, immerhin. Dass man im Westen des Viertels eine Zigarettenfabrik, zwei Kamerafabriken und eine Druckerei gebaut hatte, hatte das Leben nicht verändert. Schlechte Luft. Hier. Sie schnaubte, wenn sie an die grauen Berliner Straßen und den nebligen Rauch im Winter dachte. Natürlich nicht überall, nicht in Tiergarten oder Halensee.

Jetzt fiel ihr Blick auf den Teppich im Flur, einen kleinen Läufer. Sie nahm den Teppichklopfer aus der Abstellkammer und den Läufer und ging vorsichtig die Treppe hinunter in den Hof. Frisch gebohnert, das Schild war an der dunklen Holztreppe montiert wie jeden Donnerstag.

Es war ein kühler Oktobertag, der Wind rauschte in den Bäumen, deren Laub sich bereits gelb und rot gefärbt hatte, und es roch nach Herbst, nach Erde und Rauch. Sie legte den Läufer über die Teppichstange und begann mit dem Teppichklopfer dagegen zu schlagen, schneller und schneller.

Bald tat ihr der Arm weh, aber sie hörte nicht auf. Anna, unsere geliebte Mutter, Großmutter und Urgroßmutter, immer wieder Anna, die sie nie hatte sehen wollen, Anna, die auch ihren Enkel nicht hatte sehen wollen.

Marie keuchte vor Wut und Anstrengung, Anna, Anna, Anna bestimmte das Leben ihrer Kinder. Die Schläge des Teppichklopfers hallten durch den Hof, und Schweiß lief ihr über die Stirn. Sie sah, dass sich unter den Schlägen einzelne Fäden aus dem dunkelroten Teppich mit dem blauen Muster lösten. Er war abgenutzt, wie so vieles in ihrer Wohnung. Ausgebessert und gepflegt, aber nicht neu.

»Ihr Mann macht es Ihnen wohl mal wieder nicht leicht?« Marie fuhr herum und sah Elsa Wagner vor sich stehen. Wieso mischte sich diese neugierige, dumme Person immer in alles ein? Sie war es auch gewesen, die Heinrich vor drei Jahren im »Sächsischen Prinzen«, einem Striesener Tanzlokal, mit einer anderen Frau gesehen hatte. Nein, nicht selbst gesehen, natürlich war sie nicht im »Sächsischen Prinzen« gewesen, als Witwe hätte die Wagnerin niemals ein solches Etablissement aufgesucht. Aber ihr Sohn, der Tischlergeselle Karl, hatte dort ein Bier getrunken und war danach zu seiner Mutter gegangen, um ihr von seiner Beobachtung zu erzählen. Die hatte es kaum abwarten können, bis Karl weg war, um den Nachbarn davon zu berichten und am nächsten Vormittag im Weißwarenladen an der Bergmannstraße auch ihr. Beiläufig, aber so laut, dass es alle anderen Kundinnen und die Verkäuferin hörten.

»Sie sind eben anders als wir, das sagt mein Karl immer.«

»Mein Mann ist Deutscher, Frau Wagner. Er ist nicht anders als Sie, Ihr Sohn oder ich.«

Die Wagnerin machte einen Schritt auf sie zu. Ihr Atem roch nach Zwiebeln, das weiße Haar war schlecht gekämmt zu einem Dutt zusammengesteckt, und am Kinn sprossen ein paar einzelne schwarze Haare. Jetzt kniff die Wagnerin die kleinen dunklen Augen zusammen und knurrte.

»Die Bewegung wird schon Ordnung schaffen, sagt mein Karl. Das wird Ihr Mann auch noch merken. Die Zeiten, in denen wir uns von denen haben schröpfen lassen, sind vorbei! Ihr feiner Schwager, der Herr Bankier, der wird sich noch wundern! Und anders sind die eben doch – das haben *Sie* doch schon zu spüren bekommen!«

Marie holte tief Luft. Die Wut, die sie eben noch auf Anna hatte, richtete sich nun gegen diese unverschämte Person.

Sie schaute auf den Teppichklopfer aus Korbgeflecht und musste an sich halten, um nicht zuzuschlagen.

Dann besann sie sich. »Frau Wagner, ich muss hoch, Heinz kommt gleich aus der Schule.«

»Ja, ja, nichts für ungut, Frau Reichenheim, ich habe es auch eilig, bin noch im Hauskleid, dabei kommt mein Karl gleich von der Arbeit.«

Marie ließ sie stehen und ging zurück ins Treppenhaus. Sie hatte die Zeit vergessen, es war schon spät, und wirklich stand der Junge schon im kühlen Hausflur, wo es nach Bohnerwachs roch. Als sie zu ihm lief und ihn fest in die Arme schloss, spürte sie, wie der magere Körper steif wurde – schon seit Jahren schlang er nicht mehr seine Arme um ihren Hals wie am Anfang. Er war jetzt elf Jahre alt. Einen Augenblick lang vergrub sie ihr Gesicht in den dunklen, dichten Haaren, die noch nach Kind rochen. Marie löste sich von ihrem Sohn und stand auf. Er schaute sie erstaunt an. Sie war jedes Mal überrascht, wie groß und braun seine Augen waren, mandelförmig und mit langen Wimpern wie die eines Mädchens. Ein schöner Junge, der schönste in der Straße, im ganzen Viertel. »Was ist denn, Mutti«, murmelte er, und sie nahm ihn an der Hand. Gemeinsam gingen sie die drei Treppen hoch zu ihrer Wohnung.

Als Heinrich wenig später nach Hause kam, versuchte er, mit ihr zu scherzen.

»Ist mein Burgfräulein da?«, rief er, als er die Tür aufschloss, und Marie wunderte sich, dass er sich an diesen Kosenamen aus ihrer Anfangszeit noch erinnerte. Seit Jahren benutzte er ihn nicht mehr. Dann sah sie, wie er nach der Zeitung suchte und sie schnell verschwinden ließ. Sie hatte gelernt, ihn genau zu beobachten in all den Jahren. Und sich nichts anmerken zu lassen. Die junge Frau, die der Sohn der Wagnerin vor drei Jahren entdeckt hatte, war die letzte gewesen, glaubte sie. Vielleicht war es nun auch vorbei, er war inzwischen einundfünfzig, sie zweiundfünfzig. Wenn sie ihn ansah, wusste sie, dass es nie vorbei war. Er war immer noch eine elegante Erscheinung, schlank, und hielt sich sehr gerade. Seine Kleidung war ausgesucht – schon längst nicht mehr neu, aber sie ging sorgsam mit den guten Hemden um, das Haar war exakt geschnitten. Was sahen die Telefonistinnen, die Stenotypistinnen, die Schreibhilfen in seiner Firma in ihm, welche Hoffnungen hatten sie?

Er sagte, er habe heute nicht viel Zeit, er müsse zurück in die Firma. Heinrich redete zu viel und zu schnell, dabei wich er Maries Blick aus. Sie würde ihn weder nach der Anzeige noch nach der Beerdigung fragen. Ihr Name stand nicht auf der Anzeige, und Heinrichs Brüder hatten ihm sicher mitgeteilt, dass seine Frau und das Kind nicht erwünscht waren.

Die Dinge zwischen ihnen regelten sich ohne Worte, das war schon länger so. Sie brachten es beide nicht über sich, bestimmte Themen anzusprechen. Ob das gut war oder nicht, wusste Marie nicht. Familie, Geld, Politik – das Schweigen war in den letzten Jahren zu einer Mauer zwischen ihnen geworden.

Das Leben war enger, aber vielleicht war es immer eng gewesen, und sie hatte es nur nicht sehen wollen. Früher hatte sie viel gelacht, das hatte Heinrich gefallen. Über die knurrende Wagnerin hätte sie gelacht, sie hätte Heinrich davon erzählt, und er hätte mit ihr gelacht. Das konnte sie nicht mehr. So wie sie mit ihm nicht über die Anzeige, über den Tod seiner Mutter und die Beerdigung sprechen konnte, bei der sie wieder nicht erwünscht war.

Hatten Heinrichs Schwäger so entschieden? Die Villa der Klemperers lag nicht weit weg von der Tittmannstraße, auf der anderen Seite des Großen Parks, aber doch in einer anderen Welt. Sophie besuchte sie manchmal heimlich – und häufiger, seit Heinz bei ihnen war, der sie liebevoll Tante Fifi nannte. Natürlich kamen Susanne und Lottchen regelmäßig zu Besuch, aber auch darüber sprach man in der Familie nicht.

Nun war Anna tot, und es würde sich nichts ändern.

Schweigend saßen sie am Tisch und aßen die Königsberger Klopse. Dann fragte Heinrich den Jungen nach der Schule und seinen Hausaufgaben.

»Heute Abend, wenn du mit allem fertig bist, machen wir uns an unsere Briefmarken.«

Heinz strahlte, er schob einen halben Klops auf dem Teller hin und her, und Marie wusste, dass er ihn nicht mehr essen würde. Der Junge war immer noch mager, sosehr sie sich auch bemühte, all seine Lieblingsgerichte zu kochen.

Von draußen drang Lärm herein, und Marie trat ans Fenster.

»Was ist denn da draußen los?«, rief Heinrich, der sich noch einen Augenblick hatte hinlegen wollen.

»Braunhemden – auf der Borsbergstraße«, rief sie. Sie zog die Strickjacke enger um die Schultern und schloss das Fenster. Das Gegröle kam näher, jetzt trat Heinrich zu ihr ans Fenster.

»Nun komm, du regst dich sonst wieder auf.«

»Du etwa nicht?«

»Marie, die Menschen haben viel durchgemacht – der verlorene Krieg, die Inflation, Arbeitslosigkeit …«

»Und darum rotten sie sich jetzt zusammen und marschieren in Uniform durch die Straßen? Susanne schreibt, in Berlin hat die SA jüdische Geschäfte demoliert, am helllichten Tag!«

»Das geht vorbei, glaub mir. Dieser Österreicher würde genauso schlecht regieren wie die vor ihm, und die Begeisterung für ihn und seine Leute wird bald abflauen.«

Heinrich gab ihr einen Kuss und griff nach seinem Mantel.

Sie starrte ihn an, wollte etwas sagen. Da war sie immer noch, diese Leichtigkeit, die sie einmal geliebt hatte. Jetzt fand sie sie irritierend.

Und wenn es nicht vorbeigeht? Drei Häuser weiter traf sich wöchentlich eine dieser Truppen, und dem jüdischen Maler, der in einem der Pavillons im Großen Garten wohnte, machten sie das Leben schon zur Hölle. Heinrich glaubte, das alles betreffe ihn nicht – ein jüdischer Maler, Zionisten, was hatte das mit ihm zu tun? Der evangelisch getauft war, Frontkämpfer mit Eisernem Kreuz, was sollte ihm passieren? Um solche wie ihn ging es nicht. Marie bezweifelte das. Gerade um solche wie ihn, um seine Schwäger, um die Bankiers, die reichen Unternehmer, um die ging es, auf die waren Menschen wie die Wagnerin und ihr Karl neidisch. Jetzt war einer gekommen, der sich diesen Neid und diese Missgunst zunutze machte. Was machen wir, wenn es nicht vorbeigeht?

Elsa Wagner hatte vor noch gar nicht langer Zeit geknickst, wenn ihr Marie mit Sophie auf der Straße begegnet waren, und sich immer nach der Frau Bankdirektor erkundigt. Das war vorbei. Schweigend schaute sie noch eine Weile auf die Straße hinunter. Dann ging sie in die Küche und begann das Geschirr zu spülen.

35

Viel später, als Marie allein war, dachte sie, dass all die Jahre Abschied gewesen waren, schleichend und schmerzhaft wie tausend Nadelstiche. Immer wieder sah sie sich nach Annas Beerdigung am Fenster stehen und auf die Straße blicken, auf der die Männer mit den braunen Hemden marschierten.

Heinrich war in dieser Zeit damit beschäftigt, eine neue Anstellung zu finden, denn Hartwig & Vogel hatten ihm schließlich gekündigt. Und trotz der schwierigen wirtschaftlichen Situation hatte er sie gefunden, in einer Druckerei in Striesen ganz in der Nähe. »Es sind Juden«, hatte er gesagt, »die machen mir keine Schwierigkeiten.«

Marie hatte sich über diese neuen Töne gewundert. Sonst bestand er darauf, Deutscher zu sein und evangelisch getauft. Nie hatte er einsehen wollen, dass der Hass auf die Juden, der immer offener gezeigt wurde, auch ihn und seinen Sohn betraf. Wie oft hatten sie in den letzten Monaten gestritten, weil Heinrich herunterspielte, was Marie Angst machte: Hitler war Reichskanzler geworden, und jede Woche wurden Hakenkreuzfahnen durch die Straßen getragen.

»Das musst du ernst nehmen! Du kannst es nicht einfach abtun, es passiert hier und jetzt!«, hatte sie ihn bei einer dieser Auseinandersetzungen angeschrien. »Und wir haben das Kind! Otto und Susanne machen sich die größten Sorgen! Warum du nicht?«

»Susanne macht sich immer Sorgen«, hatte er entgegnet, Mantel und Hut genommen, die Tür hinter sich zugeschlagen und war erst spät in der Nacht zurückgekehrt.

Heinrich sagte, er gebe Hitler ein paar Monate, höchstens ein Jahr. Dann wurde sein Schwager, der Ministerialdirektor, der Mann seiner Schwester Luise, vorzeitig in den Ruhestand geschickt.

»In dieser Position geht das nicht anders, dem Hitler passen die Juden nun mal nicht, der will seine eigenen Leute auf die hohen Posten setzen. Das ist Politik«, hatte Heinrich Marie erklärt.

»Victor von Leyden wurde entlassen, weil er eine jüdische Mutter hat. Und du glaubst immer noch, dass uns nichts passiert?«

»Was soll mir schon passieren? Ich gehöre nicht zu den wichtigen Leuten in meiner Familie, endlich ist das ein Vorteil. Ich war Soldat, habe fürs Vaterland gekämpft, ich habe das Eiserne Kreuz ... Frontkämpfer, das ist wichtiger als Jude.«

Marie hörte nicht mehr zu, es war immer dasselbe, er glaubte ihr nicht, er erzählte von seinem Eisernen Kreuz, das jeder hatte, selbst die beiden Brüder von Elsa Wagner.

Ende August klingelte es abends bei ihnen, und Otto stand vor der Tür, mit zerdrücktem Jackett und verschwitzt. Er hatte den Hut noch nicht abgesetzt, da hielt er ihnen einen Zettel hin.

»Heinrich, wir müssen weg ...«

»Komm erst einmal herein.« Heinrich zog den Bruder ins Wohnzimmer und schenkte ihm einen Whiskey ein. Die Flasche war fast leer, und eine neue konnten sie sich nicht leisten, zu teuer, dachte Marie, während Otto den ersten Schluck trank, endlich den Hut abnahm und sich aufs Sofa setzte. Heinrich verdiente weniger als zuvor, und erst vor ein paar Wochen war das Gehalt gekürzt worden, da die Aufträge ausblieben. In der Prager Straße hatte sie schon ein paar Monate nach Hitlers Machtantritt Schilder entdeckt mit der Aufschrift »Wer beim Juden kauft, zerstört die deutsche

Wirtschaft«. Steinthal konnte seine Kunden nur durch stark gesenkte Preise dazu bewegen, bei ihm drucken zu lassen.

Otto wischte sich mit einem Taschentuch den Schweiß aus dem Gesicht. Als er nach dem Whiskeyglas griff, sah Marie, dass seine Hand zitterte.

»Die Liste, sie haben eine Liste veröffentlicht. Sie schicken die Leute nicht mehr nur in den Ruhestand. Sie schicken sie weg, weg aus Deutschland. Sie verjagen sie, dir bleibt nichts ...«

»Aber wie?«, fragte Heinrich ungläubig. »Wie wollen sie das machen?«

»Ganz einfach: Sie veröffentlichen eine Liste mit den Leuten, die Deutschland verlassen müssen. Du hast eine Frist und musst verschwinden. Hier, das ist die erste Liste. Und zwei von uns stehen darauf.«

»Wie meinst du das?«, fragte Marie. »Wer von euch?«

Otto schaute sie zerstreut an. »Aus der Familie, zwei aus unserer Familie: Robert, Gertruds Mann ...«

»Weismann? Ist der nicht in Pension gegangen und nach Karlsbad gezogen?«, fragte Heinrich.

»Er ist gegangen, weil er die Hetzkampagne nicht mehr ausgehalten hat, die gegen ihn lief. Die von der NSDAP haben keine Ruhe gegeben, bis Robert seinen Posten als Staatssekretär geräumt hat. Sie haben ihn nicht vergessen, er hat zu lange gegen sie gearbeitet. Er ist schon gegangen und darf nicht zurück.«

Marie hatte ein vages Bild vor Augen, aus der Zeitung, Robert Weismann, der Mann von Heinrichs ältester Schwester Gertrud. Sie erinnerte sich an ihn aus den Anfangstagen ihrer Beziehung, als es um Heinrichs Zukunft und sein Erbe ging, da hatte Weismann oft Briefe geschickt.

»Er darf nicht zurück, und Alfred und Julia müssen auch aus Deutschland weg«, sagte Otto.

»Der feine Robert und sein ungeliebter Theaterkritiker-Schwiegersohn Alfred Kerr gemeinsam auf einer Liste?«, fragte Heinrich, und Spott lag in seiner Stimme. Jetzt wurde Otto wütend.

»Heinrich, hörst du mir überhaupt zu? Weißt du, was das bedeutet, was das für uns alle bedeutet? Sie wollen Robert Weismann loswerden, weil er Jude ist, sie wollen Alfred Kerr loswerden, weil er Jude ist, sie wollen Gertrud und Julia loswerden, weil sie Jüdinnen sind. Es ist klar, was das für uns bedeutet, und ich warte nicht ab, bis ich ausgebürgert werde oder Schlimmeres passiert.«

»Ich nehme das alles sehr ernst, lieber Bruder, aber es wird wohl erlaubt sein, daran zu erinnern, was für ein Drama vor ein paar Jahren Julias Hochzeit mit einem Theaterkritiker und Journalisten war, der zwei Jahre älter als ihr Vater war. Und wie wenig genehm dem Politiker der scharfzüngige Kritiker gewesen ist, nicht standesgemäß dazu. Roberts Affären haben Mutter nicht gestört, vielmehr hat sie sich geärgert, dass Herr Kerr sich darüber in der Zeitung lustig gemacht hat – über eine mittelmäßige Schauspielerin, die eine Rolle aufgrund ihrer Verbindung zu Herrn Weismann bekommen hat. Skandal!« Heinrich grinste, er sah einen Moment lang beinahe jung aus und unbeschwert. »Das konnte Robert nicht auf sich sitzen lassen und beauftragte Bekannte aus einschlägigen Kreisen, den unliebsamen Schwiegersohn zusammenzuschlagen, aber bitte nur, wenn sein Töchterlein nicht dabei ist ...«

Jetzt kicherte er, und Otto schaute ihn wütend an, bevor er mit der Hand hart auf den kleinen Tisch vor dem Sofa schlug.

»Wen interessiert das jetzt noch, Heinrich? Stellst du dich dumm, oder siehst du wirklich nicht, was gerade passiert?« Otto war aufgestanden, und Heinrich lehnte sich zurück.

»Entschuldige, aber vielleicht denkst du auch an meine Situation, wie ich behandelt worden bin in all den Jahren ...«

Marie hörte die Tür hinter sich und drehte sich um: Heinz stand da, im Schlafanzug, er musste von dem Lärm wach geworden sein und schaute seinen Onkel überrascht an. Schnell zog ihn Marie aus dem Zimmer.

»Geh zurück ins Bett, der Onkel Otto ist morgen früh noch da, er muss mit Vater etwas besprechen, es ist wichtig.«

»Wie ist Vati denn behandelt worden?«, fragte der Junge, als er schon wieder im Bett lag. »Und wann kommt Lottchen aus Italien zurück?«

Marie setzte sich zu ihm ans Bett. »Bald, mein Schatz, bald kommt Lottchen zurück, oder wir besuchen sie in Italien, da scheint immer die Sonne ...«

Marie schämte sich, weil sie gelogen hatte, weil sie jedes Mal log, wenn er nach Lottchen, seiner Charlotte, fragte, die in Florenz einen Mann kennengelernt hatte. Lotte würde nicht zurückkommen, das wusste Marie, sie sah Lotte vor sich bei ihrem letzten Besuch in Dresden, bevor sie nach Italien aufbrach, so jung und schön mit ihrer hohen, gewölbten Stirn, den dunklen, etwas melancholischen Augen, wie sie gesagt hatte, sie wolle sich verlieben, in das Land, in all die Schönheit dort, und vielleicht nie zurückkehren. Lottchen schrieb ab und zu, sie steckte ihre Briefe in große Umschläge mit vielen bunten Marken, sie schrieb, wie wunderbar Italien sei, aber dass sie vielleicht noch weiter wegmüssten, fort aus Europa.

Als Heinz eingeschlafen war, ging sie zurück ins Wohnzimmer, wo sich die Brüder beruhigt hatten und Otto von England sprach, von Ausreise, von Lottchen, die nach Südamerika wollte, von seinen Söhnen, die nach England wollten, von Fifi, die um die Kunstsammlung Angst hatte und die Villa am Großen Garten verkaufen wollte.

Marie und Heinrich hörten schweigend zu, und Heinrich schwieg weiter, als Otto auf ihn einredete, dass auch er gehen müsse.

»Wie denn?«, fragte Heinrich irgendwann, und eine Müdigkeit lag in seiner Stimme, die Marie erschreckte. Sie wollte nach seiner Hand greifen, aber da fuhr er sich mit seiner durch das Haar, und sie ließ ihre wieder sinken.

»Wie stellst du dir das vor?«, fragte Heinrich leise. »Wir kommen kaum mit dem Gehalt zurecht, wie lange ich noch bei Steinthal bleiben kann, weiß ich nicht. Wo soll ich, wo sollen wir hin?«

»Wir gehen wieder nach Erie, da findest du schon was«, sagte Marie. Es war so einfach gewesen damals.

Heinrich stand auf. »Ja, damals, als ich mein Vermögen noch hatte, als wir Verbindungen hatten und ich überallhin gehen und arbeiten konnte ...«

»Susanne will auch bleiben«, unterbrach ihn Otto. »Sie weint jeden Tag um Charlotte, sie schreibt lange Briefe, in denen sie sie anfleht zurückzukommen, aber ich kann nicht auf sie hören, auch gegen ihren Willen, wir müssen weg.«

Später lag Marie wach im Bett und lauschte Heinrichs gleichmäßigen Atemzügen. Sie waren mit sich beschäftigt, Otto und die anderen Geschwister auch, jeder war mit sich beschäftigt, und keiner würde ihnen helfen können, das Land zu verlassen. Panik ergriff sie.

In den kommenden Wochen und Monaten spielte Heinrich jede neue Nachricht, die Marie erschreckte, herunter. Im März 1934 das Treffen von 125 000 sächsischen SA-Männern in Dresden, dann Victor von Klemperers Rausschmiss bei der Dresdner Bank, den sie Pensionierung nannten, schließlich verkaufte Steinthal seine Druckerei an einen seiner Mitarbeiter und ging nach Frankreich. Das war 1936 im März, und Heinrich sagte ihr erst nichts, er ging morgens aus dem Haus und kehrte wie immer am Nachmittag zurück, er erzählte ihr zwei Monate lang, Steinthal könne im Moment kein Gehalt auszahlen, weil er in wirtschaftlichen Schwierigkeiten stecke.

Im Weißwarenladen um die Ecke sprach die Besitzerin Marie an, sie tat besorgt und fragte, wie es denn weitergehe für sie und ihren Mann, wo Steinthal aufgegeben habe und verschwunden sei. Marie zögerte eine Sekunde und riss sich dann zusammen. »Mein Mann findet schnell eine neue Anstellung«, sagte sie mit fester Stimme, »er hat schon etwas in Aussicht.«

»Dann viel Glück«, sagte die Frau, und Marie zahlte schnell und ging aus dem Laden.

»Ich wollte dich nicht beunruhigen, du regst dich immer so auf«, sagte er am Abend, als sie ihn zur Rede stellte, und schwieg hartnäckig auf all ihre Fragen, wie es weitergehen sollte. Deshalb suchte sie selbst nach einer Arbeit, sie tippte immer noch so schlecht wie vor dreißig Jahren, aber sie fand etwas für ein paar Stunden in der Woche. Und Susanne schickte weiter Geld.

Trotz allem wiederholte Heinrich wieder und wieder, es werde vorbeigehen und er sei weder Bankier, Ministerialdirektor noch Staatssekretär, wer interessiere sich für ihn. Wenn Marie widersprach, sagte er: »Schau, wie glücklich Heinz auf dem Gymnasium ist, keiner lässt ihn spüren, dass er einen jüdischen Vater hat! Ehrentraut hält seine Hand über den Jungen, darauf können wir uns verlassen.«

»Und wenn Ehrentraut entlassen wird?«, fragte Marie dann wütend. Der Vater von Heinz' bestem Freund Erich unterrichtete am König-Georg-Gymnasium und schützte den Jungen, wo er konnte, aber konnte man sich in diesen Zeiten allein darauf verlassen?

Der Direktor hatte ihr gesagt, sie solle sich keine Sorgen machen, der Junge könne sein Abitur machen, »obwohl er doch Mischling ersten Grades ist«. Marie hatte den Mann angeschaut und war aufgestanden.

»Mein Sohn ist kein Hund.«

»Entschuldigen Sie, Frau Reichenheim, so ist nun einmal die Sprachregelung, die Rassengesetze habe ich mir nicht ausgedacht.«

Sie hatte sich verabschiedet und abends mit Heinrich gestritten über die neuen Gesetze, die er ihr zu erklären versuchte. Auch als Juden das Wahlrecht verloren, immer neue Berufsverbote ausgesprochen wurden, sie nicht mehr ins Schwimmbad gehen durften und am Weißen Hirsch große Schilder auftauchten, der Kurort sei judenfrei und man wünsche keine jüdischen Gäste mehr, weder in den Hotels noch in den Gaststätten.

Als im November 1938 die Synagogen brannten und jüdische Geschäfte verwüstet wurden, als die Horden, wie Marie sie nannte, durch die Straßen zogen und plünderten, als die Feuerwehr weiterfuhr oder nur die Häuser neben den Synagogen löschte, standen sie zu dritt im dunklen Wohnzimmer am Fenster und schauten in Richtung Borsbergstraße, wo Fackeln im Wind wehten. Obwohl das Zimmer geheizt war und sie eine Strickjacke anhatte, fühlte Marie eine Kälte, die sie zittern ließ. Sie lehnte sich an Heinz, der neben ihr stand und die Gardine ein Stück zur Seite geschoben hatte. Er war nun sechzehn Jahre alt und ein Stück größer als Marie, sein Haar war beinah schwarz und die Augen dunkel. Er sah seinem Vater nicht ähnlich, eher sah man die Verwandtschaft zu Lotte oder auch zu Anna, das dunkle Haar, die dunklen Augen. Auffällig dunkel, zu dunkel für diese Zeit, und Marie hatte jedes Mal Angst, wenn Heinz aus dem Haus ging.

Als Waldi, der junge Dackel, den sie seit ein paar Monaten hatten und den Heinrich in Erinnerung an seinen ersten Hund so genannt hatte, bellte, versuchte Heinrich, ihn zu beruhigen. Er führte ihn aus dem Zimmer, aber der Dackel kläffte immer wütender.

»Er muss kurz raus«, rief Heinrich, und Marie schrie ihn an, die Wohnung nicht zu verlassen. Wütend riss sie ihm die Leine aus der Hand, nahm das bellende Tier und lief in Strickjacke und Pantoffeln hinunter in den Hof.

Hier unten war der Lärm deutlicher zu hören, im Durchgang sah sie ein paar Uniformierte, die vorbeiliefen, und sie trat ungeduldig von einem Bein auf das andere.

Wir müssen weg, dachte sie, weg, nur weg, aber wie? Sie hatten kein Geld mehr, sie konnten keine Schiffspassage bezahlen, und wohin sollten sie in Europa? Nach Frankreich, wo sie niemanden kannten und die Sprache nicht sprachen? Wer sollte ihnen ein Visum geben? Sie hatte gehört, dass die Menschen zehn Stunden und mehr anstanden, dass sie Bürgschaften brauchten und die Beamten schmieren mussten, um ein Visum zu bekommen, und sie hatte kaum noch etwas, das sie hätte verkaufen können, um einem Beamten etwas zustecken zu können. Sie hatte inzwischen auch die Kämme aus Elfenbein verkauft, die Susanne ihr zur Hochzeit geschenkt hatte.

Lotte war inzwischen mit ihrem Mann nach Brasilien gegangen, sie hatte nun einen kleinen Sohn und andere Sorgen, und noch war kein Brief aus Brasilien angekommen, so sehnlich Heinz auch darauf wartete. Die Klemperers waren in Afrika, die von Leydens in Indien, nachdem man sie im bayrischen Garmisch nicht mehr geduldet hatte, die Weismanns waren in New York. Otto war auf dem Weg nach England, Susanne wollte noch ein paar Dinge erledigen und dann nachkommen. Marie wartete nun täglich auf Nachricht von ihnen.

Drei Wochen später kam ein dünner Luftpostbrief mit einer englischen Marke. Marie öffnete ihn, während Heinrich auf einem seiner ausgedehnten Spaziergänge mit Waldi war. Er lief hinunter zur Elbe und dann in Richtung Blaues Wunder, manchmal noch weiter in Richtung Pillnitz, er war oft mehrere Stunden weg, und dann bekam sie Angst, es könnte ihm etwas zugestoßen sein, man könnte ihm etwas angetan haben. Im November war er auf ihre Bitte hin zu Hause geblieben. Nach der Nacht, in der die Synagogen gebrannt hatten, hatte er ein paar Tage auf sie gehört, aber bald schon ging er wieder seine Runden. Stundenlang war er weg, und wenn er wiederkam, erzählte er von den anderen Hunden, denen er begegnet war, oder einem seltenen Vogel in den Elbauen.

Marie öffnete den hellblauen Umschlag, in dem ein einseitig beschriebenes Blatt lag, akkurat gefaltet. Sie las die wenigen Zeilen einmal, dann noch einmal und noch einmal. Langsam ging sie in die Küche und setzte sich an den Tisch. Sie stellte sich Susanne vor, Susanne mit dem gütigen Gesicht, den braunen Augen, ihre Grübchen, wenn sie lächelte, Susanne in Angst, weil sie wegmusste, in Tränen aufgelöst, weil Lotte nicht zurückgekommen war. Dann sah sie sie auf einem Bahnsteig sitzen neben einem großen Koffer, es war ein dunkler, zugiger Bahnsteig, grauer Stein neben den Schienen, weit im Westen war das, und Susanne saß da, sie hatte den Mantel nicht zugeknöpft, sie weinte, weil sie Berlin verlassen musste, ihre Welt, die es doch längst nicht mehr gab. In dem Koffer war alles, was ihr wichtig war, die Erinnerungen, Fotos und Schmuck, ihr Hochzeitsschleier, die Locken der Kinder, als sie ganz klein waren und zum ersten Mal die Haare geschnitten wurden. Sie saß da, unruhig, ängstlich, aber der Zug kam nicht. Sie war erkältet, der Kopf tat ihr weh, ein bohrender Schmerz. Schon vor ihrer Abreise hatte sie leichtes Fieber gehabt und gehustet, immer wieder gehustet, bis ihr der Rücken und die Rippen wehtaten. Es war mühsam gewesen, mühsam und trostlos, das Wetter war trüb und kalt, es nieselte ständig, und Susanne musste vieles erledigen, Papiere beschaffen, Formulare ausfüllen, sie hustete, und ihr alter Arzt hatte Deutschland verlassen, und deutsche Ärzte behandelten keine Juden mehr.

Sie machte weiter, sie musste sich verabschieden, sie lief zu Fuß, denn sie bekam keinen Wagen mehr, dann sollte sie abreisen, Otto und ihre Söhne warteten in London auf sie, das Visum war gestempelt und gültig, wieder und wieder schaute sie nach. Aber nun saß sie auf diesem Bahnsteig und wartete auf den Zug nach Ostende, sie saß da und verzweifelte, denn was sollte sie in Ostende oder in England. Sie wollte in die andere Richtung fahren, zurück nach Osten, zurück nach Berlin.

Marie sah sie vor sich, mit geöffnetem Mantel, neben sich den Koffer, an dem sie sich festhielt, Susannes Kopf glühte, das Fieber stieg, sie hustete und hustete. Hatte sie den Zug einfahren sehen? War sie ohnmächtig geworden, hatte sich jemand erbarmt und sie in eine Pension gebracht? War sie noch eingestiegen und in Ostende angekommen, in einem fremden Land, in dem man sie nicht verstand und nur sah, dass diese Frau krank war, sehr krank?

Als Heinrich mit dem Hund zurückkam, sagte Marie leise: »Susanne ist tot.«

36

Anfang Dezember passierte das, was Marie befürchtet und was sie seit der Brandnacht im November kaum mehr hatte schlafen lassen: Heinrich wurde abgeholt. Es war ein Dienstagmorgen, Heinz hatte sich gerade auf den Schulweg gemacht, und Heinrich saß bei ihr in der Küche und trank einen dünnen Kaffee, als es klingelte.

Marie stand auf und ging zur Tür – es mochte der Postbote sein, der immer gleich morgens zu ihnen in die Tittmannstraße kam. Vor der Tür standen zwei Polizeibeamte.

»Haftbefehl für Heinrich Siegfried Julius Reichenheim«, sagte einer der beiden.

Sie sagte laut: »Mein Mann ist leider nicht da, worum handelt es sich denn?« Sie hoffte, Heinrich würde sich irgendwo in der Wohnung verstecken, aber da hörte sie schon seine Schritte aus der Küche.

»Was ist denn, Liebes?«, fragte er, als er neben ihr stand.

»Ach so, ihr Mann ist nicht da?«, fragte der eine höhnisch und wandte sich dann an Heinrich.

»Wir haben hier ein Steuerdelikt aus dem Jahr 1932, das nicht geklärt ist.«

Heinrich schaute die beiden Polizisten an. »Was für ein Steuerdelikt?«, fragte er. »Ich kann mich nicht erinnern – hat es Unregelmäßigkeiten gegeben? Zeigen Sie ...«

»Mitkommen«, unterbrach der andere Beamte ihn ungeduldig und packte ihn am Arm. »Machen Sie schon, wir haben hier nicht den ganzen Tag Zeit.«

Draußen war es nasskalt und neblig, und Heinrich hatte

gerade noch Zeit, nach seinem dünnen Mantel zu greifen. Er sagte: »Mach dir keine Sorgen, ich komme gleich wieder, das wird sich schnell klären lassen«, dann zogen ihn die beiden Polizisten aus der Wohnung.

Marie lief zum Fenster, sie sah das Polizeiauto vor dem Haus und wie sie ihn hineindrückten, rücksichtslos, er stieß sich den Kopf an, sie schlugen die Tür zu, und dann war das Auto verschwunden. Sie geriet in Panik. Was sollte sie tun? An wen konnte sie sich wenden? Welches Steuerdelikt? Sie setzte sich an den Küchentisch und dachte fieberhaft nach. Unregelmäßigkeiten, was meinten sie? Wollten sie Geld? Sie schaute sich in der Küche um, dann ging sie ins Wohnzimmer und weiter ins Schlafzimmer. Sie hatte vor einem halben Jahr das silberne Besteck verkauft, das Heinrich vor einer Ewigkeit, wie es ihr jetzt schien, mit nach Erie genommen hatte. Es war mit Blumengirlanden verziert, und jedes Stück trug die Initialen seines Vaters als Gravur: JR. Wie oft hatte sie das Besteck poliert, die Kuchengabeln oder die kleinen Kaffeelöffel. Einen davon hatte sie behalten, es war dem Käufer nicht aufgefallen, und sie versteckte den Löffel in ihrer Wäsche. In der vergangenen Woche hatte sie heimlich drei von Heinrichs Anzügen, die er eh nicht mehr trug, einer Schneiderin gebracht, die ihre Situation kannte und bereit war, ihr dafür ein paar Mark zu geben. Ihr Blick fiel auf das dünne goldene Band an ihrem Ringfinger.

Drei Stunden später ging sie mit dem Geld, das sie zusammengerollt in das Seitenfach ihrer Handtasche gesteckt hatte, auf das Polizeipräsidium in der Schießgasse. Dort wusste niemand, wovon sie sprach, man sagte ihr, dass in den letzten Tagen einige »Asoziale, darunter auch Juden« in Lager gebracht worden seien und man ihr über ihren Mann keine Auskunft geben könne. Mehr bekam Marie nicht heraus, und sie zog das Geld nicht aus der Tasche, weil sie nicht glaubte, dass einer der Beamten, die ihr nicht einmal zuhörten, helfen konnte oder wollte.

Langsam ging sie zurück nach Hause und setzte sich wieder an den Küchentisch. Zu spät, zu spät, ihre Gedanken kreisten in einem gleichmäßigen Rhythmus. Es war die Küchenuhr, die unablässig tickte, zu spät, zu spät, sie saßen fest, wieso hatte sie auf Heinrich gehört, wieso waren sie nicht gegangen, egal wohin. Sie hätten gleich damals, als es anfing, alles, was sie noch hatten, verkaufen und weggehen sollen, aber jetzt war es zu spät. Das Ticken der Uhr wurde immer lauter, und sie hielt sich die Ohren zu. Als Heinz von der Schule nach Hause kam, wusste sie nicht, wie lange sie am Küchentisch gesessen hatte.

Heinz sah ernst aus, ernst und entschlossen, er nahm das Geld und sagte, sie solle die Tür hinter ihm verschließen und nicht aufmachen, wenn jemand klingelte. Sie wollte ihn zurückhalten, sie wollte schreien, er solle hierbleiben, nicht dort hinausgehen, aber sie war wie gelähmt und er plötzlich erwachsen und fern, kein Kind mehr, ein junger Mann, der wusste, was er tat. Er musste schon zwei Stunden weg sein, als sie vom Küchentisch aufstand, weil der Kopfschmerz unerträglich war und ihr einfiel, dass sie seit heute Morgen nichts gegessen und getrunken hatte. Mehr als einen Schluck Wasser brachte sie nicht hinunter, dann legte sie sich aufs Sofa und starrte an die Decke, auf die feinen Risse in der Wand. Sie hätten längst die Wohnung neu streichen müssen, fiel ihr ein, nicht nur die Risse in der Wand, in einer Ecke war Feuchtigkeit und Schimmel, grüngraue Sporen hinter dem Schrank, die sie gerade erst entdeckt hatte. Aber sie hatten kein Geld, und der Maler kam nicht mehr zu einem Juden ins Haus, also war es auch egal. Sie schreckte hoch, als Heinz vor dem Sofa stand, sie musste eingeschlafen sein.

»Wo ist Vati?«, fragte sie und packte ihn an der Hand, die kalt war.

Heinz setzte sich zu ihr und legte den Arm um sie.

»Er kommt wieder«, sagte er. »Mach dir keine Sorgen, es muss etwas geklärt werden, vielleicht ist es auch nur ein Arbeitseinsatz. Sie brauchen Arbeitskräfte.« Dann zog er das Geld aus der Tasche und gab es ihr.

Sie fragte nicht, wo er gewesen war, wahrscheinlich bei seinem Freund Erich, um sich mit ihm und seinem Vater zu beraten. Erichs Vater konnte froh sein, wenn sie ihn nicht auch abholten, bei dem, was er manchmal im Unterricht sagte, auch wenn er kein Jude war. Sie stand auf.

»Komm, ich mach dir ein Spiegelei, du wirst hungrig sein«, sagte Marie.

Heinrich kam vier Wochen später zurück. Er hatte eine Lungenentzündung, und sein Körper war voller Blutergüsse. Das Fieber stieg und stieg, und Marie wollte ihn ins Krankenhaus bringen, aber Heinz sagte, das sei zu gefährlich, außerdem seien die Krankenhäuser überfüllt, und sie nähmen Juden nicht mehr auf. Sie riefen Heinz' alten Kinderarzt an, der schon in Pension war, sich auf den Weg zu ihnen machte und zwei Nächte an Heinrichs Bett wachte, bis das Fieber endlich sank. Marie wollte ihm Geld geben, aber er schaute sie traurig an und sagte: »Behalten Sie es, Frau Reichenheim, Sie werden es brauchen.«

Es dauerte Tage, bis Heinrich wieder ansprechbar war, bis er sich aufrichten, gar aufstehen und ein paar Schritte in der Wohnung tun konnte. Er schaute durch sie beide hindurch, er zuckte bei jeder Berührung zusammen und antwortete auf Fragen nur mit Ja und Nein. Hatte er Schmerzen, nein, hatte er Durst, ja, wollte er sich hinlegen und schlafen, nein, was war passiert, nein, nein, nein.

Und dabei blieb es. Er sprach nicht über die vier Wochen,

auch nicht, als die Blutergüsse verblassten, als er wieder ein wenig zugenommen hatte, als er aufhörte zu husten. Oft stand er am Fenster des Wohnzimmers und schaute auf die Straße, er blätterte durch die Briefmarkenalben, und einmal sah Marie, dass das Album verkehrt herum vor ihm lag. Nach zwei Monaten ging er wieder mit dem Hund auf die Straße, aber nur kurz, dreimal am Tag, nach zehn Minuten war er zurück und stand wieder am Fenster.

»Wir wissen nicht, was in den Lagern passiert«, sagte Erichs Vater, den sie einmal in der Schule besuchte. »Ich habe schlimme Sachen aus Buchenwald gehört. Ihr Mann ist Frontkämpfer, Frau Reichenheim, die haben sie nach ein paar Wochen wieder freigelassen. Andere nicht.«

Müde ging Marie nach Hause zurück, sie schlief wenig, die Arbeit im Schreibbüro machte ihr Mühe, in ihren Briefen waren viel zu viele Fehler, immer musste sie alles dreimal schreiben, und die jungen Frauen, die mit ihr arbeiteten, lachten über sie oder machten abfällige Bemerkungen. Heinz und sie verrichteten nun alle Hausarbeit allein, Heinz holte die Kohlen aus dem Keller, morgens um sechs Uhr heizte er die Öfen an, manchmal half er ihr auch, wenn sie die Böden schrubbte oder die Treppe bohnerte oder Kartoffeln schälte. Heinrich verbrachte Tage damit, seine Lebensmittelkarten an den Ausgabestellen für Juden abzuholen, wo die Schlangen länger und länger wurden.

Marie war erschöpft, aber schlafen konnte sie trotzdem nicht, nachts raste ihr Herz, und sie hörte auf Heinrichs Atemzüge. Zum Glück schlief er, manche Nacht auch ohne Albtraum, aber selten, meistens wälzte er sich irgendwann hin und her und jammerte oder schrie und fuhr hoch. Manchmal umarmte er sie danach fest, er war dann schweißgebadet, und es war kalter Schweiß, der nach Angst roch.

Kurz nach Heinz' siebzehnten Geburtstag im August 1939

begann der Krieg, und Marie war froh, dass ihr Sohn zu jung und ihr Mann zu alt dafür war. Frontkämpfer mit Eisernem Kreuz und mit achtundfünfzig Jahren zu alt. Deshalb hatten sie ihn freigelassen, deshalb ließen sie ihn jetzt in Ruhe. Er war ein alter Mann.

Heinrich saß nun Stunde um Stunde vor dem Radio und drehte und drehte, er hörte erst die deutschen Sender, und dann versuchte er, einen französischen oder englischen Sender zu empfangen, er vergaß den Hund manchmal tagelang, und dann ging Marie mit Waldi vor die Tür. Es war ein heißer September, und auf den Straßen herrschte eine aufgeregte Anspannung, überall waren Lautsprecher montiert, aus denen Stimmen dröhnten, die zu Krieg und Sieg aufriefen, zu Ehre und Kampf für das Vaterland. Überall wurde marschiert, alle trugen Uniformen, und sie versuchte, sich klein zu machen mit dem Hund, unbemerkt durch den Taumel zu huschen, schnell wieder nach Hause zu ihrem Mann zu gehen, der meistens schwieg und kaum etwas aß, und der, wenn er etwas sagte, mitten im Satz stockte und auch Heinz so ansah, als wäre er ihm fremd.

Mit Kriegsbeginn kamen auch keine Briefe von Eide mehr. Von Otto kam eine Postkarte aus einem englischen Lager, in das man ihn und seine Söhne als *alien enemy* gesperrt hatte, er schrieb, auch da sei es hart.

Heinz versuchte ab und zu, seinen Vater mit den Briefmarkenalben abzulenken, die ihm früher Spaß gemacht hatten, aber meist saß er neben seinem Sohn und schaute abwesend auf die Marken. Dann wieder fragte er Heinz nach der Schule, nach den Lehrern und seinen Mitschülern, ob alle freundlich zu ihm seien und ihn mitmachen ließen. In diesen Momenten war er wach und beinahe wie früher, er fragte und fragte und beruhigte sich erst, wenn Heinz ihm versicherte, dass die ganze Klasse ihn behandelte, als sei er einer von ihnen, dass nicht über seinen jüdischen Vater gesprochen werde und dass Ehrentraut ihm half und Erich auch.

Sie hatten immer weniger, die Rationen auf den Lebensmittelkarten wurden für Heinrich weiter gekürzt, keine Sonderzuteilungen mehr, kein Kaffee, Obst, Geflügel, Fisch und keine Zigaretten, nur die Grundnahrungsmittel und Steckrüben, Weißkohl und rote Rüben – Gemüse, das Heinrich nicht aß, noch nie gegessen hatte. Über ihre und Heinz' Karten bekam sie ein paar Zigaretten und Kaffee, aber es war knapp, und während sie und Heinrich immer weniger aßen, hatte Heinz mit seinen achtzehn Jahren ständig Hunger.

Zu Ostern 1941 sollte Heinz sein Abitur machen, und im Januar wurde Heinrich unruhig. Er schlief kaum noch, häufig saß er die halbe Nacht auf dem Sofa, das Licht ausgeschaltet. Wenn Marie ihn fragte, was los sei, antwortete er ihr nicht oder höchstens, dass er nachdenken müsse, sie solle sich keine Sorgen machen. Eines Nachmittags im Februar ging er mit Waldi aus dem Haus und kam erst nach zwei Stunden wieder. Das war seit seiner Verhaftung nicht mehr passiert, er verließ das Haus nur noch für höchstens zehn Minuten, und er hatte ihr sein Fortbleiben nicht angekündigt.

»Wo warst du?«, schrie sie, in Tränen aufgelöst, als er zurückkam, zitternd vor Kälte in einem zu dünnen Mantel.

»Heinz«, sagte er, »ich muss mich um Heinz kümmern, er kann hier nicht bleiben.« Er zog den Mantel aus und trat ans Fenster.

»Was meinst du? Schau mich an – wovon redest du?« Marie weinte immer noch, sie zog Heinrich vom Fenster weg, sie wollte ihn auf das Sofa drücken, nur ein leichter Schubs, aber er war so schmächtig geworden, dass er wie eine Stoffpuppe auf das Sofa fiel. Sie setzte sich neben ihn und nahm seine Hand, die immer noch kalt war, viel zu kalt.

»Marie, der Junge kann nicht in Dresden bleiben. Wir

wissen nicht, was passiert, aber er ist neunzehn Jahre alt, er ist Mischling und kann nicht an die Front. Sie werden sich etwas für ihn ausdenken, und das möchte ich nicht abwarten. Wir müssen ihn wegbringen.«

Marie starrte ihn an. »Ich lasse Heinz nicht weg, er bleibt hier, bei uns, und wenn ich ihn in der Kammer verstecke, bis der Krieg vorbei ist.« Sie war laut geworden, ihre Stimme klang schrill. Er legte den Zeigefinger auf die Lippen und zeigte nach oben. Dann streichelte er ihre Wange.

»Marie, Marie, hör mir zu. Er muss fort von hier, anders können wir ihn nicht schützen. Wann wird der Krieg zu Ende sein? Und dann?«

»Nimm ihn mir nicht weg, bitte, nimm ihn mir nicht weg ...«

Sie schluchzte, hatte die Arme vor der Brust verschränkt und wiegte sich, um sich zu beruhigen.

»Ich habe einen alten Kameraden in Steinbach, nicht weit von hier, bei Mohorn. Auf dem Land, umgeben von Wäldern. Ein Großbauer, ein einsamer Hof, der braucht Arbeitskräfte und würde Heinz in die Lehre nehmen. Er hat ein paar Arbeiter aus Frankreich, Kriegsgefangene, da fällt er nicht weiter auf. Belger ist ein guter Mann, der behandelt alle gleich, und zu essen gibt es dort auch noch.«

Marie schluchzte, Heinrich hatte recht, natürlich hatte er recht, aber was sollten sie ohne den Jungen anfangen, wie sollten sie weitermachen und vor allem: wozu?

»Der Junge ist hier in Gefahr, jeden Tag mehr. Außerdem hat er immer Hunger, wie willst du ihn satt bekommen? Und wie willst du einen Neunzehnjährigen in der Kammer verstecken, vielleicht jahrelang, mitten im Krieg, in den Nächten, in denen die Bomben fallen? Ich lasse nicht zu, dass sie meinen Sohn abholen.«

Sie starrte ihn an. Er hatte so lange geschwiegen, immer

nur vor dem Radio gesessen oder aus dem Fenster gestarrt und dabei all die Zeit das hier geplant. Jetzt stand sein Plan, und es war ein guter Plan, es war wahrscheinlich die einzige Möglichkeit, aber es brach ihr das Herz.

Heinrich streichelte mechanisch ihre Hand und sprach weiter. »Und er kann uns ab und zu besuchen, oder wir fahren hin. Es ist schön dort, am Rand des Tharandter Walds, hast du noch nie davon gehört? Bewaldete Hügel, kleine Bäche, es wird dir gefallen, vielleicht fällt für uns immer mal ein Stück Speck ab, du kannst auch etwas mehr auf den Rippen vertragen.« Heinrich lächelte und kniff ihr in die Seite, dann umarmte er sie.

In diesen Wochen war Heinrich wieder der Alte, er schwärmte von Steinbach, von diesem Tharandter Wald und seinem Freund Belger, dem Bauern.

Nach Ostern – Heinz hatte sein Abitur wirklich machen können, Marie konnte es kaum glauben, als sie das Zeugnis sah – fuhren sie alle zusammen nach Steinbach. Erichs Vater hatte einen Wagen und fuhr sie hin, Heinz saß vorn neben seinem Lehrer, Marie und Heinrich hinten auf der Rückbank. Anderthalb Stunden dauerte die Fahrt, und Marie saß stumm im Auto und schaute aus dem Fenster, während die Männer über den Bauernhof und den Tharandter Wald sprachen. Heinz freute sich, es war ein Abenteuer, das da auf ihn wartete, eine neue Welt, denn seine alte war zu eng geworden in der Stadt im Krieg, in der immer offener gegen Juden vorgegangen wurde. Man sprach nicht mehr hinter vorgehaltener Hand, sondern offen über Not- und Zwangsverkäufe, über Flucht, die nicht mehr möglich war, weil niemand mehr ein Visum bekam. Das Dorf mitten im Wald war eine Chance, dachte Marie, und ihr stiegen Tränen in die Augen, was für eine Zukunft, was für eine Chance für dieses Kind, das sie so sehr liebte und das sie nun in ein winziges

Dorf irgendwo im Wald schafften. Früher hatte sich Heinrich eine glänzende Karriere für seinen Sohn ausgedacht, wenn er gute Zeugnisse nach Hause brachte – Medizin oder Jura hatte er studieren sollen, etwas Großes, all das, was Heinrich selbst nicht gewollt hatte.

Steinbach bei Mohorn war nicht einmal ein Dorf, es war eine Ansammlung von Gehöften, die man erreichte, wenn man von Mohorn aus eine schmale, von Buchen gesäumte Straße nahm, die über Hügel und durch Bachtäler führte, auf der man Pferdewagen und Schafen ausweichen musste. Am Bachufer sah Marie eine große Trauerweide mit zarten grünen Blättern, die Birken am Rand der Fichtenwälder trugen ebenfalls das erste Grün. Heinrich sprach mit Ehrentraut über die Forstwirtschaft in diesem Wald, der wiederum über das Silberbergwerk bei Mohorn und den Forstbotanischen Garten bei Tharandt referierte. Marie hörte nicht zu, wen interessierte das, aber Heinrich und Heinz stellten Fragen, bis sie schließlich auf einem unbefestigten Weg zu einem großen Bauernhof mit einer Fassade aus dunklem Holz kamen. Der Weg war voller Schlamm, sie sah eine Weide mit ein paar Pferden, eine andere mit Schafen, die unablässig blökten, dazu das dunkle Haus, aus dem jetzt ein großer Mann in Arbeitskleidung mit hohen Stiefeln und eine Frau mit einem Kopftuch kamen, um sie zu begrüßen.

Marie atmete tief durch, es roch nach Waldluft, vermischt mit Viehgestank. Was machten sie hier bloß? Aber die Belgers nahmen sie herzlich auf, Frau Belger umarmte Heinz und dann auch Marie, sie musste stundenlang in der Küche gekocht und gebacken haben, und als sie nach drei Stunden wieder ins Auto stiegen, waren sie nicht nur so satt wie lange nicht mehr, sondern verstauten auch Taschen voller Eier, Kartoffeln, Brot und Speck, dazu Streuselkuchen im Wagen.

Trotzdem konnte Marie die Tränen nicht zurückhalten, als

Heinz vor dem dunklen Bauernhaus neben den beiden Belgers immer kleiner wurde und nach einer Kurve schließlich verschwand. Die Rückfahrt verbrachten sie schweigend, und zurück in Dresden verstummte Heinrich wieder.

Es war, als hätte er den Rest seiner Energie in diese Unternehmung gesteckt. Er saß vor dem Radio, er stand am Fenster, er streichelte den Hund, ging aber nicht mehr mit ihm auf die Straße – das tat Marie, denn eigentlich durfte er keine Haustiere mehr haben, das war verboten wie fast alles andere auch, und er aß kaum noch etwas, sodass Marie sich mit den wenigen Zutaten, die sie hatte, immer ungewöhnlichere und aufwendige Gerichte ausdachte, um ihn zu ein paar Bissen zu bewegen.

Heinz kam alle ein oder zwei Monate nach Hause, die Arbeit auf dem Bauernhof war hart und völlig neu für ihn, aber sie gefiel ihm. Die Belgers waren gut zu ihm, und er freundete sich mit den fünf Franzosen an, Kriegsgefangenen aus der Champagne, die Belger zugeteilt worden waren, als seine Knechte eingezogen wurden. Heinrich schien an diesen Wochenenden aus seiner Starre zu erwachen, er stellte Heinz Fragen zu seiner Arbeit, zu dem Hof, den Feldern und den Tieren, und Marie staunte, was Heinz alles wusste. Sie lebten beide von diesen Besuchen, und manchmal dachte Marie, wenn der Krieg bald endete, wenn dies hier vorbei wäre – und es müsste bald vorbei sein, wenn sie hörte, was die Engländer im Radio sagten –, gäbe es vielleicht eine Zukunft für sie drei. Dann schaute sie Heinrich an, wollte etwas sagen und verstummte, denn in seinem Blick lag keine Hoffnung mehr.

37

»Der Hund muss raus«, rief Heinrich, und Marie steckte den Kopf aus der Küche.

»Gleich«, sagte sie, »noch zehn Minuten, dann ist mein Hefezopf fertig.«

Am nächsten Tag sollte Heinz kommen, was nur noch selten geschah, weil es gefährlich war und immer gefährlicher wurde. Ende Januar 1943 hatte die 6. Armee in Stalingrad kapituliert, und Goebbels hatte im Februar vom »totalen Krieg« gesprochen. Stumm hatten sie zusammen vor dem Radio gesessen und zugehört, wie er ankündigte, mit den »drakonischsten und radikalsten Mitteln« gegen die Juden vorzugehen, die an allem schuld wären. Inzwischen war März, der Frühling kündigte sich an, und Marie konnte nicht glauben, dass auch in diesem Jahr die Krokusse blühten wie immer. Heinrich ging nicht mehr aus dem Haus, er weigerte sich, den Mantel anzuziehen, an den Marie den gelben Judenstern genäht hatte.

»Um alle Passanten darauf hinzuweisen?«

»Aber hier kennen dich doch alle! Wenn du keinen Stern trägst, melden sie dich.«

»Ich bin Deutscher, Marie, Frontkämpfer und Träger des Eisernen Kreuzes.«

Es hatte keinen Zweck zu streiten, und Marie war froh, dass Heinrich in der Wohnung blieb, ein Schatten, der sich zwischen Schlafzimmer, Bad und Wohnzimmer bewegte.

Jetzt winselte der Hund lauter. »Ich gehe schnell, Marie, nur in den Hof, das Gejaule ist ja nicht zum Aushalten.«

Sie wollte etwas einwenden, da war er schon aus der Tür. Vom Fenster aus sah sie, dass die Straße leer war. Wenigstens in den Hof musste er doch gehen können, dachte sie, fünf Minuten nur. Dann ging sie in die Küche, um zu schauen, wie ihr Hefeteig aufgegangen war.

Heinrich kam erst eine halbe Stunde später wieder und sah bleich aus.

»Was ist passiert? Was hat denn so lang gedauert?«, fragte sie.

Heinrich zog den Mantel mit dem Stern aus.

»Ich war unten im Hof und wollte wieder ins Haus kommen, da habe ich die Wagnerin gehört und bin schnell auf die Straße, damit sie mich nicht sieht. Ich bin nur um die Ecke in die Borsbergstraße und wollte dann umkehren, sie wird ihren Teppich ausklopfen, dachte ich. Frau Fröbe stand vor ihrer Tür, sie hat erst gegrüßt, dann hat sie mich so komisch angeschaut. ›Sie haben noch Ihren Hund, Herr Reichenheim?‹, hat sie gefragt ...«

»Und du? Was hast du gesagt?«

»Ich habe gesagt, es ist dein Hund, aber du hast Fieber und kannst nicht aus dem Haus. Was sollte ich sagen?« Marie senkte den Kopf. »Ich habe Frau Fröbe heute früh beim Bäcker getroffen, sie stand hinter mir in der Schlange. Ihr Mann ist in Stalingrad geblieben, sie hat geweint, als sie mir davon erzählt hat.«

»Dann wird sie uns nicht anschwärzen«, sagte Heinrich. »Das glaubst du doch nicht oder, Marie?«

»Was soll ich glauben?«, schrie sie. »Was soll ich denn noch glauben? Du darfst das Haus nicht mehr verlassen, sonst bringen sie dich weg oder uns zusammen in eins dieser Judenhäuser, oder sie schicken dich nach Osten, verstehst du? Sie verlieren den Krieg, aber vorher bringen sie alle um.«

Heinrich nahm ihre Hand.

»Marie, morgen kommt Heinz. Beruhige dich, bitte.«

Sie schaute ihn an, wie er vor ihr saß, schmal wie ein Kind, grau im Gesicht, durch das sich Falten zogen, über die Stirn, am Mund und um die Augen. Der Hals war dünn und faltig, es war der Hals eines alten Mannes. »Du musst gehen, Heinrich, wenigstens für ein paar Tage, geh nach Steinbach, geh zum Belger, der wird dich aufnehmen.«

»Jetzt? Heute? Zu Fuß? Lass uns auf Heinz warten, wir besprechen das mit ihm, und dann sehen wir weiter.«

Sie wollte schreien, ja, jetzt und heute, jetzt musst du verschwinden, denn wenn Frau Fröbe dich meldet, dann hat sie es schon getan, dann ist es in ein, zwei, drei Stunden zu spät.

Als es am nächsten Morgen gegen fünf Uhr an der Wohnungstür hämmerte, war sie nicht überrascht, sie schreckte nicht einmal aus dem Halbschlaf hoch, in den sie viel zu spät gefallen war.

Heinrich und sie konnten ihnen nichts mehr entgegensetzen, kein Geld, keine Kraft, sie hatten alles verloren, sie waren nichts mehr, und jetzt holten sie ihn ab.

»Wohnt hier der Jude Israel Reichenheim?«, brüllte einer der Männer im schwarzen Mantel, dem Marie die Tür öffnete.

Nein, wollte sie sagen, wer soll das sein, aber Heinrich stand schon neben ihr, er umarmte sie fest, bevor die Männer ihn wegzogen und brüllten, sie brüllten, bis sie aus der Wohnung und aus dem Haus waren, und ihr Gebrüll hallte in ihrem Kopf nach, bis am Nachmittag Heinz kam und sie ihm sagte, dass der Vater abgeholt worden sei.

38

Marie sah Heinrich nicht wieder.

Heinz war gleich nach seiner Ankunft in Dresden auf das Polizeipräsidium in der Schießgasse gegangen, er hatte Heinrichs Eisernes Kreuz dabei, aber niemand wollte oder konnte ihm etwas über seinen Vater sagen. Abends kehrte Heinz zusammen mit Erich und dessen Vater zurück, bis spät in die Nacht saßen sie auf dem Sofa und überlegten, was zu tun sei. Sie redeten, um Heinz zu beruhigen, denn es gab nichts mehr zu tun. Marie fühlte sich unendlich müde, sie hörte die Stimmen der drei Männer, der Rauch ihrer Zigaretten trieb durchs Zimmer, und nur mit Mühe hielt sie die Augen offen.

Ehrentraut wollte mit Heinz zurück nach Steinbach fahren, auch dort sei es nicht mehr sicher, sagte er, zu nah an der Stadt, Heinz müsse weiter weg, er müsse verschwinden, bald würden sie auch solche wie ihn abholen. Marie zuckte hilflos mit den Achseln, sie umarmte Heinz zum Abschied fest, ihre Augen waren trocken. »Pass auf dich auf«, sagte sie immer wieder, »lass mich nicht allein.« Und er beruhigte sie, »keine Sorge, Mutti, bald sind wir wieder zusammen, dann ist Vati auch zurück, es dauert nicht mehr lange.« Sie nickte und glaubte ihm nicht, sie glaubte kein Wort von dem, was er sagte.

Drei Tage später stand Ehrentraut wieder vor ihrer Tür und sagte, er habe Heinz auf einem anderen Gut untergebracht, in Pommern, bei einem Freund von Belger. Otto Steiger, der Rittergutsbesitzer in einem Ort namens Wardin, sei ein anständiger Mann, der werde sich um ihn kümmern, und dort auf dem Land, zwei Stunden von Stettin, falle er weniger auf als in Steinbach. Nach Dresden dürfe er sowieso nicht mehr kommen, und dort in Pommern sei er auch vor den Bomben sicher.

Marie bedankte sich. Sie hatte noch nie von Wardin gehört, sie war noch nie in Pommern gewesen. Und sie konnte sich Heinz dort nicht vorstellen, an diesem fremden Ort, unter Menschen, die sie nicht kannte.

Als im Herbst eine Mitteilung aus Auschwitz in Schlesien kam, Heinrich sei dort am 3. August 1943 an der Ruhr gestorben, war sie beinahe erleichtert, nicht länger warten, sich nicht vorstellen zu müssen, was sie mit ihm machten, dort in den Lagern im Osten, von denen erzählt wurde, man käme nicht zurück, man könne froh sein, wenn man schnell stürbe.

Den Pfarrer der Kirche, in die sie manchmal zu Ostern oder Weihnachten mit Heinz gegangen war, fragte sie nach einem Begräbnis.

»Wir sind deutsche Christen, Frau Reichenheim«, sagte er ihr. »Wir beerdigen auf unserem Friedhof keine Juden.«

Ohne zu antworten oder sich zu verabschieden, ging Marie davon.

Ihr blieb nur das Warten auf Nachrichten aus Pommern, die regelmäßig eintrafen, bis zum Mai 1944, als sie eine Postkarte von Heinz erhielt, er müsse nun zum Arbeitsdienst, seine Zeit in Wardin sei vorbei. Eine Woche später kam ein Brief von Otto Steiger, sie solle sich keine Sorgen machen, es sei der Kriegsdienst, man brauche Heinz, er sei nach Frankreich geschickt worden, in eine Munitionsfabrik bei Paris. Es lag ein Zeugnis dabei für Heinz, in dem Steiger ihn für die gute Arbeit als Inspektor auf seinem Gut lobte. Ein paar Wochen später landeten die Alliierten in Frankreich, und Marie hoffte, dass Heinz gerettet würde.

Sie wartete wieder, auf ein Lebenszeichen, irgendein Zeichen, dass man den Jungen nicht auch umgebracht hatte. Das aber kam nicht, sie wartete Woche um Woche, Monat um Monat, sie drehte nun selbst jeden Tag am Radio und suchte den englischen Sender, wo im August verkündet wurde, Paris sei befreit.

Wenn Heinz in der Nähe von Paris war, dann war er jetzt vielleicht in Sicherheit? Hatten die fremden Soldaten erkannt, dass er kein Feind war? War er in diesen Krieg geraten, oder hatten die Deutschen ihn woanders hingeschafft, bevor die Alliierten kamen?

Marie wartete und wartete, sie stand am Fenster oder ging spazieren, sie vergaß zu essen, sie streichelte den Hund und wartete weiter, Tag und Nacht, sie träumte vom Warten, sie träumte davon, am Fenster zu stehen und auf den Postboten zu warten, und tagsüber stand sie am Fenster und wartete auf den Postboten, Tag um Tag, Woche um Woche, den Herbst hindurch und dann den Winter. Es kam nichts, und dann kamen im darauffolgenden Frühjahr die Bombennächte.

Schon im Herbst war Dresden bombardiert worden, und Marie hatte sich daran gewöhnt, mit einer kleinen Tasche in den als Luftschutzraum ausgewiesenen Keller eines Nachbarhauses zu gehen. In der Tasche waren ein paar wenige Fotos, der silberne Löffel aus Heinrichs Elternhaus und zwei Briefmarkenalben, die mit den wertvollen Marken. Mehr passte nicht hinein, und bislang war die Tittmannstraße, war ihr Haus nicht getroffen worden.

Man kannte Marie im Luftschutzkeller, manche Gespräche verstummten, wenn sie in den Raum kam, und die meisten blickten weg. Nach Heinrich oder Heinz fragte niemand, so als hätte es die beiden nie gegeben. Am Nachmittag des 13. Februar 1945 – es war ein milder Wintertag – sah Marie vor der Bäckerei ein paar verkleidete Kinder spielen, es waren zwei Cowboys und drei Indianer. Fasching, es war ja

Fasching, und ein paar Kinder waren doch in der Stadt geblieben, obwohl alle mit der Kinderlandverschickung wegsollten, weil man mit dem Schlimmsten rechnen musste. Sie war stehen geblieben und hatte den Jungen zugeschaut. Die Indianerkostüme waren aus Kartoffelsäcken genäht, der Federschmuck aus Taubenfedern zusammengeklebt, und einer der Indianer hatte sich wohl mit einem Lippenstiftrest seiner Mutter eine Kriegsbemalung verpasst. Sie musste lächeln. Heinz hatte sich nicht gern verkleidet, aber ihr hatte es Spaß gemacht, aufwendige Kostüme zu nähen: Zauberer, Prinz, auch ein Pirat war dabei gewesen. Am Abend hatten wieder die Sirenen gedröhnt, und sie war mit ihrer Tasche in den Luftschutzraum gegangen, und diesmal hatten der Lärm der tief fliegenden Flugzeuge und die Bombeneinschläge kein Ende nehmen wollen. Gegen Mitternacht verließ sie den Luftschutzraum, sie hielt es nicht mehr aus, weil eine Frau zu weinen und zu schreien begonnen hatte und Panik ausgebrochen war, nachdem einer der Einschläge ganz nah gewesen war, beinahe über ihnen, und sie das Gefühl hatte, keine Luft mehr zu bekommen, ersticken zu müssen. Auf der Kellertreppe lag Schutt, und sie hustete immer stärker und riss die Tür zur Straße auf. Schreie, Rauch und ein starker Wind schlugen ihr entgegen, und sie sah, dass es ein Haus gegenüber getroffen hatte.

Marie lief mit ihrer Tasche zu den Elbwiesen hinunter und sah die Altstadt in Flammen stehen. Es stürmte immer stärker, Rauch trieb durch die Luft, die Flammen loderten überall, und sie zitterte vor Kälte in ihrem Wintermantel. Wieder dröhnten die Sirenen, und Marie wusste nicht, wohin sie gehen sollte.

»Weg aus der Stadt, bloß weg«, schrie ein alter Mann, »hier kommt keiner mit dem Leben davon!« Und Marie lief einer Gruppe von vier Frauen hinterher, die die Elbe entlang nach

Pillnitz wollten. Als die nächsten Flugzeuge über der Stadt dröhnten, waren sie noch nicht weit gekommen, es regnete und stürmte, und Marie kauerte sich an eine Böschung am Ufer, weil der Lärm unerträglich war. Wie lange sie so ausharrte, wusste sie später nicht. Als das Dröhnen der Flugzeuge leiser wurde, sah sie, dass Striesen und Blasewitz, auch Strehlen und die Johannstadt brannten. Langsam ging sie zurück. Der Sturm und das Feuer hatten sich zu einem heißen Orkan verbunden, der durch die Ruinen tobte, Verletzte liefen durch von brennenden Ruinen gesäumte Straßenzüge, schreiend, weinend, einige irre geworden, sie suchten nach Angehörigen, Dingen, die ihnen einmal gehört hatten. Marie gelang es nicht, die Tittmannstraße zu finden, sie verlor die Orientierung inmitten der brennenden Ruinen und von Schutt versperrten Straßen, sie stolperte über verkohlte Leichen, und irgendwann gab sie auf.

Sie drehte sich nicht um, als sie sich am nächsten Tag mit ihrer Tasche auf den Weg nach Hause machte, nach Burg bei Magdeburg.

Marie kehrte mit leeren Händen zurück – genauso, wie sie aufgebrochen war vor über fünfundvierzig Jahren. Eine ihrer Schwestern nahm sie widerwillig auf, sie fragte nicht, aber Marie merkte ihr die Erleichterung an, als sie schon im Mai zurück nach Dresden ging.

Der Krieg war zu Ende, Deutschland hatte kapituliert, Hitler war tot. Wo war Heinz? Sie musste in Dresden sein, wenn Heinz zurückkam. Wie sollte er sie sonst finden?

»Von denen hat doch eh keiner überlebt«, sagte ihre Schwester, Verachtung und Kälte schwangen in ihrer Stimme mit.

Es war also nicht vorbei, dachte Marie auf dem Weg nach Dresden, hoffentlich bleibt er in Paris, wenn er noch lebt, hoffentlich kehrt er nicht zurück. Sie ging trotzdem zurück in die Stadt, die sie nicht mehr kannte, in der man notdürftig den Schutt beiseitegeräumt hatte. Sie kam bei Ehrentrauts unter und ging jeden Tag ins Büro des Suchdiensts, den sie eingerichtet hatten. Suchdienst für vermisste Deutsche hieß das Amt, und sie wusste nicht einmal, ob sie dort richtig war, um nach Heinz zu forschen. Zählte er jetzt wieder zu den Deutschen? Einmal traf sie in der Tittmannstraße, in die sie regelmäßig ging, wie aus einem Aberglauben heraus, Heinz könne dort sein, vor dem Trichter voller Schutt stehen, der einmal ihr Haus gewesen war, eine Nachbarin, deren vier Söhne gefallen waren. Die sagte mit hartem Gesicht zu ihr, sie habe doch Glück gehabt, dass sich ihre Männer vor dem Krieg hätten drücken können. Marie wurde immer schweigsamer, sie hörte beim Bäcker, dessen Frau aus Weimar stammte, von Leichenbergen im Konzentrationslager Buchenwald und wie man die Bevölkerung von Weimar dorthin befohlen hatte, damit sie diese Leichenberge sähen, damit sie begriffen, was sie getan hatten.

Monat um Monat verging ohne Nachricht. Marie hoffte und verzweifelte, sie sah Heinz in Paris oder bei Otto in London, dann wieder unter den Trümmern eines zerbombten Hauses oder erschossen irgendwo auf einem Feld.

Im Januar 1946 stand Heinz bei Ehrentraut vor der Tür. Marie erkannte ihn erst nicht und zögerte einen Augenblick, bevor sie ihn umarmte: Sein Gang war der eines alten Mannes, er schlurfte, auf einen Stock gestützt, als könnte er das Gleichgewicht nicht halten. Um den Kopf hatte er einen großen Verband, die dunklen Haare darunter waren geschoren. Er hielt sich kaum auf den Beinen, und es dauerte Tage, bis er erzählen konnte, dass man ihn wirklich aus Paris weggebracht hatte, als die Alliierten näher gekommen waren. Nach Bremen, da hatte er bei einer Transportfirma arbeiten müssen, bis die Engländer die Stadt im April befreiten. Dann hatte er sich auf den Heimweg gemacht, zurück nach Dresden, Hunderte von Kilometern. Er hatte gehört, dass Dresden bombardiert worden war, er hatte von den Konzentrationslagern gehört, und trotzdem hatte er nach Hause laufen wollen in der abwegigen Hoffnung, alles könnte so sein wie früher, Vater, Mutter, der Dackel, die Wohnung in der Tittmannstraße. Er war gelaufen und gelaufen, und dann hatten ihn Fremde überfallen. Heinz wusste nicht, wer oder wo genau, man hatte ihn zusammengeschlagen und liegen gelassen, und er erinnerte sich nicht, was danach passiert war. Dann war er in einem Krankenhaus aufgewacht, wo er lange Zeit hatte bleiben müssen. Eine Niere hatten sie dort entfernen müssen, die Kopfverletzung war schwer gewesen, und der Gleichgewichtssinn war ihm abhandengekommen.

Aber er war zurück, er war wieder bei ihr, und Marie war gegen alle Vernunft glücklich.

39

Als Marie ins Zimmer trat, sah sie, wie Heinz schnell einen großen Umschlag unter die dünne Zeitung schob. Sie stutzte, ließ sich aber nichts anmerken.

»Drei Kartoffeln, Glück gehabt heute, ich koche uns Suppe davon. Etwas Speck ist noch da.«

»Ja«. Er war abgelenkt.

»Wann fährst du nach Leipzig?«

»Irgendwann nächste Woche.«

Das sagte er schon seit geraumer Zeit, irgendwann in der nächsten Woche. Sie würden ihm einen Studienplatz geben, im Fach Nationalökonomie. Er musste hinfahren, sich immatrikulieren, dann würde er studieren können. Ob sie es ernst mit ihm meinten? Wenn er an die neuen Parolen glaubte, mitmachte, würde er dann dazugehören?

Sie ging in die Küche und stützte sich aufs Waschbecken.

War wirklich alles anders geworden?

Die Wagnerin hatte sie gesehen, als sie durch die Tittmannstraße gegangen war, zusammen mit ihrem Karl. Sie hatten gegrüßt, sich nach Heinz erkundigt. Ob er wieder da sei, ganz selbstverständlich. Karl trug irgendein Abzeichen, das sie nicht kannte.

Alle waren sie noch da, machten weiter wie vorher. Was blieb ihnen, was blieb ihr auch übrig? Wie oft hatte sie den Pass angeschaut, den abgelaufenen amerikanischen Pass. Sie müsste in die amerikanische Besatzungszone gehen und sich dort melden, vielleicht könnte sie dann gehen. Jetzt noch? In zwei Jahren wurde sie siebzig, und Heinz war zu ihr zurückgekehrt. Leipzig war nahe, auch wenn die Reise ewig dauerte. Aber irgendwann sollte es wieder schneller gehen. Dann würden sie sich oft besuchen können. Er würde studieren, würde eine gute Arbeit finden.

Sie schnitt das kleine Stück Speck in winzige Stückchen. Als sie die Zwiebel schälte, begannen ihre Augen zu tränen.

Beim Abendessen saßen sie sich schweigend gegenüber. Heinz' Blick ging durch sie hindurch, sie konnte sich nicht vorstellen, woran er dachte. Sein Löffel klapperte auf dem Teller, es war billiges Blechgeschirr. Sie bildete sich ein, dass es einen Geschmack abgab, dass das Essen danach schmeckte. Vielleicht lag es auch am Essen, den paar Kartoffeln, dem trockenen Brot, manchmal ein Ei, wenn sie eins hatten. Alles schmeckte metallisch-fad.

Als sie gespült und das Geschirr in dem kleinen Schränkchen über der Spüle verstaut hatte, hatte Heinz schon das Bettlaken über das Sofa gelegt und Decke und Kissen aus dem Schrank geholt.

»Ich bin müde«, sagte er.

»Dann schlaf schnell, du musst dich ausruhen, hat der Arzt gesagt. Viel Schlaf, immer noch.«

Sie wartete in der Küche, bis seine Atemzüge regelmäßig wurden. Durch den offenen Spalt der Küchentür fiel ein Lichtschein ins Wohnzimmer. Im Halbdunkel sahen Heinz' Gesichtszüge friedlich aus. Friedlich und kindlich. Die Stirn glatt, das dichte dunkle Haar lag wie ein Kranz um das kantige Gesicht. Sie trat zu ihm und streichelte ihm über den Kopf.

Dann nahm sie die Zeitung vom Tisch. Darunter lag nichts. Sie schaute sich um. Es gab nicht allzu viele Orte, um etwas zu verstecken, ein Zimmer, Kammer, Küche, mehr hatten sie nicht. Dann ging sie zum Schrank, wo Heinz seine wenigen Kleider aufbewahrte. Zwei Pullover, zwei Hosen, etwas Wäsche. Schon als Kind hatte er Schätze im Kleiderschrank versteckt, so wie sie. Ihr Sohn. Unter den Pullovern fand sie den braunen Umschlag und ging mit ihm in die Küche.

Die Marken waren bunt, sie trugen viele Stempel. Brasilien. Lottchen. Sie hatte den Cousin nicht vergessen. Wieso versteckte Heinz den Brief vor ihr? Als sie die Formulare mit noch mehr Stempeln sah, stockte ihr der Atem. Auf einer Karte stand: »Mein lieber Heini, wir haben alles vorbereitet, das Visum und die Schiffskarte, nun musst du nur noch kommen ...«

Der Text verschwamm vor ihren Augen. Schnell steckte sie alles in den Umschlag und schob ihn unter den grauen Pullover.

Später auf der Liege in der engen Kammer konnte sie nicht einschlafen.

Nun musst du nur noch kommen, nur noch kommen, nur noch kommen.

Sie würden sich nie wiedersehen. Zwei oder drei Briefe pro Jahr, dann nichts mehr. Er würde eine Frau kennenlernen, eine, zwei, drei, viele. Eine heiraten, Kinder kriegen. Sie würde sie niemals sehen.

Und wenn schon, dachte sie, und wenn schon. Sie war alt, sollte er ihretwegen hierbleiben? In diesem Land, bei diesen Menschen? Die sich nicht einmal entschuldigt hatten, im Gegenteil – wie oft bekam er, bekam sie zu hören, dass er nicht an der Front gewesen war.

Als sie gegen sechs aufwachte, hatte sie das Gefühl, gar nicht geschlafen zu haben, nur kurz weggenickt zu sein.

Eine Zukunft in Brasilien, bei Lottchen, die immer gut zu ihm gewesen war.

Otto komme sie bald für ein paar Monate besuchen, hatte sie geschrieben, auch er befürworte, dass Heinz aus Deutschland weggehe. Lottchens Mann hatten sie nicht mehr kennengelernt, den Mann aus Italien, Piero Brentani, und auch nicht Jackel, ihren einzigen Sohn. Ein Foto hatte Lotte mitgeschickt, er sah aus wie ein Filmstar. Fremd und schön.

Als Heinz sie flüchtig an der Schulter berührte und »Guten Morgen« sagte, zuckte sie zusammen.

Sie sprachen nicht mehr darüber. Jeden Abend, wenn Heinz schlief, kontrollierte Marie, ob der Umschlag noch unter dem Pullover steckte. Nach einiger Zeit vergaß sie es eines Abends, dann mehrere Abende hintereinander. Irgendwann war der Umschlag verschwunden. Aber da dachte sie längst nicht mehr an Brasilien, weil er von Leipzig sprach, vom Studium, das im Herbst 1948 endlich losgehen sollte.

Aus Brasilien kamen keine Briefe mehr. Lottchen, Piero, Jackel und Otto, auch die Namen wurden nicht mehr genannt. Manchmal dachte Marie später noch an sie, sie gehörten in eine andere Zeit, eine andere Welt. Ob es ihnen gut ging? Das spielte nun keine Rolle mehr.

40

Seit fünf Jahren wohnte Marie in Moritzburg bei Dresden, in einem Altenheim gegenüber dem Schloss. Am Ende ihres Lebens war sie wieder so etwas wie ein Burgfräulein geworden, schade, dass Heinrich davon nichts wusste. Oft erzählte sie ihm davon, wenn sie am Fenster ihres Zimmers stand und hinaussah. Das Schloss sah imposant aus, umgeben von einem großen Teich, einem See beinahe, auf dem zwei Schwäne schwammen, die sie häufig fütterte, wenn sie etwas Brot übrig hatte, das trocken geworden war. Sie aß nicht mehr viel.

Die meiste Zeit war Marie woanders – in Erie oder in New York, an Bord des Ozeandampfers, der sie von Neapel nach New York gebracht hatte, in Ravello oder in Dresden. Zusammen mit Heinrich, der seit über zehn Jahren tot war und doch immer bei ihr. Es gab keine Gegenwart mehr und erst recht keine Zukunft.

Was war geblieben? Nicht die Menschen, nicht die Orte. Nachts träumte Marie von Wasser, dunkel und brodelnd, überall. Sie selbst stand auf einer Insel, die Wellen umspülten ihre Füße. Schweißgebadet schreckte sie hoch. Sie dachte an Pifchen, den Dackel, den sie aus Erie mit zurück nach Deutschland genommen hatte. Und wusste nicht, wieso ihr das Tier plötzlich einfiel. Sein Bellen als Welpe hatte geklungen wie das Wimmern eines Neugeborenen, und damals hatte sie das fast wahnsinnig gemacht. Es war die Zeit, als sie noch auf ein eigenes Kind hoffte.

Außer ihr dachte keiner mehr an das seltsame Bellen. Auch nicht an Heinrich, und wie dünn und grau er zum Schluss war, wie mühsam er sich bücken musste, um Waldi zu streicheln, wie langsam er im Zimmer auf und ab ging. Wenn sie jetzt an Anna dachte – und das passierte immer häufiger –, dann musste sie ihr zugestehen, dass sie recht behalten hatte. Die anderen Geschwister, die, die in dem Leben geblieben waren, das Anna für sie vorgesehen hatte, hatten überlebt, waren davongekommen. Sie selbst hatte Heinrich nicht schützen können, hatte nicht bei ihm sein können, sie kannte sein Ende nicht einmal.

Heinz kam sie selten besuchen, und ihr war die Reise nach Leipzig zu beschwerlich. Er hatte ein neues Leben mit einer Frau und einer kleinen Tochter, und sie hoffte, dass es gut war. Er würde sie beerdigen, wenn sie starb. Er glaubte an die Zukunft, er glaubte an das, was sie ihm gesagt hatten, die Männer, die ein neues Land bauen wollten, mit ihm. Ausgerechnet mit ihm, dachte sie, nachdem ihre Väter, Mütter, Brüder und Schwestern seinen Vater umgebracht und seine Familie verjagt hatten. Nicht einmal ein Grab gab es für Heinrich. Jetzt stand sie auf – das Grab, sie musste Heinz schreiben, man musste sie ja beerdigen.

Sie schrieb auf ein Kalenderblatt, nicht einmal zwei Seiten. Es ging schnell, aber sie war erschöpft, als sie den Stift beiseitelegte. Sie steckte das Blatt in einen Umschlag, auf den sie schrieb: »Für meinen Sohn Heinrich Reichenheim«, darunter die Leipziger Adresse, die sie auswendig kannte.

Ein paar Wochen später saß sie am Fenster und schaute hinaus, sie hatte die Brille auf die Stirn geschoben, das Heft mit dem Kreuzworträtsel lag auf ihrem Schoß. Sie kam nicht weiter, die Kleinstadt im Saaletal, fünf Buchstaben, wollte ihr nicht einfallen. Erst dachte sie, ihr würde schwindelig, aber sie saß ja in ihrem Sessel, und sie war kein junges Mädchen mehr mit niedrigem Blutdruck. Ein Schleier legte sich über ihre Augen, alles war weit, weit weg, die Brille rutschte ihr von der Stirn und fiel in den Schoß, in ihrem Kopf war ein Druck, sie sah und sah nicht mehr, in der Ferne war das Fenster, Heinrich und der Junge, der die Arme nach ihr ausstreckte. Sie schloss die Augen.

Mein lieber Heini!
Ich danke Dir noch nach meinem Tode für all Deine Liebe, die Du mir gegeben hast.
Ich werde 200 Mark bekommen, und wenn Du meine Sachen verkaufst, kannst Du mich gut verbrennen lassen. Sieh zu, einen kleinen Platz für mich zu finden, wo die Urne hinkommt.
Ich wünsche Dir weiter alles Gute, wie auch Deiner Familie. Nochmals vielen Dank.
Deine Mutter

Später

Mein Großvater erzählte häufig von Marie, er nannte sie »meine Mutter, die nicht meine Mutter war«, die Frau, die ihn aus dem Kinderheim geholt hatte.

Fünfzig Jahre, nachdem Marie ihn zu sich genommen hatte, musste mein Großvater noch einmal in ein Kinderheim, diesmal in Gera, diesmal, um mich abzuholen. Meine Eltern hatten versucht, mit mir das Land zu verlassen, aber die Flucht scheiterte. Mit knapp vier Jahren wusste ich, dass man das nicht durfte: das Land verlassen. Ich wusste es, als ich zu meinem Vater und meiner Mutter in den Kofferraum des Fluchtautos kletterte, ich sagte es vorsorglich noch einmal, obwohl die Männer, die uns abgeholt hatten, in Eile waren. Dabei hatten wir zwei Stunden auf sie gewartet, in einem Vorort von Leipzig am Straßenrand, und nicht zum ersten Mal. Einmal waren wir nach Berlin gefahren, um sie zu treffen, am Märchenbrunnen im Volkspark Friedrichshain. Dort standen wir Stunde um Stunde, mein Vater mit seiner Aktentasche, in der die wichtigsten Unterlagen waren, meine Mutter mit ihrem Schmuck und ihrer Geige unter dem Arm. Für mehr wäre nicht Platz in dem Kofferraum, in den wir gemeinsam steigen sollten, aber immerhin hatte meine Mutter als Geigerin ihr Instrument dabei, während mein Vater seines, das Klavier, zurücklassen musste. Irgendwann hatten wir alle Märchenfiguren angesehen, Aschenputtel, Dornröschen, Schneewittchen, den gestiefelten Kater, Rotkäppchen und Hänsel und Gretel, die hier auf Enten saßen. Es war ein kalter Tag Ende November, und dass eine Frau mit einer Geige, ein Mann mit einer Aktentasche und ein kleines Kind abends im Regen zwei Stunden am Märchenbrunnen standen, war verdächtig. So fuhren wir zurück nach Leipzig, zurück in die Wohnung, von der meine Eltern dachten, sie sähen sie nie wieder. Am nächsten Tag wurde meine Mutter fünfundzwanzig Jahre alt.

Knapp drei Monate vergingen, dann war Februar, der 19. Februar 1977, ein weiterer Termin, und endlich kamen die Männer. Das Auto, ein Mercedes, war größer als alle Autos, die ich kannte.

Mein Vater sagte geduldig, dass ich recht hätte, man durfte das Land nicht einfach verlassen, aber wenn ich ganz still sei, gehe es vielleicht trotzdem. Ich hatte in dem Kofferraum zwischen meinen Eltern Platz gefunden, es war warm, und ich schlief ein.

Die Hoffnung meines Vaters erfüllte sich nicht, und obwohl ich wusste, dass wir etwas Verbotenes taten, wusste ich nicht, was kam, als das Auto an der Grenze anhielt, die Stimmen lauter wurden, das Auto wieder anfuhr, langsam ein paar Meter rollte und dann erneut bremste: Erst das Bellen der Schäferhunde, ihr Hecheln und das Geräusch ihrer Pfoten auf dem Kofferraum, der schließlich aufgerissen wurde, dann Soldaten mit Gewehren, die uns wegführten. Ein Polizeiwagen, der mich nach Gera brachte, in ein Heim, an das ich kaum Erinnerungen habe. Ein dunkler Schlafsaal, Stockbetten, ein Gefühl: allein.

Es war Fasching, als meine Großeltern kamen. Seit der Trennung von meinen Eltern waren Augenblicke, eine Ewigkeit, ein paar Tage vergangen. Ich trug ein Schmetterlingskostüm, und die Erzieherinnen waren froh, dass ich abgeholt wurde. Als ich meine Großeltern sah, hörte ich auf zu weinen, und wir fuhren gemeinsam zurück nach Leipzig. Ich schlief fortan im alten Kinderzimmer meiner Mutter, der Weg zum Kindergarten war kaum länger als der von der Wohnung meiner Eltern.

Irgendwann musste mein Großvater auf ein Amt gehen, und man stellte ihm die Frage, ob er seine Enkeltochter im Sinne des Landes großziehen wolle.

Nein, das wolle er nicht.

Ein Kind gehört zu seinen Eltern, sagte mein Großvater. Es war die falsche Antwort, eine, die sie nicht hören wollten.

Als er sie gab, war wieder Herbst, anderthalb Jahre waren seit der Fahrt im Kofferraum vergangen. Im darauffolgenden Frühjahr kam ein Brief, in dem stand, dass ich aus der Staatsbürgerschaft des Landes entlassen war und binnen vierundzwanzig Stunden ausreisen musste.

Meinem Großvater nahmen sie nicht erst die falsche Antwort an jenem Tag im Herbst übel. Schon die Tochter, die nicht hatte bleiben wollen, war ein Makel.

Mein Großvater war in der Partei des Landes, man gab ihm Chancen, die er nie zuvor hatte. Vielleicht glaubte er manchmal an die Idee des Landes, am Anfang jedenfalls.

An die Familie hat er immer geglaubt, trotz allem.

Dank

Dieses Buch ist ein Roman, dem reale Figuren und Ereignisse zugrunde liegen. Es könnte sich so, aber auch anders zugetragen haben, und es ging mir nicht darum, die historischen Abläufe möglichst genau zu rekonstruieren.

Sämtliche Briefe, Dokumente und Zeitungsartikel sind Fundstücke von Recherchen, die ich unverändert in die Romanhandlung eingefügt habe.

Viele Fakten und Zahlen stammen aus einer Familienchronik, geschrieben 1936 von Ludwig Herz. Es war ein Auftragswerk, bestimmt für den engsten Kreis der Familie, die sich zu zerstreuen begann: »N. Reichenheim und Sohn: Geschichte eines Werkes und einer Familie« lautet der Titel, und beschrieben wird das Schicksal der Familie Reichenheim und ihrer Firma von 1700 bis 1936. Alle Details zu den Webereien und Spinnereien in Bradford und in Wüstegiersdorf sowie zu den Stoffen, mit denen die Reichenheims gehandelt haben, habe ich dort gefunden, ebenso die auf Seite 101 beschriebene Menüabfolge.

Das Märchen am Anfang des Romans basiert auf einem Märchen von den mikronesischen Inseln mit dem Titel »Eijawanoko«, nachzulesen in der Sammlung *Mondmärchen*, herausgegeben von Wanda Markowska und Anna Milska (Warschau 1979).

Das Ölgemälde, das Karl Gussow von Anna Reichenheim gemalt hat, ist nicht mehr auffindbar. Es existiert jedoch ein Foto davon in Velhagen & Klasings *Monatsheften* vom Dezember 1926 als Beispiel für die Mode der 1880er Jahre.

Viele Alltagsdetails aus Anna Reichenheims Kindheit und Jugend stammen aus dem Tagebuch der Anna Waldeck, einer Verwandten der Reichenheims aus Berlin, das diese als Dreizehnjährige 1848 führte und das sich im Besitz von David Rickham befindet, einem Cousin meines Großvaters.

Viele Menschen haben mich bei der Recherche unterstützt – bei ihnen möchte ich mich bedanken: Vor allem bei Sebastian Panwitz, der viele Fakten zusammengetragen hat, in den Archiven recherchierte und immer wieder gelesen und mir im Gespräch und auf vielen Spaziergängen das jüdische Berlin des 19. Jahrhunderts nahegebracht hat.

Dank an Bożena Kubit, die Kuratorin der Dauerausstellung im Haus der Juden aus Oberschlesien des Museums Gliwice, die mich bei meinen Recherchen in Schlesien unterstützte und mich über den jüdischen Friedhof von Gliwice führte.

Und an Wojciech Płosa, den Leiter des Archivs der Gedenkstätte Auschwitz, der mir half, die letzten Wochen des Lebens meines Urgroßvaters zu rekonstruieren.

Jane Ingold möchte ich danken, der Leiterin der Hammermill Archives in Erie, Pennsylvania, die mir viele Dokumente und Zeitungsartikel zu meinem Urgroßvater während seiner Jahre in den USA schickte und mir einen Eindruck seines Lebens dort vermittelte.

Susanne Heim und Jean-Marc Dreyfus für die Unterstützung bei der Recherche über die Zeit des Nationalsozialismus und die Situation der Juden und sogenannten »Mischlinge ersten Grades«. Bert Hoppe für die sorgfältige Lektüre und Überprüfung des Schlussteils des Romans.

Mein Dank gilt auch all jenen Mitgliedern meiner Familie, die sich erinnert haben: David Rickham, Flora Veit-Wild, Alexis Ritter Gubbay, Diana Kerr, vor allem aber Gudrun Reichenheim und meiner Mutter Eva-Maria Neumann.

Katja Oskamp, Julia Franck, Florian Illies und meinem

Mann Frank-H. Häger danke ich für die Lektüre und alle Anregungen und Hinweise.

Hermann Hülsenberg für die Gastfreundschaft in Dresden und in der Uckermark und die Möglichkeit, in Ruhe zu schreiben.

Gunnar Cynybulk und Monika Boese für die frühe Begeisterung für den Roman noch im Projektstadium – und Monika Boese für die kontinuierliche Begleitung und das kluge Lektorat.

Meinem Verleger Karsten Kredel für seine Unterstützung, alle Gespräche über das Buch und den Glauben an diese Geschichte.

Und Dank an Matthias Landwehr, ohne den es dieses Buch nicht gäbe.

Constanze Neumann, März 2021

»Dieses Haus, aus Papier gebaut, ist zu etwas Festem geworden, das der Zeit standhält. Dieses Haus, dieser Ort: alle meine Geheimnisse sind hier.«

Elle Bishop geht hinunter zum See. Alle Sommer ihres Lebens hat Elle im Papierpalast verbracht, dem Ferienhaus ihrer Familie. Hier hat sie sich zum ersten Mal verliebt, Freundschaft und Schmerz erlebt, hier kam ihre Familie zusammen, brach auseinander, fand sich neu. Inzwischen ist Elle fünfzig, hat Kinder und einen liebevollen Ehemann. Und doch ist eine Erinnerung in ihr lebendig, die sie gut gehütet glaubte. Seit der Mann, den sie schon ihr ganzes Leben lang liebt, gestern auf sie zukam. Elle springt ins Wasser, sie muss sich entscheiden: Gehen oder bleiben?

»Eine begnadete Erzählerin« The New York Times

Miranda Cowley Heller
Der Papierpalast
Roman

Aus dem Englischen von Susanne Höbel
Hardcover mit Schutzumschlag
Auch als E-Book erhältlich
www.ullstein.de